A ASCENSÃO da RAINHA

A Ascensão da Rainha

REBECCA ROSS

Tradução de
Regiane Winarski

1ª edição

— **Galera** —
RIO DE JANEIRO

2021

CIP-BRASIL. CATALOGAÇÃO NA PUBLICAÇÃO
SINDICATO NACIONAL DOS EDITORES DE LIVROS, RJ

R738a
Ross, Rebecca, 1988-
A ascensão da rainha / Rebecca Ross; tradução de Regiane Winarski. – 1ª ed. –
Rio de Janeiro: Galera Record, 2021.
(A ascensão da rainha; 1)

Tradução de: The Queen's Rising
ISBN: 978-85-01-11880-6

1. Romance americano. I. Winarski, Regiane. II. Título. III. Série.

CDD: 813
CDU: 82-31(73

20-62142

Vanessa Mafra Xavier Salgado – Bibliotecária – CRB-7/6644

Título original:
The Queen's Rising

Copyright © 2018 by Rebecca Ross

Leitura sensível: Lorena Ribeiro

Todos os direitos reservados. Proibida a reprodução, no todo ou em parte, através de quaisquer meios. Os direitos morais da autora foram assegurados.

Texto revisado segundo o novo Acordo Ortográfico da Língua Portuguesa.

Direitos exclusivos de publicação em língua portuguesa somente para o Brasil adquiridos pela
EDITORA RECORD LTDA.
Rua Argentina, 171 – Rio de Janeiro, RJ – 20921-380 – Tel.: (21) 2585-2000,
que se reserva a propriedade literária desta tradução.

Impresso no Brasil

ISBN 978-85-01-11880-6

Seja um leitor preferencial Record.
Cadastre-se no site www.record.com.br
e receba informações sobre nossos
lançamentos e nossas promoções.

Atendimento e venda direta ao leitor:
sac@record.com.br.

Para Ruth e Mary,
Mestra da Arte e Mestra do Conhecimento

SUMÁRIO

Personagens   9
Árvore genealógica da família Allenach   13
Árvore genealógica da família MacQuinn   14
Árvore genealógica da família Morgane   15
Árvore genealógica da família Kavanagh   16
Prólogo   19

PARTE UM — *MAGNALIA*

1. Cartas e lições   29
2. Um retrato maevano   46
3. Cheques e Marcas   54
4. Os três ramos   61
5. A Pedra do Anoitecer   69
6. A queda   79
7. Bisbilhoteira   93
8. O solstício de verão   100
9. Canção do Norte   117
10. Sobre mantos e presentes   126
11. Enterrada   137

PARTE DOIS — *JOURDAIN*

12. Um pai patrono   153
13. Amadine   161
14. Irmão de paixão   172
15. Vínculos elusivos   184
16. A Pena sinistra   191
17. Uma lição de esgrima   202

18. Oblíquo	212
19. Fim do verão	223
20. Perante um rei	235

PARTE TRÊS — *ALLENACH*

21. A mademoiselle da rosa prateada	253
22. D'Aramitz	260
23. A passagem pela tapeçaria	266
24. A caçada	273
25. O aviso	285
26. Ferimentos e pontos	290
27. O que não pode ser	300
28. Um coração dividido	312
29. As palavras despertam do sono	321
30. Os três estandartes	337
31. O choque do aço	345

PARTE QUATRO — *MACQUINN*

32. Que a rainha ascenda	359
33. Campos de Corogan	365
34. Aviana	371

PERSONAGENS

CASA MAGNALIA

A Viúva de Magnalia

Ariais de Magnalia:

Solene Severin, mestra de arte
Evelina Baudin, mestra de música
Xavier Allard, mestre de teatro
Therese Berger, mestra de sagacidade
Cartier Évariste, mestre de conhecimento

Ardens de Magnalia:

Oriana DuBois, arden de arte
Merei Labelle, arden de música
Abree Cavey, arden de teatro
Sibylle Fontaine, arden de sagacidade
Ciri Montagne, arden de conhecimento
Brienna Colbert, arden de conhecimento

Outros que visitam Magnalia:

Francis, mensageiro
Rolf Paquet, avô de Brienna
Monique Lavoie, patrona
Nicolas Babineaux, patrono
Brice Mathieu, patrono

CASA JOURDAIN

Aldéric Jourdain
Luc Jourdain
Amadine Jourdain
Jean David, lacaio e cocheiro
Agnes Cote, governanta
Pierre Faure, chef
Liam O'Brian, nobre

Outros envolvidos com Jourdain

    Hector Laurent (Braden Kavanagh)
    Yseult Laurent (Isolde Kavanagh)
    Theo d'Aramitz (Aodhan Morgane)

CASA ALLENACH

Brendan Allenach, lorde
Rian Allenach, filho primogênito
Sean Allenach, segundo filho

Outros citados

    Gilroy Lannon, rei de Maevana
    Liadan Kavanagh, a primeira rainha de Maevana
    Tristan Allenach
    Norah Kavanagh, terceira princesa Maevana
    Evan Berne, impressor

AS QUATORZE CASAS DE MAEVANA

Allenach, o Sagaz
Kavanagh, o Brilhante*
Burke, o Ancião
Lannon, o Impetuoso
Carran, o Corajoso
MacBran, o Misericordioso
Dermott, o Amado
MacCarey, o Justo
Dunn, o Sábio
MacFinley, o Pensativo
Fitzsimmons, o Gentil
MacQuinn, o Determinado*
Halloran, o Decoroso
Morgane, o Veloz*

* Indica uma Casa derrotada

ÁRVORE GENEALÓGICA DA FAMÍLIA ALLENACH

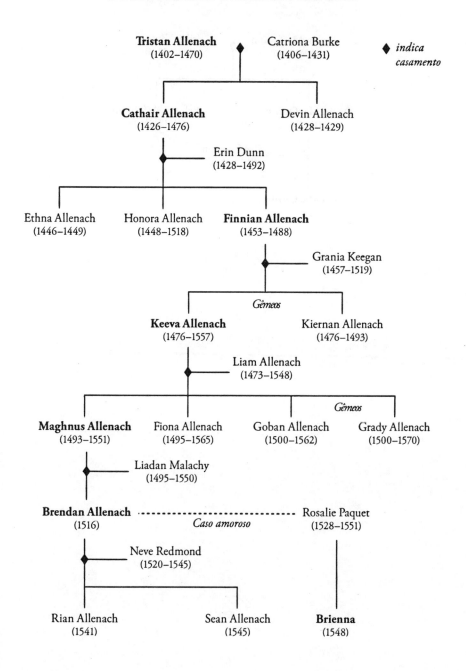

ÁRVORE GENEALÓGICA DA FAMÍLIA MACQUINN

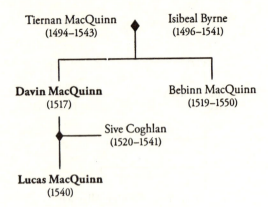

ÁRVORE GENEALÓGICA DA FAMÍLIA MORGANE

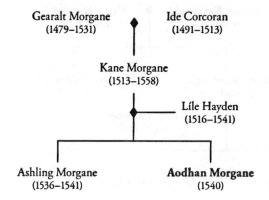

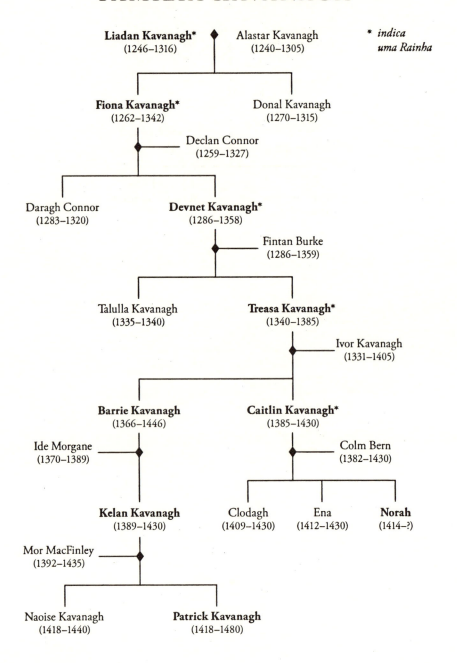

FAMÍLIA KAVANAGH

(cont.)

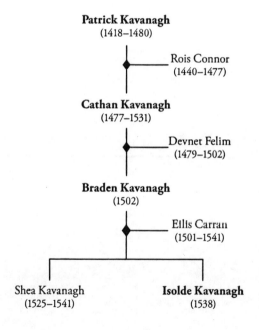

PRÓLOGO

Verão de 1559
Província de Angelique, reino de Valenia

A Casa Magnalia era o tipo de estabelecimento onde apenas garotas ricas e talentosas iam estudar para dominar sua paixão. Não era um lugar para crianças carentes, filhas ilegítimas e muito menos para garotas que desafiavam reis. É claro que, por acaso, sou todas essas três coisas.

Eu tinha 10 anos quando meu avô me levou pela primeira vez a Magnalia. Além de ser o dia mais quente do verão, uma tarde de nuvens pesadas e pavios curtos, foi o dia em que decidi fazer a pergunta que me assombrava desde que fui colocada no orfanato.

— Vovô, quem é meu pai?

Ele estava sentado no banco à minha frente, com os olhos cansados por conta do calor, até que minha pergunta o sobressaltou. Era um homem decente, mas muito discreto. Por causa disso, eu acreditava que tinha vergonha de mim, a filha ilegítima de sua amada e falecida filha.

Porém, naquele dia abafado, estava preso comigo numa carruagem, e eu havia elaborado uma pergunta que ele precisaria responder. Olhou para meu rosto expectante, franzindo a testa como se eu tivesse pedido a ele que arrancasse a lua do céu.

— Seu pai não é um homem respeitável, Brienna.

— Ele tem nome? — insisti.

O tempo quente me deixava ousada, ao mesmo tempo que derrubava os mais velhos, como o vovô. Estava confiante de que finalmente iria me contar de quem eu descendia.

— Todos os homens têm, não? — retrucou, ficando mal-humorado.

Estávamos viajando naquele calor havia dois dias.

Observei enquanto se atrapalhava para retirar o lenço do bolso e secar o suor da testa enrugada, que era pintada como a casca de um ovo. Tinha o rosto ruborizado, o nariz exagerado e uma coroa de cabelos brancos. Diziam que minha mãe era linda, e que eu era seu reflexo, mas não conseguia imaginar que uma pessoa feia como o vovô pudesse gerar algo bonito.

— Ah, Brienna, criança, por que precisa me perguntar sobre ele? — suspirou, desanimando-se um pouco. — Vamos falar do que está por vir, de Magnalia.

Engoli a decepção, que ficou entalada na garganta como uma bola de gude, e decidi que não queria falar sobre Magnalia.

A carruagem fez uma curva antes que eu pudesse exibir minha teimosia, e as rodas passaram das trilhas irregulares para um caminho de pedra mais uniforme. Olhei pelas janelas sujas de poeira. Meu coração acelerou com a visão, e cheguei mais perto, com os dedos abertos sobre o vidro.

Admirei primeiro as árvores, com seus longos galhos arqueados sobre o caminho, como braços abertos. Cavalos pastavam tranquilamente no gramado, com o pelo umedecido de suor sob o sol de verão. Na distância, além do pasto, ficavam as montanhas azuis de Valenia, a espinha dorsal do nosso reino. Era uma paisagem que aliviava minha decepção; uma terra para se cultivar milagres e coragem.

Seguimos em frente, por baixo dos galhos de carvalho colina acima, e finalmente paramos em um pátio. Através da névoa, olhei para as pedras cinzentas e extravagantes, para as janelas reluzentes e para a hera que escalava as paredes da Casa Magnalia.

— Agora escute, Brienna — disse vovô, apressando-se em guardar o lenço. — Você precisa se comportar excepcionalmente bem. Como se fosse conhecer o rei Phillipe. Precisa sorrir e fazer reverências, e não dizer nada que não seja apropriado. Consegue fazer isso pelo vovô?

Assenti, perdendo a voz de repente.

— Muito bem. Vamos rezar para que a Viúva a aceite.

O cocheiro abriu a porta, e vovô sinalizou para que eu desembarcasse antes dele. Saí da carruagem com as pernas trêmulas, e me senti pequena quando inclinei a cabeça para trás e contemplei a propriedade grandiosa.

— Conversarei com a Viúva primeiro, em particular, e, depois, você irá conhecê-la — instruiu, puxando-me pela escada até a porta da frente. — Lembre-se de que tem de ser educada. Este é um lugar para garotas cultas.

Ele examinou minha aparência enquanto tocava a campainha. Meu vestido azul-marinho estava amassado da viagem, as tranças se soltavam e o cabelo em volta do rosto estava desgrenhado. Contudo, a porta se abriu antes que meu avô pudesse comentar sobre meu estado de descuido. Adentramos Magnalia lado a lado, atravessando as sombras azuis do saguão.

Enquanto meu avô era recebido no escritório da Viúva, aguardei no corredor. O mordomo me ofereceu um lugar em um banco acolchoado junto à parede, onde esperei sozinha, balançando os pés nervosamente enquanto encarava o piso quadriculado preto e branco. Era uma casa silenciosa, como se lhe faltasse o coração. E, como estava tão silenciosa, eu conseguia ouvir meu avô e a Viúva conversando, ao passo que as palavras atravessavam as portas do escritório.

— Em torno de qual paixão ela gravita? — perguntou a Viúva, e a voz era intensa e suave, como um rastro de fumaça contra o céu em uma noite de outono.

— Ela gosta de desenhar... E se sai muito bem nisso. Também tem uma imaginação vívida. Seria ótima em teatro. E música; minha filha era muito talentosa com o alaúde, sem dúvida Brienna herdou um pouco disso. O que mais... ah, sim, dizem no orfanato que gosta de ler. Leu todos os livros de lá duas vezes.

Vovô estava tagarelando. Ele sabia o que estava dizendo? Nunca tinha me visto desenhar, tampouco ouvido minha imaginação.

Desci do banco e, silenciosamente, cheguei mais perto. Com o ouvido encostado à porta, absorvi as palavras.

— Isso tudo é muito bom, monsieur Paquet, mas o senhor entende que, por "paixão", quero dizer que sua neta precisa dominar *uma* das cinco paixões, e não todas.

Vislumbrei as cinco paixões em minha mente: *Arte. Música. Teatro. Sagacidade. Conhecimento.* Magnalia era um lugar aonde uma garota poderia ir para se tornar uma arden, uma aprendiz. Poderia escolher uma das cinco paixões para estudar de forma diligente sob as instruções e os cuidados de um mestre ou mestra. Quando chegasse ao auge do talento, a garota ganharia o título de mestra, recebendo seu manto: um símbolo individualizado de sua realização e de seu status. Ela se tornaria uma paixão da arte, ou uma paixão da sagacidade, ou daquilo a que se dedicasse.

Meu coração trovejou dentro do peito, e as palmas das mãos ficaram cobertas de suor quando me imaginei tornando-me uma paixão.

Qual eu deveria escolher, se a Viúva me aceitasse?

Porém, não consegui desenvolver aquela ideia, porque meu avô rebateu:

— Juro que Brienna é uma garota inteligente. Ela é capaz de dominar qualquer uma das cinco paixões.

— É gentileza sua pensar assim, mas devo dizer... minha Casa é muito competitiva, muito difícil. Já tenho as cinco ardens desta temporada de paixões. Se aceitar sua neta, um dos meus arials vai ter que instruir *duas* ardens. Isso nunca foi feito...

Estava tentando entender o que "arial" queria dizer ("instrutor", talvez?) quando ouvi um ruído e dei um pulo para longe das portas duplas, esperando que fossem se abrir, e que eu fosse pega no flagra. Porém, devia ter sido apenas meu avô, ajeitando-se ansiosamente na cadeira.

— Posso garantir, madame, que Brienna não causará problemas. É uma menina muito obediente.

— Mas o senhor disse que ela mora em um orfanato? E não carrega seu sobrenome. Por que isso? — questionou a Viúva.

Houve uma pausa. Sempre me perguntei por que meu sobrenome não era igual ao de Vovô. Aproximei-me das portas novamente, encostando o ouvido na madeira...

— É para proteger Brienna do pai, madame.

— Monsieur, temo que não possa aceitá-la se estiver em situação de perigo...

— Por favor, madame, escute-me só por um momento. Brienna tem dupla cidadania. A mãe dela, minha filha, era valeniana, e o pai é de

Maevana. Sabe que ela existe, e fiquei receoso... com medo de que a procure e consiga encontrá-la pelo meu sobrenome.

— E por que isso seria tão horrível?

— Porque o pai dela é...

Do outro lado do corredor, ouvi o som de uma porta se abrindo e se fechando, seguido do clique de botas adentrando o corredor. Voltei correndo para o banco e praticamente caí sobre ele, fazendo com que as pernas quadradas do móvel se arrastassem no chão como unhas que arranham um quadro-negro.

Não ousei erguer o rosto, sentindo as bochechas corarem de culpa, enquanto o dono das botas foi se aproximando até parar na minha frente.

Achei que fosse o mordomo, até que me resignei a erguer o olhar e ver que era um rapaz jovem e terrivelmente bonito, com o cabelo da cor de campos de trigo sob o sol do verão. Era alto e magro, sem um vinco sequer no tecido da calça e da túnica, mas, mais do que isso... usava um manto azul. Era uma paixão, então, um mestre de conhecimento. Azul era a cor deles. E ele tinha acabado de descobrir que eu estava espionando a Viúva.

Lentamente, ele se agachou, parando na altura do meu olhar cauteloso. Ele segurava um livro, e reparei que os olhos eram tão azuis quanto seu manto de paixão, da cor de centáureas.

— E quem seria você? — perguntou.

— Brienna.

— É um nome muito bonito. Você vai se tornar arden aqui em Magnalia?

— Não sei, monsieur.

— Quer se tornar uma?

— Sim, muito, monsieur.

— Não precisa me chamar de "monsieur" — corrigiu, delicadamente.

— Então como deveria chamá-lo, monsieur?

Ele não respondeu; apenas olhou para mim, com a cabeça inclinada para o lado, fazendo com que o cabelo louro recaísse sobre o ombro como um feixe de luz do sol. Queria que fosse embora, mas também queria que continuasse conversando comigo.

Foi naquele momento que as portas do escritório se abriram. O mestre de conhecimento se levantou, virando-se em direção ao som. Porém, meu olhar se desviou para as costas do manto, onde fios de prata se encontravam: uma constelação de estrelas em meio ao tecido azul. Fiquei encantada; desejava perguntar a ele o que aquilo queria dizer.

— Ah, mestre Cartier — cumprimentou a Viúva de onde estava, sob o portal. — Importa-se de acompanhar Brienna até o escritório?

Ele estendeu a mão para mim, com a palma virada convidativamente para cima. Cuidadosamente, apoiei meus dedos sobre os dele. Eu estava quente, ele estava frio. Caminhei ao lado dele até o fim do corredor, onde a Viúva me esperava. Mestre Cartier pressionou levemente meus dedos antes de me soltar e continuar seguindo pelo corredor; estava me incentivando a ser corajosa, a andar de cabeça erguida e orgulhosa; a encontrar meu lugar naquela Casa.

Entrei no escritório, e as portas se fecharam com um clique baixo. Vovô estava sentado em uma cadeira, e ao lado dele havia outra, esperando por mim. Deslizei sobre ela silenciosamente, enquanto a Viúva contornava a mesa, acomodando-se com um farfalhar do vestido.

Era uma mulher de aparência um tanto severa: a testa era proeminente, reflexo de anos esticando o cabelo para trás sob perucas apertadas. No momento, os cachos, brancos de experiência, estavam quase completamente escondidos por debaixo do capelo inglês de veludo preto, que pousava elegantemente sobre a cabeça. O vestido tinha um tom escuro de vermelho, cintura baixa e gola quadrada, contornada de pérolas. E eu soube, naquele momento, enquanto absorvia sua beleza envelhecida, que ela podia me guiar para uma vida que eu não conseguiria alcançar de outra forma. Para me tornar uma paixão.

— É um prazer conhecê-la, Brienna — cumprimentou-me, com um sorriso.

— Madame — respondi, limpando o suor das mãos no vestido.

— Seu avô me contou muitas coisas maravilhosas sobre você.

Assenti, lançando um olhar constrangido para ele. Vovô me observava com um brilho pesado nos olhos, e apertava o lenço firmemente outra vez, como se precisasse se segurar em alguma coisa.

— Por que paixão você se sente mais atraída, Brienna? — indagou, atraindo minha atenção novamente. — Ou será que tem uma inclinação natural por alguma delas?

Pelos santos dos céus, eu não sabia. Freneticamente, deixei que minha mente percorresse as cinco de novo: *arte... música... teatro... sagacidade... conhecimento.* Para ser sincera, não tinha qualquer inclinação natural, não tinha talento intrínseco para nenhuma paixão. Assim, disse a primeira que me veio à cabeça:

— Arte, madame.

Naquele momento, para minha consternação, ela abriu uma gaveta, de onde tirou um pedaço de pergaminho e um lápis. Colocou-os no canto da mesa, bem à minha frente.

— Desenhe algo para mim.

A Viúva sinalizou para que eu me aproximasse.

Resisti a olhar para o meu avô, porque sabia que nossa fraude se tornaria óbvia como um sinal de fumaça. Ele sabia que eu não era artista, e eu também sabia que não o era, contudo, peguei o lápis como se fosse.

Respirei fundo, e pensei em algo que amava: mentalizei a árvore que crescia no quintal do orfanato. Era um velho carvalho, sábio e grande, no qual adorávamos subir. Então falei para mim mesma: qualquer um pode desenhar uma árvore.

Desenhei enquanto a Viúva conversava com meu avô, e os dois tentavam me dar certa privacidade. Quando terminei, repousei o lápis sobre a mesa e esperei, observando aquilo que minha mão havia gerado.

Era uma reprodução lamentável. Nem um pouco parecida com a imagem que trazia na mente.

A Viúva encarou o desenho atentamente. Reparei em um leve franzido na testa dela, mas os olhos disfarçavam bem.

— Tem certeza de que quer estudar arte, Brienna?

Não havia crítica no tom dela, mas senti o desafio sutil no âmago daquelas palavras.

Quase respondi que não, que ali não era meu lugar. Porém, quando pensei em voltar para o orfanato e em me tornar uma criada ou cozinheira, como todas as outras garotas do orfanato acabavam se tornando, percebi que aquela era minha única chance de evoluir.

— Sim, madame.

— Então, vou abrir uma exceção para você. Já tenho cinco garotas da sua idade frequentando Magnalia. Você será a sexta arden, e vai estudar a paixão da arte com a mestra Solene. Passará os próximos sete anos aqui, morando com suas irmãs ardens, aprendendo e crescendo e se preparando para seu 17º solstício de verão, quando vai conquistar sua paixão e ganhar um patrono. — Ela fez uma pausa, e me senti embriagada por tudo o que tinha acabado de despejar em cima de mim. — Parece aceitável para você?

Pisquei os olhos, e então gaguejei:

— Sim, muito, madame!

— Muito bem. Monsieur Paquet, o senhor deve trazer Brienna de volta no equinócio de outono, junto com o valor referente à matrícula dela.

Meu avô se levantou apressadamente e se curvou para ela, e o alívio tomava conta da sala como um perfume.

— Obrigado, madame. Estamos maravilhados! Brienna não a decepcionará.

— Não, acredito que não — concordou a Viúva.

Levantei-me e fiz uma reverência torta, depois fui seguindo vovô até as portas do escritório. Contudo, logo antes de chegar ao corredor, virei-me para trás e olhei para a Viúva.

Observava-me com expressão triste. Eu era só uma garota, mas conhecia aquele olhar. O que quer que meu avô tenha dito para ela a convenceu a me aceitar. Minha admissão não era mérito meu; não fora baseada no meu potencial. Foi o nome do meu pai que a abalou? O mesmo que eu própria não sabia? Ainda assim, seu nome realmente importava?

Ela acreditava ter me aceitado por caridade, e que eu nunca conquistaria uma paixão.

Escolhi aquele momento para provar que ela estava enganada.

PARTE UM

MAGNALIA

Sete anos depois

1

CARTAS E LIÇÕES

Final da primavera de 1566

Duas vezes por semana, Francis se escondia no arbusto de zimbro que florescia junto à janela da biblioteca. Às vezes, gostava de fazê-lo esperar; tinha pernas compridas, e era impaciente. Imaginá-lo agachado em um arbusto era um agrado para minha mente. Mas faltava uma semana para o verão, e isso me instigava a me apressar. Também era hora de contar para ele. Aquele pensamento fez com que meus batimentos disparassem quando adentrei a quietude das sombras vespertinas da biblioteca.

Diga a ele que essa será a última vez.

Levantei a janela delicadamente, captando a fragrância doce dos jardins enquanto Francis erguia-se de sua posição inspirada nas gárgulas.

— Você gosta de me fazer esperar — resmungou, mas sempre me cumprimentava assim.

Tinha o rosto queimado de sol, e o cabelo escuro escapava da trança que o prendia. O uniforme marrom de mensageiro estava úmido de suor, e o sol cintilava na pequena aglomeração de distintivos de conquistas pendurados no tecido acima do coração. Ele se gabava de ser o mensageiro mais rápido de toda Valenia, apesar de seus supostos 21 anos.

— Esta é a última vez, Francis — avisei, antes que pudesse mudar de ideia.

— Última vez? — repetiu, embora já sorrisse para mim.

Conhecia esse sorriso. Era o que usava para conseguir o que queria.

— Por quê? — indagou.

— Porque sim! — exclamei, afastando uma abelha curiosa com a mão. — Precisa mesmo perguntar?

— No mínimo, essa é a época em que mais preciso de você, mademoiselle — rebateu, tirando dois envelopes pequenos do bolso interno da camisa. — Em oito dias será o solstício de verão do destino.

— Exatamente, Francis — retorqui, sabendo que ele estava pensando apenas na minha irmã arden Sibylle. — Oito dias, e ainda tenho muito a aprimorar.

Meu olhar parou nos envelopes que ele segurava; um deles estava endereçado a Sibylle, mas o outro era para mim. Reconheci a caligrafia como sendo do meu avô; finalmente me escrevera. Meu coração pulou só de imaginar o que a carta poderia guardar dentro de suas dobras...

— Está preocupada?

Meu olhar voltou para o rosto de Francis.

— É claro que estou preocupada.

— Não deveria. Acho que vai se sair esplendidamente bem.

Desta vez, não estava me provocando, como de costume. Ouvi a sinceridade em sua voz alegre e doce. Eu queria acreditar, como ele, que, em oito dias, quando o 17º verão marcasse meu corpo, conquistaria minha paixão. Que seria escolhida.

— Não acho que mestre Cartier...

— Quem liga para o que seu mestre pensa? — interrompeu Francis, dando de ombros. — Só deveria se preocupar com o que *você* pensa.

Franzi a testa enquanto ponderava sobre aquilo, imaginando como mestre Cartier responderia a essa declaração.

Conhecia Cartier havia sete anos. Conhecia Francis havia sete meses.

Nós nos conhecemos em novembro; estava sentada em frente à janela aberta, esperando que Cartier chegasse para minha aula da tarde, quando

Francis passou pelo caminho de cascalho. Eu e todas as minhas irmãs arden sabíamos quem ele era; sempre o víamos entregando e recebendo correspondências na Casa Magnalia. Mas aquele foi o primeiro encontro pessoal, quando perguntou se eu entregaria uma carta secreta a Sibylle. Entreguei, e, assim, acabei envolvida na troca de cartas entre eles.

— Eu me importo com o que o mestre Cartier pensa, porque ele é quem pode declarar se conquistei minha paixão — argumentei.

— Pelos santos, Brienna — respondeu Francis, enquanto uma borboleta brincava em seu ombro largo. — *Você* deveria ser quem declara se conquistou sua paixão, não acha?

Aquilo me deu motivo para pensar, e Francis se aproveitou da minha pausa.

— A propósito, sei quem são os patronos que a Viúva convidou para o solstício.

— O quê? Como?

É claro que eu sabia a resposta. Ele entregara todas as cartas, vira os nomes e endereços. Apertei os olhos na direção dele, e as covinhas surgiram em suas bochechas. Mais uma vez, aquele sorriso. Via perfeitamente bem por que Sibylle gostava dele, mas era brincalhão demais para mim.

— Ah, me entregue logo essas cartas malditas! — exclamei, estendendo a mão para tirá-las dele.

Ele se esquivou, pois já aguardava essa reação.

— Não quer saber quem são os patronos? — provocou. — Pois um deles será seu em oito dias...

Fiquei olhando para ele, mas vi além do rosto infantil e do corpo alto e desajeitado. O jardim estava seco, sedento por chuva, e tremulava sob uma brisa leve.

— Apenas me dê as cartas.

— Mas, se essa vai ser minha última carta para Sibylle, preciso reescrever algumas coisas.

— Por São LeGrand, Francis, não tenho tempo para seus jogos.

— Só mais uma carta — suplicou. — Não sei onde Sibylle estará daqui a uma semana.

Devia sentir pena dele; ah, o sofrimento de se amar uma paixão quando não se é uma. Ainda assim, devia ter permanecido firme na minha decisão. Ele que enviasse uma carta da forma tradicional, como deveria estar fazendo desde o início. Contudo, em meio a um suspiro, acabei concordando, principalmente porque queria a carta do meu avô.

Finalmente me entregou os envelopes. O de vovô foi direto para o bolso, mas o de Francis permaneceu nos meus dedos.

— Por que escreveu em dairine? — interpelei, reparando na caligrafia que preenchia o destinatário.

Tinha escrito na língua de Maevana, o reino do Norte: *Para Sibylle, meu sol e minha lua, minha vida e minha luz.*

Quase caí na gargalhada, mas me controlei a tempo.

— Não leia! — exclamou, com as bochechas, que já eram bronzeadas, ficando ainda mais coradas.

— Está na frente do envelope, seu bobo. É claro que vou ler.

— Brienna...

Ele estendeu a mão para mim, e saboreei a oportunidade de finalmente provocá-lo, quando ouvi a porta da biblioteca se abrindo. Sabia que era Cartier sem que eu precisasse conferir. Por três anos, passei quase todos os dias com ele, e minha alma se acostumara com a forma como a presença dele comandava silenciosamente o aposento.

Enfiei a carta de Francis no bolso junto com a do meu avô, então arregalei os olhos para Francis e comecei a fechar a janela. Ele entendeu o gesto um pouco tarde demais: prendi seus dedos no parapeito. Ouvi claramente o gritinho de dor, mas torci para que o fechamento rápido da janela tivesse escondido aquilo de Cartier.

— Mestre Cartier — cumprimentei-o, sem fôlego, girando sobre os calcanhares.

Ele não estava olhando para mim. Observei-o enquanto apoiava a bolsa de couro em uma cadeira e sacava vários livros dali de dentro, colocando-os sobre a mesa.

— Nada de janela aberta hoje? — perguntou.

Ainda não tinha olhado para mim, o que veio a calhar, pois senti o rosto ficando quente, e não era por causa da luz do sol.

— As abelhas estão agitadas hoje — rebati, olhando discretamente por cima do ombro e vendo que Francis corria pelo caminho de cascalho até o estábulo.

Conhecia as regras de Magnalia. Sabia que não podíamos ter envolvimentos românticos enquanto éramos ardens. Ou, sendo mais realista, não podíamos ser pegas fazendo aquilo. Eu era tola de transportar as cartas de Sibylle e Francis.

Olhei para a frente e vi Cartier me encarando.

— Como estão suas Casas Valenianas? — inquiriu, sinalizando para que eu me aproximasse da mesa.

— Muito bem, mestre — afirmei, assumindo meu lugar de sempre.

— Vamos começar recitando a linhagem da Casa de Renaud, seguindo o filho primogênito — instruiu Cartier, sentando-se na cadeira em frente à minha.

— Casa de Renaud?

Pela misericórdia dos santos, é claro que pediria a linhagem real expandida, justamente da qual tinha dificuldade de me lembrar.

— É a linhagem do nosso rei — relembrou-me, com o característico olhar firme.

Já tinha visto aquele olhar muitas vezes, e minhas irmãs ardens também; todas reclamavam de Cartier entre quatro paredes. O instrutor de conhecimento era o mais bonito dos arials de Magnalia, mas era também o mais rigoroso. Minha irmã arden Oriana alegava que havia uma pedra no peito dele, e desenhara uma caricatura, mostrando-o como um homem surgindo de uma pedra.

— Brienna.

Meu nome rolou pela língua dele enquanto seus dedos estalavam com impaciência.

— Me perdoe, mestre.

Tentei lembrar o começo da linhagem real, mas só conseguia pensar na carta de Vovô, que aguardava no meu bolso. O que o fez demorar tanto para escrever?

— Você entende que o conhecimento é a mais exigente das paixões? — instigou Cartier quando meu silêncio se prolongou por tempo demais.

Meu olhar encontrou o dele, e me perguntei se estaria tentando sugerir com sutileza que eu não tinha a resistência necessária para aquilo. Em algumas manhãs, eu mesma pensava isso.

No meu primeiro ano em Magnalia, estudei a paixão da arte. E, como não tinha inclinações artísticas, no ano seguinte, fui para a música. Porém, meu canto não serviu de redenção, e meus dedos faziam com que os instrumentos parecessem felinos guinchando. No terceiro ano, experimentei teatro, até descobrir que meu pânico de palco não poderia ser superado. Assim, meu quarto ano foi dedicado à sagacidade, um ano muito agitado do qual tentava não me lembrar. Então, quando fiz 14 anos, fui procurar Cartier e pedi que me aceitasse como sua arden, que me transformasse em mestra de conhecimento nos três anos que me restavam em Magnalia.

Ainda assim, eu sabia, e desconfiava que os outros arials que me instruíram também soubessem, que estava ali por causa de algo que meu avô dissera sete anos atrás. Não estava aqui porque merecia, por transbordar talento e habilidade como as outras cinco ardens, a quem amava como minhas verdadeiras irmãs. Contudo, talvez isso me fizesse querer ainda mais estar aqui, para provar que a paixão não era só um dom herdado, como algumas pessoas acreditavam, mas que poderia ser conquistada por qualquer um, plebeu ou nobre, mesmo não tendo aquela habilidade intrínseca.

— Talvez eu devesse voltar à nossa primeira lição — disse Cartier, interrompendo meu devaneio. — O que é paixão, Brienna?

O catecismo da paixão. Ele ecoava nos meus pensamentos; uma das primeiras passagens que memorizei. A que todas as ardens sabiam de cor.

Ele não estava sendo condescendente comigo ao perguntar isso agora, a oito dias do solstício de verão, mas, ainda assim, senti uma pontada de constrangimento, até que, bravamente, ergui o olhar até o dele e vi que havia mais significado naquela pergunta.

O que você quer, Brienna?, perguntaram seus olhos silenciosamente ao sustentarem os meus. *Por que você quer uma paixão?*

Então, dei a ele a resposta que me ensinaram a dizer, sentindo que seria mais seguro.

— A paixão é dividida em cinco corações — comecei. — Paixão é arte, música, teatro, sagacidade e conhecimento. Paixão é devoção absoluta; é fervor e agonia; é ponderação e zelo. Não conhece limites, e marca um homem ou mulher independentemente da classe ou status, independentemente da herança. A paixão se torna o homem ou a mulher, assim como o homem ou a mulher se torna a paixão. É uma consumação da habilidade e da carne, um marcador de devoção, dedicação e ação.

Não sabia dizer se Cartier estava decepcionado com minha resposta decorada. O rosto era sempre tão cuidadosamente protegido que nenhuma vez sequer o vi sorrir, e nenhuma vez o ouvi gargalhar. Às vezes, imaginava que não era muito mais velho do que eu, mas sempre lembrava a mim mesma de que minha alma era jovem, e a de Cartier não o era. Ele era muito mais experiente e estudado, o que, provavelmente, era o produto de uma infância terminada cedo demais. Qualquer que fosse a idade dele, carregava uma quantidade enorme de conhecimento na mente.

— Eu fui sua última escolha, Brienna — disse, por fim, ignorando meu catecismo. — Você me procurou três anos atrás, e me pediu que a preparasse para seu 17º solstício de verão. Em vez de ter sete anos para lhe transformar em mestra do conhecimento, só tive *três*.

Eu mal conseguia suportar aqueles lembretes. Faziam com que eu pensasse em Ciri, sua outra arden de conhecimento. Ela estava mergulhada em um conhecimento de profundidade invejável, e teve sete anos de instrução. É claro que me sentiria inadequada em comparação a ela.

— Perdoe-me por não ser como Ciri — deixei escapar, antes que pudesse engolir o sarcasmo.

— Ciri começou o treinamento quando tinha dez anos — lembrou-me calmamente, ocupando-se com um livro sobre a mesa.

Pegou-o e folheou por várias páginas marcadas com orelhas, algo que ele detestava fervorosamente, e o vi ajeitar com delicadeza as dobras no papel velho.

— Está arrependido da minha escolha, mestre?

O que realmente queria perguntar era: *Por que não recusou quando lhe pedi para que se tornasse meu mestre três anos atrás? Se três anos não era tempo suficiente para que eu chegasse à paixão, por que não me recusou?* Contudo, talvez meu olhar expressasse isso, porque ele me olhou, e então afastou o rosto languidamente em direção aos livros.

— Tenho poucos arrependimentos, Brienna — respondeu.

— O que acontecerá se não for escolhida por um patrono no solstício? — questionei, apesar de saber o que acontecia com jovens rapazes e moças que não conseguiam conquistar uma paixão.

Costumavam ser fracassados e inadequados, nem aqui nem ali, sem pertencer a nenhum grupo. Desprezados pelas paixões e pelo povo comum. Ao dedicar anos, tempo e mente à paixão, e não a alcançar... a pessoa ficava marcada como *inepta*. Não é mais arden, não chega a ser paixão, e, de repente, é obrigada a se misturar na sociedade e se tornar útil.

Enquanto esperava a resposta dele, pensei na metáfora simples que a mestra Solene me ensinou naquele primeiro ano de arte, quando percebeu que eu não era nada artística. A paixão se movia em fases. Começava-se como arden, que era como uma lagarta. Essa era a hora de devorar e dominar o máximo da paixão quanto fosse possível. Poderia acontecer até mesmo em dois anos, para quem era um prodígio, e levar até dez, se a pessoa tinha um aprendizado mais lento. A Casa Magnalia oferecia um programa de sete anos, e era bem rigorosa em comparação a outras Casas de paixão valenianas, que costumavam ir até oito ou nove anos de estudo. E, depois, vinha a paixão, marcada por um manto e um título, seguida da fase do patrono, que era como o casulo: um lugar onde guardar e amadurecer a paixão, para apoiá-la enquanto se preparava para a fase final. Esta era a borboleta, quando a paixão podia emergir para o mundo sozinha.

Estava pensando em borboletas quando Cartier rebateu:

— Acho que você será a primeira da sua espécie, pequena arden.

Não gostei da resposta, e meu corpo afundou mais ainda no brocado da cadeira, que tinha cheiro de livros velhos e de solidão.

— Se acredita que vai falhar, então, provavelmente o fará — continuou, e seus olhos azuis cintilavam em direção aos meus, castanhos. Partículas de poeira atravessaram o espaço entre nós, girando pelo ar. — Concorda?

— É claro, mestre.

— Seus olhos nunca mentem para mim, Brienna. Deveria aprender a se controlar melhor quando tenta me enganar.

— Vou seguir seu conselho, de coração.

Inclinou a cabeça para o lado, mas os olhos continuaram fixos nos meus.

— Quer me contar o que realmente tem em mente?

— O solstício está na minha cabeça — respondi, um pouco rápido demais.

Era uma meia-verdade, mas não conseguia imaginar contar a ele sobre a carta do meu avô, pois poderia me pedir para que a lesse em voz alta.

— Bom, esta aula foi inútil — afirmou, levantando-se.

Fiquei decepcionada por estar interrompendo a aula tão cedo, pois precisava de toda a instrução que estivesse disposto a me dar. Contudo, também fiquei aliviada. Não conseguiria me concentrar em nada com a carta do meu avô pesando no bolso como um pedaço de carvão.

— Por que não tira o resto da tarde para estudar sozinha? — sugeriu, acenando na direção dos livros sobre a mesa. — Pegue esses livros, se quiser.

— Sim, obrigada, mestre Cartier.

Também me levantei, e fiz uma reverência. Sem olhar para ele, recolhi os livros e saí da biblioteca, sentindo-me ansiosa.

Fui até o jardim, caminhando por detrás das cercas vivas, para que Cartier não pudesse me ver pelas janelas da biblioteca. O céu estava agitado e cinzento, alertando a iminência de uma tempestade. Sentei-me no primeiro banco que encontrei e coloquei os livros cuidadosamente ao meu lado.

Peguei a carta do meu avô e a segurei na frente do rosto. A caligrafia torta fazia meu nome se parecer com uma careta sobre o pergaminho. Quebrei o lacre de cera vermelha, e minhas mãos tremiam enquanto eu desdobrava a carta.

7 de junho de 1566

Minha querida Brienna,

Peço perdão por levar tanto tempo para respondê-la. Temo que a dor nas minhas mãos tenha piorado, e o médico me instruiu a ser breve na escrita, ou a contratar um escriba. Tenho que dizer que sinto muito orgulho de você, e que sua mãe, minha doce Rosalie, sentiria muito orgulho também de saber que você está a dias de conquistar sua paixão. Por favor, escreva-me depois do solstício e me conte qual patrono você escolheu.

    Respondendo à sua pergunta: Temo que esteja familiarizada com minha resposta. O nome do seu pai não é digno de atenção. Sua mãe foi ludibriada por seu rosto bonito e suas palavras doces, e acredito que só fosse lhe fazer mal saber o nome dele. Sim, você tem dupla cidadania, o que quer dizer que é parte maevana. Mas não quero que você o procure. Asseguro-lhe que encontraria nele os mesmos defeitos que vejo. E não, minha querida, ele não perguntou sobre você. Nenhuma vez sequer ele a procurou. Você precisa se lembrar que é ilegítima, e a maioria dos homens foge quando ouve essa palavra.

    Lembre que você é muito amada, e que me coloco no lugar do seu pai.

    Com amor,

Vovô

Amassei a carta na mão. Meus dedos estavam brancos como o papel, e os olhos afogavam-se em lágrimas. Era tolice chorar por uma carta dessas, por ter sido privada mais uma vez de saber o nome do homem que era meu pai. Levara semanas para reunir coragem de escrever aquela carta e perguntar por isso de novo.

Decidi que aquela seria a última vez que faria essa pergunta. O nome não importava mais.

Se minha mãe estivesse viva, o que diria sobre ele? Teriam se casado? Ou talvez já fosse casado, e fosse por isso que meu avô sentia tanta repulsa só de pensar no meu pai. Um vergonhoso caso extraconjugal entre uma mulher valeniana e um homem maevano.

Ah, minha mãe. Às vezes, achava que me lembrava da cadência musical de sua voz, ou que conseguia me lembrar de como era estar nos braços dela, de seu cheiro. Alfazema, cravo, sol e rosas. Morrera da doença do suor quando eu tinha três anos, e Cartier me disse uma vez que era raro que uma pessoa tivesse lembranças de tão pequena. Seria, então, coisa da minha cabeça? Memórias dela que eu gostaria de ter?

Por que doía, então, pensar em uma pessoa a qual eu não conhecia de verdade?

Enfiei a carta de volta no bolso, me inclinei para trás e senti as folhas recortadas da cerca viva acariciarem meu cabelo, como se a planta estivesse tentando me consolar. Não deveria estar pensando em fragmentos do passado, em coisas que não importavam. Precisava me concentrar no que aconteceria em oito dias, quando o solstício chegasse; quando devia dominar minha paixão e finalmente receber meu manto.

Devia estar lendo os livros de Cartier, enfiando palavras na memória.

Porém, antes mesmo que eu pudesse começar a levar os dedos até as páginas, ouvi passos leves sobre a grama, e Oriana surgiu pelo caminho.

— Brienna!

O cabelo preto de Oriana estava preso em uma trança que descia até a cintura. A pele escura e o vestido de arden estavam sarapintados de tinta, por conta das horas infinitas que passava no ateliê, e enquanto seu vestido contava uma história sobre encantadoras criações de cor, o meu estava tediosamente limpo e amassado. As seis ardens de Magnalia usavam aqueles sombrios vestidos cinza, e nós os odiávamos com unanimidade, com suas golas altas, mangas compridas e lisas, e caimento recatado. Tirá-los em breve seria apaixonante, de fato.

— O que está tramando? — perguntou minha irmã arden, diminuindo a distância entre nós. — Mestre Cartier já conseguiu levá-la à frustração?

— Não, acho que é o contrário, desta vez.

Levantei-me e peguei os livros com uma das mãos enquanto entrelaçava o braço livre no de Oriana. Andamos lado a lado. Como Oriana era pequena e magra em comparação à minha altura e minhas pernas compridas, precisava diminuir meu passo para acompanhar o dela.

— Como estão suas pinturas finais? — indaguei.

Ela riu com deboche e me deu um sorriso sarcástico enquanto arrancava uma rosa de um arbusto.

— Estão indo, eu acho.

— Já escolheu quais vai expor no solstício?

— Na verdade, já. — Ela começou a me contar sobre quais quadros tinha decidido expor para os patronos, enquanto eu a observava girar nervosamente a rosa.

— Não se preocupe — falei, e a fiz parar para podermos nos olhar cara a cara. Ao longe, um trovão ribombou, e o ar se encheu do aroma de chuva. — Seus quadros são lindíssimos. E já consigo ver.

— Ver o quê? — questionou, e prendeu a rosa delicadamente atrás da minha orelha.

— Que os patronos vão brigar por você. Levará o preço mais alto.

— Pelos santos, não! Eu não tenho o charme de Abree, nem a beleza de Sibylle, sequer a doçura de Merei, ou a sua inteligência e a de Ciri.

— Mas sua arte cria uma janela para outro mundo — expliquei, sorrindo para ela. — Ajudar os outros a verem o mundo de um jeito diferente é um verdadeiro dom.

— Desde quando você se tornou poeta, minha amiga?

Eu ri, mas o barulho de um trovão engoliu o som. Assim que a reclamação da tempestade passou, Oriana disse:

— Eu tenho uma confissão. — Ela me puxou para seguirmos pelo caminho quando as primeiras gotas de chuva começaram a cair, e fui atrás, intrigada, porque Oriana era a única arden que nunca violava as regras.

— E... — estimulei-a.

— Sabia que estava aqui no jardim, e vim pedir-lhe uma coisa. Lembra que desenhei retratos das outras garotas? Para ter como me lembrar de cada uma de vocês quando nos separarmos na próxima semana? — continuou, olhando para mim, com os olhos cor de âmbar brilhando de expectativa.

Tentei não gemer.

— Ori, não consigo ficar parada por tanto tempo.

— Abree conseguiu, e você sabe que ela não para quieta. E o que quer dizer com *não consigo ficar parada por tanto tempo*? Você fica o dia inteiro sentada com Ciri e o mestre Cartier, lendo um livro atrás do outro!

Contive um sorriso nos lábios. Durante um ano inteiro, ela me pediu para que posasse, e eu estive sempre ocupada demais com os estudos para ter tempo de lazer para algo como um retrato. Tinha aulas com Cartier e Ciri de manhã, mas, chegando a tarde, costumava ter aulas particulares com Cartier, porque ainda estava com dificuldade de dominar tudo o que precisava. E enquanto aguentava as aulas extenuantes e via o sol esmaecer sobre o chão, minhas irmãs ardens tinham as tardes livres. Em muitos dias, ouvi as risadas e a alegria delas encherem a casa enquanto açoitava minha memória sob o escrutínio de Cartier.

— Não sei — hesitei, trocando os livros de braço. — Eu devia estar estudando.

Contornamos o final da cerca viva e demos de cara com Abree.

— Conseguiu convencê-la? — perguntou Abree a Oriana, e percebi que aquilo era uma emboscada. — E não olhe assim para nós, Brienna.

— Assim como? — rebati. — Vocês duas sabem que, se quiser receber meu manto e ir embora com um patrono daqui a oito dias, preciso passar cada minuto...

— Memorizando linhagens tediosas, sim, nós sabemos — interrompeu Abree.

O denso cabelo castanho caía livre sobre os ombros, e havia algumas folhas presas nos cachos, como se ela estivesse se arrastando em meio aos arbustos. Ela era famosa por treinar suas falas do lado de fora da casa com mestre Xavier, e, por várias vezes, pude vê-la, pelas janelas da biblioteca, rolando na grama, esmagando frutas silvestres no corpete para simular sangue falso e projetando as falas para as nuvens. Agora, via sinais de lama em suas saias de arden, e manchas de frutas silvestres no vestido, percebendo que esteve se dedicando aos ensaios.

— Por favor, Brienna — suplicou Oriana. — Já desenhei todo mundo, menos você...

— E vai *querer* que a desenhe, principalmente depois que vir os adereços que encontrei para você — acrescentou Abree, sorrindo maliciosamente para mim.

Ela era a maior de nós, um palmo inteiro mais alta do que eu.

— Adereços! — resmunguei. — Escutem, eu não... — Mas o trovão soou de novo, sufocando meus fracos protestos, e, antes que pudesse impedi-la, Oriana roubou os livros das minhas mãos.

— Vou à frente para arrumar as coisas — avisou Oriana, dando três passos ansiosos para longe de mim, como se eu não pudesse mudar de ideia se ela estivesse fora do alcance da minha voz. — Abree, leve-a para o ateliê.

— Sim, milady — respondeu Abree, ironizando uma reverência.

Vi Oriana correr pelo gramado e entrar pelas portas dos fundos da casa.

— Ah, vamos lá, Brienna — insistiu Abree, enquanto a chuva se libertava das nuvens e pontilhava nosso vestido. — Você precisa aproveitar esses dias finais.

— Não consigo aproveitá-los com o medo de me tornar inepta.

Comecei a andar em direção a casa, puxando a fita da minha trança para deixar o cabelo comprido se soltar, e passando os dedos ansiosamente por ele.

— Você *não vai* ficar inepta! — Contudo, houve uma pausa, seguida por: — Mestre Cartier acha que vai?

Já estava na metade do gramado, sentindo-me encharcada e sufocada pelas expectativas iminentes, quando Abree me alcançou, segurou meu braço e me virou.

— Por favor, Brienna. Faça o retrato por mim e por Oriana.

Suspirei, mas um pequeno sorriso estava começando a tocar os cantos dos meus lábios.

— Tudo bem. Mas não pode levar o dia todo.

— Você realmente vai ficar animada quando vir os adereços que encontrei! — persistiu Abree, sem fôlego, e me arrastou pelo que restava do gramado.

— Quanto tempo acha que vai demorar? — ofeguei quando abrimos a porta e adentramos as sombras do corredor dos fundos da casa ensopadas e trêmulas.

— Não muito — respondeu Abree. — Ah! Lembra que estava me ajudando a elaborar a segunda parte da minha peça? Quando Lady Pumpernickel é jogada no calabouço por roubar o diadema?

— Aham.

Apesar de eu não estar mais estudando teatro, Abree continuava a solicitar minha ajuda quando tinha que elaborar o enredo de suas peças.

— Não sabe como tirá-la do calabouço, não é? — questionei, e ela corou, timidamente.

— Não. E antes que você sugira... eu não quero matá-la.

Não consegui conter uma gargalhada.

— Isso foi anos atrás, Abree.

Ela estava se referindo à época em que eu era arden de teatro, e nós duas escrevemos esquetes para mestre Xavier. Enquanto Abree criava uma cena cômica de duas irmãs lutando pelo mesmo rapaz, criei uma tragédia sangrenta sobre uma filha que roubava o trono do pai. Matei todos os personagens no final, à exceção de um, e mestre Xavier ficou chocado com meu enredo sombrio.

— Se não quer matá-la — propus, quando começamos a atravessar o corredor —, então faça com que encontre uma porta secreta atrás de um esqueleto, ou que convença um guarda a mudar de lado e a ajudar, mas só por um preço sombrio e inesperado.

— Ah, uma porta secreta! — exclamou Abree, passando o braço pelo meu. — Você cria histórias como uma diabinha, Bri! Queria ter uma mente como a sua.

Quando sorriu para mim, senti uma pontada de remorso por ter tanto pânico de palco para me tornar mestra de teatro.

Abree deve ter sentido o mesmo, pois me segurou mais forte e murmurou:

— Sabe, não é tarde demais. Você pode escrever uma peça de dois atos em oito dias, impressionar mestre Xavier e...

— Abree. — Silenciei-a, de um jeito brincalhão.

— É assim que duas ardens de Magnalia se comportam a uma semana do seu solstício do destino?

A voz nos sobressaltou. Abree e eu nos calamos na mesma hora, surpresas em vermos a mestra Therese, a arial de sagacidade, parada com os braços cruzados em total reprovação. Olhou para nós através do nariz comprido e pontudo, com as sobrancelhas erguidas em uma expressão repugnada por nossa aparência encharcada.

— Agem como se fossem crianças, e não mulheres prestes a ganhar seus mantos.

— Muitas desculpas, mestra Therese — murmurei, fazendo uma reverência profunda e respeitosa.

Abree me imitou, embora sua reverência tivesse sido um bocado descuidada.

— Arrumem-se imediatamente, antes que a madame as veja.

Abree e eu tropeçamos uma na outra em nossa pressa de nos afastarmos. Saímos cambaleando pelo corredor até o saguão, e seguimos em direção à escada.

— *Aquilo* é um demônio de carne e osso — sussurrou Abree alto demais, enquanto corria escada acima.

— Abree! — eu a repreendi, e tropecei na barra da saia no momento em que ouvi Cartier atrás de mim.

— Brienna?

Aparei minha queda na balaustrada. Com o equilíbrio recuperado, virei-me sobre o degrau para que pudesse olhar para ele. Estava no saguão, com a túnica branca impecavelmente amarrada por um cinto, e a calça cinza era quase do mesmo tom do meu vestido. Prendia o manto da paixão no pescoço, preparando-se para sair em meio à chuva.

— Mestre?

— Presumo que irá querer outra aula particular na segunda-feira, depois da nossa aula matinal com Ciri.

Ele elevou o olhar até mim, esperando a resposta que sabia que eu daria. Senti meus dedos escorregando pelo corrimão. Meu cabelo estava incomumente solto, caindo ao meu redor em selvagens mechas castanhas, e meu vestido estava encharcado, com a barra pingando uma canção diminuta sobre o mármore. Sabia que devia parecer totalmente desarrumada aos olhos dele, e que não devia me parecer com uma mulher valeniana prestes a alcançar sua paixão; que não devia ter a aparência da figura acadêmica que ele estava tentando moldar. Contudo, ergui o queixo e o respondi:

— Sim, obrigada, mestre Cartier.

— É possível que não haja carta alguma para distraí-la da próxima vez? — perguntou, e meus olhos se arregalaram enquanto continuavam o encarando, tentando ler para além da compostura firme de seu rosto.

Ele poderia me punir por entregar as cartas de Francis e Sibylle. Poderia me disciplinar, porque violei uma regra. Assim, esperei para ver o que exigiria de mim.

Foi então que o canto esquerdo dos lábios dele se mexeu, em um movimento sutil demais para ser considerado um sorriso genuíno, embora eu gostasse de imaginar que podia ter sido um, enquanto ele fazia uma reverência de despedida. Observei-o enquanto atravessava as portas e desaparecia em meio à tempestade, perguntando-me se ele estaria sendo misericordioso ou brincalhão, desejando que ele ficasse, e sentindo-me aliviada por ele ter partido.

Continuei subindo a escada, deixando um rastro de chuva para trás, e me perguntei... me perguntei como Cartier sempre parecia me fazer querer duas coisas conflitantes ao mesmo tempo.

2

UM RETRATO MAEVANO

Eu evitava o ateliê de arte desde o fracasso do meu primeiro ano em Magnalia. Porém, quando entrei ali, hesitante, naquela tarde chuvosa, com o cabelo molhado preso em um coque, acabei tendo lembranças boas do que aquele aposento tinha me oferecido. Lembrei-me das manhãs que passava ao lado de Oriana enquanto desenhávamos sob as instruções cuidadosas da mestra Solene. Recordei-me da primeira vez em que tentei pintar, da primeira vez em que tentei iluminar uma página, e da primeira vez em que tentei fazer uma água-forte. E, então, vieram os momentos sombrios que permaneciam gravados na minha mente como um hematoma, como quando me dei conta de que minha arte permanecia plana sobre a página enquanto a de Oriana respirava e ganhava vida. Ou o dia em que a mestra Solene me puxou de lado e disse delicadamente: *Talvez você deva tentar música, Brienna.*

— Você veio!

Olhei para o outro lado da sala e vi Oriana preparando um lugar para mim, com uma mancha nova de tinta vermelha na bochecha. Aquela sala sempre fora sufocantemente abarrotada de coisas bagunçadas, mas sabia que era porque Oriana e a mestra Solene faziam as próprias tintas. A mesa mais comprida da sala estava totalmente ocupada com potes de chumbo e pigmentos, cadinhos e tigelas de barro, jarras de água, pedras calcárias, pilhas de velinos e pergaminhos, uma caixa de ovos e uma tigela grande de giz moído. O cheiro era de terebintina, alecrim e da erva verde que elas ferviam para dela extrair, misteriosamente, a tinta rosa.

Com cuidado, contornei a mesa de tintas, cadeiras, caixas e cavaletes. Oriana havia colocado um banco ao lado da parede de janelas; um lugar para que eu me sentasse sob a luz da tempestade enquanto ela desenhava.

— Eu devia estar preocupada com esses... *adereços* que deixaram Abree tão empolgada? — indaguei.

Oriana estava prestes a responder quando Ciri entrou na sala.

— Encontrei. Era isso que queria, não era, Oriana? — perguntou Ciri, folheando as páginas de um livro que estava segurando. Quase tropeçou em um cavalete enquanto andava até o canto onde estávamos, e passou o livro para Oriana enquanto olhava para mim. — Você parece cansada, Brienna. Mestre Cartier está exigindo muito de você?

Porém, agora não tinha mais tempo de responder, pois Oriana soltou um grito de prazer, que levou meus olhos à página que estava admirando.

— Isso é perfeito, Ciri!

— Espere aí — falei, estendendo a mão para o livro e tomando-o de Oriana. — Este é um dos livros de história maevana de mestre Cartier.

Meus olhos percorreram a ilustração, e minha respiração ficou presa no peito. Era uma linda ilustração de uma rainha maevana. Eu a reconheci, pois Cartier nos ensinou a história de Maevana. Era Liadan Kavanagh, a primeira rainha do país. O que também significava que ela tinha o dom da magia.

Posava ereta e orgulhosa, com uma coroa de prata trançada e diamantes apoiada sobre a testa como uma grinalda de estrelas, o cabelo longo e castanho gravitando em volta do corpo, e uma tinta azul, que os maevanos chamavam de "corante", espalhada no rosto. Trazia no pescoço uma joia do tamanho de um punho, a lendária Pedra do Anoitecer, e vestia uma armadura que simulava escamas de dragão e brilhava em ouro e sangue. Havia uma espada longa embainhada ao lado do corpo, e ela tinha uma das mãos no quadril, enquanto a outra segurava uma lança.

— Até nos faz ansiar por esses dias — suspirou Ciri, espiando por cima do meu ombro. — Quando as rainhas governavam o Norte.

— Agora não é a hora da aula de história — disse Oriana, tirando o livro de mim com delicadeza.

— Não pretende me desenhar assim, não é? — perguntei, e meu coração começou a disparar. — Ori... seria presunção.

— Não seria, não — retorquiu Ciri, que adorava argumentar. — Você é, em parte, maevana, Brienna. Quem pode dizer que você não descende de rainhas?

Minha boca se abriu para protestar, mas Abree entrou carregando um monte de adereços.

— Aqui estão — anunciou, e os colocou aos nossos pés.

Observei, perplexa, enquanto Ciri e Oriana garimpavam entre peças de armadura barata uma espada cega, um manto azul-marinho da cor da meia-noite. Eram adereços de teatro e, sem dúvida, foram retirados do inventário de mestre Xavier.

— Certo, Brienna! — exclamou Oriana, empertigando-se com o peitoral nas mãos. — Deixe-me desenhar você como uma guerreira maevana.

As três congelaram. Oriana com a armadura, Abree com a espada e Ciri com a capa. Encaravam-me com expectativa e esperança, e descobri que meu coração tinha se acalmado, empolgado com a ideia, sentindo meu sangue maevano se agitando.

— Tudo bem. Mas isso não pode levar o dia todo — insisti, e Abree deu um gritinho de vitória, Oriana sorriu e Ciri revirou os olhos.

Esperei pacientemente enquanto me vestiam. O retrato seria apenas da cintura para cima, então, o fato de ainda estar com meu vestido de arden não importava. O peitoral envolveu meu torso, e os avambraços cobriam dos cotovelos aos pulsos. Um manto azul foi colocado nos meus ombros, e senti o estômago dar um nó. Inevitavelmente, remeti ao manto da paixão, e Ciri deve ter lido meus pensamentos. Ela se levantou e soltou meu cabelo do coque, prendendo-o em uma pequena trança.

— Pedi a Abree que escolhesse um manto azul. É importante usar sua cor. A *nossa* cor — disse ela, dando um passo para trás, parecendo satisfeita com a forma como tinha arrumado meu cabelo.

Quando uma arden conquistava sua paixão, seu mestre ou mestra lhe oferecia um manto. A cor do manto dependia da paixão. Arte recebia um manto vermelho, teatro recebia um preto, o de música era roxo, o de sagacidade era verde e o do conhecimento era azul. Mas não era apenas um marcador de realização e igualdade, de que a arden estava agora no mesmo nível que o mestre ou mestra. Era uma comemoração única, um símbolo do relacionamento entre o mestre e a arden.

Porém, antes que meus pensamentos pudessem se emaranhar demais nos mantos, Sibylle entrou correndo no ateliê, encharcada da chuva. Um sorriso jubiloso surgiu em seu rosto quando mostrou uma coroa de flores brancas.

— Aqui! — exclamou, espalhando água e atraindo nossa atenção. — Foi a coroa mais estrelada que consegui fazer antes da chuva começar!

Realmente, todas as minhas cinco irmãs ardens estavam envolvidas nessa emboscada do retrato. Merei, minha colega de quarto, era a única que faltava, e senti a ausência dela como uma sombra que caiu sobre a sala.

— Onde está Merei? — interpelei, quando Sibylle levou a coroa de flores até mim.

Graciosa, robusta e tímida, Sibylle repousou a coroa na minha cabeça.

— Você parece capaz de arrancar a cabeça de um homem — comentou, abrindo os lábios, vermelhos como um botão de rosa, em um sorriso largo e satisfeito.

— Não consegue ouvi-la? — indagou Abree, respondendo à minha pergunta, e levantou um dedo. Nós todas fizemos silêncio, e, para além das batidas da chuva nas vidraças, ouvimos a música suave e determinada de um violino. — Merei disse que está trabalhando furiosamente em uma composição nova, mas virá assim que puder.

— Agora, Brienna, pegue a espada e sente-se no banco — pediu Oriana, enquanto apanhava uma tigela de tinta azul.

Observei-a com cautela enquanto me sentava ao banco, segurando desajeitadamente a espada. Com a mão apoiada na coxa direita, a lâmina passava em frente ao meu peito, e a ponta cega quase tocava minha orelha esquerda. A armadura era flexível, mas ainda repousava estranhamente sobre o corpo, como se um par de braços desconhecidos tivesse surgido em volta do peito e me abraçado.

— Ciri, pode segurar a ilustração ao lado do rosto de Brienna? Quero ter certeza de que vai ficar perfeita — instruiu Oriana, sinalizando para que Ciri chegasse mais perto.

— O que vai ficar perfeita? — gaguejei.

— A pintura azul. Fique parada, Bri.

Eu não tinha escolha; mantive-me imóvel enquanto os olhos de Oriana pulavam da ilustração para o meu rosto, e novamente para a ilustração. Vi-a mergulhar as pontas dos dedos na tinta azul, e fechei os olhos quando passou os dedos diagonalmente pelo meu rosto, da testa até o queixo, sentindo como se ela estivesse abrindo uma parte secreta de mim. Um lugar que deveria permanecer escondido e silencioso estava despertando.

— Pode abrir os olhos.

Obedeci, e procurei com ansiedade observar minhas irmãs, que me olhavam com orgulho e aprovação.

— Acho que estamos prontas — concluiu Oriana, alcançando um pano para limpar a tinta dos dedos.

— Mas e aquela pedra? — perguntou Sibylle, enquanto trançava o cabelo cor de mel para longe dos olhos.

— Que pedra? — disse Abree franzindo a testa, parecendo chateada de ter deixado um adereço passar.

— Aquela pedra no pescoço da rainha.

— Acho que é uma pedra da noite — comentou Ciri, examinando a ilustração.

— Não, essa é a Pedra do Anoitecer — corrigi.

O rosto leitoso de Ciri ficou corado; ela odiava ser corrigida.

— Ah, sim — pigarreou. — É claro que você sabe a história maevana melhor do que eu, Brienna. Você tem motivo para prestar atenção quando mestre Cartier fica falando sem parar sobre isso.

Oriana colocou um segundo banco na frente do meu, e aprontou o pergaminho e o lápis.

— Tente ficar parada, Brienna.

Assenti, sentindo a tinta azul no meu rosto começando a secar.

— Eu queria ter dupla cidadania — murmurou Abree, esticando os braços. — Você pretende atravessar o canal para ver Maevana algum dia? Acho que deveria, Brienna. Leve-me com você!

— Talvez um dia — falei, enquanto Oriana começava a desenhar no papel. — E adoraria que você fosse comigo, Abree.

— Meu pai diz que Maevana é muito, *muito* diferente de Valenia — comentou Ciri, e ouvi o rancor na sua voz, como se ainda estivesse chateada porque a corrigi. Colocou o livro de Cartier sobre a mesa e se apoiou nela, voltando o olhar para mim. Seu cabelo louro escorria pelos ombros como a luz da lua. — Meu pai costumava visitar uma vez por ano, no outono, quando alguns dos lordes maevanos abriam os castelos para que nós, valenianos, nos hospedássemos para ver a caça ao cervo branco. Meu pai gostava quando ia, e contava que sempre havia boa cerveja e boa comida, histórias épicas e muita diversão. Mas é claro que nunca me deixava ir junto. Alegava que o local era muito selvagem, perigoso demais para uma garota valeniana como eu.

Sibylle fez um ronco debochado e abriu a gola do vestido para massagear o pescoço.

— Não é o que todos os pais dizem, só para deixarem as filhas "protegidas" em casa?

— Bom, você sabe o que dizem dos homens maevanos — acrescentei, citando meu avô.

— O quê? — perguntou Sibylle rapidamente, com o interesse ardendo de repente nos olhos cor de mel.

Havia me esquecido de que a carta de Francis para ela ainda estava no vestido molhado que deixei no chão do quarto. A pobre carta devia estar encharcada e manchada.

— Eles têm a fala mansa, são amantes habilidosos e cheios de artimanhas — recitei, usando minha melhor imitação da voz rouca do meu avô.

Sibylle caiu na gargalhada; era a mais confiante de nós com relação ao sexo oposto. Abree cobriu a boca, como se não soubesse se deveria ficar constrangida ou não. Ciri não disse nada, mas consegui ver que estava tentando não sorrir.

— Já chega de falar — repreendeu Oriana, em tom brincalhão, balançando o lápis na minha frente. — Se uma das mestras passasse e ouvisse isso, você teria que trabalhar na cozinha durante a última semana, Brienna.

— Eles *têm* que ser amantes habilidosos e cheios de artimanhas para serem dignos de mulheres assim! — continuou Sibylle, apontando para a ilustração da rainha. — Por todos os santos, o que aconteceu com Maevana? Por que tem um rei no trono agora?

Troquei um olhar com Ciri. Nós duas tivemos essa aula, dois anos atrás. Era uma história comprida e complicada.

— Você teria que perguntar ao mestre Cartier — respondeu Ciri, dando de ombros. — Ele poderia lhe contar, já que sabe toda a história de todas as terras que já existiram.

— Que maçante — lamentou Abree.

— Lembre-se, Abree — rebateu Ciri, cerrando os olhos —, de que Brienna e eu estamos prestes a nos tornarmos paixões de conhecimento.

Mais uma vez, ela estava ofendida.

— Perdão, Ciri. Quis dizer, é claro que fico fascinada com sua capacidade de guardar tanto conhecimento. — Abree recuou.

Ciri riu com deboche, e ainda parecia estar chateada, mas acabou deixando por isso mesmo. Então, voltou o olhar para mim.

— Você vai conhecer seu pai algum dia, Bri? — indagou Sibylle.

— Acredito que não — respondi, com sinceridade.

Era irônico para mim que, no dia em que prometi nunca mais perguntar sobre ele, estivesse vestida como uma rainha maevana.

— Isso é muito triste — comentou Abree.

Claro que seria triste para ela, e para todas as minhas irmãs. Vieram de famílias nobres, de pais e mães que estavam, em alguma medida, envolvidos na vida delas.

Assim, eu aleguei:

— Não me importa, de verdade.

Um silêncio se espalhou pelo ambiente. Escutei a chuva, a música distante de Merei ecoando pelo corredor e o ruído do lápis de Oriana, enquanto me replicava no pergaminho.

— Bem — falou Sibylle com animação, para desfazer as caras de desconforto. Ela era arden de sagacidade, e tinha a habilidade de lidar com qualquer tipo de conversa. — Você precisa ver o retrato que Oriana fez de mim, Brienna. É exatamente oposto ao seu — afirmou, então pegou-o no portfólio de Oriana, e o ergueu para que eu pudesse dar uma boa olhada nele.

Sibylle fora desenhada como uma perfeita nobre valeniana. Olhei com surpresa para todos os adereços que Abree conseguira. Usava um vestido vermelho de decote ousado, cravejado de pérolas, com um cordão de pedras baratas e uma peruca branca voluptuosa. Tinha, até mesmo, uma pinta de estrela perfeita na bochecha, a marca da nobreza feminina. Estava lindamente requintada, uma personificação de Valenia; repleta de etiqueta, pose e graça.

Enquanto isso, o meu retrato era de uma rainha que portava magia e usava corante azul no rosto, que vivia de armadura, cuja companhia constante não era a de um homem, mas de uma espada e uma joia.

Era a diferença gritante entre Maevana e Valenia, dois países no meio dos quais eu estava dividida. Queria me sentir à vontade com o vestido elegante e a pinta de estrela, mas também desejava encontrar minha herança na armadura e na tinta azul. Tinha vontade de portar uma paixão, mas também queria saber como segurar uma espada.

— Deveria pendurar os retratos de Brienna e de Sibylle lado a lado — sugeriu Abree para Oriana. — Podem servir como uma boa lição de história às futuras ardens.

— Se ofender uma valeniana, você perde a reputação — cantarolou Sibylle, limpando a sujeira debaixo das unhas. — Mas se ofender uma maevana... você perde a cabeça.

3

CHEQUES E MARCAS

Oriana levou mais uma hora para completar meu desenho. Não ousou me pedir para ficar por mais tempo quando começou a colorir; sentiu que eu estava ansiosa para tirar a fantasia e voltar aos meus estudos. Entreguei o manto, a armadura, a coroa de flores e a espada para Abree, e deixei as gargalhadas e conversas das minhas irmãs para trás. Saí do ateliê em busca das sombras tácitas do quarto que dividia com Merei.

Tradicionalmente, a arden de música era a única aluna de Magnalia privilegiada com um quarto particular, para acomodar os instrumentos. As outras quatro ardens dividiam os quartos em pares. Mas, como a Viúva inesperadamente me aceitou como sexta aluna, o quarto da arden de música se tornou um espaço compartilhado.

Quando abri a porta, o cheiro de pergaminho e de livros me recebeu como um amigo leal. Merei e eu éramos bagunceiras, mas eu culpava nossas paixões por isso. Ela tinha pautas musicais espalhadas por todos os lados. Certa vez, encontrei uma pilha de partituras na colcha dela, e Merei alegou que tinha adormecido com os papéis na mão. Ela me dissera que conseguia ouvir a música na cabeça quando lia silenciosamente as notações; essa era a profundeza de sua paixão.

Da minha parte, eram livros, cadernos e papéis soltos. Havia nichos entalhados na parede ao lado da minha cama, cheios de tomos que eu pegara na biblioteca. Os livros de Cartier também ocupavam várias prateleiras, e quando olhei para as lombadas, ora macias, ora duras, me perguntei como seria devolver todos a ele. E percebi que eu mesma não tinha nenhum livro.

Agachei para pegar no chão o vestido descartado, que ainda estava encharcado, e encontrei a carta de Francis. Estava manchada de tinta ininteligível.

— Eu perdi? — questionou Merei, da porta.

Girei sobre os calcanhares e a encontrei parada ali, com o violino debaixo do braço e o arco alongando-se pelos dedos compridos. A tempestade jogava uma luz lilás sobre a pele escura de Merei, e sobre o vestido manchado de breu.

— São LeGrand, *o que* fizeram com seu rosto?

Ela se aproximou, arregalando os olhos de curiosidade.

Meus dedos acompanharam meu perfil, e senti o traço de tinta azul craquelada. Havia me esquecido daquilo.

— Se você estivesse lá, isso jamais teria acontecido — provoquei.

Merei colocou o instrumento de lado e segurou meu queixo nos dedos, admirando o trabalho de Oriana.

— Bom, vou adivinhar: elas vestiram você como uma rainha maevana recém-chegada do campo de batalhas.

— Pareço *tão* maevana assim?

Ela me levou até a cômoda, onde uma jarra de água repousava à frente da janela de mainel. Guardei a carta de volta no bolso enquanto ela servia água numa tigela de porcelana e pegava um lenço.

— Não, sua aparência e seus trejeitos são muito valenianos. Seu avô não dizia que você era uma cópia da sua mãe?

— Sim, mas ele pode ter mentido.

Os olhos escuros de Merei me repreenderam pela minha falta de fé, e ela começou a limpar a tinta do meu rosto com o lenço.

— Como estão suas aulas, Bri?

Essa era a pergunta que sempre fazíamos uma à outra, repetidamente, conforme o solstício ia se aproximando. Soltei um muxoxo e fechei os olhos quando começou a esfregá-los com vigor.

— Não sei.

— Como pode não saber?

Ela parou de remover a tinta da minha pele, e acabei cedendo e abrindo os olhos de novo. Merei me observava com uma expressão que residia em algum lugar entre o alarme e a confusão.

— Só temos mais dois dias oficiais de aula — complementou.

— Sei bem. Mas quer saber qual é a pergunta que mestre Cartier me fez hoje? Ele perguntou: "O que é paixão?" Como se eu tivesse 10 anos, e não 17 — suspirei e tomei o lenço da mão dela para mergulhá-lo novamente na água.

Eu tinha contado a Merei sobre minhas desconfianças. Contei que acreditava que a Viúva tinha me aceitado por algum motivo misterioso, e não porque eu tinha potencial. E Merei testemunhou pessoalmente aquele segundo ano em que me enrolei no estudo da música. Ela se sentou ao meu lado e tentou me ajudar, enquanto mestra Evelina parecia perplexa com o quão mal eu tocava. Nunca antes um violino havia soado como se desejasse morrer.

— Por que ele não recusou quando pedi que me tomasse como arden? — continuei, enquanto esfregava o rosto. — Devia ter falado que três anos não eram suficientes para que eu pudesse dominar essa paixão. E se eu fosse inteligente, deveria ter escolhido conhecimento desde o início, quando tinha 10 anos e tempo suficiente para aprender todas essas malditas linhagens.

A tinta azul não estava saindo. Joguei o lenço de lado, sentindo como se tivesse arrancado metade do rosto e revelado o verdadeiro esqueleto daquilo que era: inepta.

— Preciso lembrá-la, Bri, de que mestre Cartier raramente comete erros?

Lancei um olhar para a janela e vi a chuva escorrer como lágrimas sobre o vidro, sabendo que Merei estava certa.

— Preciso lembrá-la de que mestre Cartier não teria aceitado você como arden se achasse, por um momento sequer, que não era capaz da paixão?

— Ela segurou minha mão para atrair minha atenção novamente, então sorriu. Metade do cabelo preto e cacheado estava preso com uma fita, e o restante pendia solto sobre os ombros. — Se mestre Cartier acredita que é capaz de dominar a paixão em três anos, então você é. E vai.

Apertei seus dedos em sinal de gratidão silenciosa. Agora, era minha vez de perguntar sobre a paixão dela.

— Como está sua composição mais recente? Ouvi um pouco lá do Ateliê de Arte...

Merei soltou minha mão e gemeu. Sabia, pelo som, que se sentia como eu... sufocada e preocupada. Ela se virou, andou até a cama e se sentou, apoiando o queixo na palma da mão.

— Está horrível, Bri.

— Me pareceu linda — elogiei, lembrando-me de como a música se espalhou pelos corredores.

— Está horrível — insistiu. — Mestra Evelina quer a canção pronta até o solstício. Não acho que seja possível...

Depois de sete anos dividindo o quarto com Merei, sabia que ela era perfeccionista quando se tratava de suas composições. Todas as notas tinham que estar lindamente posicionadas, e todas as músicas tinham que ser tocadas com fervor e arrebatamento. Se os dedos ou o arco deixassem escapar qualquer ruído sobre as cordas, ficava irritada com a performance.

— Sabe o que isso quer dizer? — perguntei, abrindo um sorriso enquanto alcançava uma caixa detalhadamente entalhada em uma das prateleiras.

Merei se deitou na cama com um gesto exageradamente dramático.

— Estou cansada demais para jogar — alegou.

— Temos um pacto — relembrei, abrindo a caixa sobre a mesa que compartilhávamos, puxando, dali de dentro, o tabuleiro quadriculado e as peças de mármore.

O pai dela enviara esse jogo de cheques e marcas para nós duas. Era um jogo que Merei adorava, e tinha crescido jogando-o na ilha de Bascune. Com o passar dos anos em Magnalia, conforme Merei e eu fomos ficando cada vez mais preocupadas com nossas paixões, quase não tínhamos mais tempo para jogar. Exceto pelas noites em que estávamos sobrecarregadas e preocupadas. Prometemos, então, sacar o jogo nessas horas, como forma de nos lembrarmos de que o solstício iminente não era tudo.

— Tudo bem — cedeu, como eu sabia que faria. Levantou-se da cama e andou até nossa mesa, pegando algumas partituras soltas e as colocando de lado.

Sentamo-nos uma em frente à outra, e nossos peões coloridos reluziram quando acendi as velas. Merei jogou uma moeda para ver quem faria a primeira jogada.

— Você começa, Bri.

Olhei para minhas peças, alinhadas de forma obediente. Cheques e marcas era um jogo de estratégia, tendo como objetivo remover as três peças vermelhas do oponente. Decidi começar pela beirada, e movi meu peão amarelo até a primeira marca.

Sempre começamos o jogo em silêncio, dando-nos tempo para ajustar os movimentos ao ritmo da outra. Eu tendia a fazer as jogadas mais ousadas, e Merei era mais cautelosa. Nossos peões já estavam espalhados pelo tabuleiro quando Merei interrompeu o silêncio com uma pergunta:

— Teve notícias do seu avô?

Tomei o primeiro peão vermelho dela, o qual ela vinha movendo para perto da nossa linha de impacto em forma de desafio.

— Sim. Deixarei você ler a carta depois.

Ela começou a mover os peões na direção de uma das minhas peças vermelhas.

— Ele lhe deu um nome?

— Nenhum. A resposta de sempre.

— Que seu pai não é digno de atenção?

— É, essas mesmas palavras.

Vi quando ela pegou um dos meus peões vermelhos. E também quando tinha me bloqueado com as peças amarelas, então comecei a passear entre elas.

— E quanto ao seu pai? — questionei.

— Ele me escreveu alguns dias atrás. Disse oi e que espera que você vá comigo visitá-lo depois do solstício.

Observei-a pular meus peões azuis, pousando no meio do meu território. Um movimento ousado vindo dela sempre me surpreendia; costumava jogar com muita cautela. Retaliei, espelhando-a, então perguntei:

— Você preferiria um patrono muito bonito com mau hálito, ou um muito feio que estivesse sempre cheiroso?

Merei riu.

— Boa tentativa, Bri, mas não me distraio com tanta facilidade.

— Não estou distraindo você — insisti, tentando esconder um sorriso. — São coisas muito importantes em que pensar.

— Aham. — Ela pegou meu segundo peão vermelho. — Teria de escolher o patrono feio, então.

— Eu também — respondi, tentando atravessar outro círculo de peões amarelos.

— Se vamos brincar disso, terá que responder a uma pergunta. — Ela moveu o peão preto até uma marca ímpar. — Prefere se apaixonar por seu mestre ou por seu patrono?

— As duas escolhas são horríveis e tolas — murmurei.

— Você tem de responder.

Fiquei olhando para o tabuleiro, tentando ver uma saída daquele nó em que ela me meteu.

— Tudo bem. Eu preferiria me apaixonar pelo meu patrono — falei.

Meu rosto ficou quente, mas mantive o olhar no tabuleiro. Estava quase alcançando o segundo peão dela...

— Tenho que dizer que escolheria o mestre.

Levantei o rosto, surpresa pela resposta. Ela sorriu; os olhos se grudaram nos meus enquanto, sem esforço algum, ela tomou meu último peão vermelho.

— Sempre me vence nesse jogo — lamentei.

— Você perde porque nunca protege o flanco, Bri. É sua única fraqueza. Venci você com um movimento oblíquo — explicou, balançando meu peão derrotado no ar. — Vamos jogar de novo?

Fiz um ruído de objeção, mas ela sabia que eu toparia. Rearrumamos nossos peões nas marcas originais, e esperei até que Merei fizesse a primeira jogada.

Não fizemos perguntas nessa rodada; eu estava concentrada demais em tentar vencê-la usando essa tática oblíqua com a qual sempre me vencia. Assim, quando pigarreou, levantei o rosto, sobressaltada de ver que estava prestes a pegar meu último peão.

— Agora — disse Merei —, uma pergunta muito importante.

— E o que é?

Ela fez uma pausa, tentando segurar a gargalhada enquanto me derrotava novamente.

— O que vai dizer para mestre Cartier quando ele perguntar por que seu rosto está manchado de azul?

4

OS TRÊS RAMOS

Fui a primeira a chegar à biblioteca na segunda-feira de manhã, e fiquei esperando que Ciri e Cartier chegassem para a aula. Apesar do esforço fiel de Merei ao esfregar meu rosto, e de uma dose da terebintina de Oriana, ainda estava com uma sombra leve de tinta azul. Assim, decidi deixar o cabelo solto e puxá-lo para frente; descia pelo meu peito, longo e indomado, da cor de mogno, mas a sensação era a de ter um escudo atrás do qual podia me esconder, para proteger o rosto e a lembrança da tinta de guerra.

Ciri chegou em seguida e sentou-se à minha frente, do outro lado da mesa.

— Ainda consigo ver a tinta — murmurou. — Mas talvez ele não repare.

Mestre Cartier entrou alguns segundos depois. Fingi estar limpando as unhas quando colocou os livros sobre a mesa, e o cabelo me encobriu ainda mais. Só percebi meu erro quando senti os olhos dele pousando em mim, e notei que suas mãos ficaram inertes. É claro que repararia que meu cabelo estava solto. Antes das aulas, eu sempre o prendia em uma trança, para que não caísse nos olhos.

Pude ouvi-lo contornar a mesa até parar ao lado de Ciri, de onde podia olhar diretamente para mim.

— Brienna?

Praguejei em silêncio. Então, cedi e levantei a cabeça, encarando-o.

— Mestre?

— Posso perguntar por que... parece que pintou metade do rosto de azul?

Meu olhar se desviou para Ciri, que estava apertando os lábios, tentando não rir.

— Pode perguntar, mestre — respondi, chutando Ciri por baixo da mesa. — Posei para um retrato. Oriana decidiu, hum, pintar meu rosto.

— Foi porque a vestimos como uma rainha maevana, mestre — explicou Ciri rapidamente, e observei, mortificada, enquanto ela folheava o livro de história até encontrar a ilustração de Liadan Kavanagh. — Essa daqui.

Cartier girou o livro para examiná-lo melhor. Ficou olhando para Liadan Kavanagh e depois para mim. Não conseguia identificar o que ele estava pensando, se achava aquilo engraçado ou ofensivo; se me achava ousada ou infantil.

Ele empurrou o livro delicadamente na direção de Ciri e disse:

— Me contem sobre Liadan Kavanagh, então.

— O que tem ela? — falou Ciri rapidamente, sempre ansiosa para responder a tudo antes de mim.

— Quem foi ela?

— A primeira rainha de Maevana.

— E como se tornou rainha?

Ele caminhou em volta da mesa, e a voz entrou naquela cadência grave e sonora que me fazia pensar em uma noite de verão cheia de estrelas. Era o tipo de voz que um contador de histórias deveria ter.

— Bem, ela era do clã Kavanagh — replicou Ciri.

— E por que isso importa?

Ciri hesitou. Realmente não se lembrava? Fiquei um pouco impressionada ao ver a ruga surgindo em sua testa, e os olhos azuis percorrendo a mesa à nossa frente, como se as respostas estivessem escondidas nos vincos da madeira. Ela nunca esquecia as coisas que Cartier dizia.

— Brienna? — incitou Cartier, quando começou a demorar demais.

— Porque os Kavanagh são descendentes de dragões — respondi. — Eles têm magia no sangue.

— E as outras 13 Casas de Maevana não têm? — interpelou, apesar de saber a resposta.

Era assim que ensinava a mim e Ciri: entrava em conversas conosco, pedindo que contássemos os trechinhos de história que já tinha nos fornecido.

— Não — retruquei. — As outras Casas não possuem magia. Só os Kavanagh.

— Mas por que uma *rainha*, e não um rei? — Ele parou em frente ao grande mapa que havia na parede e passou o dedo pelos quatro países que compunham nosso hemisfério: a ilha de Maevana, ao Norte, Grimhildor no Oeste, distante e congelado, e Valenia e Bandecca ao Sul, com o oceano os separando em três pedaços de terra montanhosa. Quando os tocou, ele afirmou: — Valenia tem um rei. Bandecca tem um rei. Grimhildor tem um rei. Todos os países do nosso domínio têm reis. Por que, então, Maevana, uma terra de clãs de guerreiros, construiu o trono com uma rainha?

Sorri e deixei que meus dedos traçassem um dos vincos da madeira.

— Porque as mulheres Kavanagh são naturalmente mais fortes na magia do que os homens.

E pensei naquela ilustração gloriosa de Liadan Kavanagh; lembrava-me da postura orgulhosa, da tinta azul na pele e do sangue na armadura, e da coroa prateada de diamantes na cabeça. Seria possível que eu descendesse de alguém como ela?

— Você está certa, Brienna — disse Cartier. — A magia sempre é mais forte nas mulheres do que nos homens. Às vezes, penso o mesmo da paixão, até ser lembrado de que a paixão não é mágica nem hereditária. Porque alguns de nós escolhem nossa paixão — e, nessa hora, olhou para mim — e, às vezes, a paixão nos escolhe — e, nesse instante, olhou para Ciri.

Foi só nesse momento que me dei conta do quanto Ciri e eu éramos diferentes, de como Cartier tinha que ser flexível em seus ensinamentos para garantir que as duas ardens aprendessem pelo método que fosse mais adequado a cada uma delas. Eu preferia histórias; Ciri preferia fatos.

— Bem. — Cartier voltou a caminhar lentamente pela biblioteca. — Você me contou que Liadan Kavanagh tinha magia. Mas por que foi escolhida rainha, então, trezentos anos atrás?

— Por causa dos hildos — afirmou Ciri apressadamente, voltando à conversa. — Os invasores vindos de Grimhildor penetraram a costa maevana.

— Sim — acrescentei. — Mal sabiam eles que não espantariam nem intimidariam os 14 clãs de Maevana. Na verdade, a violência dos hildos os uniu sob o comando de uma rainha.

— E Liadan foi escolhida porque... — provocou Cartier.

— Porque tinha magia — respondeu Ciri.

— Porque uniu os clãs — rebati. — Não foi só porque Liadan dominava a magia de seus ancestrais. Era uma guerreira, uma líder, e uniu todo o seu povo.

Cartier parou de andar. As mãos estavam unidas atrás das costas, mas os olhos encontraram os meus através do sol e das sombras matutinas. Por um momento fugaz e incrível, ele quase sorriu para mim.

— Muito bem colocado, Brienna.

— Mas, mestre Cartier — protestou Ciri —, vocês dois disseram que ela foi escolhida por causa da magia.

Qualquer sinal de sorriso desapareceu quando os olhos dele migraram de mim para Ciri.

— Ela tinha uma magia poderosa, sim, mas precisarei lembrar a você de como a magia dos Kavanagh se comportava em batalha?

— Ficava desnorteada — falei baixinho, mas Cartier e Ciri me ouviram. — A magia ganhava vontade própria durante situações de batalhas e de derramamento de sangue. Voltava-se contra os Kavanagh; corrompia suas mentes e motivações.

— E o que Liadan fez? — perguntou Cartier.

— Ela não usou magia contra os hildos. Lutou com espadas e escudos, como se fosse nascida em outra Casa e não tivesse magia nenhuma.

Cartier não precisava confirmar minha resposta. Vi o prazer em seus olhos, por ter me lembrado de uma aula de tanto tempo atrás, uma aula que deve ter dado achando que não ouvimos.

Ciri suspirou alto, e o momento foi destruído.

— Pois não, Ciri? — inquiriu Cartier, com as sobrancelhas erguidas.

— Foi um prazer ouvir vocês dois recontarem a história da primeira rainha — começou. — Mas a história maevana não é tão importante para mim como é para Brienna.

— Então de que gostaria de falar?

Ela se mexeu sobre a cadeira.

— Talvez você possa nos preparar para o solstício. Quem são os patronos que virão? O que Brienna e eu poderemos esperar?

Por mais que gostasse de falar com Cartier sobre história maevana, Ciri estava certa. Mais uma vez, fiquei presa nas coisas do passado em vez de olhar para os dias futuros. Conhecimento sobre rainhas maevanas não devia ser o tipo de coisa que atrairia um patrono valeniano. Até onde eu sabia, Maevana reconhecia as paixões, mas não as abraçava.

Cartier puxou a cadeira e finalmente se sentou, entrelaçando os dedos enquanto olhava para nós.

— Temo que não possa contar muito sobre o solstício, Ciri. Não sei quais são os patronos que a Viúva convidou.

— Mas, mestre...

Ele levantou o dedo, e Ciri ficou quieta, embora eu pudesse ver o vermelho da indignação surgindo em suas bochechas.

— Talvez não possa contar muito — repetiu. — Mas posso dar uma dica sobre os patronos. Vai haver três patronos em busca de uma paixão de conhecimento, um para cada ramo.

— Ramo? — ecoou Ciri.

— Pense na nossa primeira aula, muito tempo atrás — instruiu Cartier. — Lembra-se de que contei que o conhecimento se abre em três ramos?

— O historiador — soprei, a fim de reanimar sua memória.

Ela olhou para mim, e o conhecimento lentamente voltou a preenchê-la.

— O historiador, o médico e o professor.

Ele assentiu.

— Vocês duas precisam estar prontas para abordar cada um desses três patronos.

— Mas como fazemos isso, mestre Cartier? — perguntou Ciri, batucando ansiosamente na mesa.

Senti vontade de dizer que ela não tinha nada com o que se preocupar; sem dúvida, impressionaria os três patronos.

— Para o historiador, devem saber uma linhagem impressionante de memória; devem poder falar sobre qualquer membro dessa linhagem. Preferivelmente, concentrem-se na família real — explicou Cartier. — Com o médico, devem estar preparadas para falar sobre qualquer osso ou músculo, qualquer órgão do corpo, assim como sobre traumas e ferimentos. E para o professor... bem, esse é mais difícil. O melhor conselho que posso dar é que exemplifiquem como podem dominar qualquer assunto e instruir qualquer aluno.

Ele deve ter visto o olhar vidrado no nosso rosto. Mais uma vez, *quase* sorriu ao cruzar as pernas e dizer:

— Já sobrecarreguei vocês. Tirem o resto da manhã para se prepararem para o solstício.

Ciri empurrou a cadeira para trás na mesma hora, ansiosa para sair e pensar sobre o que Cartier tinha acabado de nos contar. Eu fui mais devagar, sentindo novamente aquele conflito estranho... a necessidade de sentar-me ao lado dele e pedir que me ensinasse *ainda mais*, lutando contra o desejo de ficar sozinha e tentar entender aquilo tudo por conta própria.

Tinha acabado de passar pela cadeira dele, a caminho da porta aberta, quando ouvi sua voz, calma e gentil, dizer meu nome.

— Brienna.

Congelei. Ciri também deve ter ouvido, pois parou bem na saída da sala para olhar para trás, de testa franzida. Ela me observou enquanto eu caminhava de volta até ele, e, então, sumiu pelo corredor.

— Mestre?

— Você está duvidando de si mesma — declarou, erguendo o olhar até mim.

Respirei fundo, pronta para negar, para fingir confiança. Porém, as palavras murcharam.

— Estou. Tenho medo de nenhum patrono me querer. De não merecer meu manto.

— E por que acreditaria nisso? — questionou.

Pensei em dizer todos os motivos, mas isso exigiria que voltasse àquele fatídico dia em que estive no corredor de Magnalia pela primeira vez, xeretando uma conversa. O dia em que o conheci, quando sua entrada inesperada encobriu o nome do meu pai.

— Lembra do que lhe falei no dia em que pediu que eu me tornasse seu mestre e lhe ensinasse conhecimento em apenas três anos?

— Sim — assenti. — Disse que teria que me esforçar em dobro. Que, enquanto minhas irmãs estivessem aproveitando as tardes, eu teria que estudar.

— E você o fez?

— Fiz — sussurrei. — Fiz tudo o que me mandou fazer.

— Então por que duvida de si mesma?

Desviei o olhar em direção às estantes. Não estava com vontade de explicar tudo para ele; seria expor muito do meu coração.

— Você se sentiria encorajada por saber que escolhi sua constelação?

Aquela declaração ousada levou meu olhar de volta ao dele. Cartier repousava como um príncipe em seu trono de conhecimento, e eu o encarei, sentindo a pulsação acelerar. Era o presente dele para mim, do mestre para a aluna. Escolheria uma constelação para mim e mandaria replicá-la no meu manto da paixão. Estrelas que pertenceriam só a mim, para marcar a conclusão do meu caminho até a paixão.

Não deveria me contar que estava preparando meu manto. Mas contou. E me fez pensar no seu próprio manto, azul como as centáureas selvagens, e nas estrelas que pertenciam a ele. Era a constelação de Verene, uma cadeia de estrelas que predizia triunfo apesar das derrotas e provações.

— Sim — respondi. — Obrigada, mestre Cartier.

Comecei a andar até a saída, mas me senti dividida novamente entre a porta e a cadeira dele.

— Tem mais alguma coisa que deseja me perguntar, Brienna?

Retornei para a frente dele, e o olhei nos olhos.

— Sim. Você tem algum livro sobre a Pedra do Anoitecer?

— A Pedra do Anoitecer? — repetiu, erguendo as sobrancelhas. — O que a faz perguntar sobre isso?

— Aquela ilustração de Liadan Kavanagh... — comecei, timidamente, a dizer, lembrando-me de como ela portava a pedra no pescoço.

— Ah, sim. — Cartier se levantou da cadeira e abriu a bolsa de couro. Pude vê-lo mexendo nos livros que tinha sempre consigo, até finalmente sacar dali um tomo surrado, envolto em uma folha protetora de velino. — Aqui. Da página 80 até a 100, fala-se sobre a pedra.

Aceitei o livro, tomando cuidado com a lombada frágil.

— Sempre carrega este livro com você?

Achei estranho que o levasse consigo, porque vi o emblema maevano impresso na capa; e quem se dava ao trabalho de ficar carregando um livro sobre história maevana?

— Tinha certeza de que pediria por ele em algum momento — respondeu Cartier.

Não soube o que dizer. Assim, fiz uma reverência e saí sem dizer mais nada.

— 5 —

A PEDRA DO ANOITECER

Àquela tarde, não tive aula particular com Cartier, porque havíamos nos esquecido de que o costureiro viria a Magnalia tirar as medidas das ardens, para confeccionar nossos vestidos do solstício. Mas eu jamais seria vista sem um livro. Estava ao lado de Ciri no corredor enquanto esperávamos nossa vez, e meus dedos passavam as páginas delicadas e manchadas do livro de histórias maevanas que Cartier tinha me dado.

— Escute isto, Ciri — falei, com os olhos sobrevoando as palavras. — A origem da Pedra do Anoitecer ainda é muito discutida, mas as lendas alegam que fora encontrada no fundo de um lago subterrâneo nas montanhas Killough. Fora coletada por uma donzela Kavanagh, que levara a pedra para os anciãos do clã. Depois de muita deliberação, os Kavanagh decidiram entrelaçar a magia deles com a pedra, o que levou lentamente à digressão da capacidade de se transformarem em dragões.

Estava encantada com a história, mas como Ciri permaneceu em silêncio, desviei o olhar até ela, e a vi estatelada contra a parede, com o olhar teimosamente grudado no lambri.

— Ciri?

— Não ligo para a *Pedra do Anoitecer* — disse ela. — Na verdade, não quero ouvir sobre isso. Já tenho coisas suficientes na cabeça atualmente.

Fechei o livro e repassei rapidamente em pensamento as lembranças daquela manhã, tentando encontrar a fonte daquela irritação.

— O que foi, Ciri?

— Não consigo acreditar que só percebi agora — continuou.

— Percebeu o quê?

Finalmente voltou os olhos azuis para mim, e eles estavam frios, como gelo prestes a rachar.

— Que mestre Cartier prefere você.

Fiquei paralisada ao ouvir aquela alegação. Em seguida, minhas palavras despencaram pela boca, incrédulas.

— Ele não prefere a mim! Ciri, sinceramente... Mestre Cartier não gosta de ninguém.

— Durante sete anos, eu me esforcei para impressioná-lo, para conquistar a preferência dele, para tentar arrancar o menor dos sorrisos. — O rosto estava excepcionalmente pálido, e a inveja quente ardia com força dentro dela. — E, então, você chegou. Viu como olhou para você hoje? Como queria sorrir para você? Era como se eu não estivesse ali enquanto os dois tagarelavam sobre as rainhas maevanas e magia.

— Ciri, por favor — sussurrei, e minha garganta foi ficando subitamente rouca conforme aquelas palavras eram absorvidas.

— E, então, ele não aguentou — continuou. — Tinha que pedir que ficasse e dizer que tinha escolhido sua constelação. Por que fez isso? Por que não falou o mesmo para mim? Ah, claro. Você é a queridinha, a favorita dele.

Minhas bochechas esquentaram quando percebi que havia nos espionado. Não sabia o que dizer. Eu mesma já estava começando a me irritar, mas discutir com ela seria tão tolo quanto bater com a cabeça na parede. Mesmo assim, ela me encarava, desafiando-me a contradizê-la.

Foi nessa hora que o costureiro abriu a porta e chamou por Ciri.

Senti seu vulto passando por mim, e inspirei a fragrância de lírios que a seguiu quando desapareceu no ateliê e o costureiro fechou a porta.

Lentamente, deslizei até o chão, e minhas pernas pareciam feitas de água. Puxei os joelhos até o corpo e os segurei junto ao peito enquanto olhava para a parede. Minha cabeça começou a latejar, e massageei cansadamente as têmporas.

Nunca pensei que mestre Cartier me preferisse. Nem uma vez. E fiquei perplexa por Ciri pensar uma besteira dessas.

Havia certas regras que mestres e mestras seguiam rigorosamente na Casa Magnalia. Não demonstravam favoritismo por nenhuma arden. No solstício, eles nos avaliavam com base em critérios alheios a preferências e preconceitos, embora pudessem oferecer algum nível de orientação. Não entregariam o manto da paixão a uma arden que falhasse com seu mestre. E, embora seus métodos de ensinamento fossem variados, indo da dança a debates simulados, seguiam uma regra fundamental: nunca nos tocavam.

Mestre Cartier era praticamente perfeito. Não ousaria violar qualquer regra.

Estava pensando nisso, de olhos fechados, com as bochechas coradas enterradas nas mãos, quando senti um leve odor de fumaça. Eu o inspirei, levei-o até o coração... Era um aroma de madeira queimando, de folhas maceradas e de grama... O aroma metálico do aço sendo aquecido no fogo... O vento extraído dos céus azuis e limpos... Então, abri os olhos. Não era um aroma que vinha da Casa Magnalia.

A luz parecia ter se modificado ao meu redor. Não era mais quente e dourada, mas fria e tempestuosa. Em seguida, ouvi uma voz distante; a voz de um homem.

Meu senhor? Meu senhor, ela veio vê-lo...

Levantei-me, tremendo, e me recostei à parede, de frente para o corredor. Parecia que a voz, com aquelas palavras frágeis e roucas de um homem idoso, vinha na minha direção, mas eu estava sozinha no corredor. Questionei-me brevemente se não haveria alguma porta secreta que eu desconhecia, se um dos criados não estava prestes a sair por ela.

Meu senhor?

Minha suposição desapareceu quando percebi que aquela voz falava em dairine, o idioma de Maevana.

Estava prestes a dar um passo à frente e tentar descobrir quem estava falando, quando a porta do ateliê ruidosamente se abriu.

Ciri surgiu dali e me ignorou ao seguir pelo corredor. Então, a luz voltou ao dourado do verão, o odor sufocante de coisas queimando evaporou, e o chamado do estranho se esvaiu em partículas de poeira.

— Brienna? — chamou o costureiro.

Obriguei-me a atravessar o corredor e ir até ele, a entrar no ateliê. Pus o livro cautelosamente de lado e esforcei-me para ficar imóvel e quieta sobre o pedestal enquanto o costureiro começava a tirar minhas medidas. Mas, por dentro, a cabeça estava latejando, e a pulsação disparava pelos meus braços e pescoço enquanto eu encarava meu reflexo no espelho.

Estava pálida como um osso, com o castanho dos olhos tristemente avermelhado e o maxilar trincado. Parecia ter acabado de ver um fantasma.

A maioria dos valenianos alegaria que não éramos supersticiosos. Mas éramos. Era por isso que jogávamos ervas na entrada de casa no começo de cada estação, por isso que os casamentos só aconteciam às sextas-feiras, e por isso que ninguém jamais queria ter um número ímpar de filhos. Eu sabia que os santos podiam aparecer para os pecadores, mas aquilo... quase parecia que a Casa Magnalia era mal-assombrada.

E, se era, então por que estava ouvindo vozes só *agora*?

— Certo, mademoiselle, já pode ir.

Desci do pedestal e peguei o livro. O costureiro devia ter me achado grosseira, mas minha voz estava entalada no fundo do peito quando respirei e abri a porta...

No corredor, tudo estava normal, como devia estar.

Entrei nele, senti o cheiro fermentado de pão recém-assado vindo da cozinha, ouvi a música de Merei flutuando no ar como uma nuvem e senti o piso preto e branco encerado sob os sapatos. Sim, era Magnalia.

Balancei a cabeça, como se para afastar o véu que tinha surgido entre meus pensamentos e percepções, e olhei para o livro que tinha nas mãos.

Por baixo da folha protetora de velino, a capa marrom brilhava como um rubi. Não parecia mais antiga e gasta, mas recém-impressa e encadernada.

Parei onde estava. Delicadamente, removi o velino, deixando que caísse no chão enquanto observava o livro. *O livro das horas*, dizia o título em dourado. Eu nem tinha reparado no título que pousava sobre a capa quando Cartier o entregou para mim, de tão gasto e surrado que estava o livro. Antes, parecia pouco mais do que uma mancha dourada, mas, agora, estava incrivelmente nítido.

O que diria para ele quando o devolvesse? Que o astucioso livrinho de história maevana tinha voltado no tempo?

Assim que pensei isso, minha curiosidade brotou como erva daninha. Abri a capa. Havia o emblema das publicações maevanas, e o ano da primeira impressão: *1430*.

E os dedos na página, as mãos segurando o livro, não eram mais meus.

Eram as mãos de um homem: grandes, cheias de cicatrizes e com sujeira embaixo das unhas.

Soltei o livro num sobressalto. Contudo, ele permaneceu nas mãos do homem, nas minhas mãos, e percebi que estava ancorada a ele. Conforme meus sentidos foram percebendo seu corpo alto, musculoso e robusto, senti a luz mudar à nossa volta, tornando-se cinza e perturbada, e a fumaça invadiu o corredor de novo.

— *Meu senhor? Meu senhor, ela veio vê-lo.*

Olhei para a frente; não estava mais no corredor de Magnalia. Era um corredor feito de pedra e argamassa, com tochas tremeluzentes repousadas em suportes de ferro espalhados pelas paredes. E havia um homem aguardando pacientemente à minha frente; o dono da voz que ouvira antes.

Era velho e careca, e tinha o nariz torto. Curvou-se para mim, vestindo calça preta e um colete de couro que estava gasto nas barras. Havia uma espada embainhada na lateral do corpo.

— *Onde ela está?* — A voz que aqueceu minha garganta não se parecia com a minha; era masculina e grave, e ribombava como um trovão.

Não era mais Brienna da Casa Magnalia. Era um homem estranho, em um corredor distante do passado, e nosso corpo e nossa mente estavam unidos por aquele livro. E, embora meu coração estivesse enlouquecidamente apavorado dentro do peito, minha alma se acomodou confortavelmente no molde daquele homem. Eu o via por dentro, através de seus olhos e percepções.

— Na biblioteca, meu senhor — disse o mordomo, inclinando a cabeça careca mais uma vez.

O homem a quem eu estava ancorada fechou o livro, refletindo sobre o que tinha acabado de ler (sobre o que *eu* tinha acabado de ler) enquanto seguia pelo corredor, descia por uma escada sinuosa e ia até a biblioteca. Ele fez uma pausa na frente da porta dupla e olhou mais uma vez para *O livro das horas*. Havia alguns momentos em que queria acreditar naquelas histórias, em que queria confiar na magia. Mas hoje não era um desses dias, então abandonou o livro em uma cadeira e abriu a porta.

A princesa estava de costas para ele, em frente às janelas arqueadas, e a luz adocicava seu cabelo escuro. É claro que tinha ido visitá-lo de armadura completa, com a espada longa embainhada ao lado do corpo. Como se tivesse ido declarar guerra a ele.

Norah Kavanagh se virou para encará-lo. Era a terceira filha da rainha, e, embora não fosse a mais bonita, ainda assim, ele tinha dificuldade de afastar o olhar dela.

— Princesa Norah — *cumprimentou-a, prostrando-se respeitosamente.* — Como posso ajudar?

Encontraram-se no centro da ampla biblioteca, onde o ar era denso e as vozes deles não seriam escutadas.

— Você sabe por que vim, meu senhor — *disse Norah.*

Olhou para ela e observou seu nariz delicado, o queixo pronunciado e a cicatriz na bochecha. Não era preguiçosa como a irmã mais velha, a herdeira, tampouco era fútil e cruel como a segunda irmã. Não, pensou, mirando aqueles olhos tão azuis que pareciam arder. Era graciosa e afiada; uma guerreira, e, também, uma diplomata. Ela era um verdadeiro reflexo de sua ancestral, Liadan.

— Veio porque está preocupada com os hildos — *afirmou.*

O motivo era sempre esse, pois os hildos eram os verdadeiros inimigos de Maevana.

Norah afastou o olhar até as prateleiras carregadas de livros e pergaminhos.

— Sim. As investidas dos hildos fizeram com que minha mãe declarasse guerra contra eles.

— E a princesa não deseja guerrear?

Aquilo trouxera o olhar de Norah de volta a ele, e o desprazer transparecia dos olhos apertados.

— Não quero ver minha mãe usando sua magia para o mal.

— Mas os hildos são nossos inimigos — desafiou, como somente ousaria fazer em um espaço particular como aquele, ao menos para testar até onde iam as crenças da princesa. — Talvez mereçam ser aniquilados pela magia de guerra.

— A magia nunca deve ser usada em batalha — murmurou, dando um passo para mais perto dele. — Você sabe disso; acredita nisso. Propaga essa ideologia desde que me lembro. Cresci ouvindo seus avisos, e treinei para dominar a espada e o escudo como você sugeriu. Preparei-me para o dia em que teria que defender minha terra com as mãos e com minha lâmina, não com a magia.

O coração dele bateu mais devagar, sentindo o espaço entre eles se estreitar. Ela só tinha 16 anos, mas quem pensaria que a terceira princesa, a que nunca herdaria a coroa, de quem muitos se esqueciam, seria a única a ouvir suas palavras?

— Sua mãe, a rainha, não acredita nisso — rebateu. — Nem suas irmãs. Enxergam a magia como uma vantagem em batalha.

— Não é uma vantagem — refutou Norah, balançando a cabeça. — É uma muleta e um perigo. Li suas teses sobre o assunto. Estudei a guerra de Liadan, e tirei minhas próprias conclusões.

Fez uma pausa, e ele esperou, ansiando pelas próximas palavras.

— Minha mãe não pode ter permissão de entrar na guerra portando magia.

Virou-se de costas para ela, sentindo aquela declaração embriagá-lo com suas próprias ambições, seu próprio orgulho. Por causa disso, precisaria traçar as próximas ações com muita cautela para que a princesa não se voltasse contra ele.

— O que deseja que eu faça, princesa Norah?

— Quero que me aconselhe. Que me ajude.

Ele parou em frente ao grande mapa que pendia da parede. O olhar percorreu a ilha de Maevana, seus limites e montanhas, suas florestas e seus vales. No Extremo Oeste ficava a terra gelada de Grimhildor. Ao Sul, os reinos de Valenia e Bandecca. E uma ideia, que crescia nos pensamentos dele, criou raízes e floresceu por sua língua...

— Você poderia dizer à rainha que Valenia nunca ajudaria Maevana se usarmos magia na batalha. — Ele se virou para olhar para Norah. — Na verdade, provavelmente romperiam a aliança.

— Não precisamos da ajuda de Valenia — respondeu a princesa, com a soberba na voz que todos os Kavanagh pareciam ter.

— Não descarte os valenianos tão rapidamente, princesa. São nosso aliado mais forte, nosso irmão fiel. Seria tolice afastá-los de nós só porque sua mãe decidiu fazer uma guerra mágica.

A expressão de Norah não se suavizou; ela não corou nem pediu desculpas por sua arrogância.

Ele andou até ela, parando tão perto que seu peito quase resvalou no peitoral da armadura; tão perto que conseguiu sentir a fragrância do ar montanhês no cabelo dela, então sussurrou:

— Percebe que sua mãe poderia aniquilar Grimhildor? Que poderia escravizar a toda Valenia, ou deixar Bandecca eternamente na escuridão? Que sua mãe poderia destruir o reino inteiro com a magia de batalha que possui?

— Sim — respondeu, baixinho.

Não era justo, pensou ele, que os Kavanagh fossem a única Casa mágica, e que as outras 13 fossem decididamente mais frágeis, fracas e humanas; que a mulher esbelta na frente dele pudesse incendiar sua terra com um mero estalar de dedos, ou fazer seu coração parar com uma única palavra. E que ele, em contrapartida, teria que fazer fogo para queimar a terra, e enfiar uma lâmina em seu peito para extingui-la. Podia sentir a magia cintilando em torno de Norah, como se ela carregasse migalhas de diamantes na armadura, poeira estelar no cabelo ou a luz da lua na pele.

Ah, ele sempre se ressentira dos Kavanagh.

Pensou no que tinha acabado de ler n'O livro das horas sobre as origens antigas da Pedra do Anoitecer. Por que devia acreditar em um mito tão idiota, de que os anciãos Kavanagh teriam prendido sua magia à pedra? Ou eram tolos, ou tinham medo do próprio poder. Assim, o condicionaram.

Estava prestes a fazer uma grande suposição, e ela provavelmente riria quando contasse, mas era o que desejava havia bastante tempo.

— Precisa trazer para mim a Pedra do Anoitecer — falou, e viu a testa dela se franzir.

— O quê? Por quê?

— A magia da sua mãe, das suas irmãs e a sua, princesa, depende de que uma de vocês use a pedra sobre o coração, tocando a pele. Se a pedra for separada dos Kavanagh, a magia que possuem ficará adormecida.

Norah respirou fundo por entre dentes, mas ele conseguiu perceber que aquilo não a surpreendeu. Então ela sabia? Sabia que a magia de sua Casa era condicionada ao uso da pedra? E, ainda assim, seu clã, os Kavanagh, manteve isso em segredo. Quem começou com isso? A própria Liadan?

— Como sabe disso, meu senhor?

Ele sorriu para ela, deixando um gosto amargo nos lábios.

— Anos e anos lendo seu folclore, princesa. É uma suposição minha, mas consigo ver nos seus olhos que tropecei na verdade.

— Não posso pegar a Pedra do Anoitecer — ralhou Norah, como se urrasse. — Ela nunca sai do pescoço da minha mãe.

— Não pode ou não quer? — incitou. — Tem medo de sentir a magia enfraquecendo-se no seu sangue, não é?

Norah olhou para as janelas, onde a tempestade finalmente desabou, contra o vidro.

— Minha mãe arrancaria minha cabeça se me pegasse tomando a pedra, e soubesse que a entreguei... para você.

— Acha que eu seria capaz de destruir algo assim? — repreendeu, com rispidez; sua paciência estava se esgotando. — Não esqueça, princesa Norah, que a Pedra do Anoitecer me queimaria se ousasse tocá-la.

— Pensará que conspirei com você — prosseguiu, sem dar atenção a ele.

O homem suspirou, sentindo-se cansado de tentar convencê-la.

— Acho que precisa de mais tempo para pensar nisso, princesa. Volte para o castelo. Avalie o que lhe falei, o que peço de você. Se pensa que pode moldar a magia de sua mãe de outra forma, então poderíamos considerar uma abordagem diferente. Porém, se achar que não pode... precisará trazer a pedra para mim. Caso contrário, testemunharemos a batalha mágica de sua mãe destruir o mundo.

O rosto de Norah estava cuidadosamente protegido: não conseguia ler o que estava pensando, o que estava sentindo.

Ele a observou ir embora, e as portas da biblioteca bateram-se após sua saída.

Sabia que ela iria voltar. Voltaria porque não havia outra forma. Porque tinha medo da própria magia.

Mal percebi quando ele saiu de mim e o corpo dele se dissolveu em névoa em volta do meu, flutuando pela janela aberta. Contudo, meus olhos ficaram límpidos, como se estivesse despertando do sono, e me encontrei na familiar biblioteca de Magnalia. Minhas mãos ainda seguravam *O livro das horas*; estava velho, surrado e roto novamente. Mas aquele livro já tinha sido dele, do homem em quem me transformei. Aquele livro já estivera no salão de um castelo maevano, 136 anos atrás.

Apertei os olhos, sentindo minha dor de cabeça mais forte sob a luz do sol. Tateei em busca da porta e segui pelo corredor, subi a escada e contraí o maxilar quando a gargalhada repentina de Sibylle estremeceu meus ouvidos.

A sensação era a de que tinha batido com a cabeça em uma pedra. Senti-me tentada a passar a mão na testa para ver se não estaria rachada.

Entrei no quarto e fechei a porta.

Devia estar estudando e me preparando.

Porém, só o que consegui fazer foi colocar o livro de lado e me deitar na cama, fechar os olhos e desejar que a dor que penetrava minha mente fosse embora. Tentar acalmar o alarme que começou a disparar no meu coração.

Repassei o que tinha visto diversas vezes, até que tudo em que eu conseguia pensar era *por que* e *quem*. Por que tinha visto aquilo? E quem era aquele homem?

Pois em nenhum momento descobri o nome dele.

6

A QUEDA

Na manhã seguinte, cheguei à aula de Cartier com meia hora de atraso. Talvez tenha sido um pouco excessivo; nunca tinha me atrasado, nem mesmo quando era arden das outras quatro paixões. Mas não conseguia suportar a ideia de Ciri achar que Cartier preferia a mim. Não poderia deixar que isso ficasse entre mim e ela, entre nossa irmandade e amizade. Queria tranquilizá-la; provar a ela que Cartier não me trataria de forma diferente. E a melhor forma de irritá-lo era chegando atrasada.

Entrei na biblioteca e pousei o olhar diretamente sobre ele. Estava parado ao lado da mesa, revisando o material com Ciri. Seu cabelo louro-acinzentado estava preso por uma fita, e a camisa branca refletia a luz do sol. Meu coração estava disparado, agonizantemente excitado, quando Cartier se virou para me olhar.

— E quais são os ossos do crânio? — perguntou a Ciri, quando me sentei.

Ciri, pela primeira vez desde que comecei a compartilhar aulas com ela, estava sem palavras. Os olhos estavam arregalados, azuis como um céu de verão.

— O... o osso frontal, o parietal, o zigomático...

Cartier se moveu na minha direção (ele costumava andar pela sala durante as aulas, e aquilo não era novidade para mim), mas consegui ouvir, nos passos dele, a calmaria que precede a tempestade. Parou junto ao meu cotovelo, perto o bastante para que eu pudesse sentir a estática do ar estalando entre nós.

— Está atrasada, Brienna.

— Sim — admiti, ousando erguer o olhar até ele.

O rosto estava blindado; não consegui perceber se estava zangado ou aliviado.

— Por quê? — perguntou.

— Peço perdão, mestre. Não tenho um bom motivo.

Esperei. Esperei que me punisse, que ordenasse que eu cumprisse alguma tarefa horrível de escrita na qual eu descrevesse a idiotice do atraso. Mas isso não aconteceu. Ele se virou e continuou a caminhada lânguida em volta da mesa, e por toda a biblioteca.

— Agora, recite para mim os ossos do braço, Ciri.

Ela revirou os olhos para mim quando Cartier estava de costas. Eu sabia o que estava tentando dizer: *Está vendo, Brienna? Consegue se safar de qualquer coisa.*

Eu a ouvi começar a citar os ossos do braço; ela sempre fora brilhante em anatomia humana. Enquanto isso, pensava em outra forma de forçar os limites de Cartier. Ciri havia acabado de chegar ao úmero quando a interrompi, cortando sua voz grosseiramente com a minha.

— Úmero, rádio, ulna, ossos cárpicos...

— Não perguntei a você, Brienna — disse Cartier, com a voz cristalina como vidro. Era um aviso: os olhos dele encontraram os meus do outro lado da sala.

Segurei a língua e tentei fazer a sensação de culpa se dissipar. Tentei me lembrar de que era isso o que eu queria: irritá-lo, deixá-lo zangado.

— Agora, Ciri — continuou, fechando os olhos e apertando o alto do nariz em um sinal de exaustão —, por favor, recite os ossos da perna.

Os dedos dela se moviam distraidamente pelo tampo da mesa enquanto ela me olhava, aparentando confusão.

— Côndilo lateral, côndilo medial, tub...
— Tuberosidade tibial — sobrepujei-a novamente —, tíbia, fíbula...
— Brienna — avisou ele, com a voz se misturando rapidamente à minha. — Você está dispensada.

Levantei-me, fiz uma reverência e saí sem olhar nem para Cartier, nem para ela. Corri escada acima, com o coração tremendo como uma corda de harpa recém-tocada.

Sentei-me na cama e fiquei olhando para *O livro das horas*, que continuou na mesa de cabeceira, intocado desde a visão que tive, parecendo surrado e inofensivo. Após debater comigo mesma por um instante, decidi pegá-lo e ler outra passagem, esperando que *ele* me puxasse de volta a 1430. Mas as horas se passaram, e continuei sentada em silêncio, lendo folclore maevano na cama, em segurança.

Quando ouvi o badalar distante do relógio do saguão, fechei o livro com cuidado e o embrulhei no velino. A última aula tinha oficialmente acabado, e eu havia me feito de tola.

Ouvi as vozes das minhas irmãs saindo das salas de aula jubilosas e alegres. Haviam concluído os estudos e estavam prontas para o solstício. Eu, em contrapartida, pensava em todas as coisas que ainda precisava conquistar até domingo. Distraída e relutantemente, puxei um livro qualquer da prateleira. Por acaso, era o tomo sobre linhagens reais, que eu deveria ter decorado.

A porta se abriu, e Merei entrou correndo, trazendo o alaúde. Levou um susto ao me ver.

— Bri? O que está fazendo?
— Estudando — respondi, com um sorriso torto.
— Mas as aulas acabaram — argumentou, deitando o instrumento sobre a cama e vindo até mim. — Vamos fazer um piquenique para comemorar. Você deveria vir.

E quase fui. Estava a um segundo de fechar o livro e esquecer a lista de coisas que precisava decorar, mas meu olhar vagou até *O livro das horas*. Eu precisava, talvez mais do que tudo, falar com Cartier sobre ele. Sobre o que vi.

— Adoraria poder ir — acrescentei, e achava que Merei estava a ponto de me arrastar escada a baixo quando Abree chamou-a lá do saguão.

— Merei!

— Brienna. Venha, por favor — sussurrou Merei.

— Preciso conversar com mestre Cartier sobre uma coisa.

— Sobre o quê?

— *Merei!* — Abree continuou gritando. — Anda logo! Vamos ficar para trás!

Olhei para ela, minha irmã, minha amiga. Talvez fosse a única pessoa no mundo em quem eu podia confiar, a pessoa que não acharia que perdi a razão se contasse o que aconteceu, sobre como me transformei.

— Vou ter que contar para você depois — murmurei. — Vá, antes que Abree perca a voz.

Merei ficou por mais um instante, com os olhos escuros fixos nos meus. Mas sabia que discutir comigo era inútil. Saiu sem dizer mais nada, e pude ouvi-la descendo os degraus, e a porta da frente batendo com um tremor.

Levantei-me e andei até a janela, que tinha vista para o pátio. Vi minhas irmãs arden se reunirem em uma das carruagens abertas, rindo, enquanto o grupo seguia pela estrada e desaparecia no bosque de carvalhos.

Só então peguei *O livro das horas* e desci apressadamente as escadas. Quase colidi com Cartier no saguão. Tinha o manto em um dos braços e a bolsa na mão enquanto se preparava para ir embora.

— Achei que você tinha saído — declarou Cartier.

— Não, mestre.

Ficamos nos olhando, e a casa estava estranhamente quieta, como se as paredes estivessem nos observando. Senti como se estivesse pegando fôlego antes de mergulhar em águas profundas.

— Posso lhe pedir uma aula vespertina?

Ele mudou a bolsa de mão e riu.

— Dispenso você de uma aula, e agora quer outra?

Um sorriso aqueceu meus lábios quando mostrei-lhe o livro.

— Será que podemos falar sobre isto?

O olhar dele se desviou para o livro, então de volta para mim e para meus olhos calmos e arrependidos.

— Muito bem. Se concordar em agir como você mesma.

Fomos para a biblioteca. Quando começou a colocar as coisas dele sobre a mesa, parei à frente da cadeira e empurrei *O livro das horas* pelo tampo.

— Eu queria que me dispensasse — confessei.

Cartier olhou para mim e ergueu uma sobrancelha.

— Foi o que concluí. Por quê?

Puxei a cadeira e me sentei, entrelaçando os dedos como uma arden obediente.

— Porque Ciri acha que você prefere a mim.

Ele se sentou na cadeira de Ciri, diretamente à minha frente. Apoiou os cotovelos sobre a mesa, descansando o queixo no vale da palma da mão. Os olhos semicerrados deixavam transparecer o júbilo mal disfarçado.

— O que a faz pensar isso?

— Não sei.

Cartier ficou quieto, mas seu olhar tocou cada linha e cada curva do meu rosto. Lembrei-me da facilidade com que conseguia ver através de mim, como se meu rosto fosse um poema que ele conseguia ler. Então, tentei não sorrir nem franzir a testa.

— Você sabe — insistiu. — Por quê?

— Acho que é por causa das coisas sobre as quais conversamos. Ontem, ela se sentiu excluída.

— Quando falamos sobre Maevana?

— É. — Eu não ia contar do suposto sorriso. — E acho que está preocupada com os patronos, com... competir comigo. — Era com isso que *eu* mais me preocupava, que Ciri e eu fôssemos inevitavelmente transformar o solstício em uma competição, que acabássemos querendo o mesmo patrono.

Ele apertou os olhos, e qualquer brilho de júbilo que havia agora sumiu enquanto se empertigava na cadeira.

— Não deveria haver necessidade de competirem. Você tem seus pontos fortes, e ela tem os dela.

— Quais você diria que são meus pontos fortes? — arrisquei.

— Bem, eu alegaria que é parecida comigo. Você é uma historiadora natural, que se sente atraída pelas coisas do passado.

Eu mal conseguia acreditar naquelas palavras, em como tinha acabado de abrir as portas para o que estava mais ansiosa para discutir. Delicadamente, abri *O livro das horas* e o coloquei entre nós.

— Por falar em passado — comecei, limpando a garganta —, onde encontrou este livro?

— Onde encontro a maioria dos meus livros — respondeu, rapidamente. — Na livraria.

— Você o comprou em Maevana?

Ele ficou em silêncio, mas depois continuou:

— Não.

— Então não sabe quem fora o dono dele antes de você?

— Essas perguntas são estranhas, Brienna.

— Estou apenas curiosa.

— Então não, não sei quem foi o dono antes de mim.

Ele se recostou à cadeira, e a expressão de olhos semicerrados retornou. Contudo, ele não me enganava; pude ver o brilho em seus olhos.

— Você já... viu ou sentiu coisas quando leu esse livro?

— Todos os livros me fazem ver e sentir coisas, Brienna.

Ele me fez parecer tola. Comecei a recuar mentalmente, sentindo-me um pouco magoada pelo sarcasmo, e deve ter percebido, pois aliviou a postura na mesma hora.

— Gostou de ler sobre a Pedra do Anoitecer? — interpelou, com a voz doce como mel.

— Sim, mestre. Mas...

Ele esperou, encorajando-me a falar o que tinha na cabeça.

— O que aconteceu com ela? — perguntei.

— Ninguém sabe — respondeu Cartier. — Sumiu em 1430, o ano da última rainha maevana.

Ano 1430. Era o mesmo ano no qual entrei. Engoli em seco, sentindo a pulsação acelerar. Lembrei-me do que a princesa dissera, do que o homem dissera.

Traga a Pedra do Anoitecer.

— A última rainha maevana? — ecoei.

— Sim. Houve uma batalha sangrenta, uma batalha mágica. Como já sabe, por ter lido sobre Liadan, a magia dos Kavanagh, na guerra, ficou desgovernada e corrupta. A rainha foi morta, a pedra se perdeu, e, assim, chegou o fim de uma era.

Batucou com os dedos na mesa, sem olhar para nada em específico, como se seus pensamentos estivessem tão profundos e perturbados quanto os meus.

— Mas ainda chamamos Maevana de *reino de rainhas* — comentei. — Não dizemos simplesmente "reino".

— O rei Lannon tem esperanças de mudar isso em breve.

Ah, o rei Lannon. Havia três coisas em que eu pensava ao ouvir o nome dele: ganância, poder e aço. Ganância porque já tinha emitido moedas maevanas com seu rosto. Poder porque restringia pesadamente as viagens entre Maevana e Valenia. E aço porque resolvia a maior parte das oposições com a espada.

Mas Maevana nem sempre foi tão sombria e perigosa.

— No que está pensando? — perguntou Cartier.

— No rei Lannon.

— Há tanta coisa assim para pensar sobre ele?

Lancei um olhar brincalhão.

— Sim, mestre Cartier. Há um homem no trono de Maevana quando deveria haver uma rainha.

— Quem disse que deveria haver uma rainha? — E, agora, veio a provocação; estava me desafiando a exercitar o conhecimento e o poder de articulação.

— Foi Liadan Kavanagh quem disse isso.

— Mas Liadan Kavanagh está morta há 250 anos.

— Ela pode estar morta — rebati —, mas suas palavras não estão.

— Que palavras, Brienna?

— O Cânone da Rainha.

Cartier se inclinou para a frente, como se a mesa fosse uma distância grande demais para existir entre nós. E eu também me peguei chegando mais perto, para encontrá-lo no meio do tampo de carvalho que havia testemunhado todas as minhas aulas.

— E o que é o Cânone da Rainha? — indagou.

— A lei de Liadan, que declara que Maevana deve ser governada apenas por rainhas, e nunca por um rei.

— Onde está a prova dessa lei? — perguntou, com a voz ficando baixa e sombria.

— Desaparecida.

— A Pedra do Anoitecer está desaparecida. O Cânone da Rainha, desaparecido. E, assim, Maevana se perdeu. — Ele se recostou novamente à cadeira e para longe de mim. — O Cânone é a lei que impede que o poder vá para a mão de reis, concedendo o trono e a coroa para as filhas nobres de Maevana. Assim, quando o Cânone desapareceu em 1430, logo depois que a Pedra do Anoitecer sumiu, Maevana se viu à beira da guerra civil, até que o rei de Valenia decidiu se intrometer. Você conhece a história.

E, de fato, a conhecia. Valenia e Maevana sempre foram aliados: um irmão e uma irmã, um reino de reis e um de rainhas. Mas Maevana, subitamente desprovida de uma rainha e de magia, tornou-se um território conflagrado, com as 14 Casas ameaçando se dividirem em clãs novamente. Contudo, o rei valeniano não era tolo. Do outro lado do canal, observou enquanto os lordes maevanos lutavam pelo trono, num embate sobre quem deveria ascender ao poder. Então, o rei valeniano foi a Maevana e falou para cada um dos 14 lordes do Norte que pintassem o brasão de suas casas em uma pedra e jogassem as pedras em um barril. Ele sortearia a pedra de quem deveria governar o Norte.

Os lordes concordaram. Cada um deles estava comprometido pelo orgulho, por acreditar que tinha o direito de governar, e assistiram com ansiedade quando a mão do rei valeniano mergulhou no barril para misturar as pedras. A pedra sorteada foi a dos Lannon, decorada com um lince.

— O rei de Valenia colocou os homens da casa Lannon no trono — sussurrei, e o pesar e a raiva enchiam meu coração sempre que pensava no assunto.

Cartier assentiu, mas havia um brilho de raiva em seus olhos quando disse:

— Entendo as intenções do rei valeniano; acreditou que estava agindo corretamente, que estava salvando Maevana de uma guerra civil. Mas devia ter se abstido; devia ter deixado que os maevanos chegassem às suas próprias conclusões. Como Valenia é governada por um rei, acreditou que Maevana também deveria ser. E, assim, os filhos nobres dos Lannon acreditam que são dignos do trono de Maevana.

Não passou despercebido por mim o fato de que Cartier poderia perder a cabeça se maevanos leais o ouvissem falar tamanha traição. Estremeci e deixei o medo roer meus ossos antes de garantir a mim mesma que estávamos escondidos bem no meio de Valenia, longe da mão tirânica dos Lannon.

— Você fala como a *Pena sinistra*, mestre — declarei.

A *Pena sinistra* era um panfleto quinzenal publicado em Valenia, inundado de crenças ousadas e de histórias escritas por uma mão anônima que adorava cutucar o rei maevano. Cartier trazia os panfletos para que Ciri e eu lêssemos. As alegações beligerantes nos faziam gargalhar, discutir e ruborizar.

Cartier riu, obviamente achando graça da minha comparação.

— Falo, é? "Como devo descrever um rei do Norte? Com palavras humildes, no papel? Ou talvez com todo o sangue que derrama, todas as moedas que produz e todas as esposas e filhas que mata?"

Ficamos olhando um para o outro, sentindo as palavras atrevidas da *Pena sinistra* pairando entre nós.

— Não, eu não sou *tão* corajoso assim, a ponto de escrever esse tipo de coisas — confessou, após um instante. — Nem tão tolo.

— Ainda assim, mestre Cartier... o povo maevano certamente deve se lembrar do que diz o Cânone da Rainha, não? — argumentei.

— O Cânone da Rainha foi escrito por Liadan, e só existe uma cópia — explicou. — Ela entalhou a lei magicamente em uma placa de pedra.

A placa, que é indestrutível, está desaparecida há 136 anos. E palavras, até mesmo leis, são facilmente esquecidas, consumidas por poeira, se não forem passadas de uma geração para a seguinte. Porém, quem assegura que um maevano não pode herdar as memórias dos ancestrais e se lembrar desses poderes do passado?

— Memórias ancestrais? — ecoei.

— Um fenômeno estranho — explicou. — Mas, certa vez, uma paixão de conhecimento fez uma pesquisa extensa sobre o assunto, e concluiu que todos nós carregamos essas lembranças seletas dos nossos ancestrais na mente, mas nunca as conhecemos, porque ficam adormecidas. Dito isso, ainda podem se manifestar em alguns de nós, com base nas conexões que fazemos.

— Então, pode ser que as memórias de Liadan sejam herdadas um dia? — perguntei, só para sentir o gosto da esperança naquelas palavras.

O brilho nos olhos dele me informava que eu estava me iludindo.

Fiquei pensando naquilo, e, depois de um tempo, meus pensamentos voltaram a Lannon.

— Mas deve haver um jeito de proteger o trono maevano de... um rei como aquele.

— Não é tão simples, Brienna.

Aguardei enquanto Cartier fazia uma pausa.

— Há 25 anos, três lordes tentaram destronar Lannon — começou. Já conhecia aquela história fria e sangrenta, mas não tinha coragem de fazer com que Cartier parasse de falar. — Lorde MacQuinn. Lorde Morgane. Lorde Kavanagh. Queriam colocar a filha mais velha de lorde Kavanagh no trono. Porém, sem a Pedra do Anoitecer e sem o Cânone da Rainha, os outros lordes não os seguiram. O plano virou cinzas. Como retaliação, Lannon assassinou lady MacQuinn, lady Morgane e lady Kavanagh. Ele também matou suas filhas, algumas delas ainda meras crianças, porque um rei maevano sempre terá medo das mulheres enquanto o Cânone da Rainha Liadan estiver aguardando para ser descoberto.

Aquela história deixou meu coração pesado. Meu peito doía, porque metade da minha herança vinha daquela terra, de um povo lindo e orgulhoso que fora dragado para a escuridão.

— Brienna.

Chacoalhei a tristeza e o medo para longe, então olhei para ele.

— Algum dia, surgirá uma rainha — sussurrou, como se os livros pudessem escutá-lo. — Talvez seja na nossa geração, talvez na próxima. Mas Maevana vai se lembrar de quem é, e vai se unir por um propósito maior.

Sorri, mas o vazio não sumiu. Estava empoleirado nos meus ombros, aninhado no meu peito.

— Bem — disse Cartier, batendo com o nó dos dedos na mesa. — Você e eu nos distraímos com facilidade. Vamos falar do solstício, de como posso prepará-la melhor.

Pensei novamente na sugestão que deu sobre os três patronos, sobre o que tinha de preparar.

— Minha linhagem real ainda está falha.

— Então vamos começar por aí. Escolha o nobre mais antigo de que se lembrar, e recite sua linhagem, começando pelo filho herdeiro.

Desta vez, a carta do meu avô não estava no bolso para me distrair. Consegui declamar o nome de vários filhos antes de sentir um bocejo subir pela garganta. Cartier estava me ouvindo, com o olhar grudado na parede. Contudo, ele perdoou o bocejo, deixando-o passar despercebido. Até que aconteceu de novo, e, por fim, resolvi pegar um dos livros que estava sobre a mesa e ficar de pé em cima da cadeira, com um ligeiro movimento de minhas saias.

Ele voltou o olhar para mim, sobressaltado.

— O que está fazendo?

— Preciso de um momento para reavivar a mente. Venha, mestre. Junte-se a mim — convidei-o, equilibrando o livro na cabeça. — Continuarei recitando, mas o primeiro que deixar o livro cair da cabeça, perde.

Só fiz aquilo porque estava cansada, e queria sentir a emoção do risco. Porque queria desafiá-lo, depois de ter sido desafiada por ele por três anos. Só fiz aquilo porque não tínhamos nada a perder.

Nunca achei que fosse aceitar.

Assim, quando pegou *O livro das horas* e subiu na cadeira, fiquei positivamente surpresa. E, quando equilibrou o livro na cabeça, sorri para ele.

Ele já não parecia ser tão mais velho, tão infinito, portador de comentários afiados e de um nível de conhecimento irritantemente profundo. Não, ele era bem mais jovem do que eu jamais imaginei.

Ali estávamos, cara a cara, em cima das cadeiras, com livros na cabeça. Um mestre e sua arden. Uma arden e seu mestre.

Então, Cartier sorriu para mim.

— O que vai me dar quando perder? — provocou.

— Quem disse que vou perder? — retorqui. — Você devia ter escolhido um livro de capa dura, aliás.

— Não devia estar recitando para mim?

Fiquei imóvel, com o livro perfeitamente equilibrado, e continuei de onde tinha parado na linhagem. Errei uma vez, e ele me corrigiu delicadamente. E enquanto eu continuava percorrendo aquela série de nobres, o sorriso dele diminuiu, mas nunca desapareceu.

Estava chegando ao final da linhagem quando o livro de Cartier *finalmente* começou a escorregar. Ele esticou os braços como as asas de um pássaro, tentando recuperar o equilíbrio. Porém, moveu-se rápido demais, e vi, de olhos vitoriosamente arregalados, quando caiu da cadeira com um tremendo estrondo, sacrificando a própria dignidade para amortecer a queda d'*O livro das horas*.

— Mestre, você está bem? — perguntei, tentando, em vão, segurar o riso.

Ele se endireitou. O cabelo dourado se soltou da fita e se esparramou sobre os ombros. Contudo, ele olhou para mim e deu uma risada: um som que eu nunca tinha ouvido, e que desejaria ouvir de novo assim que acabasse.

— Lembre-me de nunca mais participar das suas brincadeiras — disse, passando os dedos pelo cabelo e amarrando a fita. — E o que devo sacrificar por ter perdido?

Peguei meu livro e desci da cadeira.

— Humm... — Dei a volta na mesa até ficar ao lado dele, tentando organizar a confusão que tinham virado meus pensamentos. O que pediria a ele? — Talvez devesse pedir que me desse *O livro das horas* — sussurrei, questionando-me se o livro não seria valioso demais para aquilo.

Mas Cartier apenas o colocou nas minhas mãos e falou:

— Escolha sábia, Brienna.

Estava prestes a agradecê-lo quando reparei em uma gota de sangue escorrendo pela manga dele.

— Mestre! — Estiquei a mão para alcançar seu braço, esquecendo-me completamente de que não deveríamos nos tocar. Encolhi os dedos bem na hora, antes de resvalar o linho macio da sua camisa. Puxei a mão para trás e, constrangida, afirmei: — Você... está sangrando.

Cartier olhou para baixo e levantou a manga.

— Ah, isso? É só um arranhão — comentou, virando-se de costas para mim, como se tentasse esconder o braço do meu olhar.

Não o vi se machucar quando caiu da cadeira. E a roupa não rasgou, o que queria dizer que o ferimento já existia, e se abriu com a queda.

Observei-o enquanto ele começava a recolher suas coisas, e meu coração tropeçava no desejo de perguntar como havia se machucado e de pedir que ficasse mais. Porém, engoli aquelas vontades, deixando que escorressem pela garganta como pedrinhas.

— Preciso ir — avisou Cartier, colocando a bolsa sobre o ombro sadio. O sangue continuou a escorrer por debaixo da camisa, espalhando-se lentamente.

— Mas seu braço... — argumentei, e quase estendi a mão até ele de novo.

— Vai ficar tudo bem. Venha, leve-me até a porta.

Acompanhei o passo dele até a entrada, onde pegou o manto da paixão. O manto, um rio azul, escondeu seu braço, e ele pareceu relaxar depois disso.

— Agora, veja bem — disse, ficando sério e composto novamente, como se nunca tivéssemos subido em cima das cadeiras e rido juntos. — Lembre-se de ter as três abordagens preparadas para os patronos.

— Sim, mestre Cartier. — Fiz uma reverência; um movimento que estava entranhado em mim.

Assisti enquanto ele abria a porta. O sol e o ar quente nos atingiram, trazendo o aroma das campinas e montanhas distantes, agitando meu cabelo e meus desejos.

Ele parou na saída da mansão, entre a sombra e a luz do sol. Achei que daria meia-volta, pois parecia ter mais coisas para me dizer. Contudo, ele era tão bom em engolir palavras quanto eu. Seguiu o caminho, com o manto da paixão e a bolsa de livros balançando ao seu lado conforme andava em direção aos estábulos para pegar o cavalo.

Não o vi ir embora.

Mas senti.

Das sombras do saguão, senti a distância aumentando entre nós enquanto ele cavalgava imprudentemente sob os carvalhos.

7

BISBILHOTEIRA

O solstício de verão chegou como uma tempestade. Os patronos se hospedariam nos aposentos ocidentais da casa grande, e todas as vezes que uma das carruagens parava no pátio, Sibylle nos chamava até a janela de seu quarto para que pudéssemos dar uma olhada nos convidados.

Eram 15 no total; homens e mulheres de idades variadas. Alguns eram paixões, outros não.

Fiquei tão nervosa que não suportei vê-los chegar. Tentei fugir do quarto de Sibylle e Abree, mas Sibylle pegou minha mão antes que eu pudesse sumir, puxando-me para que eu me virasse em sua direção.

— O que foi, Brienna? — sussurrou ela. — Essa é uma das noites mais empolgantes de nossas vidas, e você parece que vai a um enterro.

Aquilo arrancou uma gargalha tímida de mim.

— Só estou ansiosa, Sibylle. Sabe que não estou tão preparada quanto você e nossas irmãs.

Sibylle olhou para o brilho da janela, através do qual podíamos ouvir a chegada de mais um patrono ao pátio, então voltou o olhar para mim.

— Não se lembra da primeira aula que a mestra Therese deu a você quando era arden de sagacidade?

— Tento bloquear todas essas lembranças — rebati, secamente.

Sibylle apertou meus dedos, e deu um sorriso exasperado.

— Então, vou refrescar sua memória. Estávamos no divã, e chovia muito lá fora quando a mestra Therese disse que "para se tornar uma mestra de sagacidade, você precisa aprender a usar uma máscara. Dentro do peito, você pode estar furiosa como a tempestade lá fora, mas ninguém deve ver isso no seu rosto. Ninguém deve ouvir isso na sua voz..."

Lentamente, comecei a me lembrar.

Para ser mestra de sagacidade, era preciso ter controle perfeito sobre as expressões, sobre a aura e sobre o que ocultava ou revelava. Era realmente como usar uma máscara para esconder o que estava, de fato, por baixo da superfície.

— Talvez tenha sido por isso que fui tão mal em sagacidade — confessei, pensando em como Cartier sempre conseguia ler meu rosto, como se eu escrevesse meus sentimentos na pele.

Sibylle sorriu e puxou meus dedos novamente para recuperar a atenção.

— Se for guardar algo dos estudos de sagacidade, lembre-se da máscara. Essa noite, vista-se de confiança em vez de preocupação.

A sugestão era reconfortante, e Sibylle beijou minhas bochechas antes de me soltar.

Voltei para o meu quarto e perambulei por entre os instrumentos de Merei e minhas pilhas de livros, recitando sem parar as três abordagens que havia preparado com tanto cuidado. Quando as criadas chegaram para nos vestir, estava suando.

Sabia que toda nobre e dedicada mulher valeniana usava espartilhos.

Mesmo assim, não estava preparada para abandonar a inocência confortável do meu vestido de arden por uma jaula feita de barbatanas de baleia e amarrações complicadas.

Nem Merei.

Ficamos paradas, de frente uma para a outra, enquanto as criadas apertavam e puxavam nossos espartilhos. Consegui ver a dor no rosto de Merei enquanto reajustava a respiração e a postura, tentando alcançar algum nível de simbiose com o corpete. Eu a imitei; sabia melhor do que eu como se portar, por conta de todos aqueles anos tocando instrumentos. Minha postura sempre foi ruim, acorcovada pelos livros e pela escrita.

Não existe paixão sem dor, Cartier havia me dito certa vez, quando reclamei de dor de cabeça durante as aulas.

E, assim, naquela noite, aceitei a dor e a agonia que vinha casada com a glória.

Não foi surpresa alguma que eu estivesse sem ar quando meu vestido de solstício ergueu-se de sua caixa em três peças elaboradas.

Primeiro foram as anáguas, em camadas de renda. Depois, o vestido de baixo, que tinha decote raso e era feito de tecido prateado. Então, finalmente vinha o vestido em si, de seda azul-metálico, que se abria e revelava vislumbres tímidos do vestido de baixo.

O de Merei era de um tom rosado de dourado por baixo, com um vestido malva por cima. Percebi que estava usando a cor dela, o roxo da paixão musical, e que eu vestia a minha, as profundezas azuis do conhecimento. Obviamente, isso fora planejado para que os patronos soubessem quem éramos pela cor dos vestidos.

Olhei para ela, cuja pele escura cintilava no calor do começo da noite, enquanto as criadas soltavam os últimos amassados das saias. Minha colega de quarto, minha amiga do coração, estava deslumbrante, e a paixão irradiava dela como luz.

Seu olhar encontrou o meu, e aquilo também estava lá; enxergava-me como se eu tivesse acabado de respirar pela primeira vez. E, quando sorriu, relaxei e me acomodei no crepúsculo de verão, pois estava prestes a abraçar a paixão junto dela; um momento que levou sete anos de preparação.

Enquanto o cabelo de Merei estava elaboradamente trançado com fios de fita dourada, fiquei surpresa quando uma das criadas levou para mim uma coroa de flores silvestres. Era um arranjo extravagante de flores vermelhas e amarelas, com algumas tímidas pétalas cor-de-rosa e um arrojado anel de centáureas azuis.

— Seu mestre a encomendou para você — esclareceu a criada, repousando as flores como uma coroa na minha cabeça. — E pediu que deixasse o cabelo solto.

O cabelo solto.

Não era tradicional, e era meio intrigante. Olhei para meu vestido azul e prateado, e para as longas ondas castanhas do meu cabelo, e me perguntei por que faria um pedido desses.

Fui até a janela e esperei por Merei, obrigando-me a não pensar em Cartier, e, em vez disso, recitar mentalmente mais uma vez a linhagem que escolhi. Estava sussurrando o nome do nono filho quando as criadas se retiraram, e ouvi Merei suspirar.

— Sinto que devia ter 10 anos — falou, e virei-me para olhar para ela. — Ou 11, ou até 12. Esse é mesmo nosso décimo sétimo verão, Bri?

Era estranho pensar em como o tempo tinha passado lentamente até chegarmos a certo ponto. E, depois, os dias fluíram como água, levando-nos em uma torrente até aquela noite. Ainda não me sentia totalmente preparada...

— Onde o tempo foi parar? — perguntou, olhando para o alaúde repousado sobre a cama. Sua voz estava triste, pois, ao chegar a terça-feira, ambas iríamos embora desse lugar. Ela poderia ser levada para o Oeste, e eu para o Leste, e talvez nunca mais nos víssemos outra vez.

Senti meu coração apertado e um nó na garganta. Não conseguia pensar nessas possibilidades, nas despedidas que pairavam no nosso horizonte. Assim, fui parar na frente dela, tomando suas mãos nas minhas. Queria dizer alguma coisa, mas, se tentasse, talvez fosse desmoronar.

E ela entendeu. Delicadamente, apertou meus dedos, e as covinhas surgiram em suas bochechas quando ela sorriu para mim.

— Acho que estamos atrasadas — sussurrou, pois a casa ao nosso redor estava silenciosa.

Prendemos a respiração, e consegui escutar os sons fracos da festa alcançando-nos pelas janelas; uma festa que estava florescendo no gramado do quintal, sob as estrelas. Ouvíamos o rasgar de gargalhadas, o zumbido de conversas e o tilintar de copos.

— Temos que ir — afirmei, limpando as dores da garganta.

Juntas, Merei e eu saímos do quarto, e descobrimos que não éramos as últimas ardens a irem para o solstício. Abree estava no alto da escada, e seu vestido era como uma nuvem da meia-noite. O cabelo ruivo estava preso no alto da cabeça, formando uma torre de cachos e fivelas cravejadas. Segurava-se com força ao corrimão, e olhou para nós com alívio.

— Graças aos santos — ofegou, com os dedos enfiados no espartilho.
— Achei que fosse a última a descer. Este vestido é horrível. Não consigo respirar.

— Aqui, deixe-me ajudar — ofereceu Merei, tirando a mão de Abree da própria cintura.

Tinha tanta chance de cair da escada quanto Abree, então segui lentamente atrás delas, familiarizando-me com o arco amplo das saias enquanto descia. Minhas irmãs chegaram ao saguão e se viraram para o corredor, e ouvi os passos delas se afastando conforme andavam pelas sombras até as portas dos fundos.

Quase as alcancei, mas a barra do meu vestido prendeu na última viga de ferro da balaustrada, e demorei um minuto para me soltar. Àquela altura, estava irritada com o vestido e tremendo de fome, vendo algumas estrelas dançando nos cantos da minha visão.

Lentamente, fiz a curva para o corredor, seguindo pela passagem longa até as portas dos fundos, quando ouvi a voz de Ciri. Parecia chateada, e suas palavras ficaram abafadas até que eu pudesse chegar mais perto, quando percebi que estava no escritório da Viúva, falando com alguém...

— Não entendo! Eu já era sua arden antes.
— O que não entende?

Cartier. A voz dele estava grave, como um trovão retumbando pelas sombras. Parei um pouco antes da porta do escritório, que estava entreaberta.

— Vai segurar a mão dela a noite toda e me esquecer?
— É claro que não, Ciri.
— Não é justo, mestre.
— Alguma coisa na vida é justa? Olhe para mim, Ciri.
— Dominei tudo o que você já me pediu — sussurrou ela. — E você age como se... como se...

— Como se o quê? — Ele estava ficando impaciente. — Como se você não tivesse conquistado a paixão?

Ela ficou em silêncio.

— Não quero que briguemos — declarou Cartier, em um tom mais suave. — Você se saiu incrivelmente bem, Ciri. É, de longe, a mais talentosa das minhas ardens. Por causa disso, vou simplesmente dar um passo atrás e ver você conquistar sua paixão essa noite.

— E Brienna?

— O que tem ela? — respondeu. — Não devia se preocupar com Brienna. Se eu a vir competindo com ela, você vai desejar que eu nunca tivesse sido seu mestre.

Pude ouvi-la inspirar fundo. Ou, talvez, tenha sido eu mesma. Meus dedos apertavam a parede e os entalhes dos painéis; senti as unhas se dobrarem enquanto tentava me segurar em algo sólido e tranquilizador.

— Você pode ser meu mestre por mais uma noite — disse ela, em um tom sombrio. — Mas se o patrono que quero estiver interessado nela...

A voz dele ficou tão baixa que não passou de um rosnado para mim. Obriguei meus pés a avançarem um passo, tão silenciosamente quanto pude, rezando para que não me ouvissem passar pela porta.

Pelo brilho dos janelões, vi as tendas brancas do solstício no gramado. Pude ver os criados circulando com bandejas de bebidas e ouvir as gargalhadas flutuando no meio da noite. Tive um vislumbre do vestido verde de Sibylle enquanto ela andava ao lado de um patrono, e sua beleza se duplicava nas janelas maineladas quando se movia. Eu estava quase alcançando o limiar da porta, coberto de ervas para dar boas-vindas à nova estação.

Mas não atravessei as portas dos fundos.

Virei-me para a direita, para as sombras seguras da biblioteca.

Delicadamente, como se meus ossos pudessem se quebrar, sentei-me na cadeira em que enfrentei todas as aulas de Cartier, e pensei no que tinha acabado de ouvir, desejando não ter parado para bisbilhotar.

Em Magnalia, não deveria haver duas ardens de uma mesma paixão. Era para que houvesse apenas uma de cada, e agora entendia por que a Viúva tinha estruturado a Casa dessa maneira. Não devíamos competir, mas como era possível? Os arials não deviam favorecer ninguém, mas e se o fizessem?

Eu deveria dizer algo a Ciri?
Deveria deixá-la em paz?
Deveria evitar Cartier?
Deveria confrontá-lo?

Fiquei ali, deixando que as quatro perguntas ocupassem meus pensamentos, até que senti a urgência daquela noite. Não podia ficar sentada ali como uma covarde.

Levantei-me em um mar de seda e saí da biblioteca; passei pelas portas do terraço tremendo, e então olhei para cima. O céu noturno era regido por uma meia-lua dourada, que acolhia estrelas e sonhos. Uma daquelas constelações logo se tornaria minha.

Andei com atenção, deixando o vestido engolir o final da minha infância enquanto sussurrava ao resvalar na grama.

Eu havia me preparado durante anos para aquela noite, pensei. Então inspirei a fragrância do verão.

Onde o tempo tinha ido parar?

Mesmo sem resposta, abracei o solstício.

8

O SOLSTÍCIO DE VERÃO

Havia seis tendas no total: a maior delas se abria no centro, cercada de cinco outras, menores, que pareciam as pétalas brancas de uma rosa. Cada viga de madeira estava coberta de hera, e cada passagem era encimada por ramos de peônias rosadas, hidrângeas cor de creme e guirlandas de lavanda. As lanternas cor de prata pendiam da lona, pairando como libélulas, e suas velas enchiam a noite com o aroma de madressilva e de alecrim.

Parei quando alcancei o gramado, sentindo-me hesitante e ouvindo a grama estalar embaixo dos meus sapatos, e então fui alcançada pelo som vagaroso e sedutor do alaúde de Merei. A música dela me atraiu para a primeira tenda, convidando-me a participar e a adentrar a cambraia branca e ondulante, como se estivesse me deitando na cama de um estranho.

Havia tapetes espalhados sobre a grama, além de divãs e cadeiras dispostos a fim de facilitar as conversas. Mas aquilo era tudo para Merei, como logo percebi, pois seus instrumentos estavam espalhados pelo ambiente: o cravo cintilante, o violino e a flauta esperavam a vez de sentir o toque dela. Sentava-se em um banco acolchoado, tocando o alaúde para duas mulheres e um homem. Seus três patronos.

Parei na entrada da tenda, onde a noite podia entrar e as sombras, me esconder. Ali, à direita, estava a mestra de Merei, Evelina. A arial de música estava em um lugar de onde pudesse observar a tudo silenciosamente, e seus olhos carregavam o prateado das lágrimas enquanto ouvia Merei tocar.

A música era intensa e lenta, e fazia com que eu quisesse trocar aquele vestido pesado por algo mais leve, dançar nos pastos, nadar no rio, sentir o gosto de um pedaço de cada fruta que já existiu e beber todo e qualquer raio de luar. Ela fez com que me sentisse idosa e jovem, sábia e ingênua, curiosa e satisfeita.

A música dela sempre era assim para mim, algo que me preenchia ao ponto de transbordar. Houve incontáveis noites em que tocou para mim no nosso quarto; noites em que eu estava cansada e desanimada, em que sentia não pertencer àquele lugar, e que jamais pertenceria.

Sua música era como pão e vinho: nutritiva e encorajadora.

Descobri que eu também estava secando as lágrimas.

O movimento deve ter atraído seu olhar. Merei ergueu o rosto e me viu, mas sua canção não hesitou. Não, sua música parecia ter encontrado um novo refrão, e ela sorriu. Eu torcia para que ela se sentisse tão inspirada por mim quanto me sentia por ela.

E, assim, fui da tenda dela para a próxima, seguindo o caminho de hera e de flores, sentindo-me como se estivesse adentrando a colmeia de um sonho.

Essa tenda também estava forrada de tapetes e ocupada com cadeiras e divãs. Porém, havia três cavaletes, cada um exibindo uma pintura a óleo magnífica. Caminhei pela orla da tenda, mais uma vez, permanecendo nas sombras, enquanto admirava as obras de arte de Oriana.

Ela estava com um vestido vermelho-escuro, com o cabelo preto afastado do pescoço por uma rede dourada, e com um patrono de cada lado de si, enquanto falava sobre seu trabalho. Falavam sobre óleos... Qual era sua receita para azul-ultramarino? E para ocre? Passei silenciosamente para a tenda seguinte, sorrindo por saber que minha previsão se tornaria verdade: os patronos brigariam por Oriana.

A terceira tenda era a de Sibylle. Havia uma mesa posta no centro dos tapetes, em frente à qual Sibylle estava sentada, com seu vestido de tafetá verde-esmeralda, jogando cartas com seus três patronos em potencial. A gargalhada dela era como o tilintar de um sino em meio à conversa ágil com a qual envolvia seus convidados.

A sagacidade foi a única paixão que realmente detestei. Não me saía bem em debates, sentia-me intimidada pela ideia de fazer discursos, e era péssima em puxar conversa. Esforçar-me para passar por aquele ano como arden me fez perceber que preferia espaços silenciosos e livros a uma sala cheia de pessoas.

— O que está fazendo aqui?

Girei sobre os calcanhares, e meu olhar encontrou a mestra Therese, que havia se esgueirado para perto de mim como um espírito. Esse era o outro motivo pelo qual fui tão infeliz como arden de sagacidade. Therese nunca me acolhera como aluna.

— Devia estar na sua própria tenda — sibilou, chacoalhando um fino leque rendado. O suor escorria pelo rosto dela, fazendo com que o cabelo louro-escuro grudasse na testa, como se tivesse sido atingida por um balde de gordura.

Não desperdicei palavras com ela. Sequer desperdicei uma reverência.

Fui para a tenda seguinte, a de Abree. Havia um palco baixo e octogonal no centro da tenda, com lanternas a meia-luz e um anel de fumaça que fazia com que me sentisse como se estivesse no meio de uma nuvem. Mas ali estava minha Abree, com o cabelo ruivo como a chama, cercada de seus três patronos e de mestre Xavier. Fiquei feliz de vê-la rindo e conduzindo a noite, completamente à vontade, mesmo em um vestido tão desconfortável.

Contudo, o pessoal do teatro era sempre simpático, e a companhia deles era animada e divertida. Se me vissem esgueirando-me por ali, sem dúvida me chamariam para a reunião, e eu sabia que tinha pouco tempo.

Esquivei-me pela faixa macia de grama que corria por entre as tendas, sentindo-me agradecida pela brisa da noite ter erguido a cortina quente que se tornara meu cabelo. Parei e respirei, apertando o corpete do vestido com as mãos enquanto observava a porta de tecido da tenda ondular convidativamente, como a espuma de uma correnteza.

Era a minha tenda e de Ciri; onde eu já deveria estar havia uma hora.

E, curvando-me um pouquinho e desafiando o espartilho, podia enxergar dentro da tenda e ver os tapetes espalhados no chão, e os pés de um dos patronos em um reluzente par de botas engraxadas. Também conseguia ouvir o zumbido baixo de uma conversa. Ciri dizia algo sobre o tempo...

— Você está atrasada.

A voz de Cartier me deu um susto. Eu me empertiguei, então virei-me e dei de cara com ele, parado logo atrás de mim, de braços cruzados.

— A noite é uma criança — respondi, mas um rubor traiçoeiro atingiu minhas bochechas. — E você devia saber que não pode me assustar assim.

Continuei minha observação clandestina, hesitante de abrir a cortina de linho e entrar ali. Aquilo era ainda pior agora que ele estava aqui, testemunhando minha inquietação.

— Por onde andou? — Cartier se aproximou de mim, e senti a perna dele resvalar na minha saia. — Estava começando a achar que tinha chamado uma carruagem e fugido.

Abri um sorriso torto, embora a ideia de fugir fosse horrivelmente tentadora naquele momento.

— Sinceramente, mestre...

Eu ia dizer mais, porém, as palavras sumiram quando meus olhos encontraram as roupas dele. Nunca o tinha visto tão elegante. Usava botas até os joelhos, calça de veludo e um gibão preto cheio de fivelas chiques e costuras prateadas. As mangas eram longas, esvoaçantes e brancas, o cabelo estava penteado para trás da forma habitual, e o rosto estava recém-barbeado e dourado sob a luz da lanterna. O manto da paixão protegia fielmente suas costas, como um pedaço roubado do céu azul.

— Por que está me olhando desse jeito? — perguntou.

— De que jeito?

— Como se nunca tivesse me visto usando roupas adequadas.

Dei uma risada, fingindo que ele estava sendo ridículo por dizer aquilo. Felizmente, um criado passou naquele momento, carregando uma bandeja de licor. Estendi a mão para pegar uma taça com os dedos trêmulos, e tomei um gole daquela abençoada distração, e depois outro.

Talvez tivesse sido o licor, talvez o vestido, ou o fato de estar tão perto de mim, mas olhei nos olhos dele, tocando a borda da taça nos meus lábios, e murmurei:

— Não precisa ficar segurando minha mão a noite toda.

Seus olhos escureceram em reação às minhas palavras.

— Não planejo segurar sua mão, Brienna — rebateu, secamente. — E sabe o que penso sobre escutar as conversas dos outros.

— Sim, sei muito bem — respondi, sorrindo levemente. — Qual será a punição de hoje? A forca, ou dois dias inteiros recitando linhagens familiares?

— Vou ser misericordioso e perdoá-la hoje — afirmou Cartier, então tomou o copo da minha mão. — E vamos parar com o licor por agora, até que coma algo.

— Tudo bem. Posso pegar outra taça — declarei, enquanto minhas mãos desciam pelo vestido, limpando o suor. Era uma noite quente; sentia cada peça da roupa de baixo arranhando minha pele. — Por que você tinha que escolher um vestido tão pesado?

Ele tomou o restante do meu licor antes de responder.

— Escolhi apenas a cor. E as flores... e que seu cabelo ficasse solto.

Decidi não responder, e minha pausa fez com que olhasse para mim. Senti seu olhar azul tocar o topo da minha cabeça, as flores, meu maxilar, e descer pelo pescoço até minha cintura dolorida. Imaginei que tinha me achado bonita, e repreendi a mim mesma por ter uma fantasia tão absurda.

— Bem — prosseguiu Cartier, retornando o olhar até o meu. — Pretende ficar aqui comigo a noite toda, ou irá arrumar um patrono?

Olhei fixamente para ele por um momento, então tomei coragem para entrar na tenda, deixando-o para trás em meio à noite.

Senti quatro pares de olhos pousarem em mim após minha entrada repentina. Ali estava Ciri, de vestido azul-marinho, com o cabelo despencando, em cachos, da guirlanda de flores vermelhas no topo da cabeça, e com as bochechas romanticamente coradas de prazer. Ao lado dela estava uma estonteante mulher de meia-idade, que tinha a pele escura e vestia uma quantidade esplêndida de seda amarela. E, nas cadeiras que havia em frente a elas, estavam dois homens, com taças de licor cintilando nas mãos. Um deles era mais velho, com o cabelo castanho-avermelhado entremeado de fios cor de prata, e tinha o nariz e o queixo pontudos, como se tivessem sido esculpidos em mármore. O outro era mais jovem, com barba escura, pele corada e postura garbosa.

Ciri se levantou para me cumprimentar.

— Brienna, quero apresentar nossos convidados. Essa é a mestra Monique Lavoie — falou, e a mulher de amarelo sorriu. — Temos também mestre Brice Mathieu. — O patrono barbudo e empertigado se levantou e ergueu a taça de licor, fazendo uma reverência parcial. — E mestre Nicolas Babineaux. — O homem estoico de cabelo castanho também se levantou, e fez uma reverência breve. Os três patronos usavam mantos azuis presos ao pescoço; todos eram paixões de conhecimento.

— É um prazer — cumprimentei-os, curvando-me profundamente.

Apesar das apresentações consistentes de Ciri, senti-me como se meus ossos tivessem saído das juntas, e como se eu fosse uma impostora vestida de seda.

— Talvez eu devesse roubar você primeiro — disse Monique Lavoie para mim.

— Claro — respondeu Ciri, mas vi a reserva em seus olhos quando se afastou para que eu pudesse tomar o lugar dela no divã. Aquela era a patrona que queria, e, assim, decidi prosseguir com cuidado.

Sentei-me ao lado de Monique, e Ciri ficou no meio dos dois mestres, envolvendo-os numa conversa que fez com que os dois rissem.

— Então, Brienna — começou Monique, e concentrei-me para que todos os outros sons ficassem ao fundo. — Conte-me sobre você.

Tinha preparado vários pontos para iniciar as conversas. Um deles era sobre minha dupla cidadania, outro sobre ter sido aluna de mestre Cartier e mais um sobre o esplendor de Magnalia. Decidi escolher o primeiro.

— Sou arden de conhecimento, mestra. Meu pai é maevano, e minha mãe é valeniana. Fui criada no orfanato de Colbert até ser trazida para cá no meu décimo verão... — E, assim, as palavras fluíram, e eram curtas e emendadas, como se eu não conseguisse respirar direito. Mas ela era gentil, e seus olhos estavam interessados em tudo o que eu dizia, encorajando-me a contar mais sobre minhas aulas, de Magnalia, e quanto ao meu ramo favorito de conhecimento.

Finalmente, depois do que pareceram dias em que passei falando de mim, ela se abriu.

— Sou médica na ilha de Bascune — apresentou-se Monique, aceitando um novo copo de licor oferecido por um dos criados. — Cresci na ilha, e conquistei minha paixão quando tinha 18 anos. Em seguida, me tornei assistente de um médico. Hoje, tenho minha própria enfermaria e apotecário há dez anos, e estou procurando por uma nova ajudante.

Então, ela era do ramo médico do conhecimento, e estava procurando por alguém que a ajudasse. Estava oferecendo uma sociedade. E, assim que permiti que a proposta dela me tentasse, senti o olhar preocupado de Ciri se desviar até nós.

— Talvez devesse perguntar, antes de mais nada, como você reage a sangue — mencionou, tomando seu licor com um sorriso. — Pois o vejo com frequência.

— O sangue não me afeta, felizmente — respondi, e ali estava minha chance de integrar minha história, como Cartier me mandou fazer.

Contei sobre o corte que Abree fez na testa, um ferimento que aconteceu quando ela tropeçou no palco durante um ensaio. Em vez de chamar o médico, Cartier permitiu que Ciri e eu suturássemos o ferimento da nossa amiga, ensinando-nos as etapas enquanto olhava por cima dos nossos ombros, e Abree permanecia incrivelmente calma.

— Ah, Ciri me contou a mesma história — afirmou Monique, e meu rosto ficou quente. Não pensei em comparar minha história com a de Ciri. — É maravilhoso que vocês duas tenham conseguido trabalhar juntas para curar a amiga.

Ciri estava tentando não olhar para mim, mas tinha ouvido minha história repetida e a resposta de Monique. A tensão no ar era palpável, e só conseguia pensar em uma única forma de amenizá-la.

— De fato, mestra Monique. Mas Ciri é bem mais habilidosa do que eu com as agulhas. Comparamos os pontos depois que terminamos, e os meus não eram tão precisos quanto os dela.

Monique deu um sorriso triste ao compreender o que eu estava fazendo. Sabia que estava me retirando de sua proposta, que devia escolher a Ciri, e não a mim.

Uma sombra esparramou-se pelas minhas saias quando percebi que o jovem patrono de barba tinha ido parar ao meu lado. Vestia um traje bem-cortado preto e prata, e tinha cheiro de cardamomo e hortelã. Ele estendeu a mão, pálida e com unhas bem-cuidadas, para mim.

— Posso roubar-lhe agora?

— Sim, mestre Brice — respondi, agradecendo a Monique por seu tempo enquanto pousava os dedos nos dele, deixando que me puxasse do divã.

Não conseguia me lembrar da última vez em que toquei alguém do sexo oposto.

Não, eu me lembrava, sim. Fora no outono em que meu avô me deixou em Magnalia, sete anos antes. Abraçou-me e beijou minha bochecha. Desde aquele momento, porém, o único afeto que senti veio das minhas irmãs ardens, quando entrelaçávamos os dedos ou nos abraçávamos ou dançávamos juntas.

Não pude evitar um sentimento de desconforto por Brice continuar segurando minha mão enquanto me levava para um canto mais tranquilo da tenda, onde duas cadeiras estavam posicionadas sob a luz suave de velas.

Sentei-me, resistindo à vontade de limpar a palma das mãos na saia enquanto ele me entregava uma taça de licor. Foi quando vi que Cartier tinha voltado à tenda. Tomou o lugar abandonado por Brice, e estava conversando com o patrono de cabelo arruivado. Meu mestre parecia estar à vontade, de pernas cruzadas.

— Soube que é uma boa historiadora — declarou Brice, acomodando-se na cadeira ao meu lado.

Afastei o olhar de Cartier e disse:

— Posso perguntar como ouviu tal coisa, mestre Brice?

— Ciri comentou — explicou.

Tentei adivinhar a idade dele, e avaliei que devia ter trinta e poucos anos. Era atraente, dono de olhos brilhantes e simpáticos. A voz era polida, como se tivesse frequentado apenas as melhores escolas, jantado às mesas mais ricas e dançado com as mulheres mais adoráveis.

— E confesso que isso me interessa, porque sou historiador.

Ciri tinha me chamado de historiadora. Assim como Cartier, que confessou ter sintonia com esse ramo, apesar de ter escolhido ensinar. Incontrolavelmente, meu olhar se desviou para Cartier de novo.

Ele já estava olhando para mim, observando-me sem qualquer expressão no rosto enquanto eu dividia esse canto da tenda com Brice Mathieu. Senti-me como se fosse uma estranha para Cartier, até perceber que Nicolas, o patrono ruivo, dizia algo para ele, e que Cartier não ouviu uma palavra sequer.

Brice também estava dizendo algo para mim.

Voltei-me para o patrono, e minha pele estava encharcada sob o calor daquela noite.

— Perdoe-me, mestre Brice, não ouvi o que disse.

— Ah! — exclamou, piscando os olhos, e percebi que não estava acostumado a ser ignorado. — Perguntei se gostaria de falar sobre sua linhagem favorita. No momento, trabalho para os escribas reais, garantindo que os registros históricos sejam precisos. Necessito de uma assistente, alguém que seja tão arguto e perspicaz quanto eu, e que conheça a genealogia como a própria palma da mão.

Outra sociedade.

Essa me interessava, e, assim, fingi que Cartier não estava no mesmo ambiente que eu e sorri para Brice Mathieu.

— Certamente, mestre. Eu gosto da linhagem de Edmond Fabre.

Então, começamos a conversar sobre Edmond Fabre e seus três filhos, que, por sua vez, tiveram mais três filhos. Estava indo bem, apesar do suor que começava a escorrer pelas costas, apesar do espartilho que devorava todo o meu conforto, e apesar do jeito com que o olhar de Cartier continuava me tocando.

Mas, então, eu errei. Só percebi que disse o nome errado quando vi Brice Mathieu franzir a testa, como se tivesse sentido um cheiro desagradável.

— Você deve querer dizer Frederique, e não Jacques.

Fiquei hesitante naquele momento, tentando entender o que tinha dito, e o que ele estava dizendo.

— Não, mestre Brice. Acredito que tenha sido Jacques.

— Não, foi Frederique — rebateu Brice. — Jacques só nasceu duas gerações depois.

Eu tinha mesmo pulado gerações? Mas, mais importante do que isso, realmente me importava com aquilo?

Minha memória falhou, e escolhi dar uma risada para disfarçar.

— É claro, eu me enganei — afirmei, então tomei o resto do licor antes que conseguisse fazer mais uma vez o papel de tola.

Fui salva pela entrada de um criado, que anunciou que o jantar estava sendo servido na grande tenda central.

Levantei-me, com as pernas trêmulas e os nervos tão tensos que considerei seriamente correr de volta para a Casa. Foi então que o terceiro patrono chegou ao meu lado, e sua compleição alta e magra quase resvalava no tecido da tenda.

— Posso acompanhá-la até o jantar, Brienna? — perguntou o mestre de cabelo castanho-avermelhado. A voz era suave e delicada, mas não me deixei enganar: havia algo de afiado nele. Reconheci aquele traço pois Cartier era muito parecido.

— Sim, mestre Nicolas. Será uma honra.

Ele me ofereceu o braço, e o aceitei, novamente sentindo-me hesitante em tocar um homem estranho. Contudo, ele era mais velho, talvez da idade que meu pai teria, então seu toque me pareceu decoroso, não tão perigoso quanto segurar a mão de Brice Mathieu.

Saímos à frente dos outros na direção da tenda central.

Havia três mesas redondas, com nove cadeiras em cada círculo, sem lugares designados. Aquele jantar tinha a intenção de fazer com que as paixões se misturassem, e senti um medo renovado enquanto Nicolas escolhia um lugar para nos sentarmos. Acomodei-me na cadeira que ele apontou, e meu olhar percorreu a tenda enquanto minhas irmãs ardens, seus patronos e seus arials a adentravam.

As mesas estavam cobertas de linho branco, e o centro de cada uma delas fora decorado com velas, guirlandas de rosas e folhas brilhantes. Os pratos, utensílios e cálices eram feitos da mais fina prata, e reluziam como o tesouro de um dragão enquanto aguardavam para serem tocados. Havia lanternas penduradas acima de nossa cabeça, e, através dos painéis feitos de latão delicadamente perfurado, a luz cascateava até nós como pequenas estrelas.

Nicolas não dirigiu uma palavra para mim até que todos os lugares à mesa estivessem ocupados e que as apresentações tivessem sido feitas. Ciri, naturalmente, escolheu *não* se sentar à minha mesa. Levou Monique consigo, e Brice Mathieu decidiu ser sociável e sentar-se em meio às pessoas do teatro. Minha mesa foi ocupada por Sibylle (o que me deixou mais tranquila, pois ela conseguia fazer a conversa fluir), dois de seus patronos, mestra Evelina, mestra Therese (para minha consternação), um patrono de arte e outro de música. Era uma mesa estranha e irregular, pensei, enquanto serviam o vinho e o primeiro prato era trazido.

— Seu mestre fala muito bem de você, Brienna — comentou Nicolas, e sua voz era tão baixa que mal conseguia ouvi-lo em meio à falação de Sibylle.

— Mestre Cartier foi um ótimo instrutor — respondi, e percebi que não fazia ideia de onde ele estava.

Meu olhar percorreu as outras duas mesas, e o encontrei quase na mesma hora, como se um canal tivesse sido forjado entre nós.

Havia se sentado ao lado de Ciri.

Eu queria ficar magoada com aquilo, com o fato de ter escolhido se sentar com ela, e não comigo. Contudo, percebi que a decisão foi brilhante, pois Ciri estava entusiasmada com sua escolha. De fato, parecia brilhar por sentar-se entre Cartier e Monique. E, se tivesse se sentado ao meu lado, só teria aumentado minhas ressalvas. Não sentiria liberdade para conversar livremente com Nicolas Babineaux, que provavelmente era minha esperança final de garantir um patrono.

— Me conte mais sobre você, Brienna — solicitou Nicolas, enquanto cortava a salada.

E o fiz, seguindo a mesma linha de conversação que usei anteriormente com Monique. Ele me ouviu enquanto comíamos, e me perguntei quem ele era, o que queria e se eu seria uma boa escolha para ele.

Será que também era médico? Historiador? Ou um professor?

Quando o prato principal chegou, faisão e pato banhados em molho de damasco, Nicolas finalmente se revelou.

— Sou o diretor de uma Casa de conhecimento — afirmou, limpando a boca com um guardanapo. — Fiquei animado quando a Viúva me fez o convite, pois estou precisando de uma arial para ensinar meus ardens.

Deveria ter esperado por isso. Ainda assim, meu coração desandou com aquela revelação.

Esse, talvez, fosse o ramo de patronagem que me deixava mais ansiosa. Eu só vinha me dedicando ao conhecimento havia três anos, e como podiam esperar que eu rapidamente mudasse de lado e passasse a ensinar outras pessoas? Sentia que precisava de mais tempo para expandir meu domínio sobre aquela paixão, e para ganhar confiança. Se tivesse escolhido Cartier desde o primeiro ano, se não tivesse sido tola de alegar que meu caminho era arte... poderia facilmente me ver como professora, espalhando meu conhecimento para outros.

— Conte-me mais sobre sua Casa — pedi a ele, com esperanças de que minhas hesitações não se evidenciassem na minha voz e na minha expressão.

Nicolas começou a ilustrá-la para mim. Era uma Casa que ele fundou a Oeste dali, perto da cidade de Adalene. Lá, instruía-se apenas conhecimento, em um programa de seis anos para garotas e garotos.

Estava ponderando sobre isso tudo, perguntando-me se estava sendo irracional ao me considerar despreparada para tal tarefa, quando ouvi meu nome na língua de Sibylle.

— Ah, Brienna é excelente em sagacidade, mesmo alegando o contrário!

Meus dedos apertaram o garfo quando lancei um olhar para ela, do outro lado da mesa.

— E como é possível? — perguntou um dos patronos dela, sorrindo para mim.

— Ah, ela passou um ano inteiro estudando sagacidade comigo, e queria que ela tivesse continuado!

Sibylle tinha bebido licor demais. Tinha o olhar vidrado, incapaz de perceber os dardos que meus olhos tentavam lançar contra ela.

Nicolas se virou para mim, com a testa franzida.

— Você estudou sagacidade?

— Ah, sim, mestre Nicolas — respondi, tentando manter a voz baixa para que mais ninguém pudesse ouvir, pois um silêncio constrangedor tinha se espalhado pela mesa. Até mestra Therese parecia estar preocupada comigo.

Em vão, tentei demonstrar confiança no lugar da preocupação, mas meu coração traiçoeiro disparou, partindo minha máscara em pedacinhos.

— E por que isso? Achei que você fosse de conhecimento — comentou.

O solstício começou a se desfazer ao meu redor, como se fosse um carretel de lã escura que eu não conseguia segurar. Nicolas parecia perplexo, como se tivesse mentido para ele. Não era segredo que eu havia estudado todas as paixões, mas, aparentemente, ele não sabia disso. De repente, percebi como devia parecer-me aos olhos dele.

— Comecei meu tempo em Magnalia estudando arte — expliquei, mantendo a voz firme. Porém, a vergonha estava ali, na corrente das minhas palavras. — Depois, fiquei um ano no teatro, um na música e outro em sagacidade, antes de começar a estudar o conhecimento.

— Uma arden bem completa! — exclamou um dos patronos de Sibylle, levantando o cálice de vinho para mim.

Eu o ignorei, fixando o olhar em Nicolas e desejando que entendesse.

— Então, por quantos anos você se dedicou ao conhecimento? — indagou.

— Três.

Não era a resposta que queria. Eu não era a paixão que queria.

A noite terminou para mim nesse momento.

Continuei sentada ao lado de Nicolas pelo restante da refeição, mas o interesse dele diminuíra. Conversamos com as pessoas reunidas à nossa mesa, e, depois que os doces de marzipã foram servidos como sobremesa, obriguei-me a interagir com os outros. Forcei-me a conversar e a rir, até que já havia passado de meia-noite, metade dos patronos tinha se recolhido, e só alguns de nós restávamos na tenda de Merei, ouvindo-a tocar uma música atrás da outra.

Só então escapei das tendas e olhei para os jardins, banhando-me do luar silencioso. Precisava de um momento sozinha para processar o que tinha acabado de acontecer.

Andei pelos caminhos, deixando que a hera, as cercas vivas e as rosas me engolissem até que a noite parecesse tranquila e gentil novamente. Estava parada à frente do lago, chutando algumas pedrinhas para a água escura, quando o ouvi.

— Brienna?

Girei sobre os calcanhares. Cartier estava a uma boa distância, escondido nas sombras, como se não soubesse se eu o queria ali ou não.

— Mestre Cartier.

Ele andou até mim, e eu tinha acabado de decidir que não contaria nada a ele quando perguntou:

— O que houve?

Suspirei, apoiando as mãos no suporte rígido do meu espartilho.

— Ah, mestre, sou tão fácil assim de interpretar?

— Algo aconteceu durante o jantar. Pude ver no seu rosto.

Nunca antes tinha ouvido arrependimento no tom dele. Senti a dor em sua voz, como se fosse açúcar derretendo na minha língua. Estava arrependido de não ter se sentado ao meu lado. Se houvesse, talvez as coisas tivessem sido diferentes. Talvez tivesse conseguido manter o interesse de Nicolas Babineaux.

Mas, provavelmente, não conseguiria.

— Pareço pouco estudada para Mathieu, e inexperiente para Babineaux — confessei, por fim.

— Como assim? — As palavras dele soaram intensas e raivosas.

Inclinei a cabeça para a frente, deixando o cabelo cair sobre o ombro enquanto sorria com tristeza para ele em meio ao luar.

— Não leve para o lado pessoal, mestre.

— Levo tudo para o lado pessoal quando diz respeito a você e Ciri. Conte-me, o que disseram?

— Bem, pulei duas gerações inteiras quando falei sobre genealogia. Brice Mathieu ficou muito alarmado com isso.

— Não me importo com Brice Mathieu — retorquiu Cartier, rapidamente, e perguntei-me se tinha ficado com certo ciúme. — E Nicolas Babineaux? Ele é o patrono que quero para você.

Percebi, agora, que ele queria que eu me tornasse arial. E também devia saber que Ciri seria médica. Ele a compreendeu sem esforço, mas e quanto a mim? Apesar do calor, estremeci, sentindo que ele não me conhecia nem um pouco. Além do mais, não era para ser o que ele queria; deveria seguir o rumo que eu mesma almejava.

Tínhamos duas imagens diferentes em mente, e não tinha certeza se era possível alinhá-las para que se tornassem algo bonito.

— Achei que tinha dito que eu era uma historiadora, e não professora — comentei.

— E disse — retrucou. — Mas você e eu somos muito parecidos, Brienna. E sinto que todos os historiadores deveriam começar lecionando. Meu tempo aqui em Magnalia não afetou meu amor pela história. Na verdade, fez com que ganhasse força, como se minha mente, antes, fosse apenas uma brasa.

Nos encaramos, e o brilho das estrelas adoçicou as sombras que caíam entre nós.

— Me conte o que ele disse — persistiu Cartier, em um tom suave.

— Ele não ficou impressionado com meus três anos.

Ele suspirou e passou os dedos pelo cabelo, e sua frustração era tangível. As fivelas do gibão piscaram sob a luz fraca quando afirmou:

— Então ele não é digno de você.

Queria dizer que era gentileza dele falar isso. Contudo, minha garganta estava apertada, e palavras diferentes saíram de mim.

— Talvez não fosse para ser — sussurrei, e comecei a me afastar dele.

Sua mão segurou meu cotovelo antes que eu pudesse me afastar, como se soubesse que palavras não eram suficientes para me manter ali. Então, a ponta dos seus dedos caminhou lentamente pela parte interna do meu antebraço nu, explorando todo o caminho até a palma, até segurar a curva dos meus dedos. Ele me segurou à sua frente; firme, resoluto e celestial. Lembrou-me de outra época, muito tempo antes, quando seus dedos envolveram os meus e o toque me encorajara a me levantar e conquistar meu lugar naquela Casa. Quando eu era apenas uma garotinha e ele era tão maior, a ponto de eu pensar que nunca o alcançaria.

Fechei os olhos enquanto a lembrança me assombrava, sentindo uma brisa de jasmim soprar entre nós, tentando nos aproximar.

— Brienna.

O polegar dele acariciou o nó dos meus dedos. Sabia que queria que eu abrisse os olhos, que olhasse para ele e admitisse o que estava acontecendo entre nós.

Está violando uma regra, pensei, está violando uma regra por mim. Deixei que aquela verdade dourasse meu coração quando respirei fundo.

Abri os olhos, e meus lábios se afastaram para dizer que ele devia me soltar, e, naquele momento, ouvimos gargalhadas vindas do outro lado da cerca viva.

Na mesma hora, seus dedos soltaram os meus, e nos afastamos.

— Bri! Bri, onde você está?

Era Merei. Virei-me na direção de sua voz quando ela surgiu pelo caminho, trazendo Oriana consigo.

— Vem, está na hora de dormir — afirmou, e só viu Cartier quando deu um passo mais para perto. Ela parou quando o reconheceu, como se tivesse dado de cara com uma parede. — Ah, mestre Cartier. — Ela e Oriana instantaneamente se curvaram.

— Boa noite, Brienna — murmurou Cartier, fazendo reverências para mim e para as minhas irmãs ao se afastar.

Oriana o observou com a testa franzida enquanto ele se afastava, mas Merei manteve os olhos em mim, quando fui me juntar a elas.

— O que estava acontecendo? — questionou Oriana em meio a um bocejo quando começamos a trilhar o caminho de volta para os fundos da casa.

— Estávamos deliberando sobre patronos — respondi.

— Está tudo bem? — indagou Merei.

Passei o braço pelo dela, sentindo, de repente, a exaustão serpentear pelas minhas costas.

— Sim, claro.

Contudo, os olhos dela observaram meu rosto enquanto retornávamos à luz das velas.

Sabia que eu estava mentindo.

9

CANÇÃO DO NORTE

A segunda-feira trouxe chuva e inquietação. A Viúva passou a maior parte do dia em seu escritório, conversando com os patronos interessados. As ardens não tinham nada a fazer além de andar de um lado para o outro no segundo andar. Mandaram que ficássemos por perto, porque a Viúva logo requisitaria nossa presença para discutir as propostas.

Sentei-me com minhas irmãs no quarto de Oriana e Ciri, ouvindo a conversa empolgada delas enquanto os relâmpagos piscavam lá fora.

— Os três patronos ficaram interessados em você?
— Quem vai escolher, se estiverem?
— Quanto acha que vão oferecer?

As perguntas giraram à minha volta, e ouvi minhas irmãs ardens compartilhando suas experiências, esperanças e seus sonhos. Ouvi, mas não falei nada, porque, conforme as horas iam passando e a tarde progredindo, eu começava a me preparar para que meu maior medo ganhasse vida: uma criatura feita das sombras da minha consternação e dos meus fracassos.

Quando o relógio marcou quatro horas, a Viúva mandou chamar a primeira de nós: Oriana. Assim que saiu do quarto para a reunião, recolhi-me na biblioteca. Em uma das cadeiras que ficavam junto à janela, assisti à chuva molhando o vidro, com *O livro das horas* no colo. Tinha medo de ler sobre a Pedra do Anoitecer de novo, medo de acabar transicionando novamente para o lorde maevano sem nome. Ainda assim, queria ler sobre a pedra, e sobre a magia aprisionada. Queria ver a princesa Norah outra vez, apenas para descobrir se fora realmente ela quem roubou a pedra do pescoço de sua mãe.

Estremeci enquanto lia, aguardando pela transformação, presa entre o medo e o desejo. Contudo, as palavras continuaram sendo apenas palavras em uma folha de papel antiga e suja. Questionei-me se jamais voltaria a transicionar para o passado, se veria aquele homem de novo, se saberia por que aquilo tinha acontecido comigo e se fora realmente a princesa Norah quem entregara a pedra.

Havia tantas perguntas, e nenhuma resposta satisfatória.

— Brienna?

Thomas, o mordomo, chamou-me na escuridão da biblioteca. Ele me pegou desprevenida, e eu me levantei, sentindo as pernas formigando quando o vi parado à porta.

— A madame gostaria de vê-la no escritório.

Assenti, e coloquei *O livro das horas* sobre a mesa. Segui-o, tentando encher-me de coragem. Pensei na imagem de Liadan Kavanagh, e imaginei--a me repassando uma pequena fração de sua vitória e bravura. Ainda assim, continuava tremendo quando adentrei o escritório da Viúva, pois aquele era o momento que passei sete anos tentando conquistar, e sabia que tinha falhado.

A Viúva estava sentada à mesa, aquecida pela luz das velas tremeluzentes. Sorriu ao me ver.

— Por favor, sente-se, Brienna — convidou-me, estendendo a mão na direção de uma das cadeiras à sua frente.

Fui até a cadeira e me sentei, sentindo os joelhos rígidos e dobrando as mãos gélidas sobre o colo. Então, esperei.

— O que achou do solstício ontem à noite? — perguntou.

Levei um momento para escolher a resposta adequada. Devia agir como se não houvesse nada de errado? Ou devia evidenciar que sabia que nenhum dos patronos estava satisfeito comigo?

— Madame, preciso lhe pedir desculpas — falei, de repente. Essa não era a resposta que tinha preparado, mas, quando ela escapou pelos meus lábios, não pude refreá-la. — Sei que fracassei em conquistar a paixão ontem à noite e que fracassei com a senhora e com mestre Cartier e...

— Minha querida, não peça desculpas — interrompeu, delicadamente. — Não foi por isso que chamei você aqui.

Inspirei tão fundo que meus dentes doeram e pousei os olhos nos dela. Então, encontrei uma migalha de coragem e admiti meu medo.

— Sei que não tive propostas, madame.

Nicolas Babineaux e Brice Mathieu encontraram defeitos em mim. Contudo, antes que essa verdade pudesse afetar ainda mais minha confiança, a Viúva disse:

— Nenhuma proposta foi feita, mas não deixe que isso a perturbe. Sei dos desafios que enfrentou aqui ao longo dos anos, Brienna. Você se dedicou mais do que qualquer outra arden que já recebi.

Pergunte agora, sussurrou uma voz sombria na minha mente. *Pergunte por que a aceitara; pergunte o nome do seu pai.*

Mas perguntar aquilo exigiria de mim mais coragem e confiança ainda, e essas virtudes já haviam se esvaído. Retorci o vestido de arden nas mãos e falei:

— Irei embora amanhã, com as outras ardens. Não quero mais ser um peso para sua Casa.

— Vai embora amanhã? — ecoou a Viúva, e, então, levantou-se e andou pela sala, parando junto à janela. — Não quero que parta amanhã, Brienna.

— Mas, madame...

— Sei o que está pensando, minha querida — continuou. — Acha que não merece estar aqui, que sua paixão depende de garantir um patrono no solstício. Mas nem todos seguimos o mesmo caminho. E, sim, suas cinco irmãs escolheram seus patronos e vão embora amanhã, mas isso não torna você menos digna. Ao contrário, Brienna, me faz acreditar que há mais potencial em você, e que avaliei mal quais seriam os patronos adequados para você.

Acho que devia estar boquiaberta enquanto a encarava, pois ela se virou para olhar para mim e sorriu.

— Quero que permaneça comigo ao longo do verão — afirmou a Viúva. — Durante esse tempo, vamos encontrar o patrono certo para você.

— Mas, madame, eu... não poderia lhe pedir algo assim — gaguejei.

— Você não está me pedindo — explicou. — Eu é que estou oferecendo.

Nós duas ficamos em silêncio, ouvindo nossos pensamentos e o coral da tempestade. A Viúva retomou sua cadeira e continuou:

— Não é escolha minha dizer se conquistou sua paixão ou não. Essa decisão é do mestre Cartier. Ainda assim, acho que um pouco mais de tempo aqui vai lhe beneficiar tremendamente, Brienna. Por isso, espero que permaneça aqui durante o verão. No outono, teremos você nas graças de um bom patrono.

Não era isso o que eu queria? Um pouco mais de tempo para polir meus conhecimentos e medir as verdadeiras profundezas da paixão que eu estava reivindicando? Não precisaria enfrentar meu avô, que teria vergonha da minha insuficiência. E também não teria que aceitar o título de inepta.

— Obrigada, madame. Adoraria ficar aqui durante o verão.

— Fico feliz em ouvir isso — afirmou, e, quando se levantou novamente, eu soube que estava me dispensando.

Subi a escada até meu quarto, e uma dor florescia a cada passo quando comecei a me dar conta de como seria aquele verão. Silencioso e solitário. Seríamos apenas a Viúva e eu, além de alguns criados...

— Quem você escolheu? — O entusiasmo de Merei me recebeu no instante em que me ouviu entrar. Estava de joelhos, ocupada arrumando os pertences no baú de cedro que estava ao pé da cama.

Meu próprio baú estava nas sombras. Já tinha arrumado minhas coisas na expectativa de partir no dia seguinte, com as outras garotas. Agora, precisava desarrumar tudo.

— Não tive propostas. — A confissão era libertadora. Senti como se finalmente pudesse me mover e respirar, agora que aquilo estava revelado.

— *O quê?*

Sentei-me na cama e olhei para os livros de Cartier. Precisava me lembrar de devolvê-los amanhã, quando me despedisse dele e das meninas.

— Bri! — Merei veio até mim, e se acomodou ao meu lado no colchão.
— O que aconteceu?

Não havíamos tido a chance de conversar. Na noite anterior, estávamos tão cansadas e machucadas dos espartilhos que caímos na cama. Merei começou a roncar na mesma hora, embora eu tenha ficado acordada, olhando pensativamente para a escuridão.

Então, contei tudo agora.

Contei o que ouvi no corredor, sobre os três patronos, a preferência de Ciri pela médica, meus erros e o jantar arruinado. Contei sobre a proposta da Viúva, minha chance de ficar em Magnalia durante o verão, e que não sabia bem o que sentir.

A única coisa que não revelei foi aquele momento com Cartier no jardim, sob a luz das estrelas, quando me tocou e nossos dedos se uniram. Não podia expor sua decisão de violar uma regra voluntariamente, apesar de saber que Merei guardaria e protegeria um segredo desses por mim.

Ela passou o braço ao meu redor.

— Sinto muito, Bri.

Suspirei e me inclinei para perto dela.

— Tudo bem. Eu realmente acredito que a Viúva esteja certa sobre os patronos. Não acho que Brice Mathieu e Nicolas Babineaux fossem bons para mim.

— Mesmo assim, sei que está decepcionada e magoada. Porque sei que eu mesma ficaria.

Ficamos sentadas lado a lado, em silêncio, e fui surpreendida quando Merei se levantou e pegou o violino. A madeira reluziu sob a luz noturna quando ela o levou ao ombro.

— Compus uma música para você — disse. — Espero que a ajude a guardar todas as boas lembranças de nossos anos aqui e de todas as coisas incríveis que ainda virão.

Ela começou a tocar, e a música cresceu pelo nosso quarto, consumindo as sombras e as teias de aranha. Reclinei-me para trás, apoiei a cabeça nas mãos e fechei os olhos, sentindo as notas me preencherem uma a uma, como a chuva caindo sobre um pote. E quando cheguei ao ponto de transbordar, uma imagem se formou em minha mente.

Estava no topo de uma montanha; abaixo de mim, colinas verdejantes ondulavam como o mar, e os vales eram cortados por bosques e riachos cintilantes. Aqui, o ar era doce e pungente, como uma lâmina que corta para curar, e a neblina pairava a pouca altura, como se quisesse tocar os mortais que moravam nas campinas antes que o sol a eliminasse.

Nunca estivera aqui, pensei, mas sabia que era meu lugar.

Foi então que percebi uma leve pressão no pescoço, um zumbido sobre meu coração, como se estivesse usando um colar pesado. E, enquanto estava naquele cume, olhando para baixo, senti uma pontada sombria de preocupação, como se estivesse procurando um lugar para esconder algo...

A música terminou, e aquela visão esmaeceu. Abri os olhos e vi Merei baixando o violino e sorrindo para mim, com o olhar cintilando de paixão e fervor. Queria, mais do que qualquer coisa, dizer o quanto sua música era extraordinária; que aquela era a minha música, e que, de alguma forma, ela soube quais notas juntar para encorajar meu coração a ver onde deveria estar.

As colinas e os vales, a montanha coberta de névoa; aquilo não ficava em Valenia.

Foi outro vislumbre de Maevana.

— Gostou? — perguntou Merei, agitada.

Levantei-me e a abracei, e o violino ficou preso entre nós como uma criança reclamona.

— Amei, Merei. Você me conhece e me ama tanto, irmã.

— Depois que vi o retrato que Oriana fez de você — contou-me, quando a soltei —, pensei na sua herança, que você é duas em uma, Norte e Sul, e como isso deve ser maravilhoso e desafiador. E, assim, perguntei a mestre Cartier se podia conseguir alguma partitura maevana para mim, e ele o fez. Então, compus uma música inspirada na paixão de Valenia, mas também na coragem de Maevana. Porque penso nas duas coisas quando penso em você.

Eu não era de chorar. Crescer em um orfanato me ensinou a ser assim. Mas as palavras dela, aquelas revelações, a música e a amizade perfuraram a barragem teimosa que construí uma década antes. Chorei como se tivesse perdido alguém, como se tivesse encontrado alguém, como se estivesse quebrando e como se estivesse me curando. E ela chorou comigo, e nos abraçamos e rimos e choramos e rimos mais um pouco.

Finalmente, quando não tinha mais lágrimas para chorar, limpei as bochechas e disse:

— Também tenho um presente para você, apesar de não ser tão maravilhoso quanto o seu.

Abri a tampa do meu baú, onde havia seis livretos, cada um encadernado com couro e linha vermelha. Estavam cheios de poemas, escritos por uma paixão anônima de conhecimento que eu admirava havia tempo. Comprei os livretos com a pequena mesada que meu avô me mandava a cada aniversário meu, um para cada irmã arden, para que pudessem carregar papel e beleza nos bolsos, para se lembrarem de mim.

Coloquei um deles nas mãos de Merei. Os dedos compridos viraram as páginas, e ela sorriu para o primeiro poema, lendo-o em voz alta depois de limpar os rastros de lágrimas da garganta.

— "Como devo me lembrar de ti? Como uma gota de verão eterno ou como uma flor da primavera gentil? Como uma fagulha do fogo indomado do outono, ou, talvez, como a geada da noite mais longa de inverno? Não, não será de nenhuma dessas formas, pois tudo isso passa, e você e eu, embora separadas pelo mar e pela terra, jamais desbotaremos."

— Mais uma vez — argumentei —, não é tão bonito quanto o seu presente.

— Não quer dizer que vou gostar menos — respondeu, fechando delicadamente o livreto. — Obrigada, Bri.

Só então percebi o estado do nosso quarto, que parecia ter sido açoitado por uma ventania.

— Deixe-me ajudar a arrumar suas coisas — ofereci. — E você pode me contar mais sobre o patrono que escolheu.

Comecei a ajudá-la a recolher as partituras e a dobrar os vestidos, e Merei me contou sobre Patrice Linville e seu grupo de músicos itinerantes. Recebeu proposta dos três patronos, mas decidiu escolher uma parceria com Patrice.

— Quer dizer que você e sua música vão sair para ver o mundo — afirmei, impressionada, enquanto finalmente terminávamos de arrumar seus pertences.

Merei fechou o baú de cedro e suspirou.

— Acho que ainda não entrou na minha cabeça que, amanhã, vou receber meu manto e deixar este lugar para estar constantemente viajando. Só sei que espero que tenha sido a decisão certa. Meu contrato com Patrice é de quatro anos.

— Tenho certeza de que foi a decisão certa — reassegurei-a. — E você deveria me escrever sobre todos os lugares que visitar.

— Humm. — Ela fazia esse som quando estava preocupada ou nervosa.

— Seu pai vai ficar muito orgulhoso de você, Mer.

Sabia que era próxima do pai; era filha única, e tinha herdado do pai o amor pela música. Ela cresceu em meio às cantigas de ninar, *chansons* e o cravo dele. Assim, quando pediu permissão para ir para Magnalia quando completasse 10 anos, ele jamais hesitou em enviá-la, apesar da distância enorme que haveria entre os dois.

Ele escrevia para ela fielmente a cada semana, e, muitas vezes, Merei lia as cartas dele para mim, porque estava determinada a me fazer conhecê-lo um dia, quando fosse visitar a casa da sua infância, na ilha.

— Espero que sim. Venha, vamos nos arrumar para dormir.

Vestimos nossas camisolas, lavamos o rosto e trançamos o cabelo. Merei subiu na cama comigo, apesar de ser um colchãozinho estreito, e começamos a relembrar todas as nossas histórias favoritas, como, por exemplo, o quanto éramos tímidas e caladas em nosso primeiro ano dividindo aquele quarto. E de quando subimos no telhado com Abree certa noite para ver uma chuva de asteroides, mas descobrimos que Abree morria de medo de altura, e já estava amanhecendo quando conseguimos fazê-la descer pela janela. E de todas as comemorações das festas de fim de ano, quando tínhamos uma semana inteira sem aulas, e a neve chegava na hora certa para fazermos guerras de bolas de neve, e, de repente, durante as festividades, nossos mestres e mestras pareciam-se mais com irmãos e irmãs mais velhos do que com professores.

— O que mestre Cartier acha, Bri? — indagou Merei, em meio a um bocejo.

— Sobre o quê?

— Sobre você ficar aqui durante o verão.

Puxei uma linha solta da colcha, então respondi:

— Não sei. Ainda não contei a ele.

— Ainda vai lhe dar seu manto amanhã?

— Provavelmente não — falei.

Merei me encarou sob o luar úmido.

— Aconteceu algo entre vocês dois ontem à noite, no jardim?

Engoli em seco, e meu coração ficou em silêncio, como se quisesse ouvir o que eu iria responder. Ainda sentia aquele toque agoniante das pontas dos dedos dele no meu braço, leve como pluma e intensamente deliberado. O que estava tentando me dizer? Ele era meu mestre e eu era sua arden, e, até que eu conquistasse a paixão, não poderia haver mais nada entre nós. Será que só estava tentando me tranquilizar, e eu interpretei aquele toque de forma completamente equivocada? Parecia algo mais razoável, pois ele era o mestre Cartier, o seguidor rigoroso da lei, que nunca sorria.

Até a hora em que sorriu.

— Nada de importante — murmurei, e forcei um bocejo para disfarçar a mentira em minha voz.

Se não estivesse tão cansada, Merei teria insistido. Porém, dois minutos depois, estava roncando baixinho.

Eu, por outro lado, fiquei acordada pensando sobre Cartier, os mantos e os dias imprevisíveis que viriam pela frente.

10

SOBRE MANTOS E PRESENTES

Às nove horas da manhã seguinte, os patronos estavam começando a partir de Magnalia. Os lacaios começaram a subir a escada para pegar os baús de cedro de cada garota e colocá-los nas carruagens dos seus novos patronos. Fiquei parada em meio à agitação do pátio ensolarado, assistindo a tudo e esperando, com minha cesta de livretos de poesia. Àquela altura, não era segredo algum que eu não tinha sido escolhida. E cada uma das minhas irmãs reagiu da mesma maneira durante o café da manhã: abraçaram-me com solidariedade e me garantiram que a Viúva encontraria o patrono perfeito para mim.

Assim que a mesa do café da manhã foi retirada, fui para o lado de fora da casa, sabendo que minhas irmãs ardens estavam prestes a receber seus mantos. Não era que eu não quisesse vê-las oficialmente conquistando suas paixões; só achava que seria melhor se não estivesse presente. Não queria ser a pessoa que observava constrangida enquanto Cartier dava o manto para Ciri.

Meu vestido estava começando a ficar encharcado de suor quando ouvi a voz de Ciri. Vinha descendo a escadaria da frente, com o cabelo louro-pálido preso em uma coroa trançada. Às costas, voava um manto azul, de cor apropriada para os dias de verão. Não trocamos palavras ao nos encontrarmos; não se faziam necessárias. Quando sorri, ela se virou, para que eu pudesse ver a constelação que Cartier tinha escolhido para ela.

— O Laço de Yvette — murmurei, admirando os fios prateados. — Combina com você, Ciri.

Ela se virou novamente e deu um sorriso apertado, com as bochechas vermelhas.

— Queria poder ver a constelação que ele vai escolher para você. — Não havia mais ressentimento na voz dela, nem inveja, embora eu pudesse ouvir as palavras que não disse. Mestre Cartier me preferia, e nós duas sabíamos disso.

— Ah, bem, talvez quando nos encontrarmos novamente — falei.

Dei o livro de poesias a ela, o que fez seus olhos se iluminarem. Ela, por sua vez, me deu uma linda pena de escrever, que me encheu de um triste prazer.

— Adeus, Brienna — sussurrou Ciri.

Nós nos abraçamos, e fiquei assistindo enquanto ela andava até a carruagem de Monique Lavoie.

Despedi-me de Sibylle e de Abree em seguida, que me presentearam com pulseiras enquanto eu admirava seus mantos.

O manto verde de Sibylle era bordado com o emblema de espadas, pois a sagacidade decorava seus mantos com um dos quatro naipes do baralho, dependendo de seus pontos fortes: copas para o humor, espadas para persuasão, ouros para elegância e paus para oposição. Então, mestra Therese dera a Sibylle o naipe de espadas, e tive que confessar que o símbolo era muito adequado à minha irmã.

O manto preto de Abree tinha o brasão do teatro, uma lua crescente dourada aninhada no sol, bordado bem no centro. Mas também reparei que mestre Xavier havia costurado pedaços dos figurinos antigos dela na barra da capa, para celebrar os papéis que a trouxeram até aquele momento. Era como ver uma suntuosa história de cores e fios e texturas. Perfeito para minha Abree.

Oriana foi a próxima a se despedir. O manto vermelho era extremamente detalhado e personalizado; todas as paixões de arte tinham um grande *A* bordado nas costas do manto, em homenagem a Agathe, a primeira paixão de arte. Mas um mestre ou mestra de arte elaborava algo a ser bordado dentro do *A*, e mestra Solene tinha se superado. Para Oriana, Solene elaborou a história de uma garota governando um reino submarino, com navios naufragados e tesouros e tudo. Cintilava em fio prateado, e fiquei admirando impressionada, sem saber realmente o que dizer.

— Tenho um presente para você — disse Oriana, puxando timidamente uma folha de papel do portfólio que estava carregando. Colocou o pergaminho nas minhas mãos, e era o retrato que tinha feito de mim, acentuando minha herança maevana.

— Mas, Ori, achei que o retrato era para você.

— Fiz uma cópia. Achei que você deveria ter esse retrato. — E, para minha surpresa, ela sacou mais uma folha. — Também quero que fique com isto.

Era a caricatura de Cartier saindo de uma pedra que tinha feito anos atrás, quando todas achávamos que ele era cruel.

Comecei a rir, mas logo questionei por que estava entregando o desenho para *mim*.

— Por que não deu isto para Ciri?

Oriana sorriu.

— Acho que ficaria melhor nas suas mãos.

São LeGrand, era tão óbvio assim? Contudo, não tinha tempo de perguntar mais nada a ela, pois seu patrono a esperava na carruagem. Coloquei o livro de poesias em suas mãos e a vi partir, e meu coração estremecia sob o peso dessas despedidas que irradiavam dor pelos meus ossos.

A carruagem de Patrice Linville era a única que ainda estava no pátio. Coloquei os desenhos de Oriana na minha cesta e voltei até a escadaria da porta da frente, onde Merei esperava por mim, com um manto roxo glorioso preso ao pescoço.

Ela já estava chorando quando chegou ao pé da escada, e correu até o chão de paralelepípedos para me alcançar.

— Não chore! — falei, abraçando-a.

Minhas mãos se emaranharam em seu manto de paixão, e, se já não tivesse esvaziado minhas lágrimas na noite anterior, teria chorado de novo.

— O que estou fazendo, Bri? — sussurrou, limpando as lágrimas das bochechas.

— Você vai conhecer e tocar para o reino inteiro, irmã — afirmei, tirando uma mecha de cabelo escuro de seus olhos. — Pois você é uma paixão de música, mestra Merei.

Ela riu, pois era estranho saber que agora havia um título preso ao seu nome.

— Queria que pudesse me escrever, mas eu... acho que não vou ficar muito tempo em um lugar só.

— Você deveria me escrever de onde estiver, é claro, e talvez eu consiga fazer com que Francis a rastreie para entregar minhas cartas.

Ela respirou fundo, e eu soube que estava acalmando o coração, preparando-se para aquela nova fase.

— Tome, esta é sua música. Caso queira que seja tocada por outra pessoa.

Merei me entregou um rolo de partituras amarrado por uma fita. Aceitei, embora imaginar outro instrumento, outro par de mãos tocando a música que ela criou fosse algo doloroso. Foi nessa hora que senti uma fissura no coração. Uma sombra subia pelas minhas costas, fazendo-me estremecer em plena luz do dia, porque essa despedida poderia marcar algo duradouro.

Talvez nunca mais a visse.

— Deixe-me ver seu manto — pedi, com a voz carregada.

Ela se virou.

Havia uma pauta bordada no tecido violeta, e era de uma música que mestra Evelina compusera apenas para Merei. Deixei que meus dedos percorressem as notas; lembrava-me de algumas, mas outras eram, agora, um mistério.

— É linda, Mer.

Ela se virou e disse:

— Tocarei essa música para você quando for me visitar na ilha.

Sorri, e me agarrei à esperança frágil que me ofereceu, de que haverá futuras visitas e música. Que eu acredite nisso, pensei, ao menos para aguentar essa despedida.

— Acho que Patrice Linville está pronto para você — sussurrei, sentindo os olhos dele sobre nós.

Acompanhei-a até a carruagem, até seu novo patrono: um homem de meia-idade com cabelo sedoso e sorriso encantador. Ele nos cumprimentou e ofereceu a mão para ajudar Merei a subir na carruagem aberta.

Ela se acomodou no banco à frente de Patrice, e os olhos encontraram os meus. Quando a carruagem começou a se afastar sobre as pedras, nossos olhos permaneceram conectados. Fiquei parada no meio do pátio, como se meus pés tivessem criado raiz, e meus olhos a acompanharam até que não conseguisse mais vê-la sob as sombras dos carvalhos. Até que ela tivesse realmente sumido.

Deveria voltar para a Casa. Deveria me acostumar com o quão silenciosa, vazia e solitária ela seria agora. Deveria voltar e me afogar em livros e estudos, em qualquer coisa que me distraísse.

Andei até a escada e lancei o olhar vazio para a porta de entrada. Ainda estava aberta; eu conseguia ouvir o murmúrio de vozes. Eram a Viúva e os arials discutindo os acontecimentos, sem dúvida. De repente, não conseguia mais suportar a ideia de ficar presa entre paredes.

Nem mesmo conseguia mais segurar minha cesta.

Coloquei-a sobre a escada e caminhei, caminhei até ter vontade de ir mais rápido. Então, corri até as profundezas do bosque. Rasguei a gola do vestido, pois estava impaciente demais para ter trabalho com os botões, e decidi fazer o mesmo com as mangas, forçando o feioso tecido cinza antebraço acima.

Finalmente parei no ponto mais distante, no meio do labirinto de cercas vivas, onde as coloridas rosas selvagens floresciam. Lá, entreguei-me totalmente à grama, deitando-me sobre a terra úmida. Contudo, ainda não estava satisfeita, então resolvi tirar as botas e as meias, e puxar o vestido até os joelhos.

Estava observando as nuvens, ouvindo o murmúrio baixo das abelhas e o farfalhar das asas dos pássaros, quando o ouvi.

— Ela caminha graciosamente sobre as nuvens, e as estrelas a conhecem pelo nome.

Devia ter ficado envergonhada. Ali, meu mestre me encontrou, sem botas e sem meias, com as pernas à mostra, a gola arrebentada e o vestido enlameado. E ele acabara de recitar o poema que eu mais amava. Mas não senti nada. Sequer sinalizei que havia percebido sua chegada, até que ele fez o impossível e se deitou ao meu lado na grama.

— Você vai ficar enlameado, mestre.

— Faz muito tempo que não me deito na grama e observo as nuvens.

Ainda não tinha olhado para ele, mas estava perto o bastante para que eu pudesse sentir o aroma das especiarias de sua loção pós-barba. Ficamos deitados em silêncio por um tempo, com os olhos no céu. Queria abrir certa distância entre nós, deixar que uma área ampla de grama crescesse entre nossos ombros; e também queria chegar mais perto dele, deixar que meus dedos corressem até ele, como os dele tinham feito comigo. Como podia querer duas coisas conflitantes ao mesmo tempo? E como foi que não fiz nenhuma das duas, e, em vez disso, fiquei parada, respirando, presa no meu próprio corpo?

— A Viúva lhe contou? — acabei perguntando, quando os desejos ficaram tão emaranhados uns nos outros que precisei falar algo para soltá-los.

Cartier não se apressou em responder. Por um momento, achei que não tivesse me ouvido. Contudo, finalmente disse:

— Sobre você ficar aqui durante o verão? Sim.

Queria saber o que achava daquele acordo, mas as palavras entalaram na minha garganta e fiquei em silêncio, entrelaçando os dedos na grama.

— Acalma minha mente saber que você vai estar aqui — afirmou. — Não precisamos nos apressar. O patrono certo vai aparecer com o tempo, quando estiver pronta.

Suspirei. O tempo não acelerava mais à minha volta. Em vez disso, demorava-se, movendo-se tão vagarosamente quanto o mel sob o frio do inverno.

— Enquanto isso — continuou —, deve voltar aos seus estudos, mantendo a mente afiada. Não vou estar aqui para guiá-la, mas tenho fé de que vai continuar sendo sua própria mestra.

Virei o queixo para olhar para ele, e meu cabelo se espalhou em volta do corpo.

— Você não vai estar aqui?

É claro, eu sabia disso. Todos os arials partiam depois de um ciclo de paixão, para tirar férias durante o verão após sete anos seguidos de aulas. Era certo que pudesse ir embora para descansar e se divertir.

Ele virou o rosto para que nossos olhares se encontrassem, e um esboço de sorriso surgiu nos lábios quando falou:

— Não, estarei longe. Mas já pedi à Viúva que me avise assim que encontrar seu patrono. Quero estar aqui quando o conhecer.

E eu queria gritar que nunca teria um patrono. Que nunca deveria ter sido aceita em Magnalia. Porém, aquilo era a dor querendo tomar minha voz, e eu não daria poder de fala a ela. Principalmente depois de Cartier fazer tanto por mim.

— É muito gentil da sua parte... querer estar aqui — mencionei, voltando o olhar para as nuvens.

— Gentil? — Ele riu. — Pelos santos, Brienna. Não percebe que eu jamais ousaria deixar que fosse embora com um patrono a quem não conheci cara a cara?

Olhei para ele com olhos arregalados.

— E por que isso?

— Preciso responder?

Uma nuvem passou na frente do sol, cobrindo-nos de cinza e bebendo toda a luz. Concluí que tinha ficado deitada ali por tempo suficiente e me levantei, soltando pedaços de grama da saia. Nem me incomodei com os sapatos e as meias; deixei-os ali e saí andando, escolhendo o primeiro caminho que se abriu para mim.

Cartier se aproximou rapidamente, quase me alcançando.

— Pode, por favor, caminhar junto a mim?

Desacelerei, como um convite para que ele se ajustasse ao meu ritmo. Já havíamos feito duas curvas pelo caminho, e a luz do sol retornava, assolando-nos com uma vingativa umidade, até que ele falou novamente.

— Desejo estar aqui para conhecer seu patrono porque me preocupo com você, e quero saber aonde sua paixão vai levá-la. — Ele olhou para mim; mantive o olhar voltado para a frente, com medo de ceder ao dele. Porém, meu coração parecia uma criatura selvagem dentro de mim, desesperada para escapar de sua jaula de ossos e carne. — Mas também, e talvez ainda mais importante, para que eu possa lhe dar seu manto.

Engoli em seco. Ainda não me daria o manto, então. Parte de mim teve esperanças de que desse. Parte de mim sabia que não o faria.

O pensamento sobre o manto me envolveu como um véu, e parei de andar, presa em uma teia que eu mesma teci.

— Não posso deixar de dizer, Brienna — murmurou —, que seu manto está pronto e guardado na minha bolsa, lá na Casa, esperando o momento em que estará pronta para dar esse passo.

Olhei para ele. Não era muito mais alto do que eu, mas, naquele momento, me sentia desesperadamente pequena e frágil.

Não conquistaria minha paixão enquanto não recebesse o manto. Não receberia o manto enquanto não tivesse um patrono. E não teria um patrono enquanto a Viúva não encontrasse alguém que visse meu valor.

Os pensamentos caíram em uma espiral, e me obriguei a continuar andando, ao menos para me ocupar com alguma coisa. Ele me acompanhou, como eu sabia que faria.

— Aonde vai passar o verão? — perguntei, ansiosa para mudar de assunto. — Visitar a família?

— Planejo ir a Delaroche. E, não, eu não tenho familiares.

As palavras dele me fizeram parar. Nunca tinha imaginado que Cartier era solitário, que não tinha pais que cuidassem dele, ou irmãos e irmãs que o amassem.

Olhei para ele e levei a mão ao pescoço, até a gola aberta do vestido.

— Lamento ouvir isso, mestre.

— Fui criado pelo meu pai — contou-me, abrindo o passado para mim como se fosse um livro que finalmente queria que eu lesse. — E meu pai foi muito bom para mim, apesar de ser um homem enlutado. Eu perdera minha mãe e minha irmã quando era tão pequeno que sequer me lembro delas. Quando fiz 11 anos, comecei a implorar ao meu pai para deixar que eu estudasse a paixão do conhecimento. Bom, ele não gostou da ideia de me mandar para uma Casa, para longe dele, então contratou um dos melhores paixões de conhecimento para me dar aulas particulares. Depois de sete verões, quando fiz 18 anos, conquistei minha paixão.

— Seu pai deve ter ficado muito orgulhoso — sussurrei.

— Morreu pouco antes que eu pudesse mostrar meu manto a ele.

Precisei de toda a minha força de vontade para não esticar o braço, pegar sua mão e entrelaçar meus dedos nos dele, para não o consolar. Mas minha coluna permaneceu travada no lugar. Meu status ainda era o de aluna dele, e tocá-lo apenas libertaria os desejos que sentíamos.

— Mestre Cartier... sinto muito.

— Você é gentil, Brienna. Só os santos sabem como cresci rápido, e, ao mesmo tempo, fui salvo de muita coisa e encontrei um lar aqui em Magnalia.

Paramos ali lado a lado, sob a incandescência silenciosa da manhã. Era um horário feito para novos começos, um momento entre a juventude e a maturidade. Poderia ter passado horas com ele, escondida entre as coisas verdes e vivas, protegidas pelas nuvens e pelo sol, falando do passado.

— Venha, temos que voltar para a Casa — disse ele, baixinho.

Acompanhei seu passo. Andamos até o pátio da frente quando vi, horrorizada, que a caricatura dele estava voltada para cima na minha cesta. Corri para virá-la quando peguei a cesta nos braços, rezando para que não tivesse visto o desenho enquanto subíamos a escada até o saguão silencioso.

Sua bolsa de couro estava sobre o banco que havia na entrada, e quando ele a tomou nas mãos, tentei não olhar para ela, sabendo que meu manto estava guardado ali dentro.

— Tenho um presente para você — falei, enfiando a mão embaixo dos pergaminhos para pegar o último livreto de poesia da minha cesta. — Talvez não se lembre, mas uma das primeiras aulas que me deu foi sobre poesia, e lemos um poema que adorei...

— Eu me lembro — afirmou Cartier, aceitando o livreto. Ele passou as páginas e leu silenciosamente um dos poemas, e vi o prazer cintilar em sua expressão como o reflexo do sol dançando sobre a água. — Obrigado, Brienna.

— Sei que é um presente simples — gaguejei, sentindo como se tivesse tirado uma camada de roupas —, mas achei que gostaria.

Ele sorriu enquanto o guardava na bolsa.

— Também tenho algo para você — disse ele, então pegou uma caixinha e a colocou na palma da própria mão.

Peguei a caixa e a abri lentamente. Um pingente de prata transpassado por uma longa corrente ocupava o quadrado de veludo vermelho. Quando o examinei mais de perto, vi que havia uma flor-de-corogan entalhada no pingente, como uma gota prateada de capricho maevano, feita para ficar sobre o coração de uma pessoa. Sorri enquanto acariciava o entalhe delicado com o polegar.

— É lindo. Obrigada.

Fechei a caixa, sem saber direito para onde olhar.

— Pode me escrever se quiser — falou, superando o constrangimento que ambos sentíamos. — Para me contar como estão seus estudos ao longo do verão.

Olhei para ele, e um sorriso ergueu o canto da minha boca.

— Também pode me escrever, mestre. Para ter certeza de que não estou enrolando nos estudos.

Ele me olhou de um jeito sarcástico, que me fez questionar o que estava pensando enquanto colocava a bolsa sobre o ombro.

— Muito bem. Estarei esperando notícias da madame.

Observei-o ser inundado pela luz da manhã, com o manto da paixão ondulando atrás do corpo. Não conseguia acreditar que tinha ido embora tão rapidamente. Era pior do que eu com despedidas!

— Mestre Cartier! — exclamei, correndo até a porta.

Ele parou na metade da escada e se virou para me olhar. Apoiei-me no batente da porta, com a caixinha do pingente nas mãos.

— Seus livros! Ainda estão lá em cima, na minha prateleira.

— Fique com eles, Brienna. Tenho muitos livros, e você vai precisar começar sua própria biblioteca. — Ele sorriu, e perdi o fluxo de pensamento, até que percebi que ele estava prestes a se virar e seguir em frente.

— Obrigada.

Parecia uma resposta simples demais para o que ele tinha me dado, mas não podia permitir que fosse embora sem ouvir aquilo dos meus lábios. Porque senti aquela fissura de novo, uma fenda no coração. Era uma advertência, como a que senti ao me despedir de Merei, de que, talvez, nunca mais o visse.

Ele não disse nada, mas se curvou. E foi embora, como todos os demais.

11

ENTERRADA

Julho de 1566

O mês seguinte passou silenciosamente. Senti saudade da música de Merei e das gargalhadas de Abree. Ansiava pela arte espontânea de Oriana, pelos jogos de Sibylle e pela companhia de Ciri. Mas, mesmo tendo a solidão como companheira, fui fiel aos meus estudos; ocupei minhas horas com livros e linhagens, com anatomia e conhecimento de ervas, com história e astronomia. Queria poder seguir por qualquer caminho do conhecimento que eu desejasse.

Todas as segundas-feiras, escrevia para Cartier.

No início, era só para pedir conselhos sobre meus estudos. Porém, as cartas foram ficando mais longas, mais ávidas por conversar com ele, mesmo que a conversa fosse feita de tinta e papel.

E as cartas dele refletiam as minhas. No começo, era sucinto e me dava listas de coisas para estudar, como muitas vezes tinha feito no passado. Depois, passou a perguntar sobre meus pensamentos e opiniões. Então, comecei gradualmente a encorajá-lo a entregar mais palavras e histórias, até que as cartas ocupavam duas páginas, depois três. Escreveu sobre o pai, sobre a infância em Delaroche e sobre o motivo de ter escolhido o conhecimento como paixão. E, em pouco tempo, nossas cartas não tratavam tanto do estudo, e, sim, de descobrir mais um sobre o outro.

Era impressionante que, apesar de ter me sentado quase todos os dias, por três anos, na sua presença, ainda houvesse tanto que eu não sabia sobre ele.

O mês passou entre cartas e estudos, enquanto a Viúva mandava requisições para patronos em potencial, e todas eram gentilmente rejeitadas. Mas, na quarta semana de espera, algo finalmente aconteceu.

Certa tarde, vinha caminhando pela passagem mais longa, sob a copa das árvores e a ameaça de uma tempestade, esperando pelas correspondências. Quando estava fora do campo de visão da casa, escolhi sentar-me à sombra de um dos carvalhos. Recostei-me ao tronco e fechei os olhos enquanto pensava em quanto tempo ainda faltava antes do fim do verão. Foi nessa hora que a chuva veio, caindo delicadamente por entre os galhos acima de mim. Suspirando, eu me levantei, e a manga do vestido ficou presa em um dos ramos menores.

Senti o ardor de um corte no braço.

A tempestade irrompeu sobre mim, encharcando meu vestido e meu cabelo, enquanto, chateada, eu examinava o corte. Tinha rasgado a manga da roupa, e o sangue escorria. Delicadamente, toquei no ferimento, manchando a ponta dos dedos de vermelho.

Senti um zumbido nos ouvidos e um tremor na pele, como o tipo de premonição que um relâmpago às vezes dava antes de cair. A tempestade não tinha mais o cheiro das campinas doces, mas de terra amarga, e vi as mãos na minha frente se alargarem e transformarem-se nas de um homem, com os dedos tortos sujos de terra e sangue.

Olhei para a frente, e os carvalhos de Magnalia viraram uma floresta escura de pinheiros, amieiros, choupos e nogueiras. Senti como se o bosque estivesse me esticando; os ouvidos estalaram e meus joelhos doeram até que a transição tivesse acontecido completamente.

Ele também tinha cortado o braço em um galho, no mesmo lugar que eu. E também havia parado para examinar o ferimento, para espalhar o sangue na ponta dos dedos.

* * *

Ele não tinha tempo para isso.

Continuou andando pela floresta em passos suaves, e com a respiração um pouco entrecortada. Não estava fora de forma; estava nervoso, ansioso. Contudo, sabia qual era a árvore que queria, e continuou a deixar galho após galho o atingir aqui e ali.

Finalmente, chegou ao velho carvalho.

Estava lá bem antes das outras árvores, e tinha se erguido com uma copa enorme. Ele ia com frequência até aquela árvore quando garoto. Subira nela, descansara em seus galhos e entalhara suas iniciais na madeira.

Agora, caiu de joelhos diante dela, e o crepúsculo tingia-se de azul e frio quando ele começou a cavar. A lama ainda estava macia por conta das chuvas da primavera, e ele fez um buraco fundo entre as raízes mais fracas do carvalho.

Lentamente, tirou o medalhão de madeira de baixo da túnica, para longe do pescoço, e o objeto pendulou de seus dedos, traçando um círculo lento e solene.

Havia mandado seu carpinteiro fazer aquele feioso medalhão de madeira, do tamanho de um punho, apenas para esse propósito, e com um único objetivo: abrigar e guardar algo. Era um caixão para uma pedra.

Seus dedos manchados de terra soltaram a fivela para dar uma última olhada.

A Pedra do Anoitecer estava dentro do caixão, e estava completamente transparente, exceto por um leve brilho vermelho. Era como ver um coração parar de bater lentamente, ou o último fio de sangue pingar de um ferimento.

Ele fechou o medalhão, e o jogou na escuridão do buraco.

Enquanto o enterrava, batendo a terra e cobrindo-a com folhas e agulhas de pinheiro, duvidou mais uma vez de si mesmo. Queria escondê-la no castelo, onde havia muitas passagens secretas e cantos ocultos, mas, se fosse encontrada dentro de suas paredes, cortariam sua cabeça. Precisava ser devolvida à terra.

Sentindo-se satisfeito, ele se levantou com um estalo dos joelhos. Porém, logo antes de virar as costas, procurou nos sulcos fundos do tronco, e, ali... seus dedos encontraram e acompanharam o antigo entalhe de suas iniciais.

T.A.

Ele sorriu.

Só havia mais uma pessoa que sabia daquela árvore: seu irmão, e ele estava morto.

Deixou a árvore às sombras e seguiu pela floresta enquanto a escuridão caía, até que não conseguia mais enxergar.

Saiu de lá usando seus instintos.

Corri pelo restante do caminho colina acima sob a chuva forte, até chegar ao pátio. Sentia dificuldade de respirar porque, diferentemente *dele*, eu não estava em forma, e quase bati a canela quando escorreguei na escada da frente.

Ainda sentia os pensamentos dele nos meus, como óleo escorrendo sobre a água, provocando uma forte dor de cabeça. Ainda conseguia sentir o peso do medalhão pendurado nos meus dedos.

A Pedra do Anoitecer.

Ele a escondeu, enterrou-a no solo.

Então, a princesa a *roubara* do pescoço da rainha, afinal.

E o mais importante... será que a pedra ainda estaria enterrada lá, embaixo do velho carvalho?

Entrei de supetão pela porta da frente, assustando o mordomo de olhos sonolentos, então avancei pelo corredor até o escritório da Viúva. Bati à porta, espalhando água pela madeira.

— Entre.

Adentrei o escritório, e, na mesma hora, ela se levantou, assustada pela minha aparência encharcada e pelo sangue que escorria pelo meu braço.

— Brienna? O que houve?

Eu não sabia. Nem mesmo sabia o que diria a ela, mas carregava o peso da necessidade de contar aquilo para alguém. Se Cartier estivesse ali, contaria tudo para ele. Ou Merei. Mas éramos apenas eu e a Viúva, então rangi minhas botas sobre o tapete para me sentar na cadeira em frente à mesa.

— Madame, preciso contar-lhe uma coisa.

Ela se sentou lentamente, com os olhos arregalados.

— Alguém fez mal a você?

— Não, mas...

A Viúva aguardou até que eu continuasse, mantendo os olhos bem abertos.

— Eu ando... vendo coisas — comecei. — Coisas do passado, acredito.

Contei a ela sobre a primeira transição, canalizada pelo *O livro das horas*. Contei sobre a música de Merei, com as influências maevanas me oferecendo um vislumbre de alguma montanha do Norte. E contei sobre meu ferimento e o dele, sobre o bosque e o enterro da pedra.

Ela se levantou de repente, fazendo com que a chama das velas sobre a mesa tremulasse.

— Sabe o nome desse homem?

— Não, mas... vi as iniciais dele entalhadas na árvore. T.A.

Ela andou pelo escritório, e sua preocupação pairava como fumaça no ar. Eu mal conseguia respirar enquanto esperava. Achei que duvidaria da minha alegação, que diria que eu estava ficando desequilibrada. Que aquilo que eu contara a ela era fantasioso, improvável. Esperava que risse de mim, ou que fosse condescendente. Mas a Viúva não fez nenhuma dessas coisas, apenas ficou quieta, e saboreei o medo enquanto esperava até que falasse o que achava daquilo tudo. Ela acabou parando junto à janela, observando a tempestade através do vidro. Então, perguntou:

— O que sabe sobre seu pai, Brienna?

Não esperava essa pergunta, e meu coração ardeu de surpresa.

— Não muito — respondi. — Apenas que é maevano, e que não quer saber de mim.

— Seu avô nunca lhe disse o nome dele?

— Não, madame.

Ela voltou até a mesa, mas parecia agitada demais para se sentar.

— Ele me contou no dia em que a trouxe aqui pela primeira vez. E jurei para ele que nunca revelaria isso a você, em respeito à sua preocupação e vontade de protegê-la. Então, estou prestes a quebrar minha promessa, mas só porque acho que o sangue do seu pai a está chamando. Porque seu nome paterno poderia corresponder à... à inicial do sobrenome desse homem em quem você tem se transicionado.

Aguardei até que continuasse, torcendo minha saia encharcada pela chuva.

— Seu pai carrega o nome de Allenach — confessou. — Não vou dizer o primeiro nome dele, para pelo menos honrar seu avô em relação a isso.

Allenach.

O nome rolava sobre a língua, contorcia-se e terminava em uma sílaba ríspida.

Allenach.

Era uma das 14 Casas de Maevana.

Allenach.

Muito tempo atrás, a rainha Liadan concedeu a elas a bênção de "sagazes", quando os clãs se uniram em Casas sob seu governo. Allenach, o Sagaz.

Contudo, depois de tanto tempo, descobrir a segunda metade do nome do meu pai não me afetou como achei que afetaria. Era apenas mais um som, que não conseguiu despertar muita emoção em mim. Até que pensei em T. Allenach, e em como estava me puxando para o passado. Ou, agora que refleti sobre o assunto, como as lembranças dele estavam se mesclando com as minhas.

Cartier tinha mencionado isso, a estranheza da lembrança ancestral. E, na época, estava preocupada demais com Lannon e com o Cânone da Rainha para aventar a possibilidade de que aquilo pudesse estar acontecendo comigo.

Mas tudo começou a fazer sentido. Pois T.A. e eu seguramos e lemos o mesmo livro, ouvimos um trecho da mesma música e sentimos a mesma dor em meio às árvores. Dessa forma, pousei as mãos nos braços da cadeira, olhei para a Viúva e disse com muita calma:

— Acho que herdei as lembranças desse homem.

A Viúva se sentou.

Parecia fantasioso; mágico. Contudo, ela me ouviu enquanto contava o que Cartier dissera aleatoriamente para mim certo dia, durante uma aula.

— Se estiver certa, Brienna — avisou, abrindo as mãos sobre a mesa —, o que viu pode ser a chave para trazer uma reforma a Maevana. O que viu é... muito perigoso. Algo que o rei Lannon tenta implacavelmente impedir que aconteça.

À menção de Lannon, sufoquei um tremor.

— Por que essa pedra seria perigosa?

Na minha mente, era um belo artefato da antiga Maevana, um canal para uma magia que não existia mais. Era uma gota de história dolorosamente perdida, que obviamente deveria ser recuperada, se possível.

— Tenho certeza de que mestre Cartier ensinou a você a história do reino de rainhas — falou, descendo o tom de voz ao de um sussurro, como se tivesse medo de que fôssemos ouvidas.

— Sim, madame.

— E acho que também lhe ensinou sobre o cenário político atual, certo? Que há uma tensão entre Maevana e Valenia? Nosso rei Phillipe não aceita mais o rei Lannon e seu comportamento violento, apesar de ter sido um antepassado do rei Phillipe quem colocara a Casa Lannon como uma impostora real no trono do Norte.

Assenti, perguntando-me sobre o rumo que a conversa tomaria...

Mas a Viúva não disse mais nada, apenas abriu uma das gavetas e tirou de lá um folheto preso por fio vermelho. Reconheci o símbolo na frente dele, a ilustração inconfundível de uma pena sangrando.

— A senhora lê a *Pena sinistra*? — indaguei, e estava surpresa por imaginar que ela pudesse ler uma sátira.

— Eu leio tudo, Brienna — rebateu, então me entregou o papel. Tomei-o nas mãos, e meu coração acelerou. — Leia a primeira página.

Fiz o que ela pediu e abri o folheto. Era uma edição que não tinha lido ainda, e absorvi palavra por palavra...

COMO DESTRONAR UM REI ILEGÍTIMO DO NORTE:
PRIMEIRO PASSO: Encontrar o Cânone da Rainha.
SEGUNDO PASSO: Encontrar a Pedra do Anoitecer.
TERCEIRO PASSO: Se o primeiro passo não puder ser executado, pular para o segundo. Se o segundo passo não puder ser executado, prosseguir para:
QUARTO PASSO: Encontrar o Cânone da Rainha.
QUINTO PASSO: Encontrar a Pedra do Anoitecer...

Era uma série de instruções que se repetiam infinitamente. Fiquei em silêncio olhando para a página, até que a Viúva pigarreou.

— Então, o Cânone... ou a pedra... — comecei a dizer. — Um deles já é suficiente para depor Lannon?

— É.

Por lei ou por magia, o rei do Norte seria derrubado.

— Mas a magia só pode ser executada pelos Kavanagh — sussurrei. — E a Casa deles foi destruída.

— Não exatamente destruída — corrigiu. — Muitos deles, sim, foram caçados e mortos de forma implacável pelos reis Lannon ao longo dos anos. Mas alguns sobreviveram. Alguns conseguiram se refugiar em Valenia. E Lannon sabe disso. É mais um dos motivos que tem para fechar as fronteiras a nós, e gradualmente transformar Valenia em inimiga.

Pensei no que ela tinha acabado de me contar, no que tinha acabado de ler, no que Cartier tinha me ensinado e no que as lembranças de T.A. iluminaram. Respirei fundo e disse:

— Se eu encontrasse a pedra e a entregasse para um dos Kavanagh sobreviventes...

A Viúva sorriu, e nossos pensamentos se entrelaçaram.

A magia voltaria. E uma rainha mágica derrubaria Lannon.

— O que devo fazer? — questionei.

A Viúva juntou as mãos como se estivesse rezando, e as levou aos lábios. Os olhos se fecharam, e achei que talvez realmente estivesse orando, até que, de repente, abriu outra das gavetas da escrivaninha, com uma ruga de determinação marcando a testa.

Havia deixado de usar o capelo, agora que éramos apenas nós duas na Casa. O cabelo despencava como uma cascata de prata sob a luz das velas, e os olhos estavam escuros e lúcidos enquanto pegava uma folha de pergaminho e abria o frasco de tinta.

— Há um velho conhecido meu — falou, baixando a voz. — Ele vai achar suas lembranças extraordinárias e saberá como manejá-las. — A Viúva pegou a pena, mas hesitou antes de molhá-la na tinta. — Ofereceria-se como seu patrono na mesma hora, Brienna. Eu pediria que ele adotasse você em sua família, que se tornasse seu pai patrono. Mas, antes que eu faça isso e o convide para vir aqui conhecer você... quero que você entenda o custo de recuperar a pedra.

Não precisava citar o custo; eu sabia que Lannon era um rei mau e cruel. Sabia que matava e mutilava qualquer pessoa que se opusesse a ele. Fiquei em silêncio, e a Viúva prosseguiu em voz baixa.

— Não é porque viu essas coisas que precisa agir. Se desejar a verdadeira vida de uma paixão, posso conseguir um patrono mais seguro.

Estava me dando uma escolha, uma saída. Não me irritei com o aviso, mas também não me acovardei.

Pesei as lembranças, o nome de Allenach e meus próprios desejos.

Sabia que, às vezes, um patrono podia adotar uma paixão em sua família, normalmente depois de anos de patrocínio, se a ligação se tornasse muito profunda. Assim, o que a Viúva estava oferecendo era estranho; pediria que o conhecido dela me adotasse imediatamente, sem estabelecer um relacionamento prévio. Isso me pareceu estranho no começo, até que comecei a entender o que eu queria.

O que eu queria, afinal?

Queria uma família. Queria fazer parte de algo, ser acolhida, ser amada. Além disso, metade de mim estava ansiosa para ver Maevana, a terra do meu pai. Queria conquistar minha paixão; queria meu título e meu manto, e não poderia recebê-lo até ter um patrono. E, lá no fundo, em um canto silencioso do coração, queria ver o rei Lannon cair; queria ver uma rainha surgir de suas cinzas.

Todos aqueles desejos poderiam ser atendidos um a um, se eu fosse corajosa o suficiente para escolher esse caminho.

E, assim, respondi sem nenhum vestígio de dúvida.

— Escreva para ele, madame.

Ouvi o som da pena mordiscando o papel enquanto a Viúva o convidava para vir me conhecer. A carta foi sucinta, e quando ela polvilhou areia na tinta que secava, senti-me estranhamente em paz. Meus fracassos do passado não pareciam mais pesar tanto em mim. Aquela difícil noite do solstício, repleta de incertezas, de repente pareceu ter acontecido anos atrás.

— Você sabe o que isso quer dizer, Brienna.

— Madame?

Ela recostou a pena sobre a mesa e olhou para mim.

— Seu avô não pode saber disso. E Cartier também não.

Minha mente esvaziou e meus dedos apertaram os braços da cadeira.

— Por quê? — As palavras arranharam minha garganta.

— Se escolher Aldéric Jourdain como seu patrono — explicou a Viúva —, começará uma missão muito precária de recuperar a pedra. Se Lannon ouvir qualquer coisa sobre isso, sua vida estará ameaçada. E não posso deixar que saia da minha proteção, da minha Casa, com o temor que alguém a exponha sem querer. Precisa sair da Casa Magnalia em silêncio, secretamente. Seu avô, seu mestre e suas irmãs ardens não devem saber com quem nem onde estará.

— Mas, madame — comecei a protestar, porém, senti os argumentos morrerem um a um no meu coração. Estava certa. Ninguém podia saber qual patrono eu tinha aceitado, principalmente se ele iria usar minhas lembranças para encontrar a pedra que derrubaria um rei cruel.

Nem mesmo Cartier.

O corte no braço ardeu quando me lembrei do que dissera para mim no dia em que partiu. *Jamais ousaria deixar que fosse embora com um patrono a quem não conheci cara a cara.*

— Madame, tenho medo de que mestre Cartier...

— Sim, ficará excessivamente perturbado ao descobrir que partiu sem deixar notícia. Porém, quando tudo isso estiver resolvido, explicarei a ele, e irá entender.

— Mas ele está com o meu manto.

A Viúva começou a dobrar a carta e a se preparar para endereçá-la.

— Infelizmente, você terá que esperar até que isso tudo se resolva para recebê-lo.

Não havia certeza de que se resolveria, nem de quanto tempo levaria. Um ano? Uma década? Engoli em seco enquanto assistia à Viúva esquentar a cera em uma vela.

Imaginei Cartier voltando para Magnalia no começo do outono, perguntando-se por que eu não lhe escrevera, por que ele não fora chamado até aqui. Conseguia vê-lo entrar no saguão, deixando as folhas secas atrás de si; conseguia ver o azul do manto e o dourado do cabelo. Que os santos me ajudassem, pois mal conseguia suportar o vislumbre de Cartier descobrindo que fui embora sem dizer nada, sem deixar rastro. Como se eu não apreciasse a paixão que despertou em mim, como se não me importasse com ele.

— Brienna?

Ela devia ter sentido minha tormenta. Pisquei para afastar o olhar vidrado de dor, então encarei seus olhos gentis.

— Deseja que eu cancele a carta? Como falei, você pode facilmente escolher outro caminho. — Ao dizer isso, a Viúva segurou a borda da carta perto da chama para queimá-la, se aquela fosse a minha vontade.

Cancelar a carta e desconsiderar as lembranças do meu antepassado? Aquilo era como um pedaço de fruta proibida, pendurada numa trepadeira, agora que eu sabia quantas pessoas teria que deixar para trás. Vovô. Merei. Cartier. Talvez nunca recebesse meu manto; pois Cartier poderia rasgá-lo em pedaços.

— Não queime a carta — determinei, com a voz rouca.

Enquanto pingava a cera no envelope, ela explicou:

— Eu não tomaria precauções tão rigorosas nem pediria que saísse tão silenciosamente se os espiões de Lannon não se esgueirassem por Valenia. Com as tensões aumentando entre os dois países, e com publicações como a *Pena sinistra*... Lannon se sente ameaçado por nós. Tem homens e mulheres a seu serviço vivendo entre nós, prontos para sussurrarem os nomes dos valenianos que se opuserem abertamente a ele.

— Lannon tem espiões *aqui*? — perguntei, quase sem conseguir acreditar.

— Você esteve muito protegida em Magnalia, querida. O rei Lannon tem olhos por toda parte. Agora talvez entenda por que seu avô foi tão inflexível quanto a lhe proteger do nome Allenach. Não queria que fosse reivindicada por aquela Casa, pois queria que se parecesse e se sentisse o mais valeniana quanto possível.

Ah, eu entendia. Mas isso não tornava mais fácil digerir tudo aquilo.

Meu pai devia ser um apoiador ferrenho de Lannon. Podia ser qualquer um, desde o cavalariço ao escrevente, ao camareiro do castelo. Muitos vassalos de lordes assumiam o sobrenome deles para demonstrar sua fidelidade inabalável. E aquilo significava que estava prestes a declarar guerra contra ele; prestes a me tornar sua inimiga antes mesmo de o conhecer.

Inclinei o corpo para a frente e segurei a beirada da mesa da Viúva, e, então, seu olhar encontrou o meu.

— Eu só lhe pediria uma coisa, madame.

— Fale, criança.

Respirei fundo e olhei para o sangue seco no meu braço.

— Jure para mim que não vai contar a Aldéric Jourdain o nome completo do meu pai.

— Brienna... isso não é um jogo.

— Sei disso — afirmei, mantendo a voz em um tom respeitoso. — Meu patrono saberá que venho da Casa Allenach, e que a lealdade do meu pai pertence àquela Casa, mas isso não quer dizer que Aldéric precise saber a identidade dele.

A Viúva hesitou, apertando os olhos na direção dos meus enquanto tentava entender meu pedido.

— Eu nunca vi meu pai — prossegui, com o coração retorcendo-se no peito. — E meu pai nunca me viu. Somos estranhos, e nossos caminhos provavelmente nunca se cruzarão. Mas, caso se cruzem, prefiro que meu patrono não saiba quem ele é, pois eu mesma nunca saberei.

Ela ainda estava pensando.

— Cresci aqui com você sabendo disso, com meu avô sabendo, com esse conhecimento sendo escondido de mim — sussurrei. — Por favor, não o entregue a outra pessoa para que o use contra mim, para que me julgue por ele.

Ela finalmente relaxou.

— Entendo, Brienna. Então, juro a você: não direi o nome do seu pai para mais ninguém.

Recostei-me à cadeira, sentindo o corpo estremecer por causa da umidade do meu vestido.

Pensei naquelas lembranças velhas e apagadas, e no patrono que logo viria me conhecer.

Pensei no meu avô.

Em Merei.

No meu manto.

A Viúva apertou o selo contra a cera.

E decidi não pensar mais em Cartier.

PARTE DOIS
JOURDAIN

12

UM PAI PATRONO

Agosto de 1566

Aldéric Jourdain chegou a Magnalia em uma noite quente e tempestuosa, 15 dias após a Viúva ter enviado aquela carta. Fiquei no meu quarto vendo a chuva molhar a janela mesmo depois de ouvir os sons das portas se abrindo e da Viúva o cumprimentando.

Havia dispensado todos os criados para que tirassem um recesso curto, deixando só o fiel Thomas. Tudo para garantir que Jourdain e eu fôssemos embora em total segredo.

Enquanto esperava que me chamasse para descer, andei até a escrivaninha. A carta mais recente de Cartier estava aberta sob a caixa do pingente, e a chama da vela iluminava a caligrafia elegante.

Desde que a Viúva e eu tomamos aquela decisão em relação a Aldéric Jourdain, comecei a diminuir gradualmente minhas cartas para Cartier, como preparação para o momento que eu discretamente iria embora. E ele sentiu meu distanciamento, meu recuo, meu desejo de falar apenas sobre conhecimento, e não sobre a vida.

Está preocupada com conseguir um patrono? Fale comigo, Brienna. Me conte o que a está fazendo se afastar...

Assim escreveu, e suas palavras ardiam como uma brasa no meu coração. Odiava pensar que ele nunca receberia uma resposta decente, pois tinha escrito minha última carta dias atrás, alegando que estava tudo bem.

Houve uma batida suave na porta.

Fui até lá, ajeitando os amassados no vestido de arden e prendendo o cabelo atrás das orelhas. Thomas estava do outro lado da porta, segurando uma vela para afastar as sombras da noite.

— Madame está pronta para você, Brienna.

— Obrigada, já vou descer.

Esperei até que ele tivesse desaparecido pelo corredor escuro, então comecei a descer a escadaria, traçando meu caminho com a mão ao longo da balaustrada.

A Viúva não havia me contado nada sobre o tal Aldéric Jourdain. Não sabia qual era sua profissão, nem quantos anos tinha ou onde morava. Assim, segui até o escritório da Viúva, tremendo de ansiedade.

Parei à porta, no lugar das minhas usuais transgressões bisbilhoteiras, e ouvi a voz dele: um barítono intenso, de vogais polidas. Falava baixo demais para que eu conseguisse ouvir todas as palavras que dizia, mas, pelo som, imaginei que fosse um homem estudado, por volta dos 50 anos. Talvez fosse um colega de paixão.

Adentrei à luz das velas.

Estava sentado de costas para mim, mas percebeu minha entrada pela mudança no rosto da Viúva, quando o olhar dela se voltou para mim.

— Aqui está ela. Brienna, este é monsieur Aldéric Jourdain.

Ele se levantou na mesma hora e se virou para me olhar nos olhos. Avaliei cuidadosamente sua altura e corpo forte, e o cabelo castanho-avermelhado com mechas grisalhas. Estava barbeado e era bonito, mesmo tendo o nariz torto. Sob a luz fraca, conseguia ver a cicatriz de um ferimento profundo no maxilar direito. Apesar da viagem, as roupas não estavam amassadas, e o aroma de chuva ainda pairava em torno dele, junto com um toque de alguma especiaria que não reconheci. Não portava um manto de paixão.

— Um prazer — cumprimentou-me, fazendo uma mesura casual.

Retribuí com uma reverência e fui me sentar na cadeira preparada para mim, adjacente à dele. A Viúva estava atrás da mesa, como sempre.

— Bem, Brienna — começou a dizer Jourdain, voltando à cadeira e pegando sua taça de licor. — Madame me contou apenas um vislumbre do que você viu. Conte-me mais das suas lembranças.

Olhei para a Viúva, hesitante em contar algo tão pessoal para um estranho. Mas ela sorriu e assentiu para mim, encorajando-me a erguer a voz.

Contei a ele tudo o que já havia contado à Viúva. E esperava que risse, que debochasse ou que dissesse que eu estava fazendo alegações absurdas. Mas Jourdain não fez nada além de ouvir em silêncio, sem afastar o olhar do meu rosto. Quando terminei, colocou a taça sobre a mesa com um tilintar ansioso.

— Acha que conseguiria encontrar essa árvore? — perguntou.

— Eu... não tenho certeza, monsieur — rebati. — Não vi nenhum outro marco evidente. Era uma floresta muito densa.

— Seria possível retornar a essas lembranças? Revisitá-las com a mesma vividez?

— Não sei. Só passei por essa transição três vezes, e não há muito que eu possa fazer até que consiga controlar esses momentos.

— Parece que Brienna precisa estabelecer uma ligação com o ancestral — sugeriu a Viúva. — Por meio de um dos sentidos.

— Humm. — Jourdain cruzou as pernas, acariciando distraidamente a cicatriz no queixo. — E o nome do seu ancestral? Sabe isso, ao menos?

Pousei o olhar na Viúva mais uma vez.

— O primeiro nome começa com T. Quanto ao sobrenome, acredito que fosse Allenach.

Jourdain ficou imóvel. Não estava olhando para mim, mas pude sentir o gelo em seus olhos, de uma amargura tão fria que poderia trincar um osso.

— Allenach. — Aquele nome, meu nome, soava áspero contra a língua dele. — Devo entender que você vem dessa Casa, Brienna?

— Sim. Meu pai é maevano e serve a essa casa.

— E quem é seu pai?

— Não sabemos o nome dele — mentiu a Viúva. Ela mentiu por mim, e não pude evitar uma sensação de alívio, principalmente depois de ver o evidente desdém de Jourdain pelos Allenach. — Brienna foi criada aqui em Valenia, sem laços com a família paterna.

Jourdain afundou mais ainda na cadeira e pegou a taça novamente, então girou o líquido rosado, absorto em pensamentos.

— Humm — murmurou de novo, e aquele som devia querer dizer que estava perturbado por suas contemplações. Em seguida, olhou para mim, e pude jurar que havia um toque de cautela no olhar, como se eu não fosse mais tão inocente quanto era quando cheguei, agora que ele sabia de metade da minha herança familiar. — Acha que poderia nos guiar para o local da Pedra do Anoitecer, Brienna? — indagou, depois do que pareceu três meses inteiros de silêncio.

— Eu faria o melhor possível, monsieur — sussurrei.

Entretanto, quando pensei no que estava pedindo, senti todo o peso de um território desconhecido recair nos meus ombros. Eu nunca tinha visto Maevana. Não sabia quase nada sobre os Allenach, sobre a terra deles e sobre a floresta. O velho carvalho estava marcado por um *T.A.*, mas não havia garantia alguma de que poderia revirar uma floresta e encontrar essa árvore.

— Quero ser bem direto — afirmou Jourdain, depois de tomar o que restava do licor. — Se aceitar minha oferta de ser seu patrono, não vai ser como espera. Sim, eu honraria meus compromissos de patrono, e a aceitaria como minha própria filha. Cuidaria de você e a protegeria como um bom pai deve fazer. Porém, meu nome carrega riscos. Meu nome é um escudo, e embaixo dele há muitos segredos que você talvez nunca conheça, mas que precisa proteger mesmo assim, como se fossem seus próprios segredos. Porque isso pode significar algo tão crucial quanto a vida e a morte.

Olhei para ele com firmeza e perguntei:

— E quem *é* o senhor, monsieur?

— Para você? Apenas Aldéric Jourdain. É tudo o que precisa saber.

Pela movimentação inquieta da Viúva, percebi que ela sabia. Conhecia quem ele era de verdade, o homem por trás de Aldéric Jourdain.

Recusava-se a me contar para minha própria proteção? Ou porque não confiava em mim, em minhas raízes Allenach?

Como poderia aceitar um patrono se não sabia quem ele era de verdade?

— O senhor é um Kavanagh? — ousei questionar.

Se fosse encontrar a Pedra do Anoitecer, queria saber se meu pai patrono carregava o sangue antigo dos dragões. Algo soava errado na mente quando pensava em recuperar a pedra só para restaurar sua magia. Não tomaria a coroa de Lannon para dá-la a outro rei.

Um sorriso suavizou o rosto dele; um brilho cintilou no olhar. Percebi que o havia divertido com minha pergunta.

— Não.

— Que bom — retruquei. — Se fosse, não acho que esse acordo seria boa ideia.

A sala pareceu ficar mais fria, como se a luz da vela tivesse diminuído assim que minha insinuação ficou clara. Contudo, Aldéric Jourdain sequer reagiu.

— Você e eu queremos a mesma coisa, Brienna — disse ele. — Nós dois desejamos ver Lannon destronado e uma rainha ascender. Isso não pode acontecer se você e eu não unirmos nossos conhecimentos. Preciso de você, e você precisa de mim. Contudo, a escolha final é sua. Se achar que não pode confiar em mim, acho melhor nos separarmos aqui.

— Preciso saber o que vai acontecer quando eu encontrar a pedra — insisti, com a mente tomada de preocupações. — Preciso da sua palavra de que não vai ser usada erroneamente.

Esperava uma explicação longa e enrolada, mas ele apenas falou:

— A Pedra do Anoitecer será entregue a Isolde Kavanagh, a rainha de Maevana por direito, que no momento encontra-se escondida.

Pisquei, atordoada. Não esperava que me dissesse o nome dela. Aquilo era uma medida extraordinária de confiança, pois eu era tão desconhecida para ele quanto ele era para mim.

— Sei que o que estou pedindo que faça é arriscado — continuou Jourdain, delicadamente. — A rainha também sabe disso. Não esperaríamos mais de você além de que nos ajude a encontrar o paradeiro da pedra. E depois... lhe pagaríamos em abundância.

— O senhor acha que quero riquezas? — interpelei-o, sentindo as bochechas ficando quentes.

Jourdain simplesmente me encarou, o que fez com que o rubor ficasse ainda mais forte. Em seguida, perguntou:

— O que você quer, Brienna Allenach?

Nunca tinha ouvido meu primeiro nome e meu sobrenome ditos juntos, unidos como inverno e verão. Jogados ao vento, eram tão musicais quanto dolorosos. E hesitei, confrontando o que achava que devia dizer com o que desejava dizer.

— Gostaria de entrar para a Casa do seu pai? — perguntou Jourdain com muita cautela, como se estivéssemos pisando sobre o gelo. — Se quiser, eu honraria seus desejos. Podemos revogar a adoção depois de nossa missão, e não guardaria qualquer ressentimento de você por isso.

Não podia sufocar o pequeno brilho de desejo, de esperança. Não podia negar que queria ver meu pai biológico, que queria saber quem ele era, e que queria que me visse. Ainda assim, cresci com a crença de que filhos ilegítimos eram um fardo, vidas que ninguém queria assumir. Se encontrasse meu pai, ele provavelmente me daria as costas.

E essa imagem era como uma lâmina sendo cravada no meu coração, fazendo-me curvar o corpo levemente para a frente sobre a cadeira.

— Não, monsieur — falei, quando soube que minha voz estava firme. — Não quero nada com os Allenach. Mas peço-lhe uma coisa.

Ele esperou, com a sobrancelha erguida.

— Sejam quais forem os planos elaborados — discorri —, quero opinar sobre eles. Depois que a Pedra do Anoitecer for encontrada, ficará comigo. Serei eu quem irá entregá-la à rainha.

Jourdain pareceu prender a respiração, mas o olhar não se afastou do meu.

— Sua opinião será necessária e apreciada durante o planejamento. Quanto à pedra, precisamos esperar e ver qual será a estratégia mais sábia. Se for melhor que fique com você, ficará. Se for melhor ficar com outra pessoa, ficará. Dito isso, posso prometer que será você quem vai entregá-la à rainha.

Era hábil com as palavras, pensei, enquanto esmiuçava sua resposta. Contudo, minha maior preocupação era que os planos prosseguissem sem meu palpite, e que a pedra acabasse não sendo dada à rainha. Sobre essas duas questões, ele me dera sua palavra, então, finalmente, assenti.

— Muito bem — falei.

— Certo — disse Jourdain, olhando para a Viúva como se eu nunca tivesse duvidado das intenções dele. — A legalidade dessa adoção deverá esperar. Não posso arriscar colocar meu nome ou o dela nas mãos dos escribas reais.

A Viúva assentiu, embora eu pudesse ver que não gostava da ideia.

— Entendo, Aldéric. Desde que seja fiel à sua palavra.

— Você sabe que serei — respondeu, então, virou-se para mim e inquiriu: — Brienna, você me aceitaria como seu patrono?

Eu me tornaria filha daquele homem. Assumiria seu nome como meu, sem saber seu significado ou onde tinha florescido. Aquilo parecia errado e certo. Parecia perigoso e libertador. Então sorri, pois estava acostumada a sentir dois desejos conflitantes ao mesmo tempo.

— Sim, monsieur Jourdain.

Ele assentiu, quase esboçando um sorriso e quase franzindo a testa, como se estivesse tão abalado quanto eu.

— Que bom, muito bom.

— Tem mais uma coisa que precisa saber, Aldéric — afirmou a Viúva. — Brienna ainda não recebeu o manto.

Jourdain inclinou a sobrancelha para mim, e só agora percebeu que não havia um manto da paixão pendurado no meu pescoço.

— Como é possível?

— Ainda não conquistei a paixão — expliquei. — Meu mestre me ofereceria o manto quando eu aceitasse um patrono.

— Entendo. — Os dedos dele batucaram no braço da poltrona. — Bom, podemos contornar isso. Devo entender que todas as precauções foram tomadas quanto a esse acordo, Renee?

A Viúva assentiu com a cabeça.

— Sim. Ninguém vai saber que Brienna foi embora com você. Nem mesmo o avô e o mestre dela.

— Bom, podemos replicar um manto para você — disse Jourdain.

— Não, monsieur, acho que não seria uma boa ideia — ousei dizer. — Pois, como sabe, teria que escolher uma constelação para replicar no manto, e ela teria que ser registrada em meu nome nos Arquivos de Astronomia em Delaroche, e...

Ele levantou a mão em um sinal de paz, e um sorriso curvou os cantos dos lábios.

— Entendo. Perdoe-me, Brienna, mas não sou muito bem versado no seu estilo de paixão. Pensaremos em uma explicação para isso amanhã.

Fiquei em silêncio, mas havia um nó na minha garganta. O mesmo que surgia sempre que pensava no manto, em Cartier e no que teria que deixar para trás. Nas últimas semanas, rolei acordada na cama, sentindo o quarto insuportavelmente quieto sem os roncos de Merei, e me perguntei se tinha dedicado sete anos da minha vida a nada. Porque era bem possível que Cartier me renegasse nesse espaço de tempo em que eu não poderia fazer contato com ele.

— Está com as malas prontas, Brienna? — perguntou meu novo patrono. — Temos que sair ao amanhecer.

Escondi bem a surpresa, embora ela ardesse dentro de mim como se eu houvesse inspirado fogo.

— Não, monsieur, mas não vou demorar. Não tenho muitas coisas.

— Descanse, então. Temos uma viagem de dois dias pela frente.

Assenti, levantei-me e voltei ao meu quarto, sem nem sentir direito o chão sob os pés. Ajoelhei-me, abri o baú de cedro e comecei a reunir meus pertences, até que olhei para as prateleiras, para todos os livros que Cartier tinha me dado.

Levantei-me e deixei que meus dedos acariciassem as lombadas. Levaria todos que conseguisse colocar no baú. Os outros, porém, deixaria na biblioteca até que pudesse voltar para eles.

Até que pudesse voltar para ele.

13

AMADINE

— Você precisa de um novo nome.

Eu estava na carruagem dele havia uma hora, e a escuridão lentamente se transformava no amanhecer, quando Aldéric finalmente falou comigo. Estava sentada à frente dele, e as costas já doíam por conta do sacolejar da carruagem.

— Muito bem — aceitei.

— Brienna é um nome muito maevano. Você precisa parecer o mais valeniana possível. — Aldéric fez uma pausa, e então acrescentou: — Tem alguma preferência?

Balancei a cabeça. Havia dormido por apenas duas horas durante a noite, pois minha cabeça doía e meu coração parecia estar emaranhado entre os pulmões. Só conseguia pensar na Viúva se despedindo de mim sobre os paralelepípedos, com a mão gentilmente pousada na minha bochecha.

Não se preocupe com Cartier. Ele vai entender quando tudo isso passar. Farei o possível para tranquilizá-lo...

— Brienna?

Fui arrancada daquele devaneio.

— Pode escolher, monsieur.

Começou a esfregar o queixo, traçando distraidamente a cicatriz enquanto me observava.

— Que tal *Amadine*?

Gostei. Mas não sabia como me treinaria para atender não só ao sobrenome Jourdain, mas também a Amadine. A sensação era de que estava usando roupas pequenas demais para mim, tentando esticar o tecido até que coubesse, até que se adaptasse ao meu corpo. Teria que perder alguns pedaços de mim, ou estourar algumas costuras.

— Você aprova? — perguntou.

— Sim, monsieur.

— E mais uma coisa: não deve me chamar de monsieur. Sou seu pai.

— Sim... pai. — A palavra rolou pela minha boca como uma bola de gude estranha e desconfortável.

Seguimos em silêncio por mais meia hora. Meu olhar escapava pela janela, observando as colinas verdes gradualmente se achatarem nos campos de trigo ao longo da nossa viagem para o Oeste. Era uma parte tranquila e pastoril de Valenia. Passamos só por algumas casas simples de pedra, moradias de solitários donos de fazendas e moinhos.

— Por que quer isso? — interpelei, e a pergunta surgiu antes que eu pudesse verificar se era educada. Meus olhos se voltaram para Jourdain, que estava me observando com uma expressão calma e distraída. — Por que quer se rebelar contra um rei que o mataria se descobrisse seus planos?

— Por que *você* quer isso? — retrucou.

— Questionei primeiro, pai.

Afastou o olhar de mim, e parecia estar medindo cada palavra. Em seguida, seus olhos retornaram aos meus, e tinham um brilho sombrio.

— Testemunhei Lannon cometer crueldades o suficiente na minha vida. Quero vê-lo obliterado.

Então, odiava o rei Lannon. Mas *por quê*? Era o que eu queria saber. O que Aldéric Jourdain tinha visto, o que tinha testemunhado para gerar um desejo tão forte?

Podíamos ser pai e filha agora, mas isso não queria dizer que ele revelaria seus segredos.

— As pessoas diriam que essa não é uma luta valeniana — respondi, com cuidado, tentando encorajá-lo a revelar um pouco mais.

— Mas não é? — rebateu. — Não foi nosso glorioso rei Renaud I quem colocou os Lannon no trono em 1430?

Pensei sobre isso, sem saber se estávamos ou não prestes a discutir o envolvimento de Valenia naquilo. Contudo, mudei o rumo da conversa ao dizer:

— Então... podemos *obliterar* o poder de Lannon com a Pedra do Anoitecer?

— Podemos.

— E o Cânone da Rainha?

Ele riu.

— Alguém lhe ensinou bem.

— A pedra é suficiente? Não precisaríamos da lei também?

Ele recostou o corpo e apoiou as mãos nos joelhos.

— É claro que precisamos da lei também. Quando a magia for restaurada e Lannon tiver sido derrubado, restabeleceremos o Cânone.

— Onde acha que o original está?

Não disse nada; apenas balançou a cabeça, como se aquele pensamento já ocupasse sua mente com tanta frequência que o exauria.

— Agora é sua vez de responder. Por que *você* quer isso, mestra do conhecimento?

Olhei para meus dedos, entrelaçados sobre o colo.

— Certa vez, vi uma ilustração de Liadan Kavanagh, a primeira rainha. — Meu olhar voltou ao dele. — Desde então, tenho vontade de ver uma rainha ascender, de recuperar o que é dela.

Jourdain sorriu.

— Você é maevana pelo lado do seu pai. Esse sangue do Norte que corre em você deseja se curvar a uma rainha.

Pensei nisso por meia hora, enquanto seguimos em silêncio, até que outra pergunta despertou minha voz:

— O senhor tem profissão?

Jourdain se mexeu ansiosamente sobre a almofada, mas abriu um sorriso estreito.

— Sou advogado — esclareceu. — Meu lar é em Beaumont, uma pequena cidade ribeirinha que faz alguns dos melhores vinhos de toda Valenia. Sou viúvo, mas moro com meu filho.

— O senhor tem um filho?

— Tenho. Luc.

Então eu também teria um irmão? Levei a mão ao pescoço e senti a corrente do pingente de Cartier escondida sob meu vestido, como se fosse uma âncora ou um talismã de coragem.

— Não se preocupe — disse Jourdain. — Você vai gostar dele. É o oposto de mim.

Se me sentisse mais à vontade, poderia ter provocado Jourdain pelo comentário sarcástico sobre não gostar dele. Porém, meu patrono ainda era um estranho, e eu não conseguia deixar de pensar em quanto tempo demoraria para me sentir à vontade com aquela nova vida. Ainda assim, fiquei pensando em como tudo isso aconteceu, bem longe das raízes tradicionais do patrocínio, e concluí que não, não posso esperar que me sinta minimamente relaxada.

— Bem — comentou, mais uma vez interrompendo as profundezas das minhas reflexões. — Precisamos elaborar seu passado, pois ninguém pode saber que veio de Magnalia.

— O que sugere?

Ele fungou e olhou pela janela.

— Você conquistou sua paixão de conhecimento com a mestra Sophia Bellerose, da Casa Augustin — sugeriu.

— Casa Augustin?

— Já ouviu falar?

Balancei a cabeça em negativa.

— Que bom. É rural, e desconhecida para qualquer mente que possa ficar interessada demais em você. — Franziu a testa, como se ainda estivesse tentando elaborar melhor a história, então prosseguiu: — A Casa Augustin é um estabelecimento só para meninas, abriga as cinco paixões, e o programa é de dez anos. Chegou lá aos sete anos, quando foi selecionada no Orfanato Padrig por causa de sua mente astuta.

— Onde fica essa Casa Augustin?

— A 130 quilômetros a Sudoeste de Théophile, na província de Nazaire.

O silêncio inflou de novo, e ambos nos perdemos em pensamentos. Comecei a perder a noção do tempo. Quanto tempo havia que estava viajando com ele? Quanto tempo mais de viagem teríamos? Então, ele pigarreou e disse:

— Agora é sua vez de criar uma história.

Eu o encarei e esperei com cautela.

— Precisa de uma explicação viável para não estar com seu manto. Porque, para todos os efeitos, o que vai ser espalhado é que você é minha filha paixão, mestra de conhecimento adotada pela família Jourdain.

Respirei fundo, girei os ombros e senti as costas estalarem. Ele estava certo: precisava ter uma explicação pronta. Entretanto, isso exigiria um bocado de criatividade e confiança, porque paixões nunca perdiam seus mantos. Nunca saíam em público sem eles, e os protegiam como um dragão mítico protegia a sua montanha de ouro.

— Tenha em mente — alertou, vendo as rugas que se franziam na minha testa — que mentiras podem facilmente se enrolar em suas próprias teias. Se conseguir ficar próxima à verdade, terá um norte para orientá-la em meio a qualquer conversa incriminadora.

Antes que pudesse compartilhar minhas ideias, a carruagem deu um solavanco e quase nos atirou para fora dos bancos.

Olhei para Jourdain de olhos arregalados, e ele espiou pela janela. O que quer que tenha visto o fez soltar um xingamento que eu nunca tinha ouvido antes. Em seguida, a carruagem fez uma parada repentina.

— Fique aqui dentro, Amadine — ordenou, espanando a frente do gibão. Ele estava alcançando a porta quando a abriram, e fomos cumprimentados por um rosto pálido e estreito que nos encarava.

— Para fora! Os dois — gritou o homem.

Deixei que Jourdain segurasse minha mão e me guiasse para fora da carruagem. Meus batimentos dispararam quando saí para a estrada lamacenta, e Jourdain tentou me manter escondida atrás dele. Ao espiar por detrás de seu corpo alto, vi um homem de aparência suja, com o cabelo da cor de carne podre, acuar nosso cocheiro, Jean David, com uma faca.

Havia três homens. Um deles estava com Jean David, outro circulava em volta de mim e de Jourdain, e o terceiro mexia no meu baú de cedro.

— Pelos ossos dos santos, só tem essas porcarias de livros aqui! — exclamou o que era careca e tinha uma cicatriz torta.

Estremeci quando jogou meus livros, um atrás do outro, na lama da estrada, e pude ouvir os protestos de cada página.

— Continue procurando — instruiu o líder de rosto pálido, enquanto dava outra volta em torno de mim e de Jourdain. Tentei parecer pequena e indigna de atenção, mas o ladrão me puxou de lado mesmo assim, segurando-me pelo cotovelo.

— Não toque nela — avisou Jourdain, e a voz soou fria e polida como mármore. Aquilo me deixou mais assustada do que testemunhar o desenrolar do assalto.

— É um pouco nova demais para você, não acha? — provocou o líder, com uma risadinha sombria, enquanto me arrastava para ainda mais longe. Resisti e tentei me soltar daqueles dedos, e ele apenas cutucou Jourdain na barriga com uma faca, fazendo-me parar. — Pare de puxar, mademoiselle, senão vou estripar seu marido.

— Ela é minha filha.

Mais uma vez, a voz e o temperamento de Jourdain eram mortalmente calmos. Porém, vi a fúria nos olhos dele, como a fagulha que sai de uma lâmina ao ser passada em uma pedra. Estava tentando me dizer alguma coisa com aqueles olhos, algo que eu não conseguia entender...

— Vou gostar de conhecer você — insinuou o ladrão, despindo-me com os olhos até encontrar meu colar. — Ah, o que temos aqui? — Encostou a ponta da faca no meu pescoço, e o toque me beliscou apenas o suficiente para fazer com que uma gota de sangue aparecesse. Comecei a tremer, e não pude conter o medo enquanto a lâmina descia pelo pescoço, espalhando o sangue e levantando o pingente de prata dado por Cartier.

— Humm. — Ele o puxou, e sobressaltei-me quando a corrente se partiu contra minha nuca e o pingente abandonou minha pele, voando para as mãos daquele lixo humano.

Porém, era o momento que Jourdain estava esperando.

Meu patrono se moveu como uma sombra, e uma lâmina surgiu de repente em sua mão. Não sei de onde a adaga veio, mas fiquei paralisada enquanto Jourdain esfaqueava as costas do ladrão na altura do rim, e depois cortava seu pescoço. O sangue espirrou no rosto dele quando o ladrão rolou no chão, aos meus pés.

Tropecei para trás quando Jourdain partiu para cima do segundo homem, o que estava destruindo meus livros. Não queria olhar, mas meus olhos estavam grudados à carnificina. Vi meu patrono matar o segundo ladrão sem esforço nenhum, tomando o cuidado de fazê-lo longe dos meus livros. Enquanto isso, Jean David lutava contra seu captor que grunhia enquanto sangue respingava sobre a estrada.

Tudo acabou muito rápido. Acho que só voltei a respirar quando Jourdain guardou a adaga no bolso interno do gibão e andou até mim, salpicado de sangue. Ele se abaixou e tirou meu pingente da mão fechada do ladrão, que a morte já esfriava, então limpou com o polegar os resquícios daquele banho de sangue.

— Comprarei uma corrente nova quando chegarmos em casa — avisou, entregando-me o pingente.

Aceitei-o de volta com a expressão vazia, mas não deixei de notar que Jourdain arqueava a sobrancelha. Tinha reconhecido o entalhe da flor-de--corogan. Sabia que aquilo era um símbolo maevano.

Não queria que perguntasse onde o obtive. Mas também não queria que desconfiasse que tivesse vindo dos Allenach.

— Ganhei de meu mestre — expliquei, com a voz rouca. — Por causa da minha ancestralidade.

Jourdain assentiu e chutou o cadáver do caminho.

— Amadine, recolha suas coisas rapidamente. Jean David, ajude-me com os corpos.

Movia-me como se tivesse 90 anos, frágil e doloridamente. Porém, cada vez que recuperava mais um livro, o choque abria espaço para a raiva. Era uma fúria incandescente e perigosa, que me fez sentir como se houvesse uma camada de cinzas cobrindo minha língua. Limpei a lama das páginas e coloquei os livros no baú, enquanto Jourdain e Jean David jogavam os corpos no desfiladeiro, fora do campo de visão da estrada.

Quando terminei, os homens tinham trocado os gibões e camisas, e haviam lavado o sangue do rosto e das mãos. Fechei meu baú de cedro e encarei Jourdain, que estava me esperando, com a porta da carruagem aberta.

Fui até ele, observando o rosto barbeado e o cabelo perfeitamente arrumado, que já havia prendido em uma trança nobre. Parecia tão refinado, tão confiável. Entretanto, não hesitou em matar aqueles ladrões. Moveu-se como se já tivesse feito aquilo antes, conjurando uma adaga dos dedos como se fosse parte de seu corpo.

— Quem *é* você? — sussurrei.

— Aldéric Jourdain — respondeu, e me entregou o lenço para que eu limpasse o sangue do pescoço.

É claro. Irritada, peguei o retalho de linho e entrei na carruagem, acariciando o pingente com o polegar. Jourdain entrou logo depois de mim e fechou a porta, e só consegui pensar em uma coisa.

De quem, verdadeiramente, tinha me tornado filha?

O resto do dia passou sem outros acontecimentos. Viajamos rapidamente, e chegamos a uma pequena cidade do outro lado do rio Christelle quando o sol desceu atrás das árvores. Enquanto Jean David levava os cavalos e a carruagem ao estábulo comunitário, segui Jourdain até a pensão que ele cuidadosamente selecionara. O aroma de assado de aves e de vinho aguado nos recebeu, entremeando-se no meu cabelo e no meu vestido, quando nos sentamos a uma mesa no canto do salão da taverna. Havia alguns outros grupos de viajantes, e a maioria deles parecia maltratada pelo vento e pelo sol. A maioria sequer nos lançou um segundo olhar.

— Vamos ter que comprar roupas novas para você quando chegarmos em casa — disse Jourdain, depois que a garçonete nos trouxe uma garrafa de vinho e dois copos de madeira.

Fiquei olhando enquanto ele servia o líquido, e aquele filete vermelho me fez pensar em sangue.

— Você já matou antes.

Minha declaração o fez enrijecer, como se eu tivesse jogado uma rede sobre ele. Repousou a garrafa de vinho na mesa com determinação, então colocou um copo na minha frente e escolheu não responder. Assisti enquanto bebia, e a luz do fogo lançava sombras compridas sobre o rosto dele.

— Aqueles ladrões eram maus, sim, mas há um código de justiça aqui em Valenia — sussurrei. — Diz que os crimes têm que ser levados a um magistrado e uma corte. Achei que saberia disso, já que é advogado.

Ele me lançou um olhar de aviso, e apertei os lábios quando a garçonete trouxe um pão de sementes, um disco de queijo e duas tigelas de ensopado até nossa mesa.

Foi apenas quando a garota voltou para a cozinha que Jourdain me olhou, colocou o copo na mesa com uma delicadeza assustadora, e então disse:

— Aqueles homens iriam nos matar. Acabariam com Jean David, depois comigo, e guardariam você para o prazer deles, para, depois, a matarem também. Se os tivesse apenas ferido, teriam vindo atrás de nós. Então, me explique melhor, por que está aborrecida de termos sobrevivido?

— Apenas estou dizendo que você exerceu justiça maevana — respondi. — Olho por olho. Dente por dente. Execução sem julgamento. — Só então levantei meu copo na direção dele e bebi.

— Está me comparando a *ele*? — "Ele", obviamente, era o rei Lannon. Ouvi, na voz de Jourdain, o ódio e a indignação por tê-lo associado a Lannon no mesmo pensamento.

— Não. Mas me faz pensar...

— Pensar em quê?

Batuquei sobre a mesa, prolongando aquele momento.

— Talvez não seja tão valeniano quanto parece.

Ele se inclinou para a frente e declarou em tom ferino:

— Há hora e lugar para esse tipo de conversa. Esta taverna não é um deles.

Irritei-me com a reprimenda. Não estava acostumada a esse tipo de puxão de orelha paterno, e, por pura rebeldia, teria continuado a falar se Jean David não tivesse entrado e se sentado à nossa mesa.

Acho que eu não tinha ouvido o cocheiro falar nem uma palavra desde que o conheci naquela manhã. Porém, ele e Jourdain pareciam conseguir se comunicar apenas com olhares e gestos. E, como eu estava presente, fizeram isso quando começaram a comer, conversando em silêncio.

Fiquei incomodada no começo, até perceber que poderia me concentrar em minhas próprias reflexões sem ser interrompida.

Jourdain tinha a aparência e falava como valeniano.

Mais uma vez, como eu.

Será que também tinha dupla cidadania? Ou, talvez, tivesse puro sangue maevano e já tenha sido súdito de Lannon, mas desertou, cansado de servir a um monarca cruel e ilegítimo. Era só uma questão de tempo até que eu o desvendasse, pensei, enquanto terminava o ensopado.

Jean David se levantou inesperadamente, causando um solavanco na mesa, após ter terminado seu jantar. Observei-o deixar o salão com o gingado suave e o cabelo preto tão oleoso que parecia estar molhado sob a luz rosada da taverna. Percebi, então, que Jourdain o devia ter dispensado silenciosamente.

— Amadine.

Virei-me para encarar o olhar calmo de Jourdain.

— Sim?

— Sinto muito que tenha precisado testemunhar o que aconteceu hoje. Eu... sei que teve uma vida muito protegida.

Parte disso era verdade. Nunca tinha visto um homem morrer. Nunca tinha visto tanto sangue sendo derramado. Porém, de certa forma, os livros haviam me preparado para mais do que ele imaginava.

— Está tudo bem. Agradeço por sua proteção.

— Há algo que precisa saber sobre mim — murmurou, empurrando a tigela vazia para o lado. — Se alguém sequer ameaçar minha família, não hesitarei em matá-lo.

— Eu nem mesmo tenho seu sangue — sussurrei, surpresa pela determinação dele. Era sua filha adotiva havia apenas um dia.

— Você é parte da minha família. E quando os ladrões destruíram suas coisas, jogaram seus livros na lama e a ameaçaram... eu reagi.

Não sabia o que dizer, mas deixei o olhar permanecer no rosto dele. As brasas da minha inconfidência e irritação desapareceram na escuridão, porque, quanto mais olhava para ele, meu pai patrono, mais sentia que algo em seu passado o deixara assim.

— Mais uma vez, lamento que tenha me visto agindo daquela forma — repetiu. — Não quero que tenha medo de mim.

Estiquei o braço pela mesa e ofereci a mão. Se queríamos ter sucesso nos planos que estávamos criando, teríamos que confiar um no outro. Lentamente, ele colocou os dedos nos meus. Os dele estavam quentes e ásperos, enquanto os meus eram frios e macios.

— Não tenho medo de você — sussurrei —, pai.

Ele apertou meus dedos.

— Amadine.

14

IRMÃO DE PAIXÃO

Cidade de Beaumont, província de Angelique

Chegamos à cidade ribeirinha de Beaumont quando o sol do segundo dia de viagem estava se pondo. Era a viagem mais distante que já tinha feito a Oeste, e fiquei encantada com os muitos quilômetros de vinhedos que enfeitavam a terra.

Beaumont era uma cidade grande, construída às margens do preguiçoso rio Cavaret, e observei atentamente quando passamos pela praça do mercado e pelo átrio de uma pequena catedral. Todas as construções me pareceram iguais, feitas de tijolos e pedras de mármore, com três andares, e abraçavam as ruas estreitas de pedra.

A carruagem parou em frente a uma casa de tijolos. Havia um caminho de pedrinhas cobertas de musgo que levava até a porta da frente, ladeada por duas árvores-do-âmbar retorcidas, cujos galhos batiam levemente contra as janelas.

— Chegamos — anunciou Jourdain, quando Jean David abriu a porta da carruagem.

Segurei a mão do cocheiro e desci. Depois, Jourdain me ofereceu o braço, e o aceitei, surpresa com o quanto me senti agradecida por ter sua ajuda. Seguimos juntos pelo caminho, e então subimos a escada até uma porta vermelha.

— Estão todos ansiosos para conhecê-la — murmurou.

— Quem? — perguntei, mas ele não teve tempo de responder enquanto me guiava porta adentro, pois fomos recebidos no saguão por dois rostos expectantes. A curiosidade fez com que os olhos curiosos se grudassem educadamente em mim.

— Esses são a governanta, Agnes Cote, e o chef, Pierre Faure — apresentou Jourdain.

Agnes, que usava um vestido preto simples e avental engomado, fez uma reverência ensaiada, e Pierre sorriu com o rosto sujo de farinha, inclinando-se.

— Esta é minha filha, Amadine Jourdain, adotada pela paixão — continuou Jourdain.

Agnes, que tinha a aura de uma mãezona, deu um passo à frente e segurou minhas mãos nas suas, que estavam cálidas, em um cumprimento íntimo. Ela tinha cheiro de limão e de agulhas de pinheiro, o que denunciava sua obsessão por manter tudo limpo e organizado. De fato, pelo que podia ver dos painéis de mogno nas paredes e do piso branco, a casa era impecavelmente arrumada. E não pude deixar de sentir que estava começando uma vida nova, uma página em branco com possibilidades infinitas, então, retribuí o sorriso.

— Se precisar de qualquer coisa, é só me chamar.

— É muita gentileza sua — respondi.

— Onde está meu filho? — perguntou Jourdain.

— Com a trupe, monsieur. — Agnes respondeu rapidamente, soltando minhas mãos. — Ele pede desculpas.

— Outra noite daquelas?

— Sim.

Jourdain estava com a expressão insatisfeita, até reparar que eu o estava observando com atenção. Então, o rosto se iluminou.

— Pierre, o que há no cardápio hoje?

— Teremos truta, e espero que a srta. Amadine goste de peixe — respondeu o chef. A voz de tenor era rouca, como se passasse muitas horas cantando enquanto cozinhava.

— Gosto, sim.

— Excelente! — exclamou Pierre, e, em seguida, se retirou pelo corredor.

— O jantar é servido às seis horas — informou-me Jourdain. — Agnes, por que não leva Amadine para conhecer a casa? E mostre o quarto dela.

Assim que Jean David entrou, carregando meu baú, Agnes me levou para conhecer o primeiro andar. Ela me mostrou a sala de jantar, a pequena sala de estar, o escritório austero de Jourdain e a biblioteca, lotada de livros e instrumentos. Sabia que Jourdain era advogado, mas sua casa era ecleticamente grandiosa e polida, revelando uma pessoa estudada, com apreço pelas paixões. Tive a sensação de estar em casa, e fui tomada de alívio. Sentir-me à vontade em um lugar novo era a última coisa que esperava.

— O filho de Jourdain é músico? — perguntei, observando as partituras espalhadas sobre o estojo da espineta, as pilhas de livros no chão que minha saia ameaçava empurrar, e um alaúde muito velho, em pé sobre uma cadeira, como um animalzinho fiel esperando que o dono voltasse.

— É, sim, senhorita — respondeu Agnes, com a voz carregada de orgulho. — Ele é paixão de música.

Engraçado. Por que Jourdain não mencionara isso para mim?

— E ele faz parte de uma trupe de músicos? — inquiri, observando os rabiscos da caligrafia dele, as penas quebradas e os frascos de tinta com rolhas mal enfiadas.

— Sim. Ele é muito bem-sucedido — continuou Agnes, sorrindo amplamente. — Agora vou lhe mostrar o segundo andar. É onde fica seu quarto, assim como o de mestre Luc e de monsieur Jourdain.

Segui Agnes para fora da biblioteca, então subimos um lance de escadas horrivelmente ruidoso até o segundo andar. Havia um depósito de rouparia, os quartos de Jourdain e de Luc, para cujas portas fechadas ela apenas apontou, para que eu soubesse onde eram, e finalmente me levou pelo corredor até um quarto que dava para os fundos da casa.

— Este é seu quarto, senhorita — disse Agnes, e abriu a porta.

Era lindo. Havia duas janelas com vista para o rio, tapetes grossos sobre o piso de madeira e uma cama de dossel que poderia confortavelmente abrigar duas pessoas. Era simples, mas perfeito para mim, pensei, enquanto me aproximava da pequena escrivaninha de madeira junto a uma das janelas.

— Monsieur informou que você é paixão de conhecimento — comentou Agnes, atrás de mim. — Posso trazer qualquer livro da biblioteca, ou buscar papel e tinta se desejar escrever.

Não tinha para quem escrever. Aquele pensamento me causava tristeza, mas sorri mesmo assim.

— Obrigada, Agnes.

— Vou buscar água para que possa se refrescar antes do jantar. — Ela fez outra reverência e foi embora.

Jean David já tinha colocado meu baú de cedro ao pé da cama, e, apesar de saber que devia começar a arrumar meus pertences, estava muito cansada. Deitei-me na cama e fiquei olhando para a cobertura fina. Será que Agnes e Pierre sabiam da minha situação? Jourdain confiava neles o suficiente para contar sobre minhas lembranças? E o filho dele, Luc? Sabia?

Pensei em quanto tempo teria que morar ali, em quanto tempo demoraria para irmos atrás da pedra. Um mês? Meio ano?

O tempo, minha velha nêmesis, parecia rir de mim quando fechei os olhos. As horas começaram a passar insuportavelmente lentas, debochando de mim. Um dia pareceria durar um mês. Um mês pareceria-se com um ano.

Queria correr; queria me apressar e chegar logo ao final daquela jornada.

Adormeci com aqueles desejos rolando pelo coração como pedras caindo em um poço.

Acordei pouco antes do amanhecer, na hora mais fria da noite.

Sentei-me de supetão, sem saber onde estava. Na mesa, uma vela ardia, e a cera estava quase completamente consumida. Sem enxergar direito, observei os arredores em meio à luz frágil, então lembrei. Era meu quarto novo na casa de Jourdain. Devia ter dormido e perdido o jantar.

Uma colcha fora colocada sobre mim. Por Agnes, provavelmente.

Saí da cama e peguei a vela, sentindo a fome reclamar no estômago vazio. Descalça, desci as escadas, e aprendi quais degraus rangiam para que os evitasse no futuro. Estava chegando à cozinha quando a escuridão aveludada e o aroma intenso de livros e de papel da biblioteca me capturou no corredor.

Entrei lá, tomando o cuidado de observar onde pisava. As excêntricas pilhas de livros despertaram meu interesse. Sempre fui daquela maneira: reunindo estranhos conjuntos de livros desde que escolhi o conhecimento. Ajoelhei-me para examinar quais títulos haviam sido empilhados juntos, coloquei a vela de lado e comecei a examiná-los. Astronomia. Botânica. Teoria musical. A história dos Renauds...

Já tinha lido a maioria desses, pensei. Estava passando para a pilha seguinte quando uma voz estranha falou na escuridão...

— Ah, oi.

Virei-me, derrubando a pilha de livros e quase ateando fogo à casa. Peguei a vela antes que despencasse, então me levantei, com o coração disparado.

Sob a luz fraca da vela, vi um jovem esparramado em uma poltrona, com o alaúde aninhado nos braços. Não tinha reparado que estava sentado ali.

— Perdão, não pretendia sobressaltar você — desculpou-se, com a voz carregada de sono.

— Você deve ser Luc.

— Sim. — Ele deu um sorriso sonolento e esfregou o nariz. — E você deve ser minha irmã.

— Estava dormindo aqui? — sussurrei. — Desculpe-me. Não devia ter descido tão cedo.

— Não peça desculpas — tranquilizou-me, e colocou o alaúde de lado para se espreguiçar. — Às vezes durmo aqui, quando chego tarde. Porque a escada faz barulho.

— Já descobri.

Luc bocejou e se recostou à poltrona para me analisar sob a luz tremeluzente da vela.

— Você é linda.

Fiquei paralisada, sem saber como responder. E, então, ele me surpreendeu ainda mais quando se levantou e me envolveu em um abraço apertado, como se me conhecesse pela vida toda, e tivéssemos ficado anos separados.

Meus braços estavam rígidos quando retribuí o gesto lentamente.

Era alto e magro, e tinha cheiro de fumaça e de alguma especiaria que devia ter comido no jantar e derramado na camisa. Afastou-se, mas as mãos ficaram nos meus braços.

— Amadine. Amadine Jourdain.

— Sim?

Ele sorriu para mim.

— Estou feliz que esteja aqui.

O tom dele revelou que sabia. Das minhas lembranças e do meu propósito.

— Também estou — retruquei, com um sorriso leve.

Não era bonito. O rosto era simples, o queixo levemente torto e o nariz um pouco longo demais. O cabelo castanho e denso se projetava para todos os lados, nos ângulos mais errados possíveis. Mas havia algo de gentil nos olhos castanhos, e vi que, quanto mais sorria, mais encantador ficava.

— Finalmente tenho uma irmã paixão. Meu pai disse que você é de conhecimento, certo?

— S-sim. — Bom, quase uma paixão de conhecimento, mas acho que também sabia disso, porque não me pressionou mais. — E você é mestre de música, não é?

— O que me entregou? — provocou. — Minha bagunça ou meus instrumentos?

Sorri, e pensei em Merei. Ela e Luc se dariam muito bem.

— Todos esses livros são seus? — Indiquei as pilhas.

— Três quartos deles são. O restante é do meu pai. E, falando nele, como foi a viagem até aqui? Soube que houve... uma espécie de altercação.

A última coisa que queria era parecer nervosa e covarde no meio daquela gente. Então, afastei o cabelo dos olhos e disse:

— Sim. Seu pai lidou com tudo de forma bem... qual é a palavra?

— Violenta? — ofereceu.

Não queria confirmar nem negar, então deixei o silêncio ocupar minha boca.

— Lamento que essa tenha sido sua primeira impressão dele — comentou Luc, bufando de leve —, mas ele nunca teve uma filha. Dizem que isso gera mais preocupação do que ter um filho homem.

— Preocupação? — repeti, com a voz ficando mais aguda de indignação. Pelos santos, teria mesmo que brigar com Luc Jourdain menos de dez minutos depois de conhecê-lo?

— Não sabe que filhas são bem mais preciosas e reverenciadas do que os filhos? — explicou, erguendo as sobrancelhas, mas os olhos permaneceram gentis. — Que os pais ficam, sim, felizes com um ou dois filhos, mas que são filhas o que realmente querem? E que, por isso, um pai mataria qualquer um que ousasse pensar em ameaçá-la?

Sustentei o olhar no dele enquanto perguntas despertavam na minha mente. Ainda não estava à vontade, nem tinha a coragem suficiente para exprimir meus pensamentos. Contudo, pensei no que disse, sabendo que aquele não era um conceito valeniano. As filhas eram amadas no reino do Sul, mas eram os filhos que herdavam tudo: títulos, dinheiro, propriedades. Então, o que Luc estava expressando era uma antiga visão de mundo maevana: o desejo de ter e criar filhas, de amá-las e estimá-las. Tudo por causa da influência de Liadan Kavanagh.

— Isso, é claro — continuou —, até que os pais possam ensinar as filhas como se defender. Então não precisam mais se preocupar tanto com elas.

Outra ideia maevana, a de uma mulher portando uma espada.

— Humm — murmurei por fim, pegando o característico som de Jourdain emprestado.

Luc reconheceu aquilo e abriu um sorriso.

— Posso ver que já estamos contagiando você.

— Bem, sou sua irmã agora.

— E, mais uma vez, estou muito feliz que esteja aqui. Agora, sinta-se em casa, Amadine. Fique à vontade para pegar o livro que quiser. Vejo você no café da manhã, em uma hora. — Ele piscou para mim antes de sair, e ouvi o estalar da escada quando ele subiu, dois degraus de cada vez, em direção ao seu quarto.

Finalmente selecionei um livro, então me sentei em uma poltrona atrás da espineta, e vi as primeiras luzes do amanhecer penetrarem a sala. Tentei ler, mas a casa estava começando a ganhar vida. Ouvi o caminhar de Agnes quando foi abrir a janela, varrer o chão e colocar a louça na mesa. Ouvi Pierre assobiar e o estalar das panelas batendo umas nas outras enquanto o aroma de ovos fritos e cordeiro grelhado se espalhava pela casa. Ouvi Jean David andar pelo corredor com as botas de couro, farejando o caminho até a cozinha como um cachorro em busca de um osso. E ouvi o caminhar de Jourdain descendo a escada, limpando a garganta ao passar pela biblioteca e chegar à sala de jantar.

— Amadine já acordou? — pude ouvi-lo perguntar a Agnes.

— Ainda não fui dar uma olhada nela. Deveria? A pobre garota parecia tão exausta ontem à noite... — Ela devia estar servindo a ele uma xícara de café. Senti o cheiro escuro e intenso, e meu estômago roncou tão alto que não sei como a casa toda não ouviu.

— Não, pode deixar. Obrigado, Agnes.

Em seguida, ouvi Luc descer a escada barulhenta, com passos leves e energéticos. Ouvi-o adentrar a sala de jantar, cumprimentar o pai e perguntar:

— Bem, onde está essa minha nova irmã?

— Descerá em breve. Sente-se, Luc.

Uma cadeira foi arrastada no chão. Ouvi o barulho da louça ao mesmo tempo que vi minha vela consumir o finalzinho do pavio e finalmente se apagar, emitindo um filete de fumaça. Em seguida, levantei-me e percebi que meu cabelo estava embaraçado, e o vestido estava todo amassado pelo travesseiro e pela viagem. Fiz o melhor que pude para trançar as madeixas, torcendo para que não parecesse um monstro quando entrei na sala de jantar.

Luc se levantou ao me ver, como recomendava o costume valeniano, mas na pressa chacoalhou tudo o que estava sobre a mesa.

— Ah, aí está você — disse Jourdain, pousando a mão sobre a louça que tremia, antes que algo fosse derramado. — Amadine, esse é meu filho, Luc.

— É um prazer conhecer você, Amadine — disse Luc, com um sorriso divertido e uma reverência parcial. — Espero que tenha dormido bem na sua primeira noite aqui.

— Dormi sim, obrigada — respondi, acomodando-me na cadeira à frente da dele.

Agnes chegou para me servir uma xícara de café. Eu praticamente grunhi de deleite, e agradeci quando colocou um pote de creme e uma tigela de cubos de açúcar ao lado do meu prato.

— Então, Amadine — começou Luc, enquanto passava geleia na torrada. — Conte-nos mais sobre você. Onde passou a infância? Quanto tempo ficou em Magnalia?

Ele tinha lavado e penteado o cabelo, e fiquei impressionada com o quanto parecia diferente na luz. Porém, acho que as sombras mudam um pouco a lembrança que temos do rosto de um estranho.

Olhei hesitante para Jourdain.

Os olhos do meu pai patrono já estavam sobre mim.

— Está tudo bem — murmurou. — Pode confiar em todos desta casa.

Então, todos estavam envolvidos, ou estariam em breve, nos planos que fizéssemos para encontrar a pedra.

Tomei um gole de café para afastar as teias da minha exaustão, então comecei a contar o máximo que me senti à vontade para compartilhar. Jourdain já sabia da maioria das coisas que falei, mas ouviu atentamente enquanto eu remexia no meu passado. Contei sobre meu tempo no orfanato, o pedido do meu avô à Viúva, os sete anos em Magnalia, cada paixão experimentada, mas só uma dominada...

— E quem é seu mestre? — perguntou Luc. — Pode ser que o conheça.

Provavelmente não, pensei, ao lembrar-me de como Cartier era quieto e reservado, de que tinha passado sete anos da vida se dedicando integralmente a Magnalia, passando conhecimento para Ciri e para mim.

— O nome dele é Cartier Évariste.

— Humm. Nunca ouvi falar — afirmou meu irmão paixão, comendo o restante dos ovos que havia no prato. — Mas deve ter muito sucesso, para ser arial em uma Casa reverenciada como Magnalia.

— É muito dedicado — concordei, tomando outro gole de café. — Ele é historiador e professor.

— Ele sabe que está aqui? — Luc lambeu os dedos. Definitivamente, não eram modos de valenianos à mesa, mas deixei aquilo passar como se não tivesse reparado.

— Não. Ninguém sabe onde estou, nem com quem estou. — Senti o olhar de Jourdain em mim de novo, como se estivesse começando a entender como esse arranjo era doloroso para mim.

— É difícil prever quando vamos conseguir recuperar a pedra — explicou Jourdain. — Parte disso vai depender de você, Amadine. Não falo isso para pressioná-la, mas precisamos muito que outra lembrança do seu ancestral se manifeste. Alguma memória que, com sorte, nos dê provas sólidas de em qual floresta a pedra está enterrada. Porque há quatro grandes florestas em Maevana, sem mencionar todos os outros bosques e matas que não são dignos de constarem nos mapas.

Engoli em seco e senti um pedaço de torrada arranhar a garganta.

— Como gostaria que fizesse isso? Eu... não tenho muito controle sobre essas lembranças.

— Eu sei — respondeu Jourdain. — Entretanto, quando a Viúva me enviou a primeira carta dizendo que tinha uma arden de conhecimento que herdara lembranças ancestrais, comecei a fazer pesquisas sobre o assunto. Luc encontrou alguns documentos no arquivo de Delaroche, que acabaram se mostrando inúteis, mas um dos meus clientes, um colega paixão de conhecimento que é um médico renomado, fez algumas pesquisas fascinantes sobre o assunto. — Vi Jourdain enfiar a mão no bolso interno do gibão. Porém, em vez de pegar uma adaga, desta vez ele sacou de lá um amontoado de papéis, que entregou para mim. — Este é o dossiê dele, que teve a generosidade de me emprestar. Aqui, dê uma olhada.

Aceitei os papéis com cuidado, sentindo o quanto haviam sido manuseados. A caligrafia era forte e inclinada, e cobria página atrás de página. Quando Agnes começou a retirar a louça, deixei que meus olhos percorressem as palavras.

As experiências com as lembranças ancestrais dos meus cinco pacientes diferem enormemente, desde a idade do início das incidências, até a profundidade e extensão com que as memórias fluem. Contudo, descobri uma constante: elas são difíceis de controlar, ou de domar, sem conhecimento anterior do ancestral.

As lembranças não podem ser iniciadas por decisão da pessoa sem um vínculo (visão, cheiro, gosto, som ou qualquer outro caminho sensorial), e há dificuldade em fazê-las pararem quando aquele fluxo se inicia.

Fiz uma pausa, com o olhar ainda preso às palavras enquanto tentava absorver aquilo. Passei para a página seguinte e li:

Um garoto de dez anos, depois de cair do cavalo e sofrer uma concussão, começou a ter lembranças estranhas que o fizeram subir na torre do sino mais alta. O ancestral dele tinha sido um ladrão famoso, que vivia nos cantos e sombras daquela torre. Uma jovem paixão inepta de sagacidade, cujas lembranças ancestrais foram conjuradas depois que pulou de uma ponte em Delaroche para tentar se afogar...

— Quer que eu tente forçar um vínculo? — perguntei, olhando para Jourdain.

— Não necessariamente forçar — retificou —, mas encorajar. Luc vai ajudá-la com isso.

Meu irmão paixão sorriu e ergueu a xícara de café para mim.

— Não tenho dúvida de que somos capazes disso, Amadine. Meu pai já mencionou os outros vínculos que você fez: um pelo livro, outro pela música e mais um por um ferimento. Acho que conseguiremos manifestar outra dessas lembranças com facilidade.

Assenti, mas não me sentia tão confiante quanto ele. Pois meu ancestral vivera uns 150 anos antes de mim. Não era apenas um homem, era maevano por completo. Não cresceu numa sociedade polida, mas em um mundo de espadas, sangue e castelos sombrios. Não havia muito o que pudéssemos ter em comum.

Mas era por isso que eu estava ali. Era por isso que estava sentada àquela mesa com Aldéric Jourdain, que era alguém que eu sequer deveria conhecer, e seu filho legítimo, Luc. Porque nós três recuperaríamos a Pedra do Anoitecer, derrubaríamos o rei Lannon e colocaríamos Isolde Kavanagh no trono.

Então, coloquei um pouco mais de creme no café, peguei a xícara e disse, com o máximo de energia que consegui:

— Excelente. Quando começamos?

15

VÍNCULOS ELUSIVOS

O lugar mais óbvio para começar seria a música. Já tinha transicionado antes, ainda que não com muita força, através do som de uma melodia maevana, e Luc era músico.

Começamos logo depois do café da manhã. Fomos para a biblioteca, que passaria a ser nosso local de exploração. Levei a ele as partituras de Merei, com a fita vermelha ainda amarrada em volta das anotações perfeitas. Vi Luc se sentar em um banco e desenrolar as partituras, lendo as notas com avidez, e senti um nó se acomodar na garganta. Eu sentia falta dela, e a música não teria o mesmo som, nem mesmo sendo tocada por outra paixão de música.

— Um título interessante — comentou, olhando para mim.

Não tinha visto o título. Franzi a testa e cheguei mais perto, para que pudesse ler por cima do ombro dele.

Brienna, duas em uma.

Virei de costas, fingindo ter visto algo fascinante em uma das prateleiras lotadas. Porém, foi somente para me dar um momento para controlar as emoções. Eu não choraria ali; só faria isso quando meu estoque de lágrimas estivesse cheio novamente, o que seria, com sorte, em muito tempo.

— Por que não toca a música para mim? — sugeri, e me sentei na poltrona perto da espineta novamente.

Luc se levantou e esticou as páginas com delicadeza, colocando uma pedra em cada canto das folhas. Assisti-o pegar o violino e o arco, e mergulhar na música de Merei. As notas dançavam pelo ar como fogo-fátuo, ou como vagalumes, ou até mesmo da forma como a magia poderia saturar uma sala, se não estivesse morta havia tanto tempo.

Fechei os olhos e ouvi. Desta vez, consegui encontrar os animados e enérgicos trechos valenianos que Merei chamava de *allegro*. Encontrei, também, as influências maevanas. Eram fortes, profundas e melosas, e subiam como fumaça, aumentando até chegarem a um crescendo vitorioso. Contudo, fiquei na cadeira, e minha mente permaneceu totalmente minha.

Abri os olhos quando ele terminou, e a lembrança da música ainda adocicava no ar.

— Viu alguma coisa? — perguntou, sem conseguir esconder a esperança.
— Não.
— Vou tocar de novo, então.

Ele tocou mais duas vezes, mas as lembranças de T.A. não se apresentaram. E se eu só tivesse herdado três delas? Quem sabe cada vínculo só pudesse ser usado uma vez?

Estava começando a desanimar, mas a energia e a determinação de Luc eram como uma brisa fresca no pior dia de verão.

— Vamos tentar *O livro das horas* de novo — sugeriu, colocando o violino de lado. — Você disse que ler a passagem sobre a Pedra do Anoitecer inspirou a primeira experiência. Talvez seu ancestral tenha lido mais do livro.

Não queria contar que tinha lido muitos outros capítulos do livro, e que não tinha dado em nada. Porque tudo devia ser tentado novamente, só para garantir que não estávamos em um beco sem saída.

O tempo, apesar de todo seu deboche anterior, de repente relaxou, e as horas começaram a se mover com velocidade. Uma semana inteira se passou. Mal reparei, pois Luc me mantinha ocupada tentando qualquer coisa em que pudesse pensar.

Testamos todos os meus sentidos; fez-me experimentar comida de inspiração maevana, passar os dedos por rolos de lã do Norte, ouvir músicas do país e sentir o cheiro de pinho, cravo e alfazema. Porém, não consegui manifestar uma nova lembrança.

Acabou me colocando à mesa da biblioteca e abriu um rolo de linho marrom, num tom avermelhado tão escuro que era quase preto. No centro havia um diamante branco, e no diamante havia o emblema de um cervo pulando por um anel de louros.

— Sabe o que é isso? — perguntou Luc.

Fiquei olhando, mas acabei dando de ombros.

— Não sei.

— Você nunca viu?

— Não. O que é?

Ele passou os dedos pelo cabelo e finalmente exibiu certa preocupação.

— São as cores e o brasão da Casa de Allenach.

Observei tudo de novo, mas suspirei.

— Desculpe-me. Não acontece nada.

Ele afastou o estandarte e desenrolou um mapa grande de Maevana; exibia cidades e marcos, assim como os limites dos 14 territórios.

— Aqui estão as florestas — apontou. — A Noroeste, temos a floresta Nuala. A Nordeste, a floresta Osheen. — Ele mostrou cada uma delas, e meus olhos seguiram a ponta do seu dedo. — Temos essa estreita faixa litorânea da floresta Roiswood, na costa Sudoeste. E, por fim, a floresta Mairenna, no coração Sudeste da nação. Foi aqui que acho que seu ancestral enterrou a pedra, pois fica na parte norte do território de Allenach.

Nunca tinha visto um mapa de Maevana dividida em seus 14 territórios. Meu olhar pousou sobre cada um deles antes de ir para a terra de Allenach, que ocupava um amplo território no Sudeste de Maevana. Era o que fazia divisa com Valenia; o canal Berach era a única coisa que separava os dois países. Contudo, não era para a água que precisava olhar. Desviei os olhos até a floresta Mairenna, que se espalhava como uma coroa verde-escura pela terra natal do meu pai.

— Eu... não sei. Não vejo nada. — Quase gemi de frustração quando escondi o rosto nas mãos.

— Está tudo bem, Amadine — disse Luc, rapidamente. — Não se preocupe. Vamos pensar em alguma coisa.

Contudo, ele se largou em uma poltrona, como se os ossos tivessem virado chumbo. Ficamos sentados à mesa sob o fim da luz da tarde, com o mapa espalhado entre nós como manteiga. Uma semana já havia se passado.

Devia haver alguma explicação para as lembranças que me foram dadas. Se o estandarte de Allenach não mexeu com minha mente, e meu ancestral sem dúvidas olhara para aquele emblema incontáveis vezes durante a vida, devia haver um motivo para que eu tivesse herdado apenas algumas lembranças, mas não outras.

Pensei de novo nas transições que fiz: a biblioteca, o cume e o enterro de pedra sob o carvalho. A biblioteca e o enterro eram centrados na pedra. Mas a vista do cume...

Pensei de novo naquela lembrança, a experiência mais fraca de todas, e lembrei-me de sentir um peso no pescoço, sobre o coração. Lembrei que estava procurando um lugar para esconder algo...

Meu ancestral deve ter parado naquele cume com a pedra pendurada no pescoço, buscando o local onde a enterraria.

Então, as lembranças que herdei centravam-se apenas na Pedra do Anoitecer.

Meu olhar voltou para o mapa, atraído pelo caminho do rio Aoife, que serpenteava pelo Sul de Maevana como uma artéria, e aquilo me fez pensar no rio Cavaret, um pouco além da porta dos fundos de Jourdain.

— Luc?

— Humm.

— E se encontrássemos uma pedra de rio que fosse do tamanho da Pedra do Anoitecer? Talvez, segurá-la fizesse algo se manifestar...

Isso o animou.

— Vale a pena tentar.

Levantamos, e o segui para a rua. Não queria dizer que estava começando a me sentir uma prisioneira naquela biblioteca, naquela casa. Não tinha saído desde que cheguei, e caminhei lentamente, inclinando o rosto em direção ao sol.

Estávamos no meio de agosto, um mês inchado pelo calor e pelo ar estagnado. Ainda assim, absorvi a luz do sol e a brisa leve, carregada do cheiro de peixe e de vinho. Parte de mim sentia falta do ar campestre e limpo de Magnalia, e só então percebi como não valorizei aquele lugar.

— Você vem, Amadine?

Abri os olhos e vi Luc me esperando alguns metros à frente, com um sorriso divertido no rosto. Acompanhei o passo dele, e seguimos pela rua, pegando o caminho que levava ao rio. Passamos pelo mercado, que estava vibrando de vida e aromas, mas não me dei o luxo de me distrair. Além disso, Luc andava rápido. Ele me levou até um ponto onde o rio Cavaret era largo e raso, e onde as correntes dançavam entre as pedras.

Luc tirou os sapatos e enrolou as barras da calça, e, em seguida, foi até o centro da correnteza, enquanto fiquei satisfeita em procurar pela margem do rio. Uma pedra do tamanho de um punho, eu o instruíra. Enquanto caminhava pela beirada, parando aqui e ali para observar algumas pedras, fiquei me perguntando se aquela seria outra tentativa inútil...

— Senhorita?

Ergui o rosto, sobressaltada de ver que um homem me observava. Estava à distância de apenas dois braços esticados, recostado ao tronco de um vidoeiro ribeirinho. Era um homem de meia-idade com cabelo até os ombros. O rosto era enrugado e maltratado, e as roupas estavam rasgadas e imundas. Contudo, os olhos eram como dois carvões que acabaram de sentir uma corrente de ar, e brilharam ao me ver.

Parei, sem saber o que fazer, quando ele se afastou da árvore e deu um passo para mais perto, com a sombra da copa cobrindo seus ombros e rosto. Esticou a mão delicadamente, e seus dedos sujos tremiam.

— Senhorita, qual é o nome do homem com quem mora?

Dei um passo para trás e enfiei o tornozelo em um turbilhão fundo da correnteza do rio. O estranho estava falando em chantal médio, a língua de Valenia, mas a voz tinha um sotaque óbvio, um cantarolar que o entregava. Ele era maevano.

Pelos santos, pensei, sentindo a língua grudar no céu da boca. Seria um dos espiões de Lannon?

— Por favor, diga-me o nome dele — sussurrou o homem, com a voz ficando rouca.

Foi nessa hora que ouvi o barulho de água. Luc tinha finalmente visto o homem. Lancei um olhar rápido para trás e vi meu irmão correndo na nossa direção, com a calça toda molhada e uma adaga na mão. Pelo visto era mais parecido com o pai do que eu tinha percebido, fazendo brotar aço e lâminas nos punhos como se fossem erva daninha.

— Fique longe dela — rosnou, colocando-se entre mim e o estranho.

Mas o homem maltrapilho se manteve no lugar, com os olhos arregalados olhando para Luc.

— Vá embora! Para longe! — Luc balançou impacientemente a adaga na direção dele.

— Lucas? — sussurrou o estranho.

Senti o ar mudar, e o vento retrair-se como se estivesse fugindo. As costas de Luc enrijeceram-se, e uma nuvem roubou a luz do sol, enquanto nós três ficamos ali, imóveis e inseguros.

— Lucas? Lucas Ma...

Luc foi para cima do estranho, saindo de seu estado de choque. Pegou o homem pela gola e o sacudiu, segurando a ponta da faca contra o pescoço sujo.

— Não ouse dizer esse nome — ordenou meu irmão, tão baixo que mal consegui ouvir as palavras.

— Luc? Luc, por favor — gritei, chegando mais perto.

Mas Luc não me ouviu. Estava encarando o homem, e ele o olhava de volta, embora houvesse lágrimas em seus olhos e escorrendo pelas bochechas barbadas.

— Há quanto tempo está aqui? — sibilou Luc.

— Seis anos. Mas esperei... por 25 anos...

Houve um barulho alto de água atrás de nós, e viramo-nos para encontrar um grupo de crianças do outro lado do rio. Dois garotos nos assistiam, e Luc baixou a adaga, mas continuou empunhando-a escondida entre os dedos.

— Venha, podemos lhe dar uma refeição esta noite — disse Luc em voz alta, para que as crianças ouvissem. — Mas terá que ir à catedral se quiser esmola. — Ele olhou para mim, e seu olhar me disse para segui-lo de perto enquanto guiava o estranho, mantendo a lâmina discretamente encostada nas costas do homem.

Foi uma caminhada esquisita e apressada para casa. Entramos pela porta dos fundos, e fiquei à sombra de Luc pelo caminho todo até a porta do escritório de Jourdain, que foi abruptamente fechada na minha cara. Fiquei no corredor, abalada, ouvindo a agitação da voz de Jourdain, de Luc e do estranho enquanto conversavam por trás da porta pesada. Não tive chance de bisbilhotar, mas não precisei fazê-lo quando me sentei na escada barulhenta, pois as peças estavam lentamente se encaixando.

Cartier havia falado certa vez sobre uma revolução maevana que se transformou em um massacre, 25 anos atrás. Fechei os olhos e lembrei-me da cadência da voz do meu mestre: *25 anos atrás, três lordes tentaram destronar Lannon: lorde Kavanagh, lorde Morgane e lorde MacQuinn...*

Fiquei pensando em todos os fragmentos que recolhi desde que conheci Aldéric Jourdain. Era viúvo, com um filho. Um advogado que era habilidoso com lâminas; 25 anos, com um sobrenome que começava com *M*. Um homem que desejava ver Lannon destruído.

Finalmente sabia quem Jourdain era.

16

A PENA SINISTRA

Esperei na escada, vendo a luz da tarde virar crepúsculo, com uma dor latejando na cabeça. Mas não sairia do lugar, não enquanto não pudesse encontrar Jourdain e acertar algumas coisas. Assim, quando a porta do escritório finalmente se abriu, espalhando a luz de velas pelo corredor, levantei-me rapidamente, e a escada estalou sob mim.

Luc e o estranho saíram primeiro e seguiram pelo corredor até a cozinha. Em seguida, veio Jourdain. Ele parou na porta e sentiu meu olhar, então olhou para onde eu estava.

— Pai?

— Outra hora, Amadine.

Ele começou a ir atrás de Luc e do estranho até a cozinha, ignorando-me deliberadamente.

A ira ferveu na minha garganta enquanto descia o último degrau e ia atrás dele pelo corredor.

— Já sei quem o senhor é — afirmei, e minhas palavras o atingiram como se fossem pedras sendo atiradas nas suas costas. — Pode não ser lorde Kavanagh, o Brilhante, mas quem sabe não é lorde Morgane, o Veloz?

Jourdain parou, como se eu tivesse encostado uma faca na sua garganta. Não se virou. Não conseguia ver seu rosto, mas vi as mãos se fecharem nas laterais do corpo.

— Ou talvez seja lorde MacQuinn, o Determinado — concluí.

O nome mal teve tempo de sair da ponta da minha língua quando ele se virou para mim, com o rosto lívido de fúria, e então segurou meu braço e me puxou para o escritório, batendo a porta ao passar.

Eu deveria estar com medo. Nunca o tinha visto tão furioso, nem mesmo quando foi para cima dos ladrões. Porém, não havia espaço para medo na minha cabeça, porque eu tinha dito a verdade. Falei seu nome para ele, o nome que nunca quis que eu soubesse. E deixei esse nome penetrar na minha mente, deixei a verdade sobre quem ele era se acomodar no coração.

MacQuinn. Um dos três lordes maevanos que tentaram ousadamente retomar o trono, há 25 anos. Cujos planos de destronar Lannon e coroar a filha mais velha de Kavanagh se desfizeram em cinzas, e, como consequência, teve a esposa morta e então fugiu com o filho, para se esconder e resistir em silêncio.

— Amadine... — sussurrou, com a voz engasgando no meu nome. A fúria havia sumido, dando lugar à exaustão quando Jourdain desabou na poltrona. — Como? Como adivinhou?

Lentamente, sentei-me em outra poltrona e esperei até que olhasse para mim.

— Soube que era maevano desde que o vi matar aqueles ladrões sem esforço algum.

Ele finalmente me encarou, com os olhos vermelhos.

— Faz sentido para mim, agora, que tenha reagido com tanta violência. Agora sei que protegerá sua família a todo custo, porque perdeu uma pessoa muito preciosa. E esse... estranho... mencionou que tinha esperado por 25 anos — continuei, entrelaçando os dedos frios uns nos outros. — Há 25 anos, três corajosos lordes maevanos invadiram o castelo, na esperança de colocar uma de suas filhas no trono que era seu por direito, de recuperá-lo daquele rei cruel e ilegítimo. Esses lordes eram Kavanagh, Morgane e MacQuinn, e, embora possam estar escondidos, seus nomes não foram esquecidos. Seu sacrifício não foi esquecido.

Um som escapou dele, e era uma mistura de risada e choro. Então, ele cobriu os olhos. Ah, partiu meu coração ouvir um som daqueles vindo de um homem como ele, e perceber quanto tempo passou escondido, carregando a culpa daquele massacre.

Ele baixou as mãos com algumas lágrimas ainda presas aos cílios, mas riu.

— Eu deveria saber que você seria sagaz. É uma Allenach, afinal.

Meu coração ficou gelado ao ouvir aquele nome, e o corrigi em seguida.

— Não é por isso, mas porque sou paixão de conhecimento, e aprendi a história de Maevana. Iria me contar a verdade em algum momento?

— Não até que Isolde fosse coroada. Mas era só para sua proteção, Amadine.

Não conseguia acreditar naquilo. Que meu pai patrono era um dos lordes maevanos rebeldes, e que um nome que eu já tinha ouvido Cartier mencionar agora estava sentado à minha frente, em carne e osso.

Olhei para os papéis espalhados na mesa, sentindo-me atordoada. Meu olhar captou algo familiar: um pedaço de pergaminho com um desenho da inconfundível pena sangrando. Estendi a mão para pegá-lo, e Jourdain me observou enquanto eu segurava a ilustração com os dedos tremendo.

— Você é a *Pena sinistra* — sussurrei, voltando o olhar para ele.

— Sou — confirmou.

Fui tomada de surpresa e preocupação. Pensei em todos os folhetos que já havia lido, nas palavras ousadas e persuasivas. E, de repente, entendi o porquê daquilo tudo; por que desejava obliterar o rei do Norte. Pois tinha perdido a esposa, as terras, sua gente e sua honra por causa de Lannon.

Li as palavras que havia rabiscado embaixo do desenho, um rascunho inicial da próxima edição:

Como pedir perdão por se rebelar corretamente contra um homem que acha que é rei: ofereça sua cabeça primeiro, sua lealdade depois...

— Eu... não consigo acreditar — confessei, devolvendo o papel à mesa.

— Quem achava que era a *Pena sinistra*, Amadine?

Dei de ombros.

— Sinceramente, não sei. Algum valeniano que gostava de debochar de Lannon, dos eventos atuais.

— Achou que eu fugira para cá para me esconder e me acovardar? Para ficar sentadinho tentando me tornar valeniano e esquecer-me de quem era? — questionou.

Não respondi, mas meu olhar sustentou o dele, e minhas emoções ainda estavam descontroladas.

— Diga-me, filha — instigou, inclinando o corpo para a frente. — Do que toda revolução precisa?

Mais uma vez, fiquei em silêncio, porque realmente não sabia a resposta.

— Uma revolução precisa de dinheiro, de convicção e de pessoas dispostas a lutar — elucidou. — Comecei a escrever a *Pena sinistra* quase duas décadas atrás, na tentativa de insuflar os valenianos e os maevanos. Mesmo se a Viúva nunca tivesse me contado sobre você e sobre o que suas lembranças podem despertar, teria continuado a escrever e publicar a *Pena sinistra* pelo tempo que pudesse, até fazer noventa anos e ser um velho frágil; até que as pessoas de Valenia e de Maevana, unidas, acabassem se erguendo, com ou sem magia.

Fiquei me perguntando como se sentia. Havia passado mais de vinte anos escondido, deixando que suas palavras anônimas destruíssem lentamente a ignorância valeniana e o medo maevano. E passaria mais vinte anos fazendo a mesma coisa se fosse necessário, até que tivesse dinheiro, convicção e as pessoas necessárias para tornar tudo possível.

— Então, sem mim e sem a promessa da pedra — falei, limpando a garganta —, o que planejava fazer?

Jourdain entrelaçou os dedos e apoiou o queixo sobre eles.

— Já persuadimos três nobres valenianos a apoiar nossa causa, e eles nos forneceram fundos e prometeram homens para lutar. Com base nisso, projetamos que conseguiríamos fazer uma revolta com sucesso em quatro anos.

Em 25 anos, só conseguira o apoio de *três* nobres valenianos. Ajustei-me nervosamente sobre a cadeira.

— Isso não geraria uma guerra, pai?

— Sim. Uma guerra que está sendo preparada há 136 anos.

Ficamos nos olhando. Mantive o rosto cuidadosamente neutro, embora a imagem de uma guerra fizesse meu coração murchar. E, de repente, fui dominada pelo medo do conflito, de batalhas, de sangue derramado e morte.

— E se pedisse o perdão de Lannon? — ousei sugerir. — Ele estaria aberto a mudanças? A negociações?

— Não.

— O rei deve ter conselheiros, não? Ao menos uma pessoa que o ouviria?

Ele suspirou.

— Permita-me contar-lhe uma historinha. Há trinta anos, eu frequentava audiências reais. Uma vez por semana, Lannon se sentava no trono e ouvia as reclamações e pedidos do povo. Eu e os outros lordes ficávamos no meio da multidão, para testemunhar tudo. Não sou capaz de dizer quantas vezes vi homens e mulheres, *crianças* até, cortados em pedaços aos pés do trono. Dedos e línguas e olhos e cabeças. Porque ousaram pedir alguma coisa a ele. E eu assistia àquilo tudo, com medo de me opor. Todos tínhamos medo de nos opor.

Sofri para imaginar aquela história, para conceber que uma violência dessas acontecia ao Norte de onde estávamos.

— Não existe uma forma pacífica de fazer isso?

Ele finalmente entendeu minhas perguntas, compreendeu o brilho nos meus olhos.

— Amadine... você procurar a pedra e reviver a magia é o caminho mais pacífico para a justiça. Não posso prometer que não vai haver conflito nem batalha. Mas quero que saiba que, sem você, a guerra acabaria chegando.

Rompi a conexão dos nossos olhares e virei o rosto em direção às pregas do vestido. Ele ficou em silêncio, e me deu tempo de processar as revelações que tinham começado a se desdobrar, sabendo que mais perguntas fervilhavam dentro de mim.

— Como conheceu a Viúva?

Jourdain inspirou fundo e se serviu de uma taça de licor. Ele serviu uma taça para mim também, e vi o gesto como um convite longamente aguardado, como se estivesse prestes a me contar coisas sombrias. Então, aceitei a bebida.

— Há 25 anos — começou —, juntei-me aos lordes Morgane e Kavanagh em seus planos de derrubar Lannon, e de colocar a filha mais velha de Kavanagh no trono. Ela tinha um traço daquele sangue antigo e mágico, de acordo com a linhagem deles, que tem ligação distante com a primeira rainha, Liadan. Porém, mais do que isso, não queríamos continuar servindo a um rei cruel como Lannon, que nos manipulava, oprimia nossas mulheres e matava qualquer um, até uma criança, se olhasse para ele do jeito errado. Sabe que fracassamos, pois os outros lordes não quiseram se unir a nós, porque não tínhamos a Pedra do Anoitecer nem o Cânone da Rainha. Se tivéssemos ao menos um desses artefatos, não tenho dúvida de que as outras Casas teriam nos apoiado.

Ele tomou um gole de licor e girou o copo de vidro nas mãos. Fiz o mesmo, preparando-me para a parte mais difícil da história.

— Fomos traídos por um dos outros lordes, que tinha prometido se juntar a nós. Se não fosse por aquela traição, talvez tivéssemos derrubado Lannon, pois nossos planos contavam com o elemento surpresa. Reunimos rapidamente as forças das nossas três Casas, nossos homens e mulheres, e estávamos planejando invadir o castelo para fazer as coisas o mais pacificamente possível, dando a Lannon um julgamento digno. Porém, ele soube de tudo e enviou suas forças para nos encontrarem no campo. O que veio em seguida foi uma batalha sangrenta, na qual nossas esposas foram decapitadas e nossas filhas, abatidas. Mas queria que nós, os lordes rebeldes, fôssemos poupados para sermos levados até ele para uma punição tortuosa. E, se não fosse por Luc... se não tivesse meu filho, a quem havia jurado proteger quando minha esposa morreu nos meus braços... teria deixado que me capturassem. Mas peguei Luc e fugi, como fez lorde Kavanagh com a filha mais nova, e como fez lorde Morgane com o filho. Tínhamos perdido tudo: nossas esposas, nossas terras e nossas Casas. Mas sobrevivemos. E nossas Casas não estavam mortas, por causa dos nossos filhos e filha. Fugimos para o Sul, para Valenia, cientes de que poderíamos dar início a uma guerra ao fugir para outro país, de que Lannon jamais deixaria de nos procurar, porque não é burro. Sabe que um dia voltaremos atrás dele, para vingar o sangue das nossas mulheres.

Ele tomou o que restava do licor. Eu fiz o mesmo, sentindo o fogo fluir por cada canto e cada curva do meu corpo. Uma raiva por justiça estava despertando em mim. A sede por vingança.

— Seguimos o mais para o Sul de Valenia que conseguimos, nos atendo às florestas, pastos e campos — prosseguiu Jourdain, com a voz rouca. — Mas Luc ficou doente. Ele só tinha um ano de idade, e o vi ficar cada vez mais fraco nos meus braços. Em uma noite de tempestade, ousamos bater à porta de uma bela propriedade no meio de uma campina. Era Magnalia.

Senti as lágrimas surgirem nos olhos quando ele me encarou, e entendi o que iria dizer.

— A Viúva nos acolheu sem fazer perguntas — contou-me. — Devia saber que estávamos fugindo, e que poderíamos trazer problemas a ela. A notícia do massacre ainda não tinha atravessado o canal, mas contamos para ela quem éramos, e qual seria o preço de nos abrigar. E ela nos deixou dormir em segurança. Nos vestiu, nos alimentou e mandou chamar um médico para curar meu filho. Depois, deu uma bolsa de moedas para cada um de nós e nos instruiu a nos separarmos e criarmos raízes valenianas, pois o dia da revanche chegaria se jogássemos nossas cartas com sabedoria e paciência.

Ele serviu outra taça de licor e massageou as têmporas.

— Aceitamos seu conselho. Assumimos nomes valenianos e seguimos por caminhos separados. Eu me estabeleci em Beaumont, tornei-me um advogado recluso e contratei um mestre de música para instruir meu filho, para que se tornasse paixão, para que fizesse com que Luc parecesse o mais valeniano possível. Morgane se estabeleceu em Delaroche, e Kavanagh foi para o Sul, para Perrine. Mas nunca perdemos contato. E nunca esqueci a gentileza da Viúva. Paguei a ela o que devia, nos correspondemos e deixei claro que tinha com ela uma dívida enorme. — Ele me olhou. — Então, parece que estava certa: as cartas finalmente se alinharam.

Servi-me da garrafa de licor, só porque senti o peso daquela esperança. Ele precisava de mim para encontrar a pedra. E se não conseguisse? E se os planos desmoronassem de novo?

— Pai — sussurrei, olhando nos olhos dele. — Prometo a você que vou fazer tudo o que puder para recuperar a pedra, e que vou ajudá-lo a fazer justiça.

Ele passou a mão pelo cabelo castanho, fazendo com que os fios grisalhos reluzissem como prata sob a luz das velas.

— Amadine... não planejo enviar-lhe a Maevana.

Eu quase cuspi o licor.

— O quê? Eu tenho que encontrar a pedra, não tenho?

— Sim e não. Vai nos dizer como encontrá-la, e mandarei Luc para buscá-la.

Aquilo não me agradou, nem um pouco. Contudo, em vez de brigar com ele depois de ter compartilhado tão generosamente seu passado doloroso, recostei-me à cadeira. Uma batalha de cada vez, disse para mim mesma.

— Tínhamos um acordo — lembrei a ele, calmamente.

Ele hesitou. Sabia que era porque temia que alguma coisa acontecesse comigo, tinha medo de me enviar para a morte, ou, talvez, coisa pior. A esposa morrera em seus braços, em um campo de fracasso encharcado de sangue. E eu sabia que estava determinado a fazer com que meu destino não fosse como o dela. Já não o tinha visto reagir com violência quando fui ameaçada? E nem era sua filha de sangue.

Devia ser o maevano nele, característica que eu também tinha visto em Luc. Os homens maevanos não toleravam nenhuma ameaça às suas mulheres.

O que queria dizer que *eu* tinha que me tornar mais maevana. Precisava aprender a portar uma espada, a colocar aqueles homens teimosos em ordem.

— Nosso acordo foi que tivesse participação nos planos, coisa que pretendo cumprir, e que entregasse a pedra à rainha — respondeu Jourdain.

— Não dissemos nada sobre você ir a Maevana recuperar a pedra.

Ele estava certo.

Contive uma resposta, empurrando-a para dentro com o licor, então indaguei:

— E quem é aquele homem? O estranho?

— Um dos meus nobres fieis — respondeu Jourdain. — Servira a mim quando eu era lorde.

Arregalei os olhos.

— O senhor ficou alarmado por ele tê-lo encontrado aqui?

— Sim e não. Quer dizer que não estou tão escondido quanto achava que estava — admitiu. — Contudo, ele está nos procurando há anos, e me conhecia muito bem. Sabia como eu pensaria, como me esconderia e agiria, melhor do que qualquer capanga de Lannon.

Houve uma batida leve na porta. Um momento depois, Luc espiou para dentro, e me viu sentada à frente de Jourdain, viu o licor nas nossas mãos, e a emoção ainda brilhando nos nossos olhos.

— Jantar nos Laurent — anunciou, com o olhar indo de Jourdain até mim, e voltando a Jourdain novamente, com incontáveis perguntas.

— Amadine irá nos acompanhar — afirmou Jourdain.

— Excelente — declarou Luc. — Liam está na cozinha, se deliciando com a comida de Pierre.

Concluí que Liam era o nobre. Mas quem era Laurent?

Antes que a pergunta pudesse surgir no meu rosto, Jourdain disse:

— Os Laurent são os Kavanagh.

Eram muitos nomes para acompanhar. Nomes maevanos escondidos por nomes valenianos. Entretanto, comecei a desenhar uma linhagem na mente, uma árvore com galhos compridos. Um dos galhos era MacQuinn, que eu continuaria a chamar de Jourdain por proteção. Outro seria Laurent, que eram os Kavanagh, escondidos há muito tempo. E o último galho era para lorde Morgane, que eu ainda conheceria, e cujo nome falso ainda descobriria.

— Precisa se refrescar antes de sairmos, Amadine? — perguntou Jourdain, ao que assenti e me levantei lentamente.

Estava prestes a passar por Luc à porta quando parei e me virei, sem conseguir me conter.

— Achei que os Laurent tinham se mudado para outra cidade.

— De fato — respondeu Jourdain. — Mudaram-se para cá não tem muito tempo, para ficarem mais perto.

Mais perto do centro dos planos, que tinham mudado inesperadamente com a minha chegada.

Fiquei refletindo sobre aquilo tudo, com a emoção atravessando o coração, a barriga e a mente. Lavei o rosto, troquei de vestido (Jourdain tinha cumprido sua palavra e providenciado roupas novas) e prendi o cabelo em uma coroa trançada.

Jourdain e Luc estavam me esperando no saguão, e, sem dizer nada, adentramos a noite e andamos até a casa dos Laurent.

Moravam três ruas a Leste do limite da cidade. Era uma área tranquila, longe do mercado e dos olhos curiosos. Jourdain não se deu ao trabalho de usar o sino; bateu quatro vezes à porta, rapidamente. Ela se abriu na mesma hora, e uma mulher mais velha, com uma touca de linho e o rosto corado, nos deixou entrar. O olhar dela estava grudado em mim, como se eu pudesse ser perigosa.

— Ela é uma de nós — disse Jourdain para a governanta, que assentiu rigidamente e nos levou por um corredor estreito até a sala de jantar.

Uma mesa de carvalho comprida estava posta com velas e alfazema, e com os pratos e copos de estanho brilhando como orvalho matinal. Um homem mais velho estava sentado à cabeceira da mesa, esperando por nós. Ele se levantou quando chegamos, com um sorriso de boas-vindas no rosto.

Tinha o cabelo branco, e era alto, arrumado e de ombros largos. Talvez estivesse perto dos setenta anos, mas às vezes é difícil saber a idade dos homens maevanos. Eles envelhecem mais rápido do que os valenianos, por amarem tanto estar ao ar livre. Os olhos eram escuros e gentis, e me encontraram imediatamente.

— Ah, ela deve ser sua filha paixão, Jourdain — disse ele, estendendo a mão grande e cheia de cicatrizes para mim.

Isso mesmo: os homens maevanos apertam mãos. O costume vinha de uma época mais selvagem, para garantir que seus convidados não estavam escondendo facas embaixo das mangas.

Sorri, e apoiei a mão na dele.

— Sou Amadine Jourdain.

— Hector Laurent — respondeu o homem, inclinando a cabeça. — Em outra época, fui Braden Kavanagh.

Ouvir aquele nome sair dos lábios dele me deu arrepios, fazendo com que o passado de repente parecesse mais próximo e mais nítido, como se os dias das rainhas estivessem se reunindo na minha sombra.

Mas não tive tempo de responder. Um suave som de passos ecoou atrás de mim. Uma figura leve resvalou no meu ombro e parou ao lado de Hector Laurent. Era uma jovem não muito mais velha do que eu. O cabelo era uma explosão de cachos ruivos, e as sardas estrelavam suas bochechas. Tinha olhos de gazela, grandes e castanhos, que se enrugaram nos cantos quando ela deu um sorriso hesitante para mim.

— Yseult, essa é minha filha, Amadine — apresentou-me Jourdain. — Amadine, gostaria de lhe apresentar Yseult Laurent, ou Isolde Kavanagh, a futura rainha de Maevana.

17

UMA LIÇÃO DE ESGRIMA

Como se cumprimenta uma rainha maevana?
Eu não sabia, então, recorri à minha educação valeniana e fiz uma reverência, sentindo o coração disparar.

— Ouvi tantas coisas maravilhosas sobre você, Amadine — disse Yseult, estendendo as mãos para pegar as minhas enquanto eu me levantava.

Nossos dedos se entrelaçaram, pálidos e frios. Uma paixão e uma rainha. Por um momento, imaginei que era uma das minhas irmãs, pois ali estávamos em uma sala repleta de homens, duas filhas de Maevana que foram criadas em Valenia.

Jurei, naquele momento, que faria tudo o que pudesse para que ela recuperasse o trono.

— Lady rainha — falei, com um sorriso, sabendo que os maevanos não eram de usar "alteza" ou "majestade". — Eu... estou honrada em conhecê-la.

— Por favor, me chame de Yseult — insistiu, apertando meus dedos e, então, soltando-os. — Quer se sentar ao meu lado durante o jantar?

Assenti e a segui até uma cadeira ao lado da dela. Os homens ocuparam o espaço ao nosso redor, a cerveja foi servida e as refeições foram colocadas no centro da mesa. Mais uma vez, fiquei surpresa pelos costumes de um jantar maevano: não havia uma sequência de pratos sendo servidos e retirados ordenadamente. Em vez disso, as travessas eram passadas de uns para os outros, e enchemos nossos pratos até transbordarem. Era um jeito casual, íntimo e natural de se compartilhar uma refeição.

Enquanto comia e escutava a conversa dos homens, impressionei-me com a habilidade que tiveram para esconder os sotaques, e com o quanto realmente pareciam valenianos. Até que percebi vislumbres de suas heranças: ouvi uma cadência leve surgir na voz de Jourdain e vi Laurent pegar uma adaga dentro do gibão para cortar a carne, em vez de usar a faca de mesa.

Porém, mesmo com todo o ar maevano que agora envolvia o recinto, não pude deixar de reparar em uma coisa: Yseult e Luc ainda mantinham a postura rígida, e manuseavam corretamente os garfos e facas. Pois, sim, nasceram em Maevana, mas eram muito pequenos quando fugiram de lá com seus pais. Valenia, com sua paixão, sua graça e etiqueta, era o único modo de vida que conheciam.

Assim que tive esse pensamento, olhei para baixo e vi uma adaga presa na lateral da cintura de Yseult, quase escondida por entre as pregas fundas do vestido simples. Ela sentiu meu olhar e virou o rosto para mim. Um sorriso pairou na beirada do cálice enquanto ela se preparava para tomar um gole de cerveja.

— Gosta de lâminas, Amadine?

— Nunca segurei uma arma — confessei. — E você?

Os homens estavam absortos demais em uma conversa para nos ouvirem. Ainda assim, Yseult baixou a voz ao responder.

— Sim, é claro. Meu pai insistiu que eu aprendesse a arte das espadas desde cedo.

Hesitei, sem saber se tinha o direito de fazer a pergunta que queria fazer a ela. Contudo, Yseult pareceu ler meus pensamentos, pois ofereceu:

— Quer aprender? Posso lhe dar algumas aulas.

— Adoraria — respondi, sentindo o olhar de Luc se desviar para nós, como se soubesse que estávamos fazendo planos sem ele.

— Venha amanhã, ao meio-dia — murmurou Yseult, e então piscou para mim, pois também sentiu o interesse de Luc. — E deixe seu irmão em casa — provocou, em voz alta, só para irritá-lo.

— E o que vocês duas estão planejando? — interpelou Luc. — Tricô e bordado?

— Como foi que adivinhou, Luc? — Yseult sorriu modestamente, e voltou a comer.

Nenhum plano ou estratégia para a retomada do trono foi discutido naquela noite. Era apenas uma reunião, um encontro agradável antes de uma tempestade. Os Laurent, ou Kavanagh, não me perguntaram sobre minhas lembranças ou sobre a pedra, embora pudesse sentir que sabiam de todos os detalhes. Sentia isso a cada vez que Yseult me mirava, com o olhar repleto de curiosidade e intriga. Jourdain dissera que ela tinha um traço de magia no sangue, e eu estava prestes a recuperar a pedra de seus ancestrais e colocá-la em seu pescoço. O que significava que eu despertaria a magia dela.

Aquele era o pensamento que me consumia enquanto nos preparávamos para ir embora e nos despedíamos dos Laurent no saguão.

— Até amanhã — sussurrou Yseult, envolvendo-me em um abraço.

Perguntei-me se algum dia me sentiria à vontade para abraçar a futura rainha. Tocar na realeza ia contra todos os costumes valenianos que tinha aprendido. Contudo, se havia um momento para deixar de lado a herança da minha mãe, era agora.

— Amanhã — confirmei, assentindo e me despedindo dela, para, então, seguir Jourdain e Luc noite adentro.

No dia seguinte, voltei à casa dos Laurent alguns minutos antes do meio-dia, com Luc me seguindo de perto.

— Não me oponho a isso — insistiu meu irmão, quando paramos em frente à porta e eu toquei a campainha. — Só acho melhor nos concentramos em *outras* coisas. Hum?

Havia contado a ele sobre as aulas de espada, mas não contei que minha maior motivação era convencer Jourdain de que eu poderia cuidar de mim mesma, e que podia ser enviada a Maevana para o resgate da pedra.

— Amadine? — insistiu Luc, querendo uma resposta minha.

— Humm? — retornei preguiçosamente a pergunta murmurada, para a irritação e diversão dele, na hora em que Yseult abriu a porta.

— Bem-vindos — cumprimentou, deixando-nos entrar.

A primeira coisa em que reparei foi que estava vestindo uma camisa de linho de manga comprida e *um par de calças*. Nunca tinha visto uma mulher de calças, muito menos parecendo tão natural ao usá-las. Fiquei com inveja por poder se mover com tanta liberdade, enquanto eu ainda estava enclausurada em um amontoado de saias.

Luc pendurou o manto da paixão no saguão, depois fomos atrás dela pelo corredor até uma antecâmara nos fundos da casa. Era um aposento com piso de pedra, janelas maineladas e um grande baú de carvalho. Em cima do baú havia duas espadas longas de madeira, que Yseult pegou.

— Devo confessar — disse a rainha, soprando uma mecha solta do cabelo ruivo de cima dos olhos —, que sempre fui aluna, nunca a professora.

Sorri e aceitei a espada surrada de treinamento que me entregou.

— Não se preocupe, sou ótima aluna.

Yseult retribuiu o sorriso e abriu a porta dos fundos. Levava a um pátio quadrado envolto por muros altos de tijolos e protegido, acima, por caibros entrelaçados de madeira, cobertos por trepadeiras e outras plantas. Era um espaço com muita privacidade, e apenas alguns raios de sol acariciavam o piso de terra batida.

Luc virou um balde de ponta-cabeça para que pudesse se sentar, recostado à parede, enquanto eu me juntava a Yseult no centro do pátio.

— A espada tem três objetivos principais — explicou. — Cortar, perfurar e bloquear.

Assim começou minha primeira aula. Ela me ensinou a segurar o pomo e as cinco posições primárias. Média, alta, baixa, traseira e guarda defensiva. Depois, passou para as 14 guardas essenciais. Tínhamos acabado de aperfeiçoar a guarda interior esquerda quando a governanta nos levou uma bandeja com queijos, uvas e pão, junto com uma garrafa de água herbal. Sequer havia percebido que as horas voaram, rápidas e quentes, nem que Luc tinha adormecido contra a parede.

— Vamos fazer uma pausa — sugeriu Yseult, secando o suor da testa.

Luc acordou de sobressalto e limpou a baba do canto da boca quando nos aproximamos.

Nós três nos sentamos no chão, com a bandeja de comida no centro do triângulo, passando a garrafa de um para o outro enquanto comíamos e nos refrescávamos sob a sombra. Luc e Yseult se provocavam com afeição familiar, o que me fez imaginar como havia sido, para eles, crescer em Valenia. Principalmente para Yseult. Quando será que seu pai contou sobre quem ela era, que estava destinada a retomar o trono?

— Um ducado por seus pensamentos — brincou Luc, tirando uma moeda do bolso e jogando na minha direção.

Peguei-a por reflexo, e então disse:

— Só estava pensando que vocês dois foram criados aqui. No quanto isso deve ter sido difícil.

— Bem — explicou Luc, colocando uma uva na boca. — De muitas formas, Yseult e eu somos muito valenianos. Fomos criados de acordo com os seus costumes, recebemos sua educação. Não nos lembramos de nada em Maevana.

— Porém, nossos pais não nos deixaram esquecer — acrescentou a rainha. — Sabemos como é o gosto do ar, como é a aparência da terra, como é o verdadeiro sotaque e o que nossas Casas representam, apesar de ainda não termos experimentado nada disso pessoalmente.

Certa tranquilidade surgiu entre nós quando terminamos de beber do jarro.

— Soube que você é maevana pelo lado do seu pai — comentou Yseult. — Então é parecida conosco. Foi criada aqui, ama este reino e o abraça como parte de si. Contudo, tem algo a mais em você, que não tem como conhecer completamente enquanto não atravessar o canal.

Luc concordou com a cabeça.

— Às vezes, imagino que, um dia, vai ser como se nosso tempo aqui fosse só um sonho — continuou a rainha, olhando para um fio solto na manga da camisa. — Que, quando voltarmos para nossa sofrida terra, quando estivermos novamente nos nossos salões, em meio ao nosso povo, será como se tivéssemos finalmente despertado.

Ficamos em silêncio mais uma vez, e cada um de nós estava perdido nos próprios pensamentos. Nossa imaginação florescia silenciosamente pensando sobre como seria ver Maevana. Yseult foi quem interrompeu o devaneio, tirou as migalhas da camisa e bateu no meu joelho.

— Certo, vamos passar mais uma guarda, e então podemos encerrar por hoje — declarou Yseult, puxando-me de novo para o centro do pátio. Pegamos nossas espadas enquanto Luc mastigava preguiçosamente o resto do pão e nos observava com olhos semicerrados. — Isso se chama guarda esquerda fechada e...

Levantei minha espada de treino para espelhá-la, demonstrando a guarda. Senti o cabo de madeira escorregar entre minhas mãos suadas, e uma dor firme subiu pela minha coluna. De repente, ela partiu inesperadamente para cima de mim. A madeira da espada de treino descascou, e o aço reluziu enquanto tentava me cortar. Pulei para trás, sentindo o medo penetrar meu estômago quando tropecei e ouvi uma irritada voz masculina bradar:

— *Aberta* à esquerda, Tristan! Aberta à esquerda, e *não* fechada à esquerda!

Não estava mais em um pátio fechado com Yseult. O céu estava nublado e agitado sobre mim, e senti o sopro de um vento frio, com cheiro de fogo e folhas e terra fria. E havia ele: era quem estava me golpeando com a espada, quem havia gritado comigo como se eu fosse um cachorro. Era alto e jovem, embora ainda não fosse um homem, e tinha o cabelo escuro e a barba que ainda tentava preencher o queixo.

— Tristan! *O que* está fazendo? Levante-se!

Estava falando comigo e mirando a ponta afiada da espada para mim. Percebi, agora, por que parecia tão irritado: eu tinha tropeçado, e estava estatelada na grama, com as costas latejando e os ouvidos ecoando, e minha espada de treino estava caída e inútil ao meu lado.

Peguei a espada de madeira com dificuldade, que estava surrada e caída ali, e foi quando reparei nas minhas mãos. Não eram as minhas, mas as mãos inseguras e emporcalhadas de um garoto de dez anos. Havia sujeira embaixo das unhas e um arranhado longo nas costas da mão direita, ainda inchado e vermelho, como se quisesse romper a casca do machucado.

— Levante-se, Tristan! — vociferou o mais velho, exasperado. Ele segurou a gola de Tristan, a minha gola, e o puxou para que ficasse de pé, com as pernas finas se debatendo momentaneamente antes que as botas tocassem o chão. — Pelos deuses, quer que papai o veja assim? Vai fazê-lo desejar que fôssemos suas filhas, e não filhos.

A garganta de Tristan se apertou, e suas bochechas ficaram vermelhas de vergonha quando pegou a espada e se levantou à frente do irmão mais velho. Oran sempre sabia como fazê-lo se sentir inútil e fraco, pois era o segundo filho, que jamais herdaria nada e nunca seria ninguém.

— Quantas vezes vai errar a guarda? — insistiu Oran. — Percebe que quase o cortei?

Tristan assentiu, cheio de palavras raivosas no peito. Contudo, ele as manteve trancadas ali, como abelhas zumbindo na colmeia, por saber que Oran bateria nele se respondesse, ou se soasse minimamente insubordinado.

Era em dias como esse que Tristan desejava fervorosamente ter nascido um Kavanagh. Se tivesse magia, faria o irmão em pedacinhos como um espelho quebrado, o derreteria em um rio ou o transformaria em uma árvore. O mero pensamento fazia Tristan sorrir, por mais que fosse impossível devido ao seu sangue Allenach.

E é claro que Oran reparou.

— Tire esse sorriso do rosto — disse o irmão mais velho, com desprezo. — Venha, lute comigo como uma rainha lutaria.

A raiva cresceu, sombria e ardente. Tristan não achava que conseguiria segurá-la por muito mais tempo, pois seu coração apodrecia quando guardava a raiva, mas assumiu a postura da guarda média, como Oran o havia ensinado; a guarda neutra que podia virar ofensiva ou defensiva. Não era justo que Tristan ainda fosse obrigado a portar uma lâmina de madeira, uma espada de criança, enquanto Oran, que era só quatro anos mais velho, portava uma de aço.

Madeira contra aço.

Nada em sua vida era justo, e tudo sempre agia contra ele. Tristan desejava, mais do que tudo, estar dentro do castelo, na biblioteca com seu tutor, aprendendo mais sobre história, rainhas e literatura. Ou, então, explorando as passagens secretas do castelo e encontrando portas ocultas. As espadas nunca haviam despertado seu desejo.

— Venha, seu verme — provocou Oran.

Tristan gritou quando atacou, baixando a espada de madeira em um arco poderoso. Ela se cravou no aço de Oran, ficando presa, e seu irmão arrancou facilmente o cabo das mãos de Tristan. Ele cambaleou e sentiu algo quente na bochecha, uma coisa úmida e grudenta.

— Espero que fique uma cicatriz — cuspiu Oran, finalmente desgrudando a espada de Tristan da dele. — Vai fazer com que pelo menos se pareça com um homem.

Tristan viu o irmão jogar a espada de treino na grama e levou os dedos ao rosto. Ficaram ensanguentados, e ele sentiu um corte comprido e raso ao longo da bochecha. Oran o cortou de propósito.

— Vai chorar agora? — provocou Oran.

Tristan se virou e saiu correndo. Não para o castelo, que ficava no topo da colina, como uma nuvem escura que tinha se casado com a terra. Passou correndo pelo estábulo, pela guilda dos tecelões e pela cervejaria, até onde a floresta verde-escura convidativamente o esperava. Podia ouvir Oran vindo atrás dele, gritando para que parasse.

— Tristan! Tristan, pare!

Entrou no meio das árvores e correu para as profundezas da mata, disparado como uma lebre, ou como o cervo do seu brasão, deixando que a floresta o engolisse e o protegesse.

Contudo, Oran continuava atrás dele; sempre fora mais rápido. Seu irmão mais velho rudemente partia galhos enquanto disparava por entre pinheiros e amieiros, por choupos e nogueiras. Tristan podia ouvir Oran se aproximando dele. Habilmente, pulou um riacho, entrou num amontoado de arbustos e, finalmente, chegou ao velho carvalho.

Tinha encontrado aquele carvalho no verão anterior, depois de fugir de outra lição brutal de Oran. Rapidamente, Tristan escalou os galhos e subiu o mais alto que conseguiu, junto às folhas que começavam a cair em meio ao glamour do outono.

Oran chegou ofegante à clareira, parando sob os enormes galhos. Tristan ficou imóvel no galho escolhido, e viu seu irmão mais velho contornar a árvore toda até decidir olhar para cima, com os olhos apertados.

— Desça daí, Tris.

Tristan não fez ruído algum. Não passava de um pássaro aninhado em um lugar seguro.

— Desça. Daí. Agora.

Ele continuou sem se mexer. Nem mesmo respirou.

Oran suspirou e passou os dedos pelo cabelo. Recostou-se ao tronco da árvore e esperou.

— Olha, desculpe-me por ter cortado sua bochecha. Não tive a intenção.

Teve, sim. Ultimamente, sempre tem tido essa intenção.

— Estou apenas tentando treiná-lo da melhor maneira que posso — continuou Oran. — Do jeito que papai me ensinou.

Aquilo deixou Tristan sério. Não conseguia imaginar papai o treinando. Desde que sua mãe morrera, seu pai vivia sendo cruel, tinha ficado agressivo e irritadiço. Sem esposa, sem filhas, sobraram apenas os dois filhos homens; um dos quais tentava desesperadamente ser como ele, e o outro que sequer se importava.

— Desça logo, e iremos roubar um bolinho de mel da cozinha — prometeu Oran.

Ah, Tristan sempre poderia ser subornado com doces. Fazia-o lembrar de dias mais felizes, quando sua mãe ainda estava viva e o castelo era cheio de suas risadas e de flores. De quando Oran ainda brincava com ele, e quando o pai ainda contava histórias que havia decorado sobre maevanos bravos e heroicos junto à lareira do salão.

Lentamente, desceu da árvore e pousou bem na frente de Oran. Seu irmão mais velho riu, e foi limpar o sangue da bochecha de Tristan.

— Acorde-a.

Os lábios de Oran estavam se movendo, mas as palavras erradas e a voz errada saíam de lá. Tristan franziu a testa quando a mão de Oran sumiu, e a invisibilidade foi consumindo seu braço, transformando o irmão em um redemoinho de poeira...

— Amadine? Amadine, acorde!

As árvores começaram a sangrar, e as cores escorriam como tinta em um pedaço de pergaminho.

Não tinha percebido que meus olhos estavam fechados até o momento em que se abriram, e dei de cara com duas expressões preocupadas. Luc e Yseult.

— Pelos santos, você está bem? — perguntou a rainha. — Machuquei você?

Levei um momento até que conseguisse trazer a mente de volta ao presente por completo. Estava caída sobre a terra, com o cabelo espalhado ao meu redor, e a espada de madeira ao meu lado. Luc e Yseult pairavam sobre mim apreensivos.

— O que aconteceu? — perguntei com a voz rouca, como se a poeira de um século atrás ainda cobrisse minha garganta.

— Acho que desmaiou — constatou Luc, franzindo a testa. — Será que foi o calor?

Absorvi aquela nova informação. Nunca tinha desmaiado, e pensar que as transições podiam causar isso era perturbador. Mas então lembrei-me do que tinha acabado de ver, e aquela nova memória abriu espaço na minha mente.

Um sorriso surgiu nos meus lábios. Senti gosto de terra e de suor, então estendi as mãos para alcançar as deles. Luc me segurou pela esquerda, e Yseult pela direita, então eu falei:

— Sei exatamente como encontrar a pedra.

18

OBLÍQUO

No último dia de agosto, a primeira reunião de planejamento aconteceria durante um jantar na casa de Jourdain, exatamente 15 dias após a lembrança mais crucial se manifestar durante a minha aula de esgrima. Enquanto a data não chegava, continuei a me encontrar com Yseult a cada dois dias para melhorar minha habilidade com a espada. Jourdain permitiu aquilo, achando que outra lembrança poderia ser despertada. Porém, eu sabia que Tristan Allenach não gostava de lutar com a espada nem de tomar aulas, pelo menos aos dez anos.

Assim, continuei com as aulas de espada para melhorar minha habilidade e para aprender mais sobre a rainha.

Yseult era mais velha do que achei que fosse. Tinha dez anos a mais do que eu. Era simpática e falante, paciente e graciosa, mas, de vez em quando, via os olhos dela perderem o brilho, como se lutasse contra a preocupação e o medo. Como se estivesse sendo tomada por um sentimento de inadequação.

Ela se abriu comigo em nossa quinta aula, quando a governanta nos levou o lanchinho de sempre. Estávamos sentadas cara a cara, apenas a rainha e eu, compartilhando cerveja e torta de cordeiro e suando por causa do calor, quando comentou:

— Devia ser minha irmã, e não eu.

Sabia o que queria dizer. Estava pensando na irmã mais velha, que cavalgou ao lado do pai no dia do massacre, e que fora morta no gramado do castelo real.

Por isso, falei com delicadeza:

— Sua irmã iria querer que fizesse isso, Yseult.

Ela emitiu um suspiro inspirado em solidão e em arrependimentos herdados.

— Eu tinha três anos no dia do massacre. Deveria ter sido morta com minha mãe e minha irmã. Depois da matança no campo, Lannon mandou seus homens às portas de cada um dos que se rebelaram. Fui poupada unicamente porque estava em casa com minha ama quando os homens de Lannon foram me buscar. Eles a mataram quando ela não quis me entregar. E quando meu pai finalmente chegou, achando que eu estava morta... Disse-me que seguiu o som de uma criança chorando, acreditando que fosse uma alucinação causada pela dor, até que me encontrou escondida em um barril vazio do lado de fora da cervejaria. Não me lembro de nada. Acho que isso é uma coisa boa.

Absorvi tudo o que tinha acabado de revelar para mim, e queria falar, mas também queria ficar em silêncio.

Yseult passou a ponta do dedo pela poeira que cobria suas botas, então continuou:

— Hoje em dia, é perigoso ser filha de Maevana. Meu pai passou a última década me preparando para o momento em que finalmente encararei Lannon, para tomar de volta a coroa, o trono e o país. Porém... não sei se sou capaz disso.

— Você não estará sozinha, Isolde — sussurrei, usando seu nome maevano.

Ela desviou o olhar para o meu, e estava obscurecido de medo, tomado por um anseio inquieto.

— Para que sejamos vitoriosos, precisamos que as outras Casas nos acompanhem, que lutem ao nosso lado. Contudo, por que os outros lordes se reuniriam para apoiar uma garota que é mais valeniana do que maevana?

— Você é duas em uma — respondi, pensando em Merei, em como minha irmã arden conhecia meu coração tão bem. — É tão Valenia quanto é Maevana, e isso fará de você uma rainha extraordinária.

Yseult refletiu sobre isso, e rezei para que minhas palavras atingissem o alvo. Ela acabou comentando, em meio a um sorriso:

— Você deve me achar fraca.

— Não, Lady. Acho que você é tudo o que deveria ser.

— Cresci aqui sem amigos — confidenciou. — Meu pai era paranoico demais para me deixar chegar perto de outras pessoas. Você é a primeira amiga que tenho.

Mais uma vez, pensei nas minhas irmãs ardens, e no quanto minha vida fora enriquecida pela presença delas. E entendi a solidão dela, sentindo-me como se tivesse levado um soco no estômago.

Estendi a mão e entrelacei meus dedos aos dela.

Você é suficiente, meu toque garantia a ela. E quando sorriu, eu soube que sentiu minhas palavras, e que deixou que se acomodassem no vale do seu coração.

Mas, apesar do meu encorajamento, estava tão ansiosa quanto ela. Minha mente estava impaciente pelo primeiro encontro estratégico, quando os planos de recuperar a pedra e tomar a coroa de volta finalmente se tornariam tangíveis.

O último dia de agosto finalmente chegou, e ajudei Agnes a pôr a mesa para sete pessoas. Seríamos Jourdain, Luc, eu, Hector e Yseult Laurent, Liam, o nobre (que havia ficado conosco, escondido em segurança no terceiro andar) e Theo d'Aramitz. Era a última peça do quebra-cabeça e o último lorde rebelde que eu ainda não conhecia. Seu nome maevano era Aodhan Morgane.

Os Laurent chegaram bem na hora, e Liam desceu a escada até a sala de jantar. Reunimo-nos em volta da mesa, e havia apenas um espaço vazio: o de Theo d'Aramitz/lorde Morgane.

— Devemos começar sem ele? — perguntou Jourdain, da cabeceira da mesa. Os pratos estavam postos, e o aroma da comida provocava a todos enquanto esperávamos pelo terceiro lorde. Agnes estava enchendo nossos cálices de cerveja, esticando o braço discretamente entre nós.

— Está vindo de Théophile — comentou Hector Laurent. — Não fica muito longe daqui, mas pode ter tido problemas na estrada.

— Humm — murmurou Jourdain, sem dúvidas pensando na nossa aventura com os ladrões.

— Não ia querer que esperássemos — insistiu Luc, embora, provavelmente, fosse porque estava com fome, com os olhos na travessa de carne.

— Vamos começar a comer, então — decidiu Jourdain. — Adiaremos o planejamento para depois da refeição, até d'Aramitz chegar.

As travessas foram passadas de mão em mão, e enchi o prato com comida demais. Contudo, Pierre havia se superado naquela refeição inspirada em Maevana, e não consegui resistir a provar uma colherada de tudo. Estávamos na metade do jantar quando houve uma batida à porta.

Luc se levantou na mesma hora.

— Deve ser d'Aramitz — constatou, desaparecendo pelo corredor para receber o lorde.

Hector Laurent estava no meio de uma história sobre como tinha conhecido a esposa, quando Luc voltou sozinho. Entretanto, havia um papel dobrado em suas mãos, e ele parou na porta da sala, com o olhar percorrendo o conteúdo da carta. Jourdain reparou nisso instantaneamente, e a conversa morreu pela mesa quando meu pai patrono indagou:

— O que é?

Luc ergueu o rosto. A tensão nos envolvia como uma corda, cortando o ar, enquanto todos imaginávamos o pior. Que teríamos sido descobertos antes mesmo de começarmos.

— D'Aramitz tem um compromisso em Théophile que não pôde abandonar — explicou Luc. — Pede desculpas, e diz que poderá vir em duas semanas.

Jourdain relaxou, mas a testa ainda estava muito franzida, evidenciando sua insatisfação.

— Devemos adiar o primeiro encontro, então? — questionou Hector, com o cabelo branco cintilando sob a luz das velas.

— A pergunta é — instigou Luc, dobrando a carta de d'Aramitz e entregando-a para Jourdain. — Ficamos à vontade para elaborar os planos sem ele?

Jourdain suspirou, parecendo se sentir sobrecarregado, então leu a carta. Eu estava sentada à esquerda do meu pai patrono, com Yseult ao meu lado, e troquei um olhar com a rainha. A decisão devia ser dela, pensei. E, como se pudesse ler minha mente, Yseult pigarreou, atraindo os olhares de todos os homens para si.

— O restante de nós está aqui — afirmou. — É uma pena que d'Aramitz esteja ausente, mas, como é só um, e nós somos seis, devemos começar o planejamento.

Jourdain assentiu, satisfeito com a decisão dela. Quando terminamos de jantar, Agnes recolheu rapidamente os pratos e travessas, e Jean David trouxe o mapa de Maevana, desenrolando-o sobre o centro da mesa. Ali estava a terra que retomaríamos. Um silêncio reverente se espalhou entre nós enquanto estudávamos o mapa.

E então, para minha surpresa, Yseult se virou para me olhar.

— Amadine?

Senti os olhares dos homens como se fossem a luz do sol, brilhando de curiosidade. Minhas mãos estavam frias quando levei o indicador direito ao mapa, apontando a floresta Mairenna.

— Meu ancestral era Tristan Allenach, que roubou e enterrou a Pedra do Anoitecer em 1430. Sei exatamente qual é a árvore onde ele a enterrou. Fica neste segmento, a uns três quilômetros do limite da floresta.

Os homens e a rainha olharam para onde apontei.

— É perto de Damhan — atestou Liam.

Não se parecia mais com um mendigo desgrenhado. O cabelo estava lavado e penteado para trás, a barba estava aparada e o rosto recuperava as curvas, por ter voltado a fazer refeições decentes.

— Damhan? — repeti, sentindo um calafrio quando o nome fez cócegas na minha língua. Nunca o escutara, mas meus ossos se arrepiaram em reconhecimento.

— A residência de lorde Allenach durante o verão e o outono — continuou Liam. O conhecimento dele seria extremamente valioso para nós, pois havia partido de Maevana apenas seis anos antes, contra os 25 anos de distância que Jourdain e Hector experimentaram. — Deve estar lá agora, preparando-se para a caçada anual ao cervo.

Isso definitivamente tocou minha memória. Minha mente vasculhou furiosamente as últimas semanas, e depois meses, questionando-se por que aquela informação parecia tão familiar. Finalmente, cheguei à tarde em que Oriana me desenhou como guerreira maevana, quando Ciri disse algo que nunca achei que precisaria lembrar novamente: *Meu pai costumava visitar uma vez por ano, no outono, quando alguns dos lordes maevanos abriam os castelos para que nós, valenianos, nos hospedássemos para ver a caça ao cervo branco.*

— Esperem... — falei, com o olhar grudado na floresta, onde meu dedo ainda repousava. — Lorde Allenach convida valenianos para participarem da caçada, não é?

Liam assentiu, e seus olhos reluziam com o que parecia ser vingança.

— Convida, e faz um estardalhaço sobre isso. Houve um ano em que chegou a convidar sessenta nobres valenianos. Todos pagaram um preço alto para caçar na floresta dele, e todos precisavam de uma carta de convite.

— O que quer dizer que estarão caçando em Mairenna — comentou Luc, passando os dedos pelo cabelo.

— O que quer dizer que a porta para Maevana está prestes a ser aberta — acrescentou Liam, olhando para Luc. — Lannon mantém as fronteiras fechadas, salvo em algumas ocasiões. Essa é uma delas.

— Quando seria a próxima? — perguntou Jourdain.

Liam suspirou e passou o olhar pelo mapa.

— No equinócio de primavera, talvez. Muitos valenianos gostam de assistir aos torneios, e Lannon os recebe, apenas para chocar os sulistas com nossos esportes sangrentos.

Não queria esperar pela primavera. Aquela ideia fazia parecer que havia tijolos pendurados nos meus ombros. Porém, o outono estava tão perto... a apenas algumas semanas de distância...

— Yseult? — murmurei, ansiosa para ouvir o que achava.

O rosto dela estava plácido, mas os olhos também cintilavam com certa aparência faminta e cruel.

— A caçada de Allenach nos coloca exatamente onde precisamos estar. Em Damhan, nos limites de Mairenna.

Ela estava certa. Ficamos em silêncio, imaginando e temendo. Poderíamos nos mover tão rapidamente?

— E como solicitaríamos um convite? — perguntou Hector Laurent em voz baixa. — Não podemos simplesmente bater à porta de Damhan e esperar que nos deixem entrar.

— Não. Precisaremos de um convite forjado — declarou Yseult.

— Posso falsificar um convite — ofereceu Liam. — Escrevi muitos deles quando fui obrigado a servir à Casa Allenach.

Fiquei pensando no que Liam dissera: quando *foi obrigado a servir* à Casa Allenach? Contudo, a conversa prosseguiu.

— Nós falsificamos um convite — relatou Jourdain, unindo os dedos. — Pagamos a alta quantia. Mandamos um dos nossos homens para Damhan. Ele entra na caçada e recupera a pedra.

— Pai — interrompi, da forma mais agradável que consegui. — Preciso ser a pessoa que vai recuperar a pedra.

— Amadine, *não* vou enviar você a Maevana.

— Jourdain — falou Yseult, tentando, também, soar da forma mais agradável possível. — É Amadine quem deve encontrar a pedra e tomá-la de volta. Nenhum de nós conseguirá localizar a árvore tão rapidamente quanto ela.

— Mas não podemos enviar Amadine para a *caçada* — protestou Luc. — Os convidados são homens valenianos, e não mulheres. Inevitavelmente, acabaria gerando desconfianças.

— Um de vocês, homens, deve participar da caçada — elucidei. — E eu devo chegar depois.

— Como? — interpelou Jourdain, com certa rispidez. Contudo, vi o medo assombrando seus olhos quando se virou para mim.

— Quero que escute isso de mente aberta — alertei, sentindo a boca ficar seca.

Estava nervosa por compartilhar meu plano, o qual eu vinha desenvolvendo ao longo da noite. Essa não era uma das peças alegres de Abree. Não estava planejando como sair de um calabouço. Estava conspirando contra um rei, e múltiplas vidas seriam envolvidas e postas em risco.

Sentindo uma dor no estômago, lembrei-me daquela minha antiga sátira em que todos os personagens morriam, exceto um. Porém, senti a presença de Yseult ao meu lado, e soube que a rainha era minha aliada. Jean David tinha colocado uma bolsinha de cheques ao lado do mapa, que me ajudaria a ilustrar meus planos usando os peões.

Abri a bolsinha e saquei o primeiro peão, inevitavelmente remetendo a Merei, e a todas as noites em que jogamos cheques e marcas juntas. *Você nunca protege o flanco, Bri. É sua única fraqueza*, dissera a mim certa vez. Só me derrotava quando me pegava de surpresa com o movimento oblíquo, distraindo-me com um peão óbvio e poderoso, e me vencendo com um peão menor e sorrateiro.

Respirei fundo, peguei o peão de obsidiana e o coloquei em Damhan.

— Um dos nossos homens vai para Damhan como nobre valeniano, sob o disfarce de participar da caçada. — Peguei outro peão, entalhado em mármore azul. — Chego a Lyonesse como uma nobre valeniana. Vou diretamente ao salão real e faço um pedido ao rei Lannon. — Coloco meu peão em Lyonesse, a cidade real. — Peço ao rei para que perdoe MacQuinn e conceda a ele entrada no país. Digo que meu pai patrono gostaria de voltar à terra natal e pagar a penitência pela rebelião do passado.

Luc se recostou à cadeira, como se o estômago tivesse derretido e escorrido até o chão. Yseult não se moveu, sequer piscou enquanto observava meu peão. Mas Jourdain cerrou o punho, e o ouvi respirar profunda e conflituosamente.

— Filha — grunhiu. — Já falamos sobre isso. Pedir perdão *não* vai funcionar.

— Discutimos o que aconteceria se *o senhor* pedisse perdão, e não eu. — Nossos olhares se encontraram, e o dele era o de um pai que sabia que a filha estava prestes a desafiá-lo. Meus dedos continuavam no peão, e voltei o olhar para o mapa. — Faço um pedido de audiência real perante o rei prestes a ser destronado. Falo o nome de MacQuinn, que assombra

Lannon há 25 anos. Deixo claro que sou sua filha paixão, sob a proteção de MacQuinn. Lannon vai ficar tão obcecado com a volta de MacQuinn que não verá os Kavanagh se esgueirarem pela fronteira. — Peguei um peão vermelho, representando Yseult e seu pai, e os movi pelo canal, para dentro de Maevana, até Lyonesse.

— Um movimento oblíquo — constatou Yseult, deixando escapar um meio sorriso. Aparentemente, já tinha jogado cheques e marcas, e reconheceu minha estratégia ousada e arriscada.

— Sim — confirmei. — Isso levantará as suspeitas de Lannon, mas não pensará que somos tão tolos a ponto de anunciar nossa presença antes de uma revolta. Brincaremos com as crenças dele.

— Mas como isso leva você a Damhan, irmã? — perguntou Luc gentilmente, com o rosto pálido.

Olhei para Liam. A fase seguinte dos meus planos dependia do que o nobre pudesse me contar.

— Se eu fizer um pedido no salão real, lorde Allenach estaria presente?

As sobrancelhas grisalhas de Liam se ergueram, mas finalmente entendeu o caminho que meu plano seguia.

— Sim. Lorde Allenach é conselheiro de Lannon. Senta-se à esquerda do trono, e ouve tudo o que o rei ouve. As audiências reais acontecem todas as quintas-feiras.

— Então, chego até lá em uma quinta-feira — falei, ousando buscar o olhar furioso de Jourdain. — Falo seu nome perante o rei e lorde Allenach, que não conseguirá resistir a me oferecer abrigo enquanto eu esperarei que atravesse o canal, pois vocês são arqui-inimigos. O lorde me leva para Damhan. — Deslizei o peão até onde fica o castelo, na beirada da floresta, ao lado do peão preto. — Eu recupero a pedra. MacQuinn e Luc — continuei, puxando um peão roxo e movendo-o sobre a água até Maevana — atravessam o canal e chegam a Lyonesse. Nesse momento, estamos todos em Maevana, prontos para invadir o castelo.

— E se Lannon matar você ali mesmo, Amadine? — perguntou meu pai patrono. — Porque, assim que meu nome sair da sua boca, vai querer sua cabeça.

— Acho que o que Amadine diz é verdade, meu senhor — opinou Liam, com cautela. — Está certa quando diz que lorde Allenach, que assumiu sua casa e seu povo, vai querer abrigá-la até que o senhor chegue a Maevana. E como Lannon está paranoico agora, não matará sem a bênção de Allenach.

— Então estamos apostando que Allenach terá um dia de bondade? — desdenhou Luc.

— Estamos apostando que Lannon e Allenach estarão tão absortos com a volta imprudente de MacQuinn que sequer verão os Kavanagh e os Morgane chegando — retruquei, tentando evitar que o fervor elevasse minha voz.

— Há outra vantagem nisso tudo — atestou Hector Laurent, com os olhos nos peões que eu tinha arrumado. — Se Amadine anunciar o nome de MacQuinn na corte, a notícia de sua volta vai se espalhar como fogo selvagem. E precisamos que nosso povo esteja alerta para se erguer a qualquer momento.

— Sim, meu senhor — concordou Liam, com um movimento de cabeça. — E suas Casas estão espalhadas há 25 anos. Allenach tomou a Casa MacQuinn, Burke tomou a Morgane, e Lannon, é claro, tomou a Kavanagh. Suas terras foram divididas, e os homens e mulheres se espalharam. Contudo, se ouvirem o nome MacQuinn sendo pronunciado de novo... seria como uma fagulha em pasto seco.

Meu pai patrono gemeu, sabendo que aquele era um argumento muito bom a favor do meu plano. Cobriu o rosto e se inclinou para trás, como se a última coisa que quisesse fazer fosse admitir aquilo. Porém, ele não tinha a palavra final. Esta era da rainha.

— Quando tivermos todos voltado para casa — disse Hector Laurent, com o olhar grudado em algo no mapa —, reuniremos nosso povo e seguiremos para Mistwood. Vamos invadir o castelo a partir de lá.

O humor na sala mudou ao som daquele nome. Voltei o olhar para o mapa e procurei o local que citou. Acabei encontrando uma faixa estreita de mata na fronteira entre Morgane, MacQuinn e Allenach. Uma floresta à sombra do castelo real.

— Acho que é um bom começo — afirmou Yseult, rompendo o transe provocado por Mistwood. — É muito arriscado, mas também é ousado, e precisamos agir com bravura se vamos seguir com isso. O que Amadine está oferecendo é altruísta e valioso, e os planos não podem continuar sem ela. — A rainha bateu com os dedos na mesa, observando meus peões. — Liam precisa começar a falsificação do convite. Quanto a qual homem vai seguir com a farsa da caçada, isso pode ser decidido mais tarde, embora eu tenha uma boa sugestão de quem deveria ser.

Olhei com impotência para o outro lado da mesa, até Luc. Obviamente, teria de ser ele, pois os três lordes seriam facilmente reconhecidos. Mais uma vez, Luc parecia estar passando mal, como se o jantar quisesse voltar.

— Liam, também precisamos preparar uma lista de possíveis esconderijos, caso algo dê errado depois que atravessarmos o canal — continuou a rainha, e Liam assentiu. — Todos nós precisamos saber de maevanos que estariam dispostos a nos abrigar, a nos esconder de uma hora para a outra se os planos forem descobertos e houver perseguição. Vamos marcar uma nova reunião daqui a duas semanas, quando d'Aramitz estará presente, e poderemos finalizar os planos.

Porque o outono estava no horizonte. Teríamos que tecer nossos planos juntos e agir com rapidez.

Um arrepio desceu pela minha espinha quando encarei Yseult. Havia uma pergunta solene e desesperada em seus olhos. *Tem certeza disso, Amadine? Tem certeza de que deseja fazer isso?*

Se eu tinha certeza de que era corajosa o suficiente para me apresentar perante um rei corrupto e falar o nome de MacQuinn, algo que sem dúvida teria um preço? Tinha certeza de que queria ficar no castelo de lorde Allenach, sabendo que meu pai poderia ser um de seus nobres, um dos criados, um dos amigos? Sabendo que minha herança estava enraizada naquela terra?

Mas eu estava pronta. Para encontrar a pedra e redimir as transgressões passadas do meu ancestral. Para colocar uma rainha no trono. Para voltar até Cartier e ganhar meu manto.

E, assim, sussurrei:

— Que seja feito, Lady.

19

FIM DO VERÃO

Setembro de 1566

Dois dias antes da nossa segunda reunião estratégica, tive febre. Agnes me mandou ficar na cama, onde, em vão, tomei todos os tônicos, comi todas as raízes nutritivas possíveis e tomei copiosas quantidades de chá gosmento de olmo. Mas não adiantou: a febre continuou ardendo, como se eu fosse uma estrela cadente presa na Terra.

Luc foi me ver pouco antes que ele, Jourdain e Liam partissem para o jantar dos Laurent. Colocou a mão na minha testa, franzindo o cenho.

— Pelos santos. Ainda está ardendo, Amadine.

— Eu posso ir — ofeguei, tentando fracamente afastar a pilha de cobertas. — Posso ir à reunião.

Fiquei com medo de que Jourdain tentasse estragar meu plano, e Luc viu exatamente isso nos meus olhos vidrados.

— Não vai a lugar nenhum — insistiu, sentando-se ao meu lado na cama e ajeitando as cobertas com firmeza em volta de mim. — Não se preocupe. Cuidarei para que seus planos sejam mantidos.

— Jourdain vai tentar descartá-los — gemi, o que fez com que Luc pegasse minha xícara de chá morno.

— Vai tentar, mas não contrariará a rainha — afirmou meu irmão, levando a xícara aos meus lábios. — E a rainha está inclinada às suas ideias.

Tomei um gole, e tive que me deitar no travesseiro, sentindo minhas forças esmaecendo.

— Agora, descanse — ordenou Luc, levantando-se da cama e colocando meu chá sobre a mesa. — É mais vital que se cure disso para que esteja pronta para atravessar o canal em breve.

Estava certo.

Sequer me lembro de tê-lo ouvido sair do quarto. Caí em um emaranhado de sonhos escuros e febris. Estava em Magnalia de novo, nos jardins encobertos pela névoa densa e baixa, e um homem vinha na minha direção. Queria que fosse Cartier, e quase corri até ele, com o coração transbordando alegria por vê-lo novamente. Até que me dei conta de que era Oran, o irmão mais velho de Tristan. Vinha me trucidar por ter roubado pedaços das lembranças do irmão dele. E eu não tinha arma nenhuma além dos meus pés. Corri por um labirinto infinito pelo que pareceram ser horas, até estar maltrapilha e exausta, até estar pronta para me ajoelhar e deixar que Oran me cortasse ao meio, até que a luz penetrou meus olhos.

Acordei, sentindo-me dolorida e encharcada, mas a luz do sol que entrava pela janela era pura e doce.

— Ela acordou!

Virei a cabeça e encontrei Agnes, com as bochechas rosadas e gorduchas tremendo quando pulou da cadeira.

— Monsieur! Ela acordou!

Estremeci com aquela gritaria e com o estalo urgente da escada quando Jourdain apareceu, parando à porta, como se estivesse constrangido de entrar no meu quarto.

— Conte-me — tentei dizer para ele, mas minha voz estava rouca demais.

— Vou buscar água — prometeu Agnes, tocando na minha testa. — Ah, a febre finalmente passou. Graças a Ide.

Ela saiu correndo do quarto, o que permitiu que Jourdain entrasse, ainda um pouco hesitante.

Finalmente se acomodou na cadeira de onde Agnes tinha se levantado, ao lado da minha cama.

— O que perdi? — grunhi de novo, sentindo como se tivessem me enfiado pedras de carvão garganta abaixo.

— Shh, apenas escute — disse Jourdain. Ele agiu como se quisesse segurar minha mão, mas estivesse encabulado demais para fazê-lo. — Tudo o que planejou vai acontecer. O convite foi forjado e temos a quantia em dinheiro que Allenach requer para a caçada. D'Aramitz atravessará o canal na semana que vem. Ficará em Damhan sob o pretexto da caçada, mas também irá reunir e preparar minhas forças silenciosamente. Além disso, pedi que fique de olho em você, que seja seu escudo, sua proteção, seu aliado se precisar dele.

— Mas, pai — contestei —, não conheço o rosto dele.

— Eu sei, mas nos preparamos para isso. Na primeira noite em que estiver em Damhan, quando for ao salão para jantar, use isto no cabelo. — Jourdain tirou uma delicada rosa de prata do bolso, com as bordas encrustadas de pequenos rubis, e a colocou na minha mão. — É assim que d'Aramitz vai identificá-la, embora você provavelmente seja uma das poucas mulheres por lá. Ele estará usando um gibão vermelho com este emblema costurado no centro. — Mostrou-me um pedaço de pergaminho, e eu pisquei, com a visão ainda embaçada pela doença. Contudo, consegui ver que era o desenho de um carvalho enorme, envolvido em um círculo. — Discutimos isso longamente, e todos concluíram que é melhor que, depois que fizer esse contato visual com ele na primeira noite, evite d'Aramitz pelo resto do tempo. Se for descoberto, não quero que seja pega com ele. Entendeu?

Ah, ordens paternas. Ele soava tão austero e formidável. Entretanto, aquele brilho de preocupação tinha voltado aos olhos dele. Queria poder extingui-lo, de alguma forma.

— Sim — assenti.

— Ótimo. Agora, outra conclusão a que chegamos naquela noite: quando for a Lyonesse, fazer o apelo a Lannon... se Allenach não estiver presente quando entrar no salão real, *não* faça o apelo pela minha entrada. Terá que esperar até a quinta-feira seguinte, e Liam tem uma lista de esconderijos que ainda precisamos lhe dar... — Ele bateu no bolso e franziu a testa. — Tudo isso foi decidido porque, se pedir a admissão perante Lannon sem a presença de Allenach, é bem provável que seja aprisionada no calabouço do castelo. Entendeu? Você só age se vir Allenach. Ele sentará à esquerda do trono e vai estar usando seu brasão. Lembra-se do brasão dos Allenach?

Fiz que sim com a cabeça, pois a voz estava fraca demais para que eu tentasse falar, embora incontáveis perguntas começassem a surgir na mente.

— Bom. Muito bom. — O olhar dele se suavizou, como se estivesse vendo algo ao longe que eu não conseguia discernir. — Você atravessará o canal no último dia de setembro, de forma que chegará a Lyonesse no primeiro dia de outubro, uma quinta-feira. As audiências reais costumam levar o dia todo, mas recomendaria que fosse cedo, porque a viagem de Lyonesse a Damhan leva seis horas.

— Não se preocupe — falei com a voz rouca, e ele me lançou um olhar sardônico.

— É como me dizer para que eu não respire, Amadine. Vou me preocupar a todo momento enquanto você estiver longe.

— Eu já... sei manejar uma espada.

— Eu soube disso. E fico feliz que tenha tocado nesse assunto, porque... — Ele enfiou a mão no gibão e sacou uma adaga em uma bainha de couro. — Isto é para você. É o que nós, maevanos, chamamos de punhal. É para ser usado sobre a coxa, por baixo do vestido. Use-o o tempo todo. Preciso lhe dizer quais são os melhores lugares para se esfaquear alguém? — Ele o colocou na minha outra mão, de forma que fiquei segurando um enfeite de rosa de prata e um punhal. Aquilo era uma contradição e tanto, mas uma chama de expectativa aqueceu meu peito.

— Sei onde golpear — esforcei-me para dizer.

Poderia ter apontado para todos os fluxos vitais de sangue do corpo, onde devemos cortar para fazer com que uma pessoa sangre até a morte. Contudo, estava fraca demais para isso.

— Liam vai planejar um momento para conversar com você sobre as melhores formas de entrar e sair de Damhan — continuou Jourdain. — Precisará recuperar a pedra à noite, quando o castelo estiver dormindo. Achamos melhor que se disfarce de criada e use os aposentos dos serviçais para entrar e sair.

Não deixei que ele percebesse que eu ficava apavorada só de pensar naquilo. A ideia de estar sozinha em um bosque desconhecido à noite, e a ameaça de ser flagrada tentando sair e entrar no castelo... Devia haver outra forma de conseguir fazer aquilo.

— Também soube que seu aniversário foi ontem — comentou Jourdain, o que me sobressaltou.

Por quanto tempo estive dormindo?

— Você dormiu por dois dias — respondeu, lendo minha mente. — Então, quantos anos tem agora? Dezesseis?

Estava de brincadeira? Franzi a testa para ele e disse:

— Dezoito.

— Bem, soube que vai haver uma espécie de festa, provavelmente amanhã, depois que tiver descansado.

— Eu não... quero... festa.

— Tente dizer isso para Luc. — Jourdain se levantou na hora em que Agnes voltou com uma tigela de caldo e um pote de água de alecrim. — Descanse, Amadine. Podemos contar-lhe o restante dos planos quando tiver se recuperado.

De fato, fiquei surpresa por já ter me contado tanto, e por meus planos originais terem sido honrados.

Depois que Jourdain saiu, Agnes me ajudou a tomar um banho e a vestir roupas limpas, e depois trocou a roupa de cama. Sentei-me à janela, e o vidro estava entreaberto para que eu pudesse respirar o ar fresco, com o cabelo maravilhosamente úmido tocando o pescoço.

Pensei em tudo o que Jourdain tinha acabado de me contar. Pensei na Pedra do Anoitecer, em Damhan e no que eu deveria dizer quando estivesse perante Lannon e fosse fazer meu pedido. Havia tantas coisas incertas, tantas coisas que podiam dar errado.

Vi as primeiras folhas douradas começarem a cair das árvores, uma a uma, como promessas gentis. Meu aniversário marcava o final do verão e o começo do outono, quando os dias quentes diminuíam lentamente, e as noites frias iam se tornando mais longas. Quando as árvores abriam mão de seus sonhos, e só as flores mais fortes e determinadas persistiam em florescer sobre a terra.

O verão tinha acabado. O que queria dizer que Cartier já teria descoberto sobre minha partida misteriosa.

Eu me permiti pensar nele, algo que não deixava que meu coração e minha mente fizessem desde que assumi o nome Amadine. Ele estaria em Magnalia, preparando-se para o próximo ciclo de paixão, e para a chegada da próxima arden de dez anos. Ficaria na biblioteca vendo metade dos seus livros nas estantes, sabendo que eu os coloquei lá.

Fechei os olhos. Qual constelação ele escolhera para mim? Que estrelas havia catado no firmamento? Quais estrelas teria capturado em um pedaço do tecido azul mais delicado para acariciar minhas costas?

Precisei dizer a mim mesma naquele momento transitório (entre estações, entre missões, entre os 17 e os 18 anos) que ficaria em paz mesmo que nunca recebesse meu manto. Aqueles sete anos em Magnalia não haviam sido em vão, pois olhe só até onde tinham me levado.

— Há uma pessoa lá embaixo esperando para vê-la.

Abri os olhos, virei o rosto e vi Luc no meu quarto, com aquele sorriso malicioso nos lábios e o cabelo cor de canela espetado em todos os ângulos errados.

Por um momento precipitado, achei que fosse Cartier esperando por mim lá embaixo. Que tinha me encontrado, de alguma forma. E senti o coração subir até a garganta, tão violentamente que nem conseguia falar.

— O que houve? — perguntou Luc, e o sorriso foi sumindo conforme chegava mais perto. — Ainda não está se sentindo bem?

Balancei a cabeça e forcei um sorriso enquanto tirava o cabelo úmido da frente dos olhos.

— Estou bem... Só estava pensando no que vai acontecer se eu fracassar — confessei, olhando pela janela, para as árvores e seus redemoinhos de folhas cadentes. — Tem tanta coisa que pode dar errado.

Luc colocou a mão no meu joelho.

— Amadine. Nenhum de nós vai fracassar. Não pode atravessar o canal com pensamentos tão sombrios. — Quando apertou meu joelho, voltei a olhar para ele. — Todos nós temos dúvidas. Papai as tem, eu tenho, Yseult também. Todos temos preocupações e medos. Mas o que estamos prestes a fazer vai gravar nossos nomes na história. E, por isso, enfrentaremos o desafio sabendo que a vitória já é nossa.

Ele era tão otimista que não pude evitar abrir um sorriso e repousar na tranquilidade que me dava.

— Bem, vamos descer? — inquiriu, estendendo a mão para mim.

— Espero que não seja uma festa — falei, cautelosamente, deixando que me pusesse de pé.

— Quem falou em festa? — debochou Luc, guiando-me escada abaixo.

Era uma festa.

Ou, ao menos, o mais próximo de uma festa que conseguiram, em meio às nossas vidas secretas.

Pierre tinha feito um enorme bolo valeniano, com três camadas e cobertura de creme amanteigado, e Yseult pendurara fitas no candelabro da sala de jantar. Agnes havia cortado as últimas flores de verão e as espalhado sobre a mesa. E todos estavam esperando: Jourdain, Agnes, Jean David, Liam, Pierre, Hector Laurent e Yseult.

Era estranho vê-los reunidos em minha homenagem. Mas era ainda mais estranho como meu coração se apertou com afeição ao vê-los todos: aquele grupo desencontrado de pessoas que tinha se tornado minha família.

Luc tocou uma canção animada ao violino enquanto Pierre cortava o bolo. Yseult me deu um xale lindo, tecido de lã negra com fios de prata, como estrelas, e Agnes me deu uma caixa de laços, um para cada cor da paixão. Aquilo era suficiente, pensei. Não precisava de mais presentes.

Porém, Jourdain surgiu de trás de mim, próximo ao meu ombro, e estendeu a mão. Segurava uma corrente cintilante de prata, esperando que eu a pegasse.

— Para seu pingente — murmurou.

Aceitei o presente e senti a prata delicada nos dedos. Era lindo e muito forte, apesar de não parecer. Isso não vai se quebrar, pensei, e lancei um olhar para Jourdain.

Ele estava pensando a mesma coisa.

Nove manhãs depois, comecei minha viagem de quatro dias em uma carruagem até Isotta, o porto mais ao Norte de Valenia. Jourdain me acompanhou e não desperdiçou um minuto da viagem. Parecia que tinha uma lista mental, ouvi enquanto ia de um ponto a outro, dando lugar ao tom seco de advogado, fazendo-me sufocar bocejo atrás de bocejo.

Repassou, mais uma vez, quais eram os planos para cada membro do grupo, do começo ao fim. Absorvi tudo pacientemente, pensando de novo nos meus peões se movendo sobre o mapa, para que soubesse a localização de cada pessoa. Em seguida, ele me deu a lista de esconderijos organizada por Liam, para que a memorizasse antes que Jourdain a queimasse.

Havia cinco destinos possíveis em Lyonesse: dois padeiros, um mercador, um ourives de prata e um tipógrafo. Havia também dois fazendeiros no caminho da cidade real até Damhan. Todas aquelas pessoas haviam servido à casa de Jourdain, e Liam jurou que ainda eram secretamente leais ao lorde.

Em seguida, Jourdain falou de suas opiniões sobre Lannon, sobre o que devia ou não dizer quando fizesse o apelo. Entretanto, quanto a Allenach, meu pai patrono ficou em silêncio.

— Tive razão quando os chamei de arqui-inimigos? — ousei perguntar, cansada de ouvir e sacolejar dentro daquela carruagem.

— Humm.

Entendi aquilo como um sim.

Mas ele me surpreendeu dizendo:

— Sob circunstância alguma deve dizer que seu pai, seu verdadeiro pai, serve à Casa dele, Amadine. Que é, de fato, uma Allenach. A não ser que esteja em uma situação mortal, e essa seja a única esperança de sair com vida.

"Nessa missão, você é totalmente valeniana. Siga a história que lhe demos."

Assenti e terminei de memorizar os esconderijos.

— Tem mais uma coisa. — Jourdain pigarreou. — Não dá para saber o que acontecerá quando eu cruzar a fronteira. Allenach pode insistir em manter você em Damhan, ou pode levá-la até mim em Lyonesse. Se a mantiver em Damhan, você precisará ir embora com d'Aramitz na terceira noite depois da minha chegada. É quando vamos nos reunir em Mistwood, para tomar o trono. Vamos nos preparar para uma batalha, mas, com sorte, Lannon, sendo o covarde que é, vai abdicar quando vir nossos estandartes se erguerem e nosso povo se reunir.

Mistwood. Aquele nome era como uma gota de incertezas no meu coração.

— Por que Mistwood?

— Porque fica entre as minhas terras e as de Morgane, onde a maior parte da nossa gente ainda mora, e fica próximo ao portão dos fundos do castelo real — explicou, com simplicidade. Porém, vi que Jourdain virou o rosto, e que havia um reflexo em seus olhos.

— É o mesmo lugar...? — Minhas palavras morreram quando olhou novamente para mim.

— Sim, é o lugar onde fracassamos e fomos massacrados há 25 anos. Onde minha esposa morreu.

Não conversamos muito depois disso, e chegamos à cidade de Isotta ao amanhecer do último dia de setembro. Senti o cheiro de maresia, das camadas gélidas do vento, da fumaça agridoce saindo das chaminés altas e do musgo úmido que crescia entre os paralelepípedos da rua. Inspirei os odores, saboreei-os, mesmo que me fizessem estremecer, por serem as últimas fragrâncias que sentia de Valenia.

Minha despedida de Luc e de Yseult foi cheia de esperanças, abraços e piadas ruins, coroada de sorrisos e de corações disparados. Porque, quando nos reencontrássemos, seria a hora de invadir o castelo.

Porém, minha despedida de Jourdain foi uma experiência completamente diferente. Recusou-se a ir até o porto comigo, por medo de ser reconhecido por algum dos marinheiros maevanos que descarregavam barris de cerveja e rolos de lã. Então, Jean David parou a carruagem em uma das ruas laterais mais tranquilas, com vista do navio no qual eu partiria.

— Aqui está seu cartão de embarque, e aqui estão seus documentos valenianos — cuspiu Jourdain, entregando-me um fardo cuidadosamente dobrado de papéis falsificados que tinha feito. — Aqui está seu manto. — Ele me entregou um manto de lã vinho. — E aqui está a comida que Pierre insistiu para que levasse. Jean David carregará seu baú até a doca.

Assenti e amarrei o manto rapidamente no pescoço, segurando os papéis de viagem sob o cotovelo quando peguei a bolsinha de comida.

Estávamos parados na estrada, protegidos pelas casas altas, com os ecos do mercado de peixes de Isotta saturando os sopros de vento.

Era agora, o momento que finalmente atravessaria o canal. O momento que *finalmente* veria a terra do meu pai. Quantas vezes não imaginei aquilo? Ver o verde litoral maevano surgindo pela famosa neblina do canal? E, de alguma forma, aquilo parecia o solstício de verão acontecendo de novo... A mesma sensação de que o tempo estava acelerando, indo tão rápido que mal conseguia respirar e absorver o que estava prestes a acontecer.

Timidamente, busquei o pingente de Cartier sob a gola alta do meu vestido de viagem, pendurado na corrente de Jourdain. Eu pensava em Cartier, meu mestre e também meu amigo, que me ensinara tantas coisas. Que me concedeu a paixão. E pensava no meu pai patrono, que me aceitou como eu sou, que me amava de seu jeito meio bruto e que estava me deixando ir, apesar daquilo contrariar sua razão. Que estava me dando coragem.

Meu coração disparou. Tomei um gole raso de ar, do tipo que precede uma batalha, então olhei para ele.

— Está com seu punhal? — perguntou Jourdain.

Levei a mão à coxa direita e senti o punhal por baixo do tecido da saia.

— Sim.

— Prometa que não hesitará em usá-lo. Que se algum homem sequer olhar torto para você, não vai ter medo de mostrar sua lâmina.

Assenti.

— Digo isso a você, Amadine, porque alguns homens maevanos enxergam as mulheres valenianas como... oferecidas. Deve mostrar a esses brutos que não é assim.

Mais uma vez, assenti, porém, um sentimento horrível subiu pela minha garganta e se acomodou nas cordas vocais. Será que foi isso o que aconteceu com minha mãe? Será que foi visitar Maevana e foi vista como uma mulher oferecida e sedutora que estava ansiosa para ir para a cama com um homem maevano? Será que sofreu abuso?

De repente, entendi o possível motivo pelo qual meu avô odiava tanto meu pai. Sempre acreditei que fora concebida por amor, mesmo que fosse um amor proibido. Contudo, talvez tenha sido completamente diferente. Talvez minha mãe tivesse sido forçada àquilo, contra sua vontade.

Meus pés viraram chumbo.

— Estarei esperando sua carta — murmurou Jourdain, dando um passo para trás.

A carta que tinha que escrever quando Lannon desse permissão para que entrasse no país. A carta que levaria a ele e Luc pelas águas para uma recepção perigosa.

— Sim, pai. — Virei-me para ir embora, e Jean David esperava-me pacientemente com a típica expressão séria no rosto, segurando meu baú.

Tinha dado quatro passos quando Jourdain me chamou.

— Amadine.

Fiz uma pausa e olhei para ele. Estava no limite das sombras, olhando para mim com a boca bem tensionada, e a cicatriz no maxilar saltava contra a palidez do rosto.

— Por favor, tome cuidado — grunhiu baixinho.

Acho que queria dizer outra coisa, mas imagino que pais costumem ter dificuldade para dizer o que realmente querem em situações de despedida.

— Você também, pai. Nos vemos em breve.

Andei até o navio e entreguei a papelada para os marinheiros maevanos. Franziram a testa para mim, mas me deixaram embarcar, pois tinha pago uma bela quantia pela passagem do navio, e as fronteiras estavam legalmente abertas.

Jean David colocou meu baú na minha cabine e saiu sem dizer nada, embora eu tivesse visto a despedida nos olhos dele antes que desembarcasse.

Fiquei na proa do navio, fora do caminho do vinho que estava sendo levado até o compartimento de carga, então esperei. A neblina repousava pesadamente sobre as águas, e minhas mãos se moviam pelo carvalho liso da amurada enquanto começava a me preparar para ver o rei.

Em algum lugar, em meio às sombras de uma rua menor, Jourdain estava assistindo ao navio partindo do porto, enquanto o sol afastava a neblina.

Não olhei para trás.

20

PERANTE UM REI

Território do lorde Burke, Cidade Real de Lyonesse, Maevana
Outubro de 1566

As lendas dizem que a névoa fora tecida a partir da magia maevana das rainhas Kavanagh. Que era uma capa protetora que Maevana vestia, e que só os homens mais tolos e corajosos navegavam através dela. Aquelas lendas ainda pareciam ser verdade: a magia estava adormecida, mas assim que a neblina valeniana se desfez, a névoa maevana caiu sobre nós como se fosse uma matilha de lobos brancos, rosnando ao nosso redor conforme velejávamos mais para perto do porto real de Lyonesse.

Passei a maior parte da curta viagem olhando para ela, esse vazio branco irritante, sentindo-a cobrir meu rosto e encher o cabelo de gotículas de água. Não dormi muito em minha cabine na noite da travessia do canal. O balanço do navio me fez sentir como se estivesse nos braços de um estranho. Desejava terra firme, sol e vento límpido.

Finalmente, ao amanhecer, tive o primeiro vislumbre de Maevana através de um clarão na névoa, como se as nuvens densas soubessem que eu era filha do Norte.

A cidade de Lyonesse tinha sido construída em uma colina imponente. O castelo pousava no topo como um dragão adormecido, com suas escamas de pedras cinzentas. As torres pareciam chifres ao longo da espinha perfeita de um réptil, coberto com as bandeiras verde-amarelas de Lannon.

Olhei para aqueles estandartes, que carregavam no brasão com um lince a rugir o verde da inveja e o amarelo do rancor. Então, deixei o olhar percorrer as ruas, que seguiam como pequenos riachos em volta das casas de pedra com telhas escuras, e em volta de grandes carvalhos que brotavam pela cidade, saltando aos olhos como rubis e topázios sob o esplendor do outono.

O vento forte nos atingiu, e senti meus olhos lacrimejarem e as bochechas ficarem vermelhas enquanto adentrávamos o porto.

Paguei um dos marinheiros para que carregasse meu baú, e desembarquei com o sol nos ombros e a vingança no coração, enquanto meus papéis eram examinados e minha entrada, aprovada. Fui primeiro ao banco, para trocar meus ducados por cobre. Depois, fui até a pousada mais próxima e paguei uma criada para que me ajudasse a colocar um dos meus melhores vestidos valenianos.

Escolhi um vestido da cor de centáurea, de um tom de azul que ardia: o azul do conhecimento. Tinha um bordado cor de prata intricado ao longo da barra e no corpete. O vestido de baixo era branco, com pedrinhas azuis na bainha que cintilavam contra a luz. E, por baixo daquilo, usava anáguas e um espartilho, para que me empertigasse e me definisse descaradamente como uma mulher valeniana.

Desenhei uma pinta em formato de estrela na bochecha direita com um pedaço de lápis preto: a marca de uma nobre valeniana. Em seguida, fechei os olhos quando a criada pegou metade do meu cabelo e o prendeu com uma fita azul, desfazendo os nós cuidadosamente com os dedos. Quase não falou comigo, e perguntei-me o que se passava na cabeça dela.

Paguei a ela mais do que o necessário, e comecei minha subida pela colina em uma carruagem alugada, levando minha bagagem comigo. Sacolejamos entre os carvalhos e mercados, passando por homens com barbas densas e cabelo trançado, mulheres de armadura e crianças pouco vestidas, com trajes em farrapos, correndo descalças para lá e para cá.

Parecia que todos usavam alguma marca de sua Casa, fosse nas cores das roupas ou no emblema costurado nos gibões e mantos. Para proclamar a que lorde e lady serviam, e a que Casa eram leais. Havia muitos que usavam as cores e o lince de Lannon. Contudo, alguns usavam o laranja e vermelho de Burke, ou o marrom e prateado de Allenach.

Fechei os olhos novamente e inspirei os aromas terrosos de cavalos, da fumaça das forjas e de pão quente. Ouvi crianças cantarolando, mulheres rindo e um martelo acertando uma bigorna. Durante todo aquele tempo, a carruagem tremia sob meus pés, subindo cada vez mais alto, até o topo da colina onde o castelo me aguardava.

Abri os olhos apenas quando a carruagem parou e o cocheiro abriu a porta para mim.

— Lady?

Deixei que me ajudasse a descer, tentando ajustar-me às ambições das minhas anáguas. E, quando ergui o rosto, vi cabeças decapitadas e pedaços de corpos fincados no muro do castelo, apodrecendo e enegrecidos sob o sol. Parei quando vi a cabeça de uma garota não muito mais velha do que eu na estaca mais próxima. No lugar dos olhos havia dois buracos, a boca estava aberta e o cabelo castanho esvoaçava como uma flâmula na brisa. Minha garganta se fechou e cambaleei para trás, apoiando-me na carruagem, tentando desviar os olhos da garota e impedir que o pânico abrisse um buraco no meu exterior.

— Esses são traidores, lady — explicou o cocheiro, ao perceber meu choque. — Homens e mulheres que ofenderam o rei Lannon.

Olhei para o homem, que me observava com a expressão dura, sem emoção. Aquilo devia ser uma ocorrência diária para ele.

Virei-me de costas e apoiei a testa na carruagem.

— O que... o que ela fez... que ofendeu o rei?

— A que tinha sua idade? Ouvi dizer que recusou as investidas do rei duas noites atrás.

Pelo amor dos santos... eu não seria capaz de fazer aquilo. Era tola de pensar que poderia pedir perdão para MacQuinn. Meu pai patrono estava certo, e tentou deixar isso evidente para mim. Poderia entrar no salão real, mas, muito provavelmente, não sairia inteira de lá.

— Devo levá-la de volta à pensão?

Inspirei com dificuldade e senti o suor gelado escorrer pelas costas. Meus olhos foram até o cocheiro, e vi o deboche nas rugas do seu rosto. *Valeniana oferecida*, seus olhos pareciam dizer. *Volte para suas almofadas e suas festas. Aqui não é lugar para você.*

Ele estava errado. Ali era meu lugar, de metade de mim. E, se fugisse, mais garotas acabariam com a cabeça em uma estaca. Assim, permiti-me apenas mais um momento para respirar e acalmar a pulsação. Em seguida, me afastei da carruagem e parei sob a sombra do muro.

— Poderia esperar por mim aqui?

Ele assentiu com a cabeça e retornou para junto dos cavalos, acariciando suas crinas com a mão ressecada.

Tremi quando me aproximei do portão principal, onde dois guardas de armadura brilhante estavam armados até os dentes.

— Vim fazer uma requisição perante o rei — anunciei, em dairine perfeito, sacando novamente meus documentos.

Os guardas se limitaram a observar minha cintura apertada, o azul cintilante do meu vestido, a postura e a graça de Valenia, que me suavizavam e destruíam qualquer sinal de ameaça. O vento brincou com meu cabelo comprido e o jogou sobre o ombro, como um escudo castanho-dourado.

— Está na sala do trono — afirmou um deles, com os olhos se demorando no meu decote. — Vou acompanhá-la.

Deixei que me guiasse pelos arcos decorados com chifres e trepadeiras, por um pátio vazio e por uma escadaria, até o salão real. As portas eram enormes, entalhadas com nós intricados, cruzes e bestas míticas. Gostaria de ficar ali, admirando os entalhes e ouvindo a história silenciosa que contavam. Porém, dois outros guardas perceberam minha aproximação e abriram as portas sem dizer nada, fazendo com que o ferro e a madeira antigos gemessem suas boas-vindas.

Adentrei uma poça de sombras, e meu vestido sussurrava elegantemente sobre o piso desenhado enquanto meus olhos se ajustavam à luz.

Senti o peso da poeira antiga quando me aproximei do salão cavernoso. Havia o som de vozes, uma suplicante e outra mordaz, ricocheteando contra o pé-direito impressionantemente alto, sustentado por vigas de madeira entrecruzadas. Fiquei nas pontas dos pés, tentando ver acima da cabeça das pessoas reunidas ali. Mal conseguia enxergar a plataforma sobre a qual estava o rei, em seu trono feito de chifres e de ferro fundido. Mas, mais importante... ali estava lorde Allenach. Vi o castanho-escuro do cabelo e o brilho do gibão marrom no homem parado ao lado do trono...

Senti um alívio se espalhar pelos ossos por não ter que adiar minhas ações. Contudo, antes que pudesse entrar no salão, tive que parar na frente de um homem de cabelo branco usando o verde de Lannon, cujos olhos se arregalaram de surpresa ao me ver.

— Posso perguntar por que está aqui, lady de Valenia? — sussurrou para mim com um sotaque pesado, em chantal médio, a língua da minha mãe. Tinha um pergaminho à frente, uma pena na mão coberta de veias e uma lista de nomes e propósitos rabiscados no papel.

— Sim — respondi, em dairine. — Tenho um pedido para o rei Lannon.

— E qual pedido seria esse? — perguntou o representante, mergulhando a pena na tinta.

— Isso cabe a mim dizer, senhor — retruquei, da forma mais respeitosa que consegui.

— Lady, é mero protocolo que anunciemos seu nome e seu propósito ao buscar a ajuda do rei.

— Entendo. Sou a mestra Amadine Jourdain, de Valenia. E meu propósito deve ser enunciado apenas por minha própria língua.

Ele deu um suspiro, mas cedeu, escrevendo meu nome na lista. Em seguida, escreveu meu nome em um pedacinho de papel, que passou para mim e me instruiu a entregar para o arauto quando chegasse minha vez.

Uma onda de silêncio me seguiu quando adentrei os fundos do salão e atravessei o corredor central. Senti os olhos da plateia se voltarem para mim, encharcando-me como a chuva, e as teias de sussurros se alastrando quando começaram a questionar o motivo de uma lady valeniana ter ido até lá. Os sussurros se espalharam até o trono, onde o rei Lannon estava sentado com olhos pesados, descaradamente entediado ao observar um homem ajoelhado, implorando pela ampliação do prazo para pagar seus impostos.

Parei, e havia dois homens esperando para fazer seu apelo entre mim e o rei. Foi nessa hora que Lannon me viu.

Os olhos se cerraram na mesma hora e me encararam. Senti-os como se fossem a ponta de uma faca percorrendo meu corpo, testando a firmeza da minha pele, as camadas do meu vestido e a natureza do pedido que eu estava prestes a fazer.

Por que uma valeniana tinha ido até ele?

Não deveria encará-lo. Deveria baixar o olhar, como uma valeniana decente sempre faz na presença da realeza. Entretanto, ele não era realeza para mim, então sustentei o olhar.

Não era o que eu esperava. Sim, tinha visto o perfil dele em uma moeda, que o exibia como um homem bonito, miticamente divino. E poderia ter sido bonito para um homem com cinquenta e tantos anos, se o desprezo não tivesse azedado as linhas de seu rosto, prendendo as expressões entre o escárnio e a perplexidade. O nariz era elegante, e os olhos possuíam um tom vívido de verde. O cabelo era louro-claro, misturando-se ao branco da idade, caindo sobre os ombros angulosos, com algumas tranças maevanas sob a prata retorcida e os diamantes cintilantes da coroa.

Era a coroa de Liadan. Reconheci-a da ilustração que admirara aquela vez, com seus galhos de prata trançados e botões de diamantes. Uma coroa que fazia parecer que as estrelas haviam pousado sobre a rainha. E ele a estava usando. Eu quase franzi a testa, irritando-me com aquela visão.

Afaste o olhar, ordenou meu coração, quando Lannon começou a se ajeitar nervosamente sobre o trono e seus olhos, de repente, entenderam meu orgulho como uma ameaça.

Olhei para a esquerda, diretamente para Allenach.

Que também estava me encarando.

O lorde era elegante, com o corpo forte e bem-cuidado, e o gibão marrom que vestia capturava seu brasão de cervo e suas insígnias láureas no peito largo. O cabelo castanho-escuro era entremeado por alguns fios brancos. Duas pequenas tranças emolduravam o rosto dele, e um esbelto aro dourado repousava sobre a testa, indicando nobreza. O maxilar era barbeado, e os olhos cintilavam como carvões, com um brilho azul que me fez tremer. Também me via como uma ameaça?

— Milorde rei, este selo foi encontrado nos bens desse homem.

Afastei o olhar de Allenach para ver o que estava acontecendo ao pé do trono. O homem à minha frente estava ajoelhado, com a cabeça curvada para Lannon. Estava trêmulo e maltratado, e parecia ter uns sessenta anos. Ao lado do homem havia um guarda usando o verde de Lannon, acusando-o de algo perante o rei. Foquei o olhar neles, principalmente quando vi um pequeno quadrado de tecido azul pendurado nos dedos do guarda.

— Traga isso para mim — pediu Lannon.

O guarda subiu na plataforma, se curvou e entregou ao rei o tecido azul. Vi a expressão de desprezo no rosto de Lannon quando mostrou o tecido para que a corte pudesse vê-lo.

Havia um cavalo bordado em um pomposo fio prateado sobre o tecido azul. Na mesma hora, meu rosto empalideceu e o coração disparou, pois sabia de quem era aquele selo. Era a marca de lorde Morgane. Que estava disfarçado de Theo d'Aramitz, e que, no momento, estava em Damhan para a caçada...

— Sabe qual é o preço por portar o selo do traidor? — indagou Lannon calmamente ao homem ajoelhado.

— Milorde rei, *por favor* — suplicou o homem, com a voz rouca. — Sou fiel ao senhor e ao lorde Burke!

— O preço é sua cabeça — continuou o rei, em tom de tédio. — Gorman?

Das sombras, emergiu um corpulento homem encapuzado, com um machado nas mãos. Outro homem se adiantou, levando um bloco de madeira. Fiquei paralisada pelo choque e pelo horror, quando me dei conta de que decapitariam aquele homem na minha frente.

O salão ficou dolorosamente silencioso, e só conseguia ouvir a lembrança das palavras de Jourdain... *Eu assistia àquilo tudo, com medo de me opor. Todos tínhamos medo de nos opor.*

E, agora, vi o idoso ser obrigado a se ajoelhar e a colocar a cabeça sobre o bloco de madeira. Estava a um segundo de dar um passo à frente e deixar minha máscara cair quando uma voz rompeu o silêncio.

— Milorde rei.

Nossos olhos se desviaram para a esquerda do salão, onde um lorde alto e grisalho tinha dado um passo à frente. Tinha um aro dourado na cabeça e vestia um gibão vermelho com o brasão de uma coruja.

— Fale rapidamente o que o incomoda, Burke — permitiu o rei, impacientemente.

Burke fez uma reverência, então ergueu as mãos.

— Esse homem é um dos meus melhores pedreiros. Seria um prejuízo à minha Casa perdê-lo.

— Esse homem também carrega a marca do traidor — afirmou Lannon, mostrando o tecido azul novamente. — Quer me dizer como devo executar minha justiça?

— Não, meu rei. Mas, esse homem, muito tempo atrás, já serviu o traidor, antes da rebelião. Desde a vitória de 1541, serve à minha Casa, e jamais pronunciou o nome do derrotado. É bem provável que tenha sido por acidente que esse selo perdurou.

O rei riu.

— Não há acidentes quando se trata de traidores, lorde Burke. Gostaria de gentilmente lembrar-lhe disso, e também lhe direi que se mais alguma marca traiçoeira surgir em sua Casa, você terá que pagar com sangue.

— Não acontecerá novamente, milorde rei — prometeu Burke.

Lannon apoiou o maxilar no punho, e os olhos pesaram, como se estivesse entediado de novo.

— Muito bem. Esse homem receberá trinta chicotadas no pátio.

Burke fez uma reverência de gratidão enquanto seu pedreiro era erguido do bloco de madeira. O homem chorou e agradeceu, contente por ser açoitado em vez de decapitado, e os vi passar por mim a caminho do pátio. O rosto de lorde Burke estava pálido quando os seguiu, e ele esbarrou no meu ombro.

Reparei em sua expressão e em seu nome. Pois certamente se tornaria um aliado.

— Lady? — O arauto estava sussurrando para mim, esperando pelo cartão com meu nome.

Entreguei-o para ele, e minha boca ficou seca. Meus batimentos martelavam minha mente. Pelos santos, não podia fazer aquilo. *Eu não era capaz de fazer aquilo...* Era tolice mencionar o nome de MacQuinn logo depois do de lorde Morgane. Contudo... eu estava aqui. Não havia como voltar atrás.

— Apresento a mestra Amadine Jourdain, de Valenia, a sua Alteza Real, o rei Gilroy Lannon de Maevana.

Dei um passo à frente, sentindo minhas patelas virando água, e fiz uma reverência graciosa e fluida. Pela primeira vez, senti-me agradecida pela clausura rígida na cintura; o espartilho me manteve ereta, transformando-me de uma garotinha insegura em uma mulher muito confiante. Pensei em Sibylle e em sua máscara de sagacidade. Deixei que essa máscara cobrisse meu rosto e meu corpo enquanto esperava que ele se dirigisse a mim, e meu cabelo caía sobre os ombros, ondulados pela brisa do mar. Escondi a preocupação bem lá no fundo, e deixei que a segurança sustentasse minha expressão e postura, como Sibylle faria.

Aquele encontro não fugiria ao meu controle, como acontecera no solstício de verão, meses antes. Aquele encontro foi gerado pela minha criação e meu planejamento, e não permitiria que o rei o roubasse de mim.

— Amadine Jourdain — repetiu Lannon, com um sorrisinho perigoso. Pareceu dizer meu nome apenas para sentir seu gosto, enquanto ateava fogo no selo de Morgane com a vela mais próxima. Vi o cavalo azul e prateado queimar, virar cinzas e cair no chão de pedra ao lado do trono. — Diga-me, o que está achando de Maevana?

— Sua terra é linda, milorde rei — respondi, e talvez fosse a única verdade que diria a ele.

— Faz muito tempo que uma mulher valeniana não vem até mim para fazer um pedido — continuou, passando um dedo pelos lábios. — Conte-me por que veio.

Costurei aquelas palavras dias antes, forjando-as no calor do meu peito. Selecionei cada uma delas com cuidado, provando-as e as praticando. Depois, memorizei-as e as declamei em frente a um espelho para ver como influenciariam minha expressão.

Mesmo assim, a memória se retraiu quando eu mais precisava, e o medo parecia uma aranha subindo pelas minhas saias voluptuosas quando tudo o que eu conseguia ver era a garota na estaca, e tudo o que conseguia ouvir era o estalar distante do chicote vindo do pátio.

Entrelacei as mãos trêmulas e disse:

— Vim pedir vossa graça para permitir passagem a Maevana.

— Para quem? — questionou Lannon, e aquele sorriso insolente ainda curvava os cantos da boca.

— Meu pai.

— E quem é seu pai?

Inspirei fundo, e meu coração trovejou pelas veias. Olhei para o rei por entre os cílios e proclamei alto o bastante para que todos os ouvidos no salão pudessem ouvir:

— Eu o conheço como Aldéric Jourdain, mas você o conhece como o lorde da Casa de MacQuinn.

Esperava que houvesse silêncio quando eu falasse aquele nome, mas não esperava que ele durasse tanto nem que fosse tão intenso. Nem mesmo que o rei se levantasse com certa graça, lenta e predatória, enquanto me encarava com as pupilas tão arregaladas que quase deixaram seus olhos pretos.

Perguntei-me se estaria prestes a perder a cabeça, bem ali ao pé do trono de chifres e de ferro fundido que já tinha sido de Liadan. E não haveria o lorde Burke para impedir aquilo.

— O nome "MacQuinn" não é falado aqui há 25 anos, Amadine Jourdain — disse Lannon, e suas palavras se retorciam como uma longa trepadeira de espinhos pelo salão. — Na verdade, já cortei muitas línguas que ousaram dizê-lo.

— Milorde rei, permita-me explicar.

— Você tem três minutos — declarou Lannon, virando o queixo na direção de um dos escribas sentados ao fundo da plataforma. Os olhos do homem se arregalaram quando se deu conta de que fora escolhido para cronometrar por quanto tempo eu permaneceria com minha língua.

Entretanto, eu estava calma e controlada. Senti a pulsação da terra abaixo de tantas pedras e azulejos e de medo e tirania; senti o batimento da terra que aquele país já fora um dia. A Maevana que Liadan Kavanagh criou tanto tempo antes. *Um dia, uma rainha irá surgir*, disse Cartier para mim, certa vez.

Aquele dia estava surgindo no horizonte. Aquele dia me deu coragem quando mais precisei.

— Lorde MacQuinn passou 25 anos no exílio — comecei. — No passado, ele ousou desafiá-lo. Atreveu-se a usurpar o trono de sua posse. Contudo, o senhor foi mais forte, milorde rei. O senhor o derrotou. E foi preciso um quarto de século para ele se livrar do orgulho até os ossos, para chegar ao ponto de reconhecer o erro, a traição. Ele me enviou para pedir que o senhor o perdoe, para dizer que o exílio e a perda dele foram um preço grande que ele pagou. Ele me enviou para pedir ao senhor que permita que ele volte à terra onde nasceu, para mais uma vez servi-lo, para mostrar que, embora o senhor seja cruel, também é misericordioso e bom.

Lannon ficou tão imóvel e silencioso que parecia ter sido entalhado em pedra. Contudo, os diamantes da coroa cintilavam com uma alegria maliciosa. Lentamente, vi o gibão de couro se mover com sua respiração enquanto ele descia da plataforma, e as botas mal faziam barulho sobre o piso. Estava vindo, se aproximando de mim; e me mantive firme, esperando por ele.

E apenas quando estava a um palmo de distância, olhando-me de cima, foi que perguntou:

— E por que enviou *você*, Amadine? Para me tentar?

— Sou sua filha paixão — respondi, impotentemente observando os vasos rompidos em volta do nariz do rei. — Enviou-me para demonstrar a confiança que tem no senhor. Porque sou da família dele, e vim sozinha, sem acompanhantes, para mostrar ainda mais sua boa-fé no rei.

— Paixão, é? — Os olhos dele me percorreram. — De que tipo?

— Sou mestra de conhecimento, milorde rei.

Um músculo tremeu no maxilar dele. Não fazia ideia de quais pensamentos ocupavam sua mente, mas não me pareceu satisfeito. O conhecimento realmente era algo perigoso. Porém, ele finalmente se virou e caminhou de volta para o trono, arrastando pelo chão atrás de si a comprida veste real cor de âmbar, que ondulava como ouro líquido enquanto subia a escada da plataforma.

— Diga-me, Amadine Jourdain — instigou, voltando a se sentar no grande trono. — O que seu pai patrono faria ao voltar à terra natal?

— Serviria ao senhor da maneira que desejasse.

— Rá! Isso é bem interessante. Se lembro corretamente, Davin MacQuinn era um homem muito orgulhoso. Lembra-se, lorde Allenach?

Allenach não tinha se movido nem um centímetro, mas os olhos ainda estavam em mim, circunspectos. E foi nessa hora que me lembrei do que Liam tinha dito sobre a dinâmica entre o rei e seu conselheiro. Era mais importante que obtivesse a bênção de Allenach, pois influenciava o rei como ninguém.

— Sim, milorde rei — assentiu Allenach, e a voz era um barítono grave que se espalhou pelo salão como a escuridão. — Davin MacQuinn já foi um homem muito orgulhoso. Contudo, a filha dele atesta algo diferente, que 25 anos finalmente o curaram.

— Não acha estranho que tenha enviado a filha paixão para pedir redenção por ele? — questionou Lannon, e o anel de ametista que trazia no indicador captava a luz que entrava pelas janelas acima.

— Não. Nem um pouco — concluiu Allenach, embora os olhos ainda me avaliassem, tentando medir minha profundeza. Seria eu uma ameaça, ou não? — Como Amadine declarou, enviara seu recurso mais precioso para exemplificar a sinceridade do pedido.

— E quanto aos outros, Amadine? — inquiriu Lannon, bruscamente. — E os outros dois lordes, os dois covardes que escaparam do meu cerco, como fez seu pai? Acabei de queimar o selo de um deles. *Onde* estão os outros?

— Não sei de outros, milorde rei — afirmei.

— Pelo seu bem, espero que esteja falando a verdade — advertiu o rei, inclinando-se para a frente. — Porque se descobrir que não está, irá se arrepender de ter pisado no meu salão.

Não havia me preparado para ser ameaçada tantas vezes. Minha voz tinha sumido, virado pó na minha garganta, e, assim, fiz para ele outra reverência, a fim de responder àquela cruel declaração.

— Então acredita que deveríamos permitir que voltasse para casa? — Lannon cruzou as pernas e olhou para o conselheiro.

Allenach deu um passo para mais perto, e depois outro, até parar na beirada da plataforma.

— Sim, meu rei. Deixe que volte, e vamos ouvir o que o traidor tem a dizer. E, enquanto o esperamos, manterei sua filha em minha propriedade.

— Preferiria que ela ficasse aqui — protestou Lannon —, onde posso mantê-la sob minha guarda.

Meu maxilar travou, e, em vão, tentei parecer agradável. Tentei parecer não ligar para quem me receberia. Porém, quase cai de joelhos em alívio profundo quando Allenach afirmou:

— Amadine Jourdain é valeniana, milorde rei. Vai se sentir mais à vontade comigo, pois a caçada do cervo está em andamento em Damhan, e prometo ficar de olho nela o tempo todo.

Lannon curvou a sobrancelha quase invisível e batucou com os dedos no braço do trono. Então, declarou:

— Que seja. MacQuinn poderá atravessar a fronteira ileso, e deve vir apelar pessoalmente a mim. Amadine, você irá com lorde Allenach por enquanto.

Forcei a sorte por uma última vez.

— Milorde rei, posso escrever a carta para meu pai? Para que saiba que pode cruzar o canal?

Eu devia usar apenas duas frases na carta: uma que alertaria secretamente Jourdain do quanto Lannon ficara agitado com meu pedido, e outra que o garantisse que eu iria para Damhan. E, naquele momento precário, não ousava enviar uma carta para o outro lado do canal sem a permissão do rei.

— Ora, é claro que pode. — Lannon estava debochando de mim quando gesticulou para que o escriba trouxesse a mesa, o papel e a tinta para mim no meio do corredor. — Na verdade, façamos isso agora, juntos. — O rei esperou até que eu tivesse molhado a pena na tinta, então me fez parar bem na hora em que estava prestes a escrever. — Ditarei exatamente o que deve dizer a ele. Que tal?

Eu não podia recusar.

— Sim, milorde rei.

— Escreva isto: *Para meu querido e covarde pai...* — ditou Lannon, com a voz animada, e, quando hesitei, e a tinta pingou no pergaminho como sangue escuro, o rei vociferou: — Escreva, Amadine.

Eu o fiz, sentindo a bile subir pela garganta. Minha mão estava tremendo, e a corte toda conseguia me ver chacoalhando como um galho. A situação não melhorou quando lorde Allenach parou ao meu lado, para se certificar de que eu estivesse anotando exatamente o que o rei ordenava.

— *Para meu querido e covarde pai* — continuou Lannon. — *Sua Graça Majestosa, o rei de Maevana, aceitou permitir que seus ossos traiçoeiros atravessem o canal. Planejei tudo corajosamente para o senhor, depois de perceber como o rei é magnânimo e o quanto o senhor me enganara com as histórias de seus feitos passados. Acredito que deveremos ter uma conversinha depois que o rei falar com o senhor, é claro. Sua filha obediente, Amadine.*

Assinei a carta com lágrimas nos olhos, enquanto a corte ria e comentava como o rei era inteligente e mordaz. Contudo, engoli aquelas lágrimas, pois ali não era lugar para parecer fraca ou amedrontada. Não ousei imaginar Jourdain lendo aquilo, e como o rosto dele se contorceria ao ler aquelas palavras, quando percebesse que o rei debochara de mim e me coagira na frente de uma plateia.

Endereçei a carta ao porto de vinhos de Isotta, onde Jourdain estava de olho nas entregas. Então, dei um passo para trás, sentindo que poderia desabar a qualquer momento. A mão forte de um homem segurou meu braço e me manteve de pé.

— A carta será enviada amanhã — afirmou Allenach, encarando meu rosto pálido, do alto.

Os cantos dos olhos eram enrugados, como se gostasse de sorrir, de gargalhar. Tinha cheiro de cravo e de pinho queimado.

— Obrigada — sussurrei, incapaz de sufocar um último tremor.

Ele sentiu, então começou a me acompanhar gentilmente para fora do salão.

— Você é muito corajosa de vir até aqui por um homem como Mac-Quinn. — Ficou me observando, como se eu fosse um enigma complicado que precisava resolver. — Por que fazer isso?

— Por quê? — Minha voz estava ficando rouca. — Porque ele é meu pai. E deseja voltar para casa.

Saímos para o pátio e para o sol; a claridade e o vento frio quase me fizeram cair de joelhos novamente quando o alívio se espalhou pelas minhas juntas. Até que vi que o velho ainda estava sendo açoitado, amarrado entre dois postes a poucos metros dali. As costas dele estavam rasgadas, e o sangue escorria pelas pedras. E ali estava lorde Burke, testemunhando a punição, frio e silencioso como uma estátua.

Afastei o olhar, mas o estalo do chicote me fez sobressaltar. *Ainda não*, disse para mim mesma. *Não reaja enquanto não estiver sozinha...*

— Preciso lhe agradecer — falei para Allenach. — Por me oferecer estadia em sua casa.

— Embora o castelo real seja lindo — comentou —, acho que vai achar Damhan mais agradável do que ficar aqui.

— Por quê? — Como se realmente precisasse perguntar aquilo.

Ele me ofereceu a mão novamente, e a aceitei. Os dedos seguraram os meus delicadamente, como se entendesse os costumes valenianos, nos quais um toque devia ser delicado e elegante. Começou a me guiar para longe, bloqueando minha visão do açoite.

— Porque tenho quarenta valenianos hospedados no meu castelo para a caçada ao cervo. Irá se sentir em casa entre eles.

— Ouvi falar do cervo — mencionei, enquanto continuávamos andando em sintonia perfeita. Eu estava ciente da espada embainhada na lateral do corpo dele, assim como ele tomava cuidado com o movimento das minhas saias. — Suas florestas são cheias de cervos?

Ele riu, achando graça.

— Por que acha que convido os valenianos todos os outonos?

— Entendo.

— E você veio sozinha, sem acompanhante?

— Sim, milorde. Mas tenho uma carruagem esperando do lado de fora do portão... — Levei-o até lá, e o cocheiro empalideceu ao ver lorde Allenach ao meu lado.

— Milorde. — Ele se apressou em fazer uma reverência, e reparei que usava uma capa verde, o que queria dizer que devia ser um dos homens de Lannon.

— Gostaria que levasse Amadine até Damhan — disse Allenach para ele, enquanto me ajudava a subir na carruagem. — Sabe o caminho, imagino?

Acomodei-me no banco enquanto o lorde e o cocheiro conversavam, e, assim, pareci estar à vontade quando Allenach colocou o corpo para dentro da carruagem.

— São várias horas de viagem até Damhan — afirmou. — Estarei a cavalo atrás de você, e a receberei no pátio.

Agradeci. Quando finalmente fechou a porta, e senti a carruagem começar a sacolejar, afundei nas almofadas com um tremor, sentindo os restos da minha coragem virando cinzas.

PARTE TRÊS
⸺⸻⸻❋ ALLENACH ❦⸻⸻⸺

21

A MADEMOISELLE
DA ROSA PRATEADA

Território do lorde Allenach, castelo Damhan

Cheguei a Damhan quando a noite começou a tingir o céu. O pátio vibrava, repleto de vida: servos de uniforme corriam com lampiões em mãos, transportando comida dos depósitos, içando água do poço e carregando pilhas de lenha em preparação para o banquete que haveria naquela noite. O cocheiro abriu a porta, mas foi Allenach quem me ajudou a descer da carruagem.

— Infelizmente, está ficando um pouco tarde para lhe mostrar a propriedade — afirmou.

Parei para inspirar fundo: senti o aroma de folhas queimando, de madeira assando, e a fumaça dos fogareiros da cozinha.

— Pode me mostrar tudo amanhã, quem sabe? — pedi a ele, na mesma hora em que um cachorro monstruoso veio correndo até nós e farejou minhas saias. Fiquei paralisada. O cachorro parecia um lobo de pelo espesso e aparência cruel. — Isso... isso é um lobo?

Allenach assobiou, e o cachorro tipo lobo se afastou de mim na mesma hora, olhando para o dono com olhos úmidos. Ele franziu a testa para a cadela.

— Que curioso. Nessie odeia estranhos. E, não, ela é uma *wolfhound*, criada para caçar lobos.

— Ah. — Ainda estava um pouco abalada, embora Nessie estivesse olhando para mim com a língua de fora, como se eu fosse sua melhor amiga. — Ela é... simpática.

— Normalmente, não. Mas parece gostar bastante de você.

Vi Nessie sair trotando e se juntar ao grupo de outros três *wolfhounds*, seguindo de perto um dos servos, que carregava um pedaço de carne.

Só então me virei para olhar para o castelo.

E o reconheci.

Tristan o comparara a uma nuvem carregada que tinha se casado com a terra. E vi que concordava com ele, pois o castelo era feito de pedras escuras, e se erguia como uma nuvem preta. Parecia primitivo e arcaico; a maioria das janelas eram frestas estreitas, construídas numa época difícil, de guerras constantes; o período anterior à rainha Liadan. Ainda assim, era receptivo, como um gigante gentil de braços abertos.

— Talvez eu possa levá-la para conhecer a propriedade amanhã — disse Allenach, em chantal médio, e o sotaque o fazia engasgar algumas palavras. Em seguida, como se quisesse parecer mais valeniano do que maevano, ofereceu-me a mão de novo e me levou até sua casa.

Ele estava falando algo sobre o jantar que haveria no salão quando reparei que as tochas nas paredes começaram a cintilar com fagulhas requentadas, como se as chamas estivessem sendo arrastadas por centenas de anos. Meu coração se acalmou quando percebi que aquilo era a luz velha batalhando com a nova, e que Tristan estava prestes a me levar para a época dele. Devia ter visto algo, ou sentido algum cheiro no castelo que despertou a lembrança, e, por um momento, quase me entreguei e permiti que me envolvesse. Seria sobre a pedra, e, sem dúvidas, uma visão que precisava ver, mas, quando imaginei desmaiar ou entrar em transe na presença de Allenach... não podia permitir aquilo.

Apertei inadvertidamente a mão de Allenach e voltei o olhar para o chão de pedra, e para o modo como a luz descia pelo meu vestido. Buscaria a qualquer custo escapar da transição e manter meu ancestral distante.

Era como se tentasse segurar um espirro ou um bocejo. Vi as paredes ondularem, ansiosas para se derreterem pelo tempo, e as sombras tentavam me pegar. Mas não me submeti a elas. Senti como se estivesse caindo de uma árvore, mas conseguido me agarrar a um galho fraco e teimoso pouco antes de cair no chão.

Tristan desistiu. O controle dele sobre mim esmiuçou, e minha pulsação latejava de alívio.

— Ali está a porta do salão — mostrou-me Allenach, apontando as duas portas altas batizadas com a flâmula dele. — O café da manhã e o jantar são servidos ali para todos os meus convidados. E aqui está a escada. Vou levá-la ao seu quarto.

Caminhei ao lado de Allenach por um longo lance de escadas até o segundo andar, e um tapete marrom se estendia como uma língua, lambendo cada degrau. Passamos por vários homens valenianos que me olharam com interesse, mas não disseram nada enquanto percorriam o corredor. Então, comecei a reparar nos entalhes nas portas. Reparei que a soleira de cada quarto de hóspedes era dedicada a algo, fosse uma fase da lua, algum tipo de flor ou de animal selvagem.

Ele percebeu meu interesse e caminhou mais devagar para que eu pudesse ler o emblema que havia na soleira mais próxima.

— Ah, sim. Quando meu antepassado construiu este castelo, sua esposa mandou abençoar cada aposento — explicou Allenach. — Esse quarto de hóspedes, por exemplo, é consagrado à raposa e à lebre. — Ele apontou para a gravura barroca dos dois animais correndo em círculo, um atrás do outro.

— O que quer dizer? — indaguei, fascinada com como a boca estreita da raposa quase mordia o rabo peludo da lebre, e como a lebre quase mordia a generosa cauda da raposa.

— Faz referência a uma lenda maevana muito antiga — explicou Allenach. — Um aviso sobre passar vezes demais por uma mesma porta.

Eu nunca tinha ouvido tal história.

Ele deve ter sentido minha intriga, pois declarou:

— Para se proteger contra os truques das soleiras e garantir que um homem pudesse saber aonde cada uma delas o levaria cada vez que fosse de um aposento para o outro, era bom marcar ou abençoar cada ambiente. Este quarto dá energia para o maevano que nunca perde seu inimigo de vista.

Olhei-o nos olhos.

— Isso é fascinante.

— É o que a maioria dos valenianos diz quando fica aqui. Venha, esse é o quarto que acho que será melhor para você.

Ele me levou até uma porta em arco, entrelaçada de ferro, abençoada com a gravura de um unicórnio usando um cordão de flores no pescoço. Allenach tirou a vela da arandela mais próxima, então abriu a porta. Esperei que acendesse as velas no quarto escuro, e um alerta resvalou em meus pensamentos. Estar sozinha com ele em um quarto me deixou hesitante, e levei a mão até a saia, sentindo a silhueta do punhal escondido.

— Amadine?

Soltei o vestido, e passei por debaixo da bênção do unicórnio com cautela, parando a uma distância segura dele e observando a luz dar vida ao quarto.

A cama estava coberta por um bordado de seda, e, em volta dela, havia uma cortina de cendal. Havia um armário velho encostado a uma das paredes, com entalhes de folhas e galhos de salgueiro, e uma mesinha redonda sustentava uma bacia de prata. Havia apenas duas janelas, uma de cada lado da lareira de pedra, e ambas eram pequenas frestas de vidro inspiradas pela guerra. Entretanto, talvez mais do que qualquer outra coisa, foi a enorme tapeçaria presa à parede mais comprida que atraiu minha admiração. Cheguei mais perto dela para analisá-la, e havia incontáveis fios unindo-se para formar um unicórnio empinando em meio a uma variedade colorida de flores.

— Achei que isso chamaria sua atenção — disse Allenach.

— E que bênção este quarto dá? — perguntei, olhando com cautela para ele quando um dos criados entrou, trazendo meu baú, e o colocou cuidadosamente ao pé da cama.

— Com certeza deve saber o que o unicórnio representa — falou o lorde, com a vela tremeluzindo fielmente em sua mão.

— Não temos mitos de unicórnios em Valenia — informei a ele, com tristeza.

— O unicórnio é símbolo de pureza, e de cura. De magia.

Aquela última palavra soou como um gancho sob minha pele; a voz dele me puxava para ver como eu reagiria. Olhei para a tapeçaria apenas para que pudesse afastar o olhar dele, lembrando-me de que, embora aquele lorde estivesse parecendo simpático e hospitaleiro, não estava menos desconfiado de mim. Não estava se esquecendo de que eu era filha de MacQuinn.

— É lindo — murmurei. — Obrigada por tê-lo escolhido para mim.

— Enviarei uma das minhas criadas para ajudá-la a se trocar. Depois disso, desça e se junte a nós no salão para o jantar. — Ele saiu e fechou a porta, quase sem emitir qualquer som.

Corri para desfazer meu baú. Encontrei o vestido de criada, o avental e o xale que usaria dali a duas noites, quando saísse do castelo para procurar a pedra. No bolso fundo do avental estava minha pá. Rapidamente, embrulhei aquilo tudo junto em uma trouxa, e a escondi sob a cama, onde a camareira não pensaria em olhar. Estava desarrumando lentamente o resto das minhas roupas e as pendurando no armário quando a criada chegou. Ela me ajudou a tirar as camadas azul e branca do vestido, e então reamarrou meu espartilho, embora eu estivesse desesperada para tirá-lo depois de ter passado o dia todo com ele. Em seguida, me vestiu com um traje prateado que exibia meus ombros e tinha um corpete cintilante. O vestido fluía como água quando eu me mexia, com a cauda me seguindo como se o luar tivesse se derramado ali. Nunca tinha usado nada tão lindo. Fechei os olhos quando a garota reuniu meu cabelo e o prendeu no alto da cabeça, deixando que algumas mechas caíssem em volta do rosto.

Quando ela saiu, enfiei a mão no fundo do baú para pegar a rosa prateada que deveria usar no cabelo. Brinquei com ela nos dedos e vi a luz das velas cuspir fogo nos pequenos rubis, perguntando-me se seria fácil localizar d'Aramitz: um homem que nunca conheci, a quem deveria reconhecer através de um brasão. Bom, ele estava aqui em algum lugar, pensei, e fui até a frente da placa de cobre que fazia as vezes de espelho. Vi meu reflexo fraco enquanto prendia a rosa atrás da orelha, depois limpei a pinta em formato de estrela e a redesenhei no topo da bochecha.

Ah, d'Aramitz saberia quem eu era mesmo sem a rosa. Eu me destacaria como uma fruta podre em um salão cheio de homens, mesmo sendo predominantemente valenianos.

Comecei a andar em direção à porta, mas parei, e meu olhar se prendeu na tapeçaria de unicórnio mais uma vez. Foram duas batalhas vitoriosas naquele dia. Havia conseguido passagem para Jourdain e chegara a Damhan. Deixei que isso penetrasse no meu coração, e que minha coragem se reacendesse. Aquela noite seria muito simples, talvez a parte mais fácil da missão. Nem precisava falar com o terceiro lorde, apenas fazer contato visual.

Saí do quarto e encontrei a escada, seguindo, então, as gargalhadas e os aromas fortes de um banquete promissor, até que cheguei ao salão.

Fiquei impressionada; talvez mais ainda do que com o salão real. Porque o salão de Damhan tinha quase vinte metros de comprimento, e o teto, com pé-direito alto, era feito de vigas de madeira expostas, arqueando-se de forma complexa, e escurecidas pela fumaça habitual. Admirei os ladrilhos do piso, o que me levou ao fogareiro no meio do salão, erguido sobre pedras. A luz iluminava os brasões que cobriam as quatro paredes: cervos que pulavam por luas crescentes, florestas e rios.

Essa era a Casa da qual eu tinha vindo.

Enfeitada por bênçãos elaboradas e cervos saltitantes.

E saboreei todo aquele salão maevano, e seus encantos, e sua vida, sabendo que, muito tempo antes, Tristan se sentara naquele salão. Senti-me próxima dele, como se pudesse se materializar a qualquer momento. Como se pudesse aparecer e resvalar no meu ombro, aquele homem de quem eu era descendente.

Mas não foi Tristan quem passou por mim. Em vez disso, foram os criados, correndo para levar travessas de comida, jarras de vinho e garrafões de cerveja até as compridas mesas montadas sobre cavaletes.

D'Aramitz, lembrei a mim mesma. Ele era minha missão essa noite.

A maioria dos nobres valenianos estava no centro do salão enquanto as mesas eram preparadas, segurando cálices prateados de cerveja e revivendo uns com os outros os eventos do dia. Também havia sete nobres de Allenach misturados com os valenianos, mas os identifiquei facilmente pelos gibões de couro estampados com o desenho do cervo.

Comecei a andar silenciosamente por entre os amontoados de homens, passando os olhos modestamente pelo peito de cada um deles, procurando o brasão da árvore. Alguns deles, naturalmente, tentaram me envolver em suas conversas, entretanto, eu apenas abri um sorriso e continuei andando.

Parecia que já havia andado sem rumo por tempo demais, quando finalmente encontrei um grupo de homens que ainda não tinha visto. Os dois primeiros definitivamente não eram d'Aramitz. Parei, sentindo-me frustrada e exausta, até que comecei a imaginar como ele deveria ser. Se era um dos lordes, seria mais velho, por volta da idade de Jourdain, provavelmente. Talvez, então, tivesse algumas rugas e alguns cabelos grisalhos.

Havia imaginado um lorde muito feio, quando, de repente, meus olhos foram atraídos por um homem parado de costas para mim. O cabelo claro estava preso com uma fita, e havia algo em sua estatura e na postura que me pareceu estranhamente reconfortante. Vestia um gibão vermelho-escuro, uma camisa branca de linho, de mangas compridas, e uma calça em um tom simples de preto. Porém, quanto mais eu olhava para as costas dele, mais percebia que não havia chance de contornar o grupo discretamente para conseguir ver seu brasão.

Devia ter sentido meu olhar, pois finalmente se virou e me encarou. Na mesma hora, meus olhos dispararam até o emblema preso no peito do gibão. Era a árvore que Jourdain tinha me mostrado. Era d'Aramitz. Contudo, havia ficado muito parado, tão imóvel que não era algo natural.

Meu olhar subiu lentamente do brasão para o rosto dele, que não era, de modo algum, feio e velho, mas jovem e bonito. Olhos azuis como centáureas. Uma boca que raramente sorria.

Fui ao mesmo tempo destruída e consertada enquanto olhava para ele, e enquanto ele olhava para mim.

Pois não era somente d'Aramitz, o terceiro lorde derrotado. Não era apenas um homem desconhecido com quem deveria fazer contato visual e me afastar.

Ele era Cartier.

22

D'ARAMITZ

Por um momento, só consegui ficar parada respirando, com as mãos apertando a seda sobre as hastes do corpete. Não podia ser, pensei, e a negação preenchia minha mente como chuva transbordando um rio. Cartier era paixão. Cartier era valeniano.

E, ainda assim, esse tempo todo, ele fora outra coisa.

Cartier era Theo d'Aramitz... Aodhan Morgane... um dos lordes maevanos derrotados.

Não conseguia tirar os olhos dele.

Os sons do salão começaram a derreter como gelo sob o sol, e a luz do fogo tremeluzia em um dourado escuro, como se estivesse rindo de Cartier e de mim. Porque via aquilo no olhar dele também, enquanto me observava. Estava chocado; alarmado por descobrir que eu era a mademoiselle com a rosa prateada. Eu era Amadine Jourdain, a garota que recuperaria a Pedra do Anoitecer e que recebera a recomendação de observar e ajudar caso algum problema ocorresse.

Os olhos dele me avaliaram e pararam naquela rosa em meu cabelo, como se fosse um espinho. Algo similar a dor surgiu na expressão dele. O olhar voltou até o meu, e a distância entre nós se tornou rasa e intensa, como ficava o ar logo antes de um declive íngreme.

Ah, como, *como* aquilo foi acontecer? Como não soubemos sobre o outro?

O choque acabaria destruindo nossos disfarces.

Dei-lhe as costas primeiro, e esbarrei em um homem, que me segurou pelo braço antes que eu derramasse o cálice de cerveja dele em seu gibão.

— Cuidado, mademoiselle — disse, e forcei um sorriso tímido nos lábios.

— Perdoe-me, monsieur — retruquei com a voz rouca, então me afastei antes que ele pudesse me prender ali.

Estava procurando algum lugar para onde correr e me esconder até que conseguisse me recuperar. Queria sombras e silêncio e solidão. Entretanto, ouvi Cartier me seguindo. Sabia que era ele; reconheci a sensação eufórica de quando a distância entre nós diminuía.

Parei à frente de uma das mesas vazias e fingi que estava admirando a heráldica na parede, quando senti a perna dele resvalar nas minhas saias.

— E quem a mademoiselle seria?

A voz dele era suave e agoniada.

Não devia olhar para ele, não devia falar com ele. Se Allenach olhasse na nossa direção, saberia que havia algo entre mim e Cartier.

Porém, não consegui resistir. Virei-me para olhar para ele, sentindo meu corpo despertar para aquela proximidade entre nós.

— Amadine Jourdain — respondi educadamente, soando distante e desinteressada. Contudo, meu olhar estava atento e meu coração ardia, e ele sabia disso. Ele sabia, porque vi tudo aquilo repetido nele, como se fôssemos espelhos, refletindo um ao outro. — E você é...?

— Theo d'Aramitz.

Ele fez uma reverência, e vi o cabelo louro cintilar contra a luz enquanto o corpo se inclinava com graciosidade. Por baixo da polidez e da paixão, ele era como o aço e o vento frio; era o estandarte azul e o cavalo da Casa de Morgane.

Uma Casa rebelde. Uma Casa desgarrada.

O pai dele deve ter sido o lorde que se juntou a MacQuinn e Kavanagh, porque Cartier devia ser ainda uma criança, 25 anos antes. E, enquanto começava a juntar as peças, sabia que havia mais coisas de que eu precisava saber. Eu e ele precisávamos encontrar um jeito de conversarmos sozinhos, antes que a missão apodrecesse sob nossos pés.

— Qual é o seu quarto? — sussurrei, e saboreei o jeito como seu rosto ficou vermelho com aquela pergunta ousada.

— A doninha alada — respondeu, tão baixinho que quase não o ouvi.

— Vou procurá-lo esta noite — afirmei, e então me virei, como se tivesse perdido o interesse nele.

Voltei para o meio da multidão na hora certa, pois Allenach entrou no salão, e o olhar me encontrou imediatamente. Ele andou na minha direção, e fiquei esperando, torcendo para que a vermelhidão no meu rosto tivesse sumido.

— Gostaria que se sentasse à minha mesa, no lugar de honra — anunciou Allenach, oferecendo-me a mão.

Aceitei a oferta e deixei que me levasse até o tablado, onde uma mesa comprida estava coberta de cálices, pratos, garrafões e travessas de comida fumegante. Mas não foi o banquete que chamou minha atenção: foram os dois jovens que nos esperavam à mesa.

— Amadine, permita-me apresentar meu filho mais velho, Rian, e o mais novo, Sean — falou Allenach. — Rian e Sean, esta é Amadine Jourdain.

Sean assentiu educadamente para mim. Os cabelos eram curtos e castanhos, e o rosto, queimado de sol, era coberto de sardas. Imaginei que fosse um pouco mais velho do que eu. Já Rian, o primogênito, apenas me mirou com um olhar pétreo por debaixo das sobrancelhas grossas e franzidas. O cabelo castanho-escuro caía sobre a gola enquanto ele batucava impacientemente com os dedos na mesa. Lembrei-me de evitá-lo no futuro.

Fiz uma reverência, embora o gesto parecesse desajeitado e desnecessário naquele salão. Rian sentava-se à direita de Allenach, sinalizando que era o herdeiro, e Sean, à esquerda. Eu me sentaria do outro lado de Sean, no que provavelmente era o lugar mais seguro do salão para mim naquele momento. Ficaria protegida do olhar desconfiado de Rian e das perguntas de Allenach, além de ter o salão inteiro entre mim e Cartier.

Porém, quando sentei à cadeira de honra que me fora designada, sem que pudesse contê-lo, meu olhar percorreu as mesas à nossa frente, procurando por meu mestre, mesmo sabendo que não deveria fazê-lo. Estava sentado à esquerda do salão, a três mesas de distância, mas eu e ele tínhamos a visão perfeita um do outro. Parecia que um vão tinha se aberto, rachando as mesas, o estanho e a prata, e as placas de piso que havia entre nós. Os olhos dele estavam em mim; meus olhos estavam nele. Então, ele ergueu o cálice quase imperceptivelmente, e bebeu a mim. Bebeu por tê-lo enganado, por eu ter me reencontrado com ele, e aos planos que nos uniam, não como paixões, mas como rebeldes.

— Meu pai nos contou que você é paixão de conhecimento — disse Sean, tentando me envolver em uma conversa educada.

Olhei para ele e abri um pequeno sorriso. Ele me encarava como se eu fosse uma flor de roseira brava, e a grandiosidade do meu vestido obviamente o deixava um tanto desconsertado.

— Sou, sim — respondi, e me obriguei a pegar a travessa de carne de pombo que Sean me passara. Comecei a encher o prato, e meu estômago embrulhava-se ao ver tudo aquilo, pois estivera esmagado o dia todo pelo espartilho. Contudo, tinha que parecer à vontade, e demonstrar estar agradecida. Comi e segui conversando com Sean, ajustando-me lentamente à cadência do salão.

Estava perguntando a Sean sobre a caçada ao cervo quando senti o olhar de Cartier em mim. Observava-me havia um tempo, e resisti com teimosia, sabendo que Allenach também me assistia de canto de olho.

— Alguém já viu o cervo? — perguntei a Sean, enquanto cortava as batatas e finalmente encarava o olhar de Cartier por entre os cílios.

Cartier inclinou a cabeça, desviando os olhos na direção de alguma coisa. Estava prestes a seguir a ordem silenciosa de olhar para o que o incomodava quando o calor das cordas encheu o salão: era um violino.

Eu reconheceria a música dela em qualquer lugar.

Sobressaltada, olhei para a direita, onde um grupo de paixões de música havia se reunido, portando seus instrumentos, e a música começava a ocupar o salão. Merei estava entre eles, com o violino obedientemente apoiado no ombro e os dedos dançando sobre as cordas quando começou a harmonizar com os outros. Contudo, seus olhos estavam em mim, e eram escuros e lúcidos, como se tivesse acabado de acordar de um sonho. Ela sorriu, e meu coração praticamente pulou do peito.

Fiquei tão abalada que derrubei o cálice de cerveja. O líquido dourado se espalhou pela mesa, sobre o meu vestido e no colo de Sean. O Allenach mais novo deu um pulo, mas quase não consegui me mexer. Merei estava no salão. Merei estava tocando. *Em Maevana.*

— Desculpe-me — pedi ofegantemente, tentado recuperar o fôlego enquanto começava a limpar a cerveja.

— Está tudo bem. Minha calça era velha mesmo — brincou Sean, com um sorriso torto.

— A música sempre lhe afeta assim, Amadine? — provocou Rian do outro lado da mesa, inclinando-se para que pudesse assistir enquanto eu ajudava Sean a limpar a sujeira.

— Não, mas é uma surpresa agradável ouvi-la em um salão maevano — rebati, enquanto Sean se sentava novamente, parecendo ter urinado na calça.

— Gosto que meus convidados valenianos sintam-se em casa — explicou Allenach. — Nos últimos anos, tenho convidado grupos de músicos para a temporada de caça. — Ele tomou um gole de cerveja e sinalizou para que um servo enchesse meu cálice, embora, definitivamente, já estivesse cansada de comer e beber e estar tentando parecer normal. — De uma paixão para outra, eles devem fazer com que se sinta em casa.

Eu ri, sem conseguir me segurar. A pressão acumulava-se no meu peito desde que fiquei cara a cara com Cartier. E, agora, estava escapando junto com a música de Merei.

Sabia que ela iria viajar pelo reino com seu patrono. Contudo, nunca imaginei que atravessaria o canal e tocaria em um salão maevano.

Merei, Merei, Merei, cantava meu coração, seguindo a cadência dos meus batimentos. E, conforme a música fluía por mim, explorando cada canto do grande salão, percebi, de repente, o quão perigoso era que ela estivesse aqui. Ela não podia me conhecer; eu não podia conhecê-la. Entretanto, como eu poderia dormir sob aquele teto, sabendo que ela e Cartier estavam aqui, tão perto de mim?

Cartier já devia ter sentido aquilo tudo na primeira noite em Damhan, quando Merei apareceu inesperadamente com o grupo de Patrice Linville para tocar. Ele deve tê-la instruído a fingir que não o conhecia, e eu só podia rezar para que agisse do mesmo jeito comigo.

Pensei em uma miríade de formas de abordá-la com alguma desculpa, de encontrar um jeito de falar com ela sozinha, ou de explicar a ela por que eu estava aqui. Mas só consegui ficar parada ouvindo-a enquanto o salão vibrava em apreciação silenciosa à sua música, e meu coração martelava de saudade e de medo. Eu devia me mover ou ficar parada?

Queria olhar para ela. Queria correr até ela. Em vez disso, levantei-me, olhei para lorde Allenach e abri um sorriso quando pedi a ele:

— Milorde poderia me acompanhar até meu quarto? Estou exausta da longa viagem.

Ele se levantou na mesma hora, e o aro dourado que tinha sobre a testa cintilou sob a luz do fogo. Enquanto me levava pelo corredor, meu olhar passou pelas mesas à esquerda do salão, uma a uma.

Cartier tinha desaparecido.

23

A PASSAGEM PELA TAPEÇARIA

Eu não esperava ver um guarda na minha porta. Porém, quando Allenach me acompanhou de volta ao quarto do unicórnio, percebi que seria observada *e* vigiada. Meu rosto não denunciou nada, mas o coração tropeçava contra as costelas quando me dei conta de que não teria como escapar para o quarto de Cartier, nem sair escondida do castelo para recuperar a pedra.

— Para sua proteção, Amadine — explicou-me Allenach quando chegamos à porta, onde o guarda estava imóvel e quieto com a determinação de uma estátua. — Com tantos homens no castelo, e com você tendo vindo para cá sem um acompanhante, não gostaria que algo lhe acontecesse.

— É muito atencioso de sua parte, milorde. Dormirei em paz esta noite — menti, abrindo um sorriso doce.

Ele retribuiu o sorriso, mas os olhos não refletiram o gesto quando abriu a porta para mim.

— Pedirei à camareira que venha ajudá-la.

Assenti e entrei no quarto, sentindo a luz das velas suspirar com meu retorno. Tudo estava desmoronando, pensei, ao me sentar na beirada da cama. Será por isso que missões secretas sempre falhavam? Porque era impossível se preparar para cada uma das curvas na estrada?

Tinha planejado sair na noite seguinte, para me dar tempo de localizar as portas de serviço que Liam havia descrito, as quais devia usar para sair e entrar em Damhan. E, se não conseguisse encontrar um jeito de sair do quarto... teria de ajustar meus planos. Precisaria recuperar a pedra durante o dia, e isso seria arriscado demais, com os homens caçando no bosque.

Precisava conjurar um motivo para me juntar à caçada, ou para ficar perto do bosque no dia seguinte. As duas coisas pareciam impossíveis no momento, pois estava cansada, abalada e sendo vigiada.

A camareira finalmente chegou para me ajudar a tirar a roupa e acender a lareira. Senti-me agradecida quando ela saiu, e finalmente pude ficar sozinha, só de camisola, com o cabelo solto e emaranhado. Em seguida, desabei na cama e fiquei olhando para a tapeçaria de unicórnio, e minha cabeça doía.

Pensei em Tristan. Havia morado ali. Talvez, já tenha estado naquele mesmo quarto.

Aquela ideia fez com que eu me sentasse de repente. Comecei a revirar cada lembrança dele que tinha herdado, vasculhando-as até que se tornassem leves. Ele compartilhara um pensamento sobre Damhan comigo, do dia em que brigou com o irmão. Pensou nos cantos e esconderijos, nas passagens secretas e portas escondidas do castelo.

Levantei-me da cama e comecei a procurar pelo quarto. Na mesma hora, fui atraída pela tapeçaria, e, delicadamente, puxei-a de lado e olhei para a parede de pedra que escondia. A ponta dos meus dedos começou a traçar os rejuntes, procurando, vasculhando...

Demorei um tempo. Meus pés já estavam frios de tocar o piso de pedra quando senti uma tira de argamassa prender nas unhas. Empurrei-a com delicadeza, e senti a parede se mover, revelando uma porta estreita e antiga para um corredor interno escuro, com cheiro de mofo e musgo.

Uma rede escondida. Um ramo intricado das veias e artérias do castelo. Um jeito de se deslocar sem ser visto.

Corri para pegar meus sapatos e o candelabro. Em seguida, ousei adentrar aquela passagem, deixando que as sombras me engolissem ao passo que a luz das velas mal se espalhava pela escuridão. Não tranquei a porta, mas me atrevi a fechá-la ao máximo. Em seguida, fiquei refletindo sobre as soleiras, sobre como eram portais e que cada quarto precisava de uma bênção. Se as portas principais tinham essas demarcações, as secretas também as deveriam ter, não é?

Levantei o candelabro e observei o arco áspero da porta. E ali estava entalhado o unicórnio. Era um tanto rudimentar, mas estava lá.

Poderia encontrar o quarto de Cartier dessa forma, pensei, e antes que minha coragem sumisse, antes que o bom senso pudesse sufocar aquele impulso, comecei a andar pela passagem. Fiquei pensando se também conseguiria encontrar uma saída do castelo usando essas rotas, e depois estremeci, ao imaginar que poderia me perder naquele labirinto escuro e complicado.

Segui com cautela, como se fosse uma criança aprendendo a andar. Parei todas as vezes que ouvi um som: ecos da cozinha, portas sendo batidas no andar abaixo de mim, o vento uivando como um animal do outro lado da parede e um estouro de gargalhadas. Mas comecei a encontrar as outras portas e li suas bênçãos. Aquela parte do castelo era a ala de hóspedes, e quando a passagem interna começou a fazer curvas, observei todos os detalhes do caminho que segui, rezando para que o quarto de Cartier tivesse uma porta interna.

Perdi a noção do tempo. Estava prestes a desistir, com os pés gelados e sentindo o ar frio atravessar o tecido fino da camisola, quando encontrei a porta dele. Em outras circunstâncias, teria rido por seu quarto ser abençoado por uma doninha alada. Porém, meu coração, meu estômago e minha mente estavam todos emaranhados, e eu estava tremendo porque estava prestes a vê-lo. Ficaria com raiva de mim?

Levantei os dedos e mexi no trinco. A porta secreta se abria para dentro da passagem, provavelmente para que não marcasse o piso do quarto. Uma tapeçaria pesada me recebeu do outro lado, protegendo o portal da mesma forma como a que havia no meu quarto.

Ouvi as botas de Cartier pisando no chão, embora ele não estivesse vindo até mim. Estava andando de um lado para o outro, e me perguntei como deveria cumprimentá-lo sem que o assustasse.

— Mestre.

Minha voz foi absorvida pela tapeçaria, mas ele a ouviu. E devia ter sentido a corrente de ar, porque quase arrancou a tapeçaria da parede, e seus olhos pousaram em mim, parada na abertura da porta secreta. Pela segunda vez naquela noite, deixei-o sem palavras, ao me convidar para entrar em seu quarto. Passei por ele e praticamente gemi ao sentir o calor e a luz rosada do fogo.

Parei no meio do quarto, esperando que se aproximasse. Ele pegou o candelabro da minha mão, o colocou sobre uma mesa e passou os dedos pelo cabelo solto. Ficou de costas para mim, olhando para toda parte, menos para mim, até finalmente se virar. Nossos olhares se cruzaram.

— Amadine Jourdain — falou, com um sorriso triste. — Como passou despercebida por mim?

— Mestre Cartier, eu sinto muito — apressei-me a dizer, com as palavras tropeçando umas nas outras. Acho que deve ter ouvido a dor e o sofrimento na minha voz, por ter tido que ir embora de Magnalia de forma tão sorrateira. — Queria lhe contar.

— E agora entendo por que não o fez. — Ele suspirou e reparou que eu estava tremendo, percebendo que eu estava só de camisola. — Venha se sentar junto ao fogo. Precisamos ter uma conversinha.

Ele puxou duas cadeiras para perto da lareira, e me sentei em uma delas, esticando os pés para me aproximar do calor. Senti que estava me observando, e aquele espaço entre nós era cheio de carinho e confusão. Eu posso ter sumido de Magnalia sem deixar rastros, mas ele também havia guardado segredos.

— Então — disse ele, olhando para o fogo. — Jourdain é seu patrono.

— Sim. E você é Aodhan Morgane — sussurrei, como se as paredes pudessem nos ouvir, e o nome proibido escorreu pela minha língua como mel. O som pareceu eletrizar o ar entre nós, pois Cartier virou-se para mim, com os olhos amplos e brilhosos como o verão, e deu um sorrisinho torto.

— Sou. E também sou Theo d'Aramitz.

— Além de Cartier Évariste — acrescentei. Três nomes diferentes, três rostos diferentes. Tudo em um só homem.

— Não sei nem por onde começar, Brienna — declarou.

— Comece pelo começo, mestre.

Ele pareceu se fixar naquela última palavra, "mestre", como se ela o lembrasse daquilo que nosso relacionamento ainda deveria ser. Contudo, logo encontrou a voz, e a história acendeu como brasa.

— Meu pai se ergueu contra Lannon 25 anos atrás, e a essa altura você, sem dúvidas, já conhece bem a história. Era tão novo que não me lembro de nada, mas minha mãe e minha irmã mais velha foram assassinadas, e meu pai fugiu comigo antes que eu pudesse sofrer o mesmo destino. Ele foi para o Sul, refugiando-se em Delaroche, onde se tornou escriba e me criou como valeniano. Na época em que comecei a implorar para me deixar ser paixão, ele me contou quem eu realmente era. Não era Theo d'Aramitz, como achava que era. Não era valeniano. Eu era Aodhan, e ele era um lorde maevano desonrado que tinha uma dívida a acertar.

Ele fez uma pausa. Consegui ver que estava se lembrando do pai. O rosto de Cartier ficou retesado, como se a dor daquela perda ainda fosse aguda.

— Ele se reunia com Jourdain e Laurent uma vez por ano. Começaram a planejar, mas nada do que pensavam era forte o bastante. Por todo aquele tempo, eu achava tudo aquilo ridículo. Tínhamos vidas boas em Valenia. Estávamos em segurança. Por que os lordes ainda estavam tentando voltar a Maevana? E, então, meu pai morreu, consumido pelo luto. Tornei-me mestre de conhecimento e assumi um novo nome. Não queria ser encontrado. Não queria que me envolvessem em um plano tolo de vingança. Virei Cartier Évariste, e escolhi ir para Magnalia porque a Viúva tinha nos ajudado quando atravessamos a fronteira. Não esperava que me reconhecesse. Eu era pequeno quando ela nos abrigou, mas, ainda assim, sentia-me atraído por lá.

— Contou a ela sobre quem você era? — perguntei, pois ela deveria querer saber quem era ele...

— Queria ter contado — respondeu. — Quis contar a ela que eu era o pequeno Aodhan Morgane, o filho do lorde derrotado, e que estava vivo por causa de sua bondade. Mas... não tive coragem. Permaneci sendo Cartier, como eu próprio queria, mas isso começou a mudar. Comecei a pensar mais e mais em Jourdain, Laurent, em Luc e em Yseult. No motivo pelo qual desejavam voltar. Comecei a pensar na minha mãe e na minha irmã, cujo sangue derramado no chão ainda grita, e no povo de Morgane, que foi perseguido e dispersado enquanto seu lorde se escondia no exílio. Percebi que ficar em Valenia fingindo que as atrocidades de Lannon não estavam acontecendo era covardia.

"Quase parti de Magnalia antes que meu contrato de sete anos acabasse. Quase fui embora, e quase não consegui guardar meus segredos e meu passado. Até que você me pediu que eu a ensinasse."

Inspirei lenta e profundamente. Meu olhar pousou no rosto dele, mas Cartier ainda encarava o fogo, com o peito subindo e descendo delicadamente.

— Pediu-me que lhe ensinasse conhecimento em três anos — relembrou, e aquele sorriso reapareceu. Finalmente olhou para mim, e senti o coração começar a relaxar. — Você foi o desafio de que eu precisava, Brienna. Fiquei em Magnalia por você, dizendo a mim mesmo que, depois que você conquistasse a paixão, eu me juntaria aos esforços de Jourdain e Laurent para voltar ao Norte. O que pediu era quase impossível, mas fiquei determinado a fazer com que conseguisse o que queria: conquistar a paixão. Você me manteve tão distraído que quase não consegui pensar em mais nada.

Olhei para minhas mãos. Havia tantas coisas que queria dizer a ele, mas, de alguma forma, nenhuma palavra parecia digna.

— Mestre Cartier — finalmente sussurrei, e então olhei para ele.

Ele estava prestes a falar mais, e os lábios formaram uma palavra que eu jamais ouviria, quando houve uma batida suave e ritmada à porta. Cartier se levantou em um piscar de olhos, gesticulando para que eu o seguisse.

— Você precisa ir — murmurou, e eu o segui pelo quarto. — É um dos nobres de Jourdain, e, para sua proteção, não quero que saiba de você. — Ele me deu o candelabro e afastou a tapeçaria.

Quase havia me esquecido de que d'Aramitz também tinha uma missão a cumprir ali: a de reunir secretamente o povo de Jourdain. Abri a porta e adentrei a passagem secreta; contudo, girei sobre os calcanhares para olhar novamente para ele. Ainda havia tanta coisa que não tínhamos resolvido. E devia ter visto as perguntas e desejos no meu olhar, pois sussurrou:

— Venha me ver novamente amanhã à noite.

— Sim — respondi, baixinho.

— Tome cuidado, Brienna. — Então, ele baixou a tapeçaria, e eu fechei a porta.

Fiz uma pausa longa o suficiente para garantir que não desse para ouvir nada do encontro dele com o nobre através da parede, e, em seguida, iniciei o caminho de volta para o quarto. Não pensei uma vez sequer que nossa conversa poderia ser ouvida. Mas devia ter pensado nisso. E ele também. Porque, com apenas um gesto descuidado, Cartier e eu estaríamos mortos.

E eu ainda tinha que recuperar a Pedra do Anoitecer.

24

A CAÇADA

Na manhã seguinte, tomei o café da manhã rapidamente no salão e segui o fluxo de valenianos até o pátio, onde esperariam os cavalos. A névoa estava começando a passar, e fiquei assistindo ao despertar das terras de Damhan sob o sol e o orvalho cintilantes.

Vi a cervejaria, o alojamento dos servos, o estábulo e a pequena arena de combate onde Tristan e Oran haviam praticado. E na extremidade do pasto ficava a floresta Mairenna, coberta por pinheiros verde-escuros e choupos amarelos, coroada pela neblina. Pouca coisa tinha mudado ao longo dos últimos 160 anos. Aquilo era um suave lembrete de que aquela terra e aquele povo foram construídos com resistência e tradição, e de que as mudanças ali aconteciam de forma lenta e gradual.

Meu plano para me aproximar era solicitar que me mostrassem a floresta, e já esperava que meu pedido fosse negado, porque todos os homens estariam caçando. Mas precisava demonstrar curiosidade pela terra, para não parecer estranho quando me vissem andando sozinha por ali.

Senti o peso da pá no bolso do vestido, e o da rebelião no coração.

Estremeci sob o frio da incerteza, e disse a mim mesma que, se esse plano falhasse, voltaria a explorar as passagens secretas àquela noite, embora não tivesse o conhecimento de como navegar por elas, e embora tivesse mais chances de abrir a porta errada do que a certa.

Estava imaginando o horror de me perder naquelas passagens escuras quando ouvi o cantar de uma voz amada atrás de mim.

— Soube que você é paixão de conhecimento.

Girei sobre os calcanhares e olhei para Merei, sufocando ferozmente a vontade de jogar os braços ao seu redor. Acho que carregávamos a mesma expressão no rosto, pois as covinhas dela formaram pequenos vales nas bochechas enquanto tentava se controlar.

— Sou. E você é mestra de música?

— Sim. Merei Labelle. — Ela fez uma pequena reverência.

— Amadine Jourdain — respondi, com o mesmo gracejo.

Senti o olhar de Allenach pousar sobre mim, vindo do outro lado do pátio. Que bom, pensei. Era bom que me visse me apresentar a ela.

— Bem, Amadine, parece que a quantidade de homens é absurdamente maior que a de mulheres. Será que eu e você podemos passar o dia juntas? — perguntou Merei, e seus olhos brilhavam, repletos de perguntas.

Prendi o ar, e minha mente disparou pelas possibilidades que se abriram de repente. Não tinha planejado o envolvimento de Merei; a última coisa que queria era sacrificar sua segurança. Porém, de repente, percebi o quanto a ajuda dela poderia ser útil.

— Sim, eu adoraria. Contudo, planejei explorar as terras hoje — afirmei, enquanto caminhávamos pela multidão de homens na direção de Allenach. De canto de olho, vi Cartier em meio a um círculo de valenianos. Meu coração acelerou, e perguntei a Merei: — Gostaria de cavalgar comigo?

— É claro! — concordou Merei, quando paramos na frente de Allenach.

— Milorde — cumprimentei-o, fazendo a reverência necessária. — Gostaria de fazer aquela prometida visita pelas suas terras hoje.

— Infelizmente, preciso ir com os outros homens e liderar a caçada — explicou-me.

— Algum dos seus filhos estaria disposto a me acompanhar? — indaguei, rezando para que me oferecesse o gentil e educado Sean, e não Rian, que pareceu ter desconfiado de mim na noite anterior.

Como se minha esperança o tivesse atraído, Sean apareceu no pátio, ainda com olhos sonolentos e o cabelo desgrenhado. Levava nas roupas as cores do pai: vestia uma camisa marrom por baixo de um gibão de couro e uma calça preta para dentro das botas, que iam até os joelhos. Tinha uma aljava de flechas pendurada no ombro, bem como um arco longo feito de teixo. Quando sentiu meu olhar, olhou para mim, e eu sorri para ele. Foi assim que se aproximou de nós.

— Bom dia — cumprimentou. — Não achei que fosse caçadora, Amadine.

— E não sou — concordei. — Mas tinha esperanças de explorar a propriedade hoje, para ver mais das terras do seu pai.

Allenach ficou muito quieto, observando a interação entre mim e seu filho mais novo. Não sabia no que estava pensando, mas meu estômago se contraiu quando percebi que o lorde praticamente não deixava que eu me afastasse da vista dele. Desejei um escudo, um feitiço de magia, ou qualquer forma de me esconder dele e de suas observações apuradas.

— Porém, seu pai não poderá me acompanhar — atestei. — Terei que esperar até amanhã, então?

— Eu poderia levá-la — sugeriu ele, virando-se para Allenach. — Não poderia, pai?

Naquele momento, Rian chegou. Ele se movia sobre a grama como uma cobra, como se conseguisse farejar minhas intenções secretas do outro lado do pátio.

— O que está acontecendo? — perguntou o irmão mais velho, mantendo os olhos em mim, inflexíveis, escuros e desconfiados.

— Sean irá mostrar nossas terras a Amadine — declarou Allenach, e, novamente, não consegui decifrar se estava aborrecido ou entediado. As palavras foram articuladas com cuidado.

— O quê? — protestou Rian. — Não, Sean não. Deixe-me fazê-lo.

As palmas das minhas mãos começaram a suar, mas me mantive firme, orando e esperando.

— Você tem de liderar a caçada com nosso pai — rebateu Sean.

— E você deve acompanhar a retaguarda.

— Chega — disse o lorde, em voz baixa, mas intensa, e os filhos obedeceram na mesma hora. — Rian, você vem comigo. Sean, acompanhe Amadine.

Eu mal podia acreditar naquilo, mas o lorde da Casa de Allenach estava em minhas mãos, fazendo tudo o que eu queria.

Sean assentiu, com evidente satisfação, mas Rian fez uma careta, numa expressão sisuda quando, finalmente, afastou o olhar de mim. Contudo, ouvi o que disse a Allenach, e suas palavras me atingiram como se fossem pedras:

— Está tratando a meretriz de MacQuinn como a uma princesa.

Não ouvi a resposta de Allenach, mas minha garganta se apertou.

— Venham, mademoiselles — disse Sean, oferecendo um braço para cada uma de nós. Tomei o da esquerda, e Merei fez o mesmo com o da direita. — E você seria?

— Merei Labelle — afirmou. — Acabei de conhecer Amadine.

Ele nos guiou até os portões abertos do pátio, onde os servos de Allenach começavam a levar os cavalos até os valenianos.

— Preciso apenas de alguns minutos para buscar dois cavalos mansos para vocês — avisou Sean. — Esperem aqui. Volto já.

Soltamos seus braços e vimos Sean correr até onde ficava o estábulo, na parte plana do vale. Aproveitei aquele momento em que o pátio estava vibrando de atividade e movimento, enquanto os homens subiam nos cavalos para partir, e puxei Merei para uma área tranquila sob a luz matinal.

— Aja como se eu estivesse contando-lhe algo agradável — sussurrei.

O rosto dela estava virado para os homens, e eu estava de costas, de forma que alguém como Rian não poderia ler meus lábios.

— Muito bem — assentiu Merei, abrindo aquele sorriso de *acabei de conhecê-la*. — Conte-me o que está acontecendo.

— Shh, apenas escute — murmurei. — Em algum momento durante esse passeio, vou fazer um sinal com a mão. Quando me vir colocar a mão na gola da camisa, precisa fingir que seu cavalo se assustou. Vá para o mais longe da floresta que conseguir. Precisa distrair Sean pelo tempo que for possível.

Merei ainda estava sorrindo para mim, inclinando a cabeça para o lado como se eu tivesse acabado de contar-lhe algo maravilhoso. Mas seus olhos se arregalaram, grudados nos meus.

— Não posso lhe dar detalhes — sussurrei. — É melhor que não saiba de nada.

Queria dizer meu nome. Vi que seus lábios desejavam formar *Bri*. Contudo, ela apenas riu, lembrando-se da minha orientação. E foi bom que tenha feito isso, pois senti o olhar grudento de Rian novamente, quando ele chegou ao pátio.

— Tome cuidado com o irmão de cabelo escuro. Ele olha para você de um jeito que me dá raiva — alertou-me em voz baixa e quase sem mover os lábios, para que não pudessem ser lidos, enquanto os últimos homens partiam.

— Não deixe que ele a irrite. — Passei o braço pelo dela, e o pátio parecia amplo e solitário agora que estava vazio. Caminhamos até o portão, assistindo aos grupos de homens que cavalgavam pela campina verdejante em direção à floresta. — Prometo que lhe contarei tudo quando isso acabar.

Merei olhou para mim, e, na mesma hora, Sean saiu do estábulo, puxando três cavalos.

— É melhor que conte — repreendeu, em tom de brincadeira. — Considerando que você-sabe-quem também está aqui.

Não pude deixar de sorrir ao ouvir a referência a Cartier.

— Ah, sim. Isso foi surpreendente.

A curiosidade tomou conta dos olhos dela, desesperada para sair dali como lágrimas, mas não ousei dizer mais nada sobre ele. Apenas falei:

— Continue encenando comigo.

Ela assentiu, e recebemos Sean com sorrisos animados. Ele deu uma égua baia para Merei, e eu peguei um capão ruano. Montamos nos cavalos e seguimos Sean, que assumiu a frente em seu garanhão preto.

— O que devo mostrar-lhes primeiro? — perguntou, virando-se sobre a sela e olhando para nós, que cavalgávamos lado a lado.

Ele definitivamente tinha escolhido cavalos mansos para nós. Ambos eram muito gentis, e trotavam a uma velocidade desinteressada. A égua de Merei parecia meio sonolenta, e meu capão estava determinado a provar toda a grama pela qual passávamos.

— Poderíamos começar com a cervejaria? — perguntei.

— Excelente escolha — declarou Sean, e, assim que se virou para a frente, lancei um olhar para Merei. Ela precisaria bater na égua com algo para fazê-la se "assustar".

Cavalgamos pela distância mais curta, colina abaixo, e deixamos nossos cavalos presos do lado de fora da cervejaria. Ficou evidente que Sean estava animado de nos mostrar a propriedade; ele nos contou toda a história daquela construção de pedra e madeira, à qual não prestei muita atenção. Estava mais preocupada em me certificar de que Merei encontraria algo com que bater na égua, e quando a vi esconder discretamente um galho fino no bolso da saia, meu coração finalmente se acomodou novamente no peito.

Agora. Precisava agir agora, enquanto ainda estava perto do trecho da floresta para o qual Tristan correra em sua lembrança, e enquanto os homens ainda cavalgavam até as profundezas do bosque, envoltos na caçada, antes de começarem a voltar para o castelo.

Montamos em nossos cavalos, e Sean começou a nos guiar pela beirada do bosque, falando sobre o moinho para onde estava nos levando. Estávamos quase chegando na parte da floresta onde eu precisava entrar. Olhei para Merei e coloquei a mão direita sobre a gola da camisa. Ela assentiu e sacou o galho, então, deu uma batida forte com ele no quadril da égua e, que os santos fossem abençoados, o animal disparou, como eu esperava que fizesse.

Nós todas aprendemos a cavalgar em Magnalia. Mesmo assim, Merei quase caiu quando a égua empinou o corpo e disparou em um galope furioso. Gritei para ela, e aquilo sobressaltou Sean, lançando-o em disparada atrás de Merei pelo pasto amplo.

Meu capão, aquele velho intrépido, ficou apenas observando, e relinchou suavemente. Guiei-o para o bosque, e ele se opôs, até que lhe dei um chute mais forte. Trotamos por entre as árvores, com os galhos nos açoitando e meus olhos famintos observando a tudo. *Mais rápido, mais rápido*, aticei o cavalo, e ele passou a correr.

Os galhos acertavam meu rosto, se prendiam em meu cabelo e me beijavam com sua seiva. Mas continuei cavalgando, sentindo o coração disparar conforme nos aproximávamos. Estava deixando a memória do Tristan de dez anos me guiar, e senti a presença do carvalho. As raízes gemiam sob o solo, reconhecendo-me e me atraindo, como se eu estivesse amarrada a ele.

O capão pulou o pequeno riacho, e então chegamos à clareira.

Os anos haviam mudado a floresta, aumentando o arco em volta do carvalho. Pousava ali, solitário e desafiador, com os longos galhos balançando sob a brisa suave. Contudo, aquilo também significava que eu ficaria exposta enquanto cavasse.

Desci do cavalo com as pernas formigando, e corri até a árvore. Sabia que era a certa, mas não pude deixar de passar as mãos pelo tronco enorme e enrugado. E ali, quase apagado pelos anos e pelas estações, estava o entalhe que dizia *T.A.*

Caí de joelhos e busquei a pá no bolso. Comecei a cavar em um ritmo urgente, sentindo os músculos arderem entre os ombros. A terra estava macia; espalhando-se em volta das minhas saias como bolo de chocolate, manchando meus dedos enquanto eu procurava pelo medalhão com a pedra.

Meus ouvidos estalaram de repente, e ouvi o som de trovão, embora o céu estivesse perfeitamente claro pela manhã. Senti a transição começar a acontecer, e Tristan começar a assumir. Não podia permitir que me sobrepujasse, e cavei mais rápido, com mais força, mordendo o lábio até que sangrasse. A dor e o fluido de gosto metálico na minha língua me mantiveram ancorada naquele espaço-tempo.

Mais uma vez, precisei de todo o meu foco para afastá-lo, para resistir a me render a ele. Era como nadar contra uma correnteza forte. Senti-me rasgada e exausta quando finalmente bloqueei sua tentativa ao me dirigir diretamente a ele.

— Irei desfazer o que você fizera — sussurrei para meu ancestral que tinha iniciado o declínio de Maevana.

Quase senti sua surpresa, como se estivesse parado atrás de mim. De repente, ele sumiu, abrindo caminho para a minha persistência.

Houve um baque seco na ponta da minha pá.

E no fundo do buraco estava o medalhão de madeira.

Esperava que estivesse podre, mas estava inteiro e bem conservado. Os anos que passara enterrado não o tinham afetado, como se a pedra tivesse enfeitiçado a si mesma para sobreviver. Com cuidado e reverência, enfiei a mão no buraco e puxei a corrente, repousando o medalhão na palma da mão. Meus dedos tremiam enquanto eu abria o fecho.

A pedra era exatamente como me lembrava, embora aquela memória não fosse minha. Era lisa e reluzente, como uma pedra da lua, até que sentiu minha presença, e uma luz azul cascateou por ela, como o sol brilhando através da chuva. A surpresa derramou-se sobre mim como mel, densa e adocicada. Senti vontade de me sentar e assistir à magia dançando pela pedra. E talvez o tivesse feito, tornando-me descaradamente cativada por aquela beleza silenciosa. Mas as cores derreteram, e a pedra retomou sua tonalidade branca perolada, parecendo fraca e triste.

Eu não era Kavanagh. Não havia qualquer sinal de magia no meu sangue, e a pedra adormeceu novamente depois de me examinar. Ela queria Yseult, pensei, e lembrar-me dela me trouxe de volta à urgência do momento, e para o perigo com o qual estava flertando.

Quando fechei o medalhão, ouvi vozes e o barulho de cavalos trotando pela floresta. Estava tremendo quando enfiei o medalhão de madeira pela frente do vestido, protegido pelo espartilho. Então, joguei a pá dentro do buraco e o enchi furiosamente, batendo a terra com firmeza e espalhando folhas, bolotas e galhos por cima dele. Da mesma forma como Tristan o fizera 136 anos antes.

Ouvi o som de um galho quebrando e o movimento de pés sobre a grama logo atrás de mim.

Desesperada, tentei elaborar alguma explicação para por que estava ajoelhada ali, embaixo de uma árvore, com os dedos sujos de terra. Esperei que a mão de alguém pousasse no meu ombro e me virasse, exigindo saber o que eu estava fazendo. Mas, em vez disso, o que senti foi um nariz úmido cutucando meu cotovelo. Sentei-me, e o alívio fez com que o calor formigasse por sob minha pele quando a *wolfhound* Nessie me cutucou de novo, como se quisesse brincar.

— Amadine!

Agora era Sean, quase chegando até mim.

Com o pouco tempo que tinha, rasguei a barra do vestido, limpei a terra das mãos nas saias e enfiei um galho no cabelo. Nessie me observou com a expressão solene, como se pressentisse minha consternação. Fui cambaleando até o capão, que mordiscava a grama fina que crescia ali. O medalhão apertava minha barriga de forma desconfortável, mas, ao menos, estava firme.

— Sean! — gritei para ele, puxando o cavalo de volta para a floresta, com Nessie logo atrás de nós.

— Amadine?

Continuamos nos chamando até que nos encontramos. O rosto dele ficou pálido quando me viu, e ele desmontou apressadamente do cavalo.

— O que houve? Você está bem?

— Meu cavalo se assustou logo depois do de Merei — atestei, fazendo a voz parecer oscilante. — Saiu em disparada pela floresta.

— Pelos deuses do céu, você quebrou alguma coisa? — Estava olhando para o meu lábio, sobre o qual eu tinha me esquecido. Um filete de sangue escorria pelo meu queixo.

— Não, só me deixou um pouco nervosa — falei. — Como está Merei?

— Ela está bem.

Olhei para além dele e a vi se aproximar com a égua. O olhar dela absorveu meu vestido sujo e rasgado, bem como o sangue. Seu medo finalmente se manifestou e atravessou o espaço entre nós como uma sombra.

Bri, Bri, o que está fazendo?

— Juro que escolhi os cavalos mais calmos para essa visita — disse Sean, balançando a cabeça. — Não consigo acreditar que os dois se assustaram. Peço desculpas.

— Não foi culpa sua — afirmei, colocando a mão no braço dele. — Ainda assim, se importaria de me levar de volta para o castelo?

— De modo algum — disse Sean, oferecendo o joelho para me ajudar a montar.

Voltamos para o pátio, onde a trupe de Merei estava saindo para uma caminhada. Convidaram-me para que me juntasse a eles, mas recusei. Só conseguia pensar em duas coisas: precisava trocar o vestido e limpar as unhas antes que Allenach voltasse, e precisava de privacidade para chorar de alívio por estar com a Pedra do Anoitecer.

Fiz as duas coisas, e me mantive recolhida até o jantar, para dar tempo ao meu coração e à minha mente de se acalmarem e se realinharem com o que viria a seguir. Só depois do jantar, quando estava de volta ao quarto, andando de um lado para o outro, tentando dar a Cartier tempo de sair do salão para que eu pudesse me encontrar com ele em seu quarto, foi que soou uma batida na minha porta.

Fui atender com cautela, e encontrei a camareira parada à porta com um envelope em mãos.

— Uma das mestras de música a convidou para se juntar a ela na biblioteca esta noite — afirmou a garota, entregando-me obedientemente a carta.

Peguei o envelope, perfeitamente ciente de que o guarda ao meu lado nos observava.

— Obrigada.

A camareira já estava se afastando antes mesmo que eu começasse a fechar a porta. Sabia que Merei queria discutir o que tinha acontecido pela manhã, e que essa era sua tentativa de me permitir explicar tudo a ela.

Abri o envelope, e um quadrado de pergaminho caiu de lá.

Meu coração inflou quando reconheci a caligrafia dela:

Reunião comigo?

Hesitei, pois o que mais queria era ir até ela. Porém, antes que pudesse decidir, vi a caligrafia elegante de Merei começar a escorregar pelo papel. Prendi a respiração enquanto as letras rasteavam como uma cobra preta, acabando por formar um texto em dairine e em itálico sobre o papel.

Reunião comigo.

A lembrança de Tristan me capturou inesperadamente. Foi tarde demais para eu pudesse me salvar de sucumbir dessa vez. Suspirei e assisti à mão dele amassar a mensagem. Vi-o andar até o fogo ardente da lareira e jogar o pergaminho nas chamas.

Estava esperando havia dois dias para que ela finalmente lhe enviasse aquela mensagem.

Tristan tinha convidado a princesa Norah Kavanagh para ir a Damhan com a desculpa da hospitalidade leal. Ela aceitou hospedar-se no castelo dele, e sabiam que o único motivo era para que fizessem planos sobre o roubo da Pedra do Anoitecer da mãe dela, a rainha, antes que a guerra fosse deflagrada no Oeste de Maevana.

Tristan saiu do quarto. O corredor estava silencioso e escuro. Apenas algumas arandelas continuavam acesas, lançando uma luz monstruosa na parede quando começou a andar.

Ele tinha refletido sobre como a magia da rainha se corromperia na batalha. Lera somente uma história sobre isso, a qual Liadan garantiu que tivesse sido passada de pessoa a pessoa, descrevendo o que a magia de batalha havia feito. Tempestades incontroláveis, criaturas de outro mundo que surgiam das sombras, espadas que roubavam a visão daqueles cuja pele perfuravam e flechas que se multiplicavam e voltavam-se contra seus arqueiros.

Ele sentiu um calafrio e torceu para que Norah estivesse pronta para fazer o que sugerira, para que tomasse a Pedra do Anoitecer antes da guerra chegar.

Tristan subiu a escada para o terceiro andar e seguiu silenciosamente por um corredor estreito até a porta que levava à varanda norte.

Saiu pela sacada, adentrando a noite fria.

Suas terras estavam cobertas de luar. Tudo parecia ser tão pequeno, como uma colcha de verdes escuros e marrons e azuis metálicos misturados pela luz celestial. A lua estava inflada de dourado, cheia e generosa, e as estrelas espalhadas a sua volta como açúcar sobre veludo preto.

De canto de olho, viu uma sombra se mover, e soube que era ela.

— Não devíamos ter pensado em um lugar melhor para nos encontrarmos? — perguntou.

— E por que eu me encontraria com você? — Era a voz de um homem.

O coração de Tristan despencou; ele se virou e olhou mais atentamente para a sombra em movimento. Era o rosto de Norah, com o cabelo escuro caindo sobre os ombros, e sua boca estava se movendo; ela estava dizendo algo, mas ele não a conseguia ouvir...

— Responda-me — falou Norah com rispidez, mas era uma voz masculina e desconfiada que saía pelos seus lábios. E foi nessa hora que o rosto da princesa se abriu no meio, deixando o de Rian Allenach em seu lugar.

25

O AVISO

— O que está fazendo aqui? — rosnou Rian.

Por um momento, tudo o que conseguia fazer era encará-lo. Senti um estalo nos ouvidos, um tremor percorreu minha pele e o horror penetrou meu coração. Tristan havia se desintegrado completamente, deixando-me para trás com a função de consertar aquele desastre.

— Eu... me desculpe — ofeguei, apertando o xale com mais força em volta dos ombros. — Estava explorando o castelo e...

— Com quem estava explorando?

Engoli em seco, e as desconfianças naquele olhar escuro me perturbavam.

— Uma das musicistas. Achamos que seria legal ver a vista do castelo.

— Não têm castelos em Valenia?

Olhei para Rian e tentei não recuar quando chegou mais perto.

— Por que você e eu não esperamos sua amiga chegar? — murmurou, inclinando a cabeça para o lado enquanto o olhar percorria meu corpo.

Queria me virar e fugir, e quase fiz isso. Meu pé direito começou a deslizar pelo piso de pedra quando Rian se moveu para bloquear o caminho até a porta.

— Isso vai nos dar uma boa oportunidade de nos conhecer — continuou, cruzando os braços. — Porque, desde que chegou aqui, meu pai anda estranho.

— O q-quê? — Minha pulsação estava enlouquecida, batendo como um tambor contra os ouvidos.

— Você me ouviu, Amadine Jourdain.

Dei um passo para trás, abrindo certo espaço entre nós. O muro do parapeito tocou minhas costas, e o cimento pinicou meu vestido.

— Por que veio aqui? — perguntou Rian.

Antes que as palavras desmoronassem na minha garganta, falei:

— Eu vim por MacQuinn.

Ele sorriu para mim. Tínhamos quase a mesma altura, mas me sentia pequena à sua sombra. Estava evidente que meu medo era como vinho para ele.

— Vamos fazer um joguinho. — Ele puxou um punhal da bainha que carregava no cinto.

— Não quero brincar — crepitei, tentando me afastar.

Ele esticou o braço e apoiou a mão no muro para me manter parada à frente dele.

— Não vou machucar você... se não mentir. Na verdade, vamos brincar de forma igualitária. Se eu mentir, você pega a lâmina. Mas, se mentir...

Olhei fixamente para ele. Pensei no que Jourdain tinha me falado logo antes que eu partisse de Valenia. E disse para mim mesma que fosse corajosa, porque Rian estava se alimentando dos meus medos e da minha impotência.

— Tudo bem, mas minha amiga vai chegar a qualquer momento.

— Cada um de nós faz três perguntas. — Ele praticamente falou ao mesmo tempo que eu, balançando a ponta da lâmina. — Eu começo. — Ele encostou a ponta do punhal na minha garganta. Não ousei me mexer nem respirar, sentindo o aço sobre minha pulsação. — Se você é paixão de conhecimento, onde está seu manto chique?

Engoli em seco, e o medo entalou na garganta como um pedaço de osso.

— Meu manto foi queimado em um incêndio cinco meses atrás. Minha mestra o está replicando.

Esperei e rezei para que acreditasse em mim. Ele estava gostando de me fazer temer e sofrer, mas acabou baixando a lâmina e a entregou para mim.

Não queria apontar um punhal para ele e me rebaixar àquele mesmo nível de crueldade. Contudo, pensei no que podia ter acontecido com minha mãe, e, então, mirei a ponta do punhal para a virilha dele.

Rian olhou para baixo e deu um sorrisinho.

— Você é uma coisinha terrível, não é?

— Por que se sente ameaçado por uma mulher? — A pergunta floresceu como fogo na minha boca, e a raiva retorceu as palavras.

Ele grudou o olhar no meu, e o risinho migrou para uma expressão sinistra.

— Não me sinto ameaçado por uma *mulher*. Apenas questiono aquela que aparece por aqui fazendo um apelo por um reconhecido e covarde traidor.

Ele não me deu tempo de pensar a resposta e testar se estava mentindo. Tirou a lâmina da minha mão e a encostou no corpete do meu vestido, abaixo do seio direito. Estava a um centímetro da Pedra do Anoitecer, que começou a vibrar sob o espartilho, como se estivesse despertando furiosamente.

— A musicista de cabelo escuro — rosnou Rian. — Qual é o nome dela? Merei, eu acho. Você a conhece. Já a conhecia antes de chegar aqui. Como?

O suor começou a escorrer pelas minhas costas enquanto minha mente girava, tentando encontrar uma mentira plausível. Minha hesitação estimulou seu desprezo. Ele começou a empurrar a lâmina, e senti a camada externa do vestido rasgar e o espartilho se curvar...

— Existe uma camaradagem na paixão e entre as irmãs — respondi. — É algo que não espero que entenda, mas há ligações entre as pessoas que usam o manto, mesmo entre as que não se conhecem.

Ele fez uma pausa, e os olhos frios percorreram as linhas do meu rosto. Achei que tinha acreditado na minha resposta. Estava prestes a estender a mão para pegar o punhal, quando ele enfiou a lâmina em mim.

Meu corpo ficou rígido, contraído sob a chama repentina de dor na minha lateral. Em seguida, veio o terror, quando me dei conta de que ele tinha me esfaqueado e de que havia um punhal enfiado na minha carne.

— Não, Amadine — sussurrou Rian amargamente. — Isso é mentira. — Ele recolheu a lâmina com tanta rapidez que cambaleei e caí de joelhos. — Você perdeu.

Meus dedos se curvaram sobre o piso de pedra, tentando encontrar algo em que me segurar. Algo que me desse coragem de enfrentá-lo. Estava tremendo violentamente quando ele se ajoelhou à minha frente, e seus dedos afastaram o cabelo do meu rosto. A sensação da pele dele tocando a minha me deu vontade de vomitar.

— Vou lhe dar um conselho, meretriz valeniana — avisou, limpando meu sangue do punhal antes de enfiá-lo novamente na bainha. — Se veio até aqui por alguém como MacQuinn, e se planeja fazer alguma tolice... é melhor estar com todas as suas mentiras planejadas. Porque o rei Lannon pode farejar falsidade como um cão de caça. E esse ferimento na sua lateral? É só um gostinho do que vai fazer a você se mentir. Pode me agradecer pelo aviso.

Rian se levantou. Senti um sopro frio de ar e o uivo do vento quando ele se deslocou para deixar a varanda. Eu ainda estava apoiada sobre as mãos e joelhos quando ele se virou e disse:

— Se meu pai descobrir sobre essa lição, posso prometer que sua amiguinha musicista pagará por isso. Boa noite, Amadine.

A porta se fechou.

Sozinha, comecei a inspirar fundo, tentando dominar o nervosismo antes que o choque tomasse conta de mim e eu perdesse a compostura. Sentei-me lentamente sobre os calcanhares, de olhos bem fechados. Não queria olhar. Não queria ver o que tinha feito a mim. Queria derreter e sumir. Queria ir para casa, mas nem sabia onde era a minha casa.

A pedra estava ficando mais quente contra minha barriga, tão quente que percebi que poderia me queimar através do medalhão de madeira. Era como se estivesse com raiva pelo que me havia acontecido. Abri os olhos e mirei o corpete.

O sangue escorria pelo azul claro do vestido e da saia de dentro, e era escuro como tinta ao luar. Ele me esfaqueara logo abaixo do peito, no tórax. Tentei examinar o ferimento com os dedos dormentes. Até onde o punhal tinha entrado? Porém, as camadas do vestido... Não conseguia sentir nada além da dor, que começava a passar gradualmente conforme o choque tomava conta de mim.

Peguei meu xale e o amarrei na cintura para esconder o sangue.

Voltei correndo para dentro e percorri o corredor, descendo dois lances de escada. Sentia o sangue escorrendo, saindo do meu corpo. Senti o pânico surgindo na mente enquanto eu me mantinha sob controle por tempo suficiente para passar pelo guarda e entrar no meu quarto.

Tranquei a porta. Retirei o xale.

O sangue estava vermelho-vivo sob a luz da lareira.

Cambaleei até a tapeçaria e peguei um candelabro no caminho. Saí andando pelo escuro. A passagem secreta dava a sensação de que estava vagando pelas entranhas infinitas de uma besta. Fui de porta em porta, sentindo a cabeça enevoada, e com as sombras sussurrando e mordiscando meu vestido enquanto procurava o símbolo do quarto de Cartier.

Mal conseguia me manter ereta, com o coração trovejando nos ouvidos e os pés tropeçando um no outro. Entretanto, como na noite anterior, a porta certa apareceu na minha frente bem na hora em que estava prestes a desistir, pouco antes de cair no chão.

A doninha alada apareceu como uma bênção à luz das minhas velas quando abri a porta interna e empurrei a tapeçaria.

Ele estava sentado à mesa, escrevendo. Minha entrada inesperada o sobressaltou, e a pena arranhou o pergaminho enquanto eu parava no meio do quarto.

— Brienna?

O som do meu nome e da voz dele acabaram comigo. Tirei a mão do ferimento, e o sangue pingou dos meus dedos para o tapete.

— Cartier — sussurrei, logo antes de desabar.

26

FERIMENTOS E PONTOS

Nunca o tinha visto se mover tão rápido, ao ponto de quase derrubar a mesa para conseguir me segurar antes que eu caísse. O candelabro escorreu da minha mão e caiu com força sobre o piso, fazendo com que as chamas se apagassem uma a uma. Porém, Cartier me segurou junto ao corpo, com os olhos grudados nos meus. Vi aquela elegância e pose valenianas se dissiparem quando percebeu o sangue e meu ferimento. O olhar foi tomado de uma fúria característica das batalhas, do aço e de noites sem luar.

Passando delicadamente os dedos pelo meu cabelo, ele perguntou:

— Quem fez isso?

Observei o maevano que havia nele tomar conta de si quando me viu sangrando em seus braços. Estava pronto para destruir quem tivesse me machucado. Já tinha visto aquilo em Jourdain e em Luc. Mas, então, lembrei-me de que eu mesma era metade maevana, e deixei que aquela parte de mim respondesse.

— Não é profundo — murmurei, segurando a frente da camisa dele e tomando as rédeas do problema. — Preciso que tire minha roupa. Eu não queria chamar a criada.

Nossos olhares se encontraram. Vi minhas palavras expandindo-se na mente dele: estava prestes a tirar minhas roupas. Seus dedos se afrouxaram contra meu cabelo.

— Diga-me o que fazer — falou, por fim, desviando o olhar para o mistério complicado que homens consideram um vestido de mulher.

— Tem fitas... na parte de trás do vestido — ofeguei, com a respiração curta e rasa. — Afrouxe-as. O vestido deve ser retirado primeiro...

Ele me girou, e seus dedos encontraram os laços, soltando-os rapidamente. Senti o vestido começar a se soltar, e ele o tirou de mim.

— E agora? — perguntou, com o braço em volta da minha cintura para me segurar.

— O vestido de baixo — murmurei.

Ele o removeu, e meu corpo começou a ficar leve. Em seguida, ele desamarrou as anáguas, que caíram em volta dos meus tornozelos em um aro largo.

— O espartilho — sussurrei.

Os dedos lutaram contra os cordões, até que o espartilho finalmente se abriu, e consegui me curvar e respirar. Havia me esquecido da Pedra do Anoitecer, até que ouvi o medalhão de madeira bater nas camadas de tecido aos meus pés.

— A pedra, Cartier...

O braço dele me apertou, e ele falou nos emaranhados do meu cabelo:

— Você a encontrou?

Ouvi o desejo e o medo na voz dele, como se a ideia de que a pedra estivesse tão perto fosse tão apavorante quanto era maravilhosa. Recostei-me nele, aproveitando-me de sua força, e sorri quando percebi que estava sentindo duas coisas conflitantes ao mesmo tempo.

E, então, a realidade pareceu oscilar entre nós: ele estava me abraçando, e eu vestia apenas roupas de baixo, e a pedra mágica permanecia caída aos nossos pés, escondida entre as roupas. Não sabia o que era mais impressionante. Pela pressão das mãos dele na minha cintura, Cartier também não sabia.

— Sim. Estava escondida no meu espartilho.

Na mesma hora, ele se ajoelhou, pegou o medalhão e o colocou sobre a escrivaninha. Fiquei impressionada com o desinteresse dele pela pedra, e por tratá-la como qualquer outra joia. Até que o olhar retornou ao meu, voltando-se para meu ferimento, e percebi como ele estava pálido e tenso.

Eu vestia apenas uma camisola sem mangas, que ia até os joelhos, e meias de lã, que haviam caído até as panturrilhas. E meu sangue jorrava, intenso e furioso, sobre o linho branco, mas não poderia levantar o tecido para examinar o ferimento a não ser que quisesse me mostrar completamente para Cartier.

Devia ter lido minha mente. Foi até o armário, e trouxe-me uma de suas calças.

— Sei que é grande demais para você — afirmou, segurando-a na minha direção. — Mas vista isso. Preciso examinar o ferimento.

Não protestei. Ele me guiou até a cama e deu as costas para mim, deixando a calça na minha mão. Sentei-me no colchão, soltei o punhal da coxa e comecei a enfiar as pernas pela calça, estremecendo quando a dor ecoou pelo abdome.

— Pronto — avisei a ele. — Pode olhar.

Ele estava ao meu lado em um instante, guiando-me para que me deitasse sobre os cobertores e apoiasse a cabeça no travesseiro. Em seguida, delicadamente, levantou a camisola para expor minha barriga, e os dedos cutucaram cautelosamente o ferimento.

— Não é fundo — concluiu, e vi a tensão no rosto dele diminuir. — Mas preciso costurar isso.

— Acho que meu espartilho salvou minha vida — sussurrei, então recostei a cabeça novamente e ri.

Ele não achou aquilo divertido. Ao menos, não até que pedi que pegasse meu espartilho, e ele o ergueu. Então constatamos que o tecido grosso, rasgado e ensanguentado, havia contido boa parte da lâmina e me protegido de um ferimento mais profundo.

Ele jogou meu espartilho no chão e disse:

— Estava prestes a ser empático e reclamar da sociedade por ditar que vista uma gaiola dessas. Mas não mais.

Sorri quando andou até a escrivaninha e remexeu na bolsa de couro. Com os olhos semicerrados, vi-o trazer uma bolsinha de ervas e as polvilhar em um cálice de água.

— Beba isto — instruiu, erguendo-me para que eu pudesse tomar do cálice. — Vai ajudar com a dor.

Cuspi logo depois do primeiro gole.

— Isso tem gosto de terra, Cartier.

— Beba.

Fiz cara feia para ele. Ele sustentou meu olhar, até que tivesse certeza de que eu tinha tomado mais três goles. Então, tirou o cálice de mim, e eu me deitei para que ele limpasse o ferimento.

— Conte-me — suplicou, ajoelhando-se ao meu lado enquanto passava a linha pela agulha. — Quem fez isso a você, Brienna?

— E importa saber quem o fez?

A raiva de Cartier cresceu, e o olhar parecia o coração azul de uma chama. O lorde maevano tinha voltado. Vi aquilo na firmeza do maxilar, nos músculos rígidos da sua postura e na vingança que o rodeava como uma sombra. Na imaginação, consegui vê-lo no salão de seu castelo recuperado, com um aro dourado na cabeça, andando pela luz da manhã. Do lado de fora das janelas, pude vislumbrar as campinas verdes florescendo, coloridas pela flor-de-corogan...

— Importa — retrucou, interrompendo minha fantasia. — Quem a esfaqueou? E por quê?

— Se lhe contar, tem de me prometer que não irá retaliar — alertei.

— Brienna...

— Apenas pioraria a situação — balbuciei, impacientemente.

Ele secou o sangue da minha pele e começou a me costurar. O corpo ficou rígido com o perfurar da agulha, enquanto minha pele era repuxada conforme ele fechava o ferimento.

— Juro que não vou fazer nada — prometeu. — Até que essa missão acabe.

Fiz um ruído debochado. De repente, era difícil imaginá-lo segurando uma espada, devolvendo o favor a Rian. Até que me lembrei daquele dia na biblioteca, quando Cartier e eu ficamos em pé sobre as cadeiras com livros na cabeça. Ele sangrou pela camisa.

Pode ter sido o choque, o ar do Norte, ou o fato de estarmos novamente unidos. Mas levantei a mão, e passei a ponta do dedo pela manga dele, sobre o braço, no ponto onde ele sangrara àquela época. Ele congelou, como se eu o tivesse enfeitiçado, parando na metade da sutura, e percebi que era a primeira vez que o tocava. Foi um toque maliciosamente delicado e fugidio, como uma estrela se movendo pela noite. Só quando minha mão retornou à colcha foi que ele terminou de me suturar e cortou a linha.

— Conte-me seus segredos — murmurei.

— Quais deles?

— Por que sangrou àquele dia?

Ele se levantou e levou a agulha e o carretel de linha até a escrivaninha. Em seguida, limpou o sangue dos dedos e arrastou uma cadeira até a cama. Sentou-se, cruzou as mãos e olhou para mim. Perguntei-me o que se passava pela cabeça ao me ver deitada em sua cama, com o cabelo espalhado pelo travesseiro enquanto eu vestia suas calças, suturada por ele.

— Cortei o braço — respondeu. — Em uma luta.

— Luta? — repeti. — Conte-me mais.

Ele riu.

— Bom, muito tempo atrás, fiz um pacto com meu pai. Ele me deixaria estudar para que me tornasse paixão, desde que eu também fizesse aulas de espada. Mantive a promessa mesmo depois que morreu.

— Então deve ser muito proficiente com a espada.

— Sou muito proficiente — concordou. — Mesmo assim, ainda levo cortes de tempos em tempos.

Nós dois ficamos em silêncio, ouvindo o estalar do fogo na lareira. Meu ferimento estava dormente por baixo dos pontos cuidadosos, e quase não sentia mais a dor. Minha cabeça estava começando a ficar enevoada, como se eu tivesse inspirado uma nuvem.

— Então... como não sabia que Amadine era eu? — finalmente perguntei; era a pergunta mais primordial, e que continuava a surgir em meio aos meus pensamentos. — E por que não compareceu à primeira reunião de planejamento?

— Não compareci à primeira reunião de planejamento por *sua* causa, Brienna — afirmou. — Tinha acabado de descobrir sobre seu desaparecimento. Obriguei-me a esperar pelo verão inteiro, a ficar distante, pensando que não queria mais me ver quando minhas cartas pararam de ser respondidas. Então, finalmente reuni coragem de ir até Magnalia, acreditando que tinha algum tempo antes de precisar estar em Beaumont para a reunião. A Viúva me informou que você tinha ido embora, que tinha partido com um patrono e que estava em segurança. Não quis me dizer mais nada, e passei a semana seguinte procurando por você em Théophile, achando que estava lá por ser a cidade mais próxima de Magnalia. Obviamente, isso fez com que eu me atrasasse.

Olhei para ele, com o coração se retorcendo no peito.

— Cartier...

— Eu sei. Mas não conseguiria descansar sem que ao menos tentasse encontrá-la. Originalmente, tive medo de que seu avô tivesse ido buscar você, então fui até ele. Mas ele próprio não fazia ideia do seu paradeiro, e isso só aumentou meu medo. Houve tantas noites em que pensei que o pior tivesse acontecido a você, e que a Viúva só estava querendo me proteger do golpe que aquilo me causaria. O tempo todo, ficava insistindo que você faria contato comigo quando estivesse pronta.

— E, então, acabou desistindo da busca e foi a Beaumont para a segunda reunião — murmurei.

— Sim. E Jourdain se sentou à minha frente e disse que tinha adotado uma jovem filha chamada Amadine, que tinha conquistado a paixão na Casa Augustin e herdado as lembranças de que precisávamos para encontrar a pedra. Estava tão cansado e contrariado que tomei tudo como verdade, sem desconfiar, uma vez sequer, de que ele estava me contando seu nome falso.

— Mas ainda não compreendo — argumentei, baixinho. — Por que Jourdain não contaria a você quem eu era, e de onde vim?

Cartier suspirou, e se inclinou mais para a frente sobre a cadeira.

— Só consigo pensar que Jourdain não confiava completamente em mim. E não o culpo. Eu tinha fugido dele durante sete anos. Não fazia ideia de que eu tinha assumido o nome Cartier Évariste e estava lecionando em Magnalia. E, quando faltei à primeira reunião de planejamento, acho que ficou com medo de que eu desertasse a missão. Então, quando os planos foram divulgados para mim, ofereci-me para ser quem se infiltraria em Damhan sob o pretexto da caçada. Era para ser Luc, mas me ofereci para demonstrar comprometimento.

Pensei no que tinha acabado de me contar, e as peças finalmente estavam se encaixando. Lentamente me sentei, apoiei o corpo nos travesseiros e baixei a camisa para cobrir a barriga e o ferimento.

— Agora — disse Cartier —, conte-me o seu lado da história.

Contei tudo a ele. Contei sobre cada uma das minhas transformações, sobre a decisão da Viúva de fazer contato com Jourdain, sobre a chegada a Beaumont e as tentativas desesperadas de criar outra ligação com Tristan. Contei sobre minha descoberta de quem Jourdain era, sobre a reunião de planejamento, sobre a febre que tive e sobre a travessia do canal. E contei como resgatei a pedra.

Ele me ouviu sem falar nada, mas seu olhar não se afastou de mim uma só vez. Poderia se passar por uma estátua de mármore. Até que, de súbito, se inclinou para a frente, franzindo as sobrancelhas e passando os dedos pelo maxilar.

— Você tentou me contar — sussurrou. — Sobre sua primeira transição. No último dia de aula. *O livro das horas.*

Assenti.

— Brienna... desculpe-me. Por não tê-la escutado.

— Não há motivo para se desculpar — protestei. — Não havia lhe oferecido nenhum detalhe.

Ele permaneceu em silêncio, olhando para o chão.

— Além do mais — falei baixinho, atraindo o olhar dele de volta ao meu —, nada disso importa mais. Você e eu estamos aqui, agora.

— E você encontrou a Pedra do Anoitecer.

O canto da minha boca se curvou em um sorriso.

— Não quer vê-la?

Um brilho de júbilo surgiu nos olhos dele quando se levantou para pegar a pedra. Então, sentou-se ao meu lado na cama e o polegar abriu o medalhão. A pedra se contorcia em ouro, com ondulações de azul e pétalas de prata, que se transformavam em vermelho. Ficamos assistindo àquilo, hipnotizados, até que Cartier fechou o medalhão com um estalo gracioso e o colocou no meu pescoço. Ficou sobre meu coração, e a pedra latejava de contentamento através da madeira, aquecendo meu peito.

— Jourdain deve chegar a Lyonesse amanhã de manhã — constatou Cartier suavemente, com o ombro quase tocando o meu junto da cabeceira. Na mesma hora, o clima no quarto mudou, como se o inverno tivesse atravessado as paredes e nos coberto de gelo. — Tenho a sensação de que Allenach pode tentar mantê-la aqui. Se fizer isso, precisará ir comigo a cavalo para Mistwood, em três noites.

— Sim, eu sei — sussurrei, com os dedos contornando o medalhão. — Cartier... qual é a história por trás de Mistwood?

— Foi onde os três lordes rebeldes reuniram suas forças, 25 anos atrás — explicou. — Emergiram da floresta, cavalgando pelo campo em direção aos portões dos fundos do castelo. Mas nunca os alcançaram. Aquele campo foi onde o massacre ocorreu.

— Acha que é tolice estarmos planejando a invasão pelo mesmo lugar? — questionei. — Não acha que pode ser burrice nossa nos reunirmos lá antes de invadirmos o castelo?

Eu sabia que aquilo era a valeniana supersticiosa que havia dentro de mim falando, mas não conseguia afastar a preocupação que sentia por causa dessa parte do plano, por estarmos partindo de uma floresta amaldiçoada.

— Não. Porque Mistwood é mais do que o local onde fracassamos e sangramos. Era uma floresta mágica, onde aconteciam as coroações das rainhas Kavanagh.

— Elas eram coroadas na floresta? — perguntei, intrigada.

— Sim. No crepúsculo, exatamente no momento em que a luz e a escuridão se igualam. Havia lanternas penduradas pelos galhos, com flores e aves e criaturas mágicas. E toda Maevana se reunia naquela floresta que parecia não ter fim, para ver a rainha ser coroada, primeiro com pedra, depois com prata e finalmente com o manto. — A voz dele hesitou. — É claro que isso foi muito tempo atrás.

— Mas, talvez, não esteja tão distante quanto pensamos — lembrei a ele.

Ele sorriu.

— Vamos torcer.

— Então, quando nos reunirmos em Mistwood, em três noites...

— Estaremos nos reunindo em um terreno antigo, um lugar de magia, de rainhas e de sacrifícios — concluiu. — Outros que quiserem se juntar à nossa rebelião saberão intrinsecamente que devem ir para lá. Quando falou o nome de MacQuinn na audiência real, começou a despertar não só a Casa dele, mas a minha e o pouco que resta da de Kavanagh também. Despertou pessoas além das nossas Casas. Não sei quantas pessoas vão aparecer para se juntarem a nós na batalha, mas Mistwood vai atraí-las, principalmente quando levar a pedra para lá.

Queria perguntar mais a ele. Queria que me contasse sobre aqueles dias antigos e mágicos. Contudo, eu estava exausta, assim como ele, e cada um de nós sentia o peso dos dias que estavam por vir. Mexi-me contra a cama até que a calça desceu mais pela minha cintura.

— Vou devolver sua calça, e você pode me acompanhar até meu quarto — falei, ao que Cartier se levantou para virar de costas para mim.

Tirei a calça, prendi o punhal e coloquei os pés com cuidado no chão, deixando a camisola cair novamente até os joelhos. As ervas que me dera deviam ter se espalhado pelo sangue, pois a dor tinha virado uma coceira dormente na minha lateral.

Catamos os pedaços do meu vestido, e Cartier pegou um candelabro. Eu o guiei pelas passagens sinuosas e mostrei o caminho até o quarto do unicórnio. Só quando tinha aberto a porta secreta do meu quarto foi que me perguntou:

— E como descobriu essas portas e caminhos secretos?

Virei-me para olhar para ele sob a luz das velas, com um pé no quarto e o outro na passagem secreta, apertando os tecidos do vestido contra o peito.

— Há muitas portas secretas à nossa volta, a plena vista. Nós é que não nos damos o tempo de encontrá-las e abri-las.

Ele sorriu ao ouvir aquilo, e, de repente, parecia cansado e abatido, como se precisasse dormir.

— Agora sabe onde me encontrar se precisar — sussurrei. — Boa noite, Theo.

— Boa noite, Amadine.

Fechei a porta secreta e ajeitei a tapeçaria. Vesti a camisola de dormir, escondi as roupas ensanguentadas no fundo do baú e deitei na cama, com a Pedra do Anoitecer no pescoço. Fiquei observando o fogo na lareira começar a diminuir, chama a chama, e pensei em Jourdain.

Amanhã.

Amanhã ele voltaria para casa.

Fechei os olhos e orei para que Lannon ainda tivesse um pingo de misericórdia nos ossos.

Mas todos os meus sonhos foram consumidos por uma imagem apavorante que não conseguia apagar: a de Jourdain ajoelhado no banco em frente ao trono, com o pescoço sendo cortado por um machado.

27

O QUE NÃO PODE SER

Allenach não apareceu na manhã seguinte.
Senti a ausência do lorde quando cheguei ao salão, pois era como um buraco aberto no piso. E ali estavam Rian e Sean, sentados nos lugares habituais à mesa. Usavam pedaços de pão para escavar o mingau, famintos demais para usarem colheres, enquanto a grande cadeira de Allenach repousava, vazia, entre os dois.

Rian me viu primeiro, e seu olhar se desviou imediatamente até meu corpete, como se tivesse esperanças de que eu pudesse estar sangrando por baixo do tecido.

— Ah, bom dia, Amadine. Dormiu bem?

Sentei-me na cadeira ao lado de Sean, sorrindo graciosamente para a serva que levou minha tigela de mingau e as ameixas fatiadas.

— Foi o melhor sono que tive em muito tempo, Rian — respondi. — Obrigada por perguntar.

Sean não disse nada, mas estava rígido como uma tábua enquanto a tensão entre mim e seu irmão aumentava.

— Reparou que meu pai não está aqui? — continuou Rian, olhando para mim do outro lado da mesa.

— Sim. Estou vendo.

— Foi a Lyonesse, para levar MacQuinn até o rei.

Eu estava levando uma colherada de mingau à boca, e minha barriga se contraiu de forma tão violenta que achei que vomitaria. Porém, consegui engolir o mingau, sentindo-o descer pela garganta até o estômago embrulhado.

Rian estava sorrindo para mim, percebendo que eu me esforçava para conseguir comer.

— Sabe o que o rei gosta de fazer com traidores, Amadine? Primeiro, corta as mãos deles. Depois, os pés. Depois, arranca a língua e os olhos e, por último, a cabeça.

— Chega, Rian — sibilou Sean.

— Amadine precisa se preparar — argumentou Rian. — Odiaria que ela achasse que essa história terá um final feliz.

Olhei para o salão, e meu olhar foi direto para Cartier. Estava sentado no lugar de sempre, com uma tigela de mingau nas mãos, e com valenianos tagarelando como aves à sua volta. Mas ele estava sério e imóvel, com os olhos em mim. Em seguida, voltou-os para Rian, e soube no mesmo instante. Vi aquela dissimulação maevana e a elegância valeniana se misturarem. Vi o olhar de Cartier marcar Rian como um homem morto.

— Você me ouviu, Amadine? Ou um dos valenianos capturou seu interesse?

Coloquei a colher na tigela e olhei para Rian novamente.

— O que disse?

— Disse que talvez possa terminar o passeio que você queria tanto fazer ontem — falou Rian, enfiando o último pedaço de pão com mingau na boca.

— Não, obrigada.

— Que pena — desdenhou, cuspindo migalhas e levantando-se da mesa. — Adoraria mostrar a propriedade a você.

Sean e eu vimos Rian sair do salão. Só então respirei e me permiti relaxar sobre a cadeira.

— Espero de verdade que seu pai seja perdoado — murmurou Sean, e, em seguida, levantou-se e saiu, como se estivesse constrangido por ter feito aquela confissão.

Forcei mais algumas colheradas de mingau para dentro e coloquei a tigela de lado. Meu olhar pousou em Merei, que estava sentada a uma mesa com o resto de sua trupe. Os mantos roxos eram como pedras preciosas sob a luz suave. Eles riam, apreciando a manhã, sem que nada de sombrio pousasse no horizonte. E eu queria ir até ela, a amiga do meu coração, e contar a ela sobre tudo aquilo.

Ela sentiu meu olhar e se virou para mim.

Iria encontrar-se comigo se eu fizesse um sinal. Viria na mesma hora, perguntando-se, sem dúvida, por que não fui me encontrar com ela na noite anterior.

Contudo, eu tinha prometido a mim mesma que não arriscaria a segurança dela, principalmente depois de já tê-la colocado em perigo com meu plano maluco para recuperar a pedra. E estava tão sufocada no momento que acabaria contando a ela tudo o que não devia.

Levantei-me e saí do salão, deixando Cartier entre os valenianos e Merei com sua trupe. Voltei para o quarto, tão tomada de medo e preocupação que me deitei de bruços na cama. Naquele exato momento, Jourdain estava sendo levado perante Lannon no salão real. E eu tinha elaborado esse plano. Eu o concebera, usando Jourdain como distração. Mas e se tivesse planejado errado? E se Lannon torturasse meu pai patrono? E se o cortasse em pedaços e o empalasse sobre a muralha? E quanto a Luc? Lannon o puniria também?

Seria minha culpa. E eu mal podia suportar aquilo tudo.

Meus batimentos estavam lentos e pesados enquanto as horas iam passando, enquanto a manhã deu lugar à tarde, e a tarde virou noite. Eu quase não me movi, sentindo-me fraca e gemendo de medo e sede, e, então, ouvi uma batida à porta.

Levantei-me e fui até lá, e minha mão tremia quando abri a porta.

Era Allenach esperando do lado de fora.

Instruí a mim mesma que ficasse ereta e aguentasse qualquer coisa que ele dissesse, e que, independentemente do que tivesse acontecido, a missão deveria continuar. Ainda invadiríamos o castelo, com ou sem Jourdain.

— Posso entrar? — perguntou o lorde.

Abri caminho para que ele entrasse, então fechei a porta. Ele andou até minha lareira e se virou, assistindo-me diminuir lentamente a distância entre nós.

— Você parece doente — declarou, escrutinando-me com o olhar.

— Conte-me. — Eu sequer tentei parecer educada ou composta.

— Sente-se, Amadine.

Não, não, não. Meu coração estava gritando, contudo, sentei-me e me preparei para o pior.

— Não vou mentir para você — começou, olhando-me de cima. — Seu pai quase perdeu a cabeça.

Minhas mãos apertavam os braços da cadeira com tanta força que o nó dos dedos estava branco.

— Então está vivo?

Allenach assentiu.

— O rei queria decapitá-lo. Ele próprio pegou o machado para fazê-lo, na sala do trono.

— E por que não o fez?

— Porque o impedi — respondeu o lorde. — Sim, MacQuinn merece a morte pelo que fez. Mas consegui conceder a ele um pouco mais de tempo, convencendo o rei a dar-lhe um julgamento adequado. Os lordes de Maevana irão julgá-lo em duas semanas.

Cobri a boca, mas as lágrimas começaram a escorrer dos meus olhos. A última coisa que desejava era chorar e parecer fraca, contudo, aquilo só fez com que Allenach caísse de joelhos à minha frente, em uma visão que fez com que as sombras e as luzes se fechassem ao nosso redor.

— Seu pai e seu irmão foram levados para uma casa a 15 quilômetros daqui — murmurou. — Estão em minhas terras, na casa de um dos meus arrendatários. Estão protegidos e sob ordens de não saírem, mas devem descansar em segurança por todas as noites até o julgamento.

Um som de alívio saiu de mim, e sequei as bochechas. As lágrimas nos meus cílios geravam prismas sobre o rosto de Allenach quando olhei para ele.

— Gostaria de ficar aqui, ou de ir até eles? — perguntou.

Mal conseguia acreditar que ele estava sendo tão gentil, que estava me dando escolha. Um alarme soou no fundo da minha mente, porém, o alívio foi tão grande que sufocou minhas desconfianças. Tudo o que tinha planejado acontecera. Tudo estava seguindo como desejávamos.

— Leve-me até eles, milorde — supliquei, em um sussurro.

Allenach olhou para mim, se levantou e disse:

— Partiremos assim que arrumar suas coisas.

Ele saiu, e corri para enfiar todos os meus pertences no baú. Todavia, antes de sair do quarto e abandonar a bênção do unicórnio, coloquei a mão sobre o espartilho, sobre os pontos que coçavam na lateral do meu corpo e sobre a pedra que tinha se tornado minha companheira mais próxima.

Aquilo estava realmente acontecendo. Estávamos todos aqui. Eu havia recuperado a pedra. E estávamos prontos.

Allenach já tinha uma carruagem pronta para mim no pátio. Caminhei pelas sombras azuis da noite ao lado dele, que me acompanhou. Achei que se despediria de mim ali, sobre os paralelepípedos de Damhan. Contudo, ele me surpreendeu quando um cavalariço levou a ele seu cavalo, selado e pronto.

— Estarei logo atrás de você — afirmou o lorde.

Assenti, escondendo o choque enquanto ele fechava a porta da carruagem. Àquela noite, quando Cartier percebesse que eu havia sumido, durante o jantar, saberia que eu tinha sido levada até Jourdain. Só o veria de novo quando nos reuníssemos em Mistwood, e rezei para que ficasse em segurança.

Aqueles 15 quilômetros pareceram ser cem. A lua havia surgido sobre a linha das árvores quando a carruagem parou. Não tive modos, e saí sozinha, tropeçando em um amontoado denso de grama enquanto observava meus arredores ao luar.

Era uma casa de fazenda: uma construção comprida que parecia um pão, com paredes de pedra branca e um telhado de palha fazendo as vezes da crosta. Duas chaminés expeliam fumaça na direção das estrelas, e havia o respirar da luz de velas emanando das janelas. Não havia mais nada por perto exceto o vale, um celeiro escuro ao longe e pontinhos brancos de ovelhas pastando. E uma dezena de homens de Allenach protegendo a casa, posicionados a cada janela e porta.

O cavalo de Allenach parou atrás de mim bem na hora em que a porta da frente se abriu. Vi o contorno de Jourdain contra a luz, parado na entrada. Quis gritar para ele, mas a voz ficou encrustada na garganta quando comecei a andar, e então, a correr até ele. Meus tornozelos doíam enquanto meus pés esmagavam a grama.

— Amadine! — Ele me reconheceu, lançando-se por entre os guardas para chegar até mim, e eu caí nos braços dele em meio a um soluço, apesar da minha promessa de não chorar de novo. — Shh, está tudo bem agora — sussurrou, com o sotaque aparecendo novamente na voz, agora que estava em casa. — Estou seguro e bem. Luc também está.

Apertei o rosto contra a camisa dele como se tivesse cinco anos de idade, então inspirei o sal do mar e a goma do linho enquanto sua mão tocava delicadamente meu cabelo. Apesar de estarmos em prisão domiciliar, de Jourdain quase ter perdido a cabeça naquela manhã e de ter sido esfaqueada na noite anterior, eu nunca tinha me sentido tão segura.

— Venha, vamos entrar — chamou-me Jourdain, levando-me até a casa.

Foi só então que me lembrei de lorde Allenach, a quem nunca agradeci por ter salvado a vida do meu pai patrono.

Virei por entre os braços de Jourdain, e meus olhos procuraram o homem a cavalo. Contudo, não havia nada ali além de luar e do vento que dançava sobre a grama, e as marcas de cascos repousavam onde ele havia estado.

Chorei de novo quando vi Luc me esperando na sala. Ele me esmagou contra o peito e me balançou para a frente e para trás, como se estivéssemos dançando, até que ri e finalmente chorei minhas últimas lágrimas.

Jourdain fechou e trancou a porta, e nós três ficamos parados em círculo, com as testas encostadas umas nas outras enquanto sorríamos e comemorávamos aquela vitória em silêncio.

— Tenho algo para contar a vocês dois — declarei, o que fez com que Luc rapidamente cobrisse a boca com o dedo, indicando que eu devia ficar quieta.

— Aposto que gostou de Damhan — disse meu irmão em voz alta, andando até uma mesa que ficava longe da vista das janelas. Havia uma folha de papel em cima dela, bem como uma pena e tinta. Ele sinalizou para que eu escrevesse, depois apontou para a orelha, e, então, para as paredes.

Os guardas estavam ouvindo. Assenti e falei sobre a grandiosidade do castelo enquanto começava a escrever.

Estou com a pedra.

Jourdain e Luc leram no mesmo momento, e os dois pares de olhos grudaram nos meus com tamanha alegria que aquilo fez com que a pedra zumbisse de novo.

Onde?, escreveu Luc rapidamente.

Bati no espartilho, e Jourdain assentiu. Pensei ter visto o brilho prateado de lágrimas em seus olhos, porém, ele se virou antes que eu pudesse confirmar, para servir um copo de água para mim.

Deixe-a aí, escreveu Luc. *Está mais segura com você.*

Aceitei o copo de água que Jourdain me entregou e assenti. Luc pegou o papel e o colocou no fogo, e nos sentamos à frente da lareira e conversamos sobre coisas mais seguras e inconsequentes, que entediariam os guardas que ouviam através das paredes.

No dia seguinte, aprendi rapidamente que ser rigorosamente vigiada em cárcere privado era sufocante. Tudo o que dizíamos era passível de ser ouvido. Se quisesse ir para o lado de fora da casa, os olhos dos guardas me seguiam. O maior desafio seria o de nós três dominarmos aqueles 12 homens quando chegasse a hora de ir para Mistwood, em duas noites.

Assim, naquela tarde, Luc escreveu um plano, e me dera para ler. Ele e Jourdain tinham chegado a Maevana sem arma nenhuma, contudo, eu ainda tinha meu punhal preso à coxa. Era nossa única arma, e, depois que li o plano de fuga, coloquei minha pequena lâmina na mão de Jourdain.

— Precisou usá-la? — sussurrou, guardando-a no gibão.

— Não, pai.

Ainda não tinha contado a ele sobre ter sido esfaqueada. Fui alcançar o papel para escrever sobre aquilo tudo, quando houve uma batida na porta. Luc pulou de sobressalto e foi atender, voltando com uma cesta de comida.

— Lorde Allenach tem sido um anfitrião muito generoso — afirmou meu irmão, remexendo nos pães de aveia, ainda quentes do forno, alguns pedaços de queijo e de manteiga, um pote de peixe salgado e uma pilha de maçãs.

— O que é isso? — perguntou Jourdain, ao reparar em um pedaço de pergaminho no meio dos pães.

Luc o sacou da cesta enquanto mordia uma das maçãs.

— Está endereçado ao senhor, pai. — Ele entregou o pergaminho para Jourdain, e vi a cera vermelha que prendia o papel, com o desenho de um cervo saltitante.

Fiquei distraída e, em vez de escrever sobre o esfaqueamento, juntei-me a Luc para explorar a cesta de comida. Porém, quando estava desembrulhando o pão, ouvi Jourdain inspirar rapidamente, e senti o aposento ficar mais escuro. Luc e eu nos viramos na mesma hora, e o vimos amassar o pergaminho com as mãos em formato de garra.

— Pai? Pai, o que foi? — perguntou Luc baixinho.

Mas Jourdain não olhou para Luc. Acho que sequer ouviu o filho quando pousou os olhos em mim. Meu coração despencou ao chão e se partiu, sem ao menos saber o motivo.

Meu pai patrono estava me olhando com tamanha fúria que dei um passo para trás e esbarrei em Luc.

— Quando ia me contar, Amadine? — falou Jourdain, com aquela voz fria e cortante que eu só tinha ouvido uma vez, quando matou os ladrões.

— Não sei do que está falando! — grunhi, recostando-me ainda mais em Luc.

Jourdain segurou a mesa e a virou, espalhando as velas, a cesta de comida, o papel e a tinta pelo ar. Dei um pulo para trás, e Luc gritou de surpresa.

— Pai, recomponha-se! — sibilou. — Lembre-se de onde estamos!

Jourdain caiu de joelhos lentamente, com o pergaminho ainda preso nos dedos, e o rosto, pálido como a lua, olhando para o nada.

Luc se adiantou para pegar o papel. Meu irmão ficou completamente imóvel, e depois me olhou e me entregou a carta sem dizer nada.

Não sabia o que esperar. O que poderia enfurecer Jourdain tão rapidamente? Todavia, quando meus olhos percorreram os arcos e vales das palavras, o mundo ao meu redor se partiu em dois.

Davin MacQuinn,

Achei melhor lhe contar que poupei sua vida por apenas um motivo, que não tem nada a ver com o quanto implorou por isso na manhã de ontem. Você tem algo que me pertence, que me é precioso, e que quero que seja devolvido aos meus cuidados.

A jovem que chama de Amadine, a quem ousa chamar de filha, pertence a mim. Ela é por direito minha filha, e peço que corte qualquer laço que tenha com ela e permita que volte para mim em Damhan. A carruagem estará esperando por ela do lado de fora.

Lorde Brendan Allenach

— É mentira — rosnei, amassando o papel nas mãos, como Jourdain tinha feito. — Pai, ele está *mentindo* para o senhor. — Tropecei nas maçãs e no pão quando fui me ajoelhar na frente de Jourdain. Ele parecia estar destruído, com os olhos vidrados. Segurei o rosto dele e o forcei a olhar para mim. — Esse homem, esse lorde Allenach, *não* é meu pai.

— Por que escondeu isso de mim? — perguntou Jourdain, ignorando minhas declarações fervorosas.

— Não escondi nada de você! — gritei. A raiva floresceu no meu coração e o encheu de espinhos. — Nunca vi meu pai de sangue. Não sei qual é o nome dele. Sou ilegítima, indesejada. Esse lorde está brincando com sua cabeça. Eu não pertenço a ele!

Jourdain finalmente se concentrou no meu rosto.

— Tem certeza disso, Amadine?

Hesitei, e o silêncio me perfurou, porque me fez ver que não tinha certeza alguma.

Pensei novamente na noite em que pedi à Viúva que escondesse o nome completo do meu pai de Jourdain... Ela não queria fazê-lo, mas teve que aceitar, porque eu insisti. E, assim, Jourdain acreditou, como eu, que meu pai era um mero servo do lorde. Nunca consideramos a ideia de que podia ser o próprio lorde.

— Contou a ele que descende de sua Casa? — indagou Jourdain, com a voz seca.

— Não, não, eu não disse nada — gaguejei, e foi quando percebi. Como Allenach saberia que devia me reivindicar?

Não podia ser...

Jourdain assentiu ao ler meus pensamentos dolorosos.

— Ele é seu pai. De que outra forma saberia?

— Não, não — sussurrei, e minha garganta começou a se fechar. — Não pode ser ele.

Contudo, em meio à minha negação, os fios da minha vida começaram a se unir. Por que meu avô quis tanto me esconder? Por que esconder o nome do meu pai de mim? Pois era um poderoso e perigoso lorde de Maevana.

Mas talvez, mais do que tudo... como Allenach soube quem eu era?

Eu olhei para Jourdain, e ele olhou para mim.

— Quer saber por que odeio Brendan Allenach? — sussurrou. — Porque Brendan Allenach foi o lorde que nos traiu 25 anos atrás. Brendan Allenach foi quem enfiou a espada em minha esposa. Ele a roubou de mim. E, agora, irá roubá-la de mim também.

Jourdain se levantou. Fiquei no chão, sentada sobre os calcanhares. Ouvi-o ir até o quarto, bater e trancar a porta.

Eu ainda estava segurando a carta. Rasguei-a em pedaços e deixei que caíssem em volta de mim como neve. Então, levantei-me.

Meu olhar foi até Luc. Estava encarando a bagunça no chão, mas levou o olhar ao meu quando me aproximei dele.

— Vou provar que isso é mentira — afirmei, com o coração disparado. — Vou com d'Aramitz para Mistwood.

— Amadine — sussurrou Luc, aninhando meu rosto. Ele queria dizer mais, no entanto as palavras viraram pó entre nós. Então, beijou minha testa delicadamente em despedida.

Mal senti o chão embaixo de mim quando saí da casa em direção à chuva da tarde. Ali estava a carruagem que Allenach havia prometido, esperando para me levar de volta a Damhan. Andei até ela, e meu cabelo e meu vestido já estavam encharcados quando me sentei no banco acolchoado.

Enquanto a chuva batia no teto e a carruagem sacolejava pela estrada, comecei a pensar no que devia dizer a ele.

Lorde Allenach acreditava que eu era sua filha ilegítima.

Eu não acreditava naquilo, mas a dúvida era pior do que a lâmina que Rian havia enfiado em mim. Provavelmente, o lorde estava provocando seu velho inimigo e me usando para isso. Então, eu iria até o salão dele esta noite, e o faria acreditar que estava satisfeita com o fato de ter me reivindicado. E, quando pedisse uma prova, que ele não teria como dar, negaria sua afirmação.

Demorei 15 quilômetros, mas quando cheguei ao pátio de Damhan, estava pronta para enfrentá-lo.

Saí sob chuva, com relâmpagos brilhando e partindo o céu em dois. Assim como eu, pensei, caminhando pelo corredor do castelo. Sou Brienna, duas em uma.

Segui a música de Merei até chegar à luz e ao calor do salão. Os valenianos estavam reunidos às suas mesas para o jantar. O fogo ardia, e os cervos dos brasões brilhavam em seus entalhes nas paredes. E, assim, atravessei o corredor do grande salão, com o vestido se arrastando no piso e deixando uma trilha de chuva por onde passava.

Ouvi os homens fazendo silêncio e as gargalhadas diminuindo quando os valenianos repararam na minha entrada. Ouvi quando a música terminou dolorosamente, e as cordas de Merei fizeram um som oco quando o arco pulou de supetão. Senti o olhar de Cartier como a luz do sol, mas não reagi. Senti que todos me olhavam, mas meus olhos miravam apenas o lorde sentado sobre o estrado.

Allenach reparou em mim no momento em que entrei. Estava me esperando; assistiu enquanto eu me aproximava e colocou o cálice sobre a mesa, com o rubi cintilando em seu indicador.

Andei o caminho todo até a escada da plataforma, e parei ali, diretamente na frente dele. Abri as mãos, e senti a chuva pingar do meu cabelo.

— Olá, pai — falei para ele, com a voz projetando-se para cima como um pássaro, até as vigas mais altas.

Brendan Allenach sorriu.

— Bem-vinda à sua casa, filha.

28

UM CORAÇÃO DIVIDIDO

— Rian, dê à minha filha o lugar que por direito é dela.

Vi Rian dar um pulo, e estava atônito com o pedido do pai. Assisti ao seu rosto se contorcer de raiva, furioso comigo, pois seu maior medo estivera ali o tempo todo, encoberto em carne e osso.

A filha perdida tinha voltado para tomar sua herança.

Deixei que se levantasse, só para ver se o faria. Depois, ergui a mão e falei:

— Rian pode ficar no lugar dele por enquanto. Gostaria de lhe falar em particular, pai.

Os olhos de Allenach tinham um tom pálido de azul, como o gelo dissimulado de um lago, e arderam de curiosidade. Entretanto, devia estar esperando que fosse dizer isso, pois se levantou sem hesitar e estendeu a mão direita para mim.

Subi na plataforma, contornei a mesa e apoiei os dedos nos dele. Ele me levou para fora do salão, escada acima, por um corredor no qual ainda não tinha me aventurado. Fomos para sua ala particular, uma série de câmaras conectadas, de decoração luxuosa.

A primeira câmara era algo que poderia chamar de gabinete: um lugar para se sentar com convidados e amigos próximos. Havia uma grande lareira acesa, queimando em uma chama furiosa, com várias cadeiras, cobertas de pele de cordeiro, dispostas ao redor. Em uma parede, havia uma grande tapeçaria com o desenho de um cervo branco, em meio a um salto, com flechas alojadas no peito. Havia também tantas cabeças de animais empalhadas nas paredes que senti como se estivessem me espiando, e a luz do fogo lambia seus olhos vidrados.

— Sente-se, filha, e me conte o que posso lhe oferecer para beber — disse Allenach, soltando meus dedos para que pudesse caminhar até um armário que cintilava com garrafas de vinho, jarras de cerâmica cheias de cerveja e um conjunto de cálices dourados.

Eu me sentei na cadeira mais próxima do fogo, tremendo dentro do vestido molhado.

— Não estou com sede.

Senti o olhar em mim, e fiquei assistindo à dança do fogo enquanto o ouvia se servir de uma bebida. Lentamente, ele andou até mim e se sentou na cadeira diretamente em frente à minha.

Só então, quando estávamos imóveis, eu o encarei.

— Olhe para você — sussurrou. — Você é linda. Assim como sua mãe.

Aquelas palavras me irritaram.

— Foi assim que soube quem eu era?

— De início, achei que fosse sua mãe, quando a vi adentrar o salão real. Achei que ela tinha voltado para me assombrar — respondeu. — Até que você olhou para mim, e soube quem era.

— Humm.

— Não acredita em mim?

— Não. Preciso de provas, milorde.

Ele cruzou as pernas e tomou um gole de vinho, mas os olhos azuis e astutos nunca se afastaram dos meus.

— Muito bem. Posso lhe dar todas as provas que desejar.

— Por que não começa me contando como conheceu minha mãe?

— Sua mãe visitou Damhan com seu avô em uma das minhas caçadas, cerca de 18 anos atrás — contou-me Allenach, com a voz suave como seda. — Três anos antes, tinha perdido minha esposa. Eu ainda sofria pela morte dela, e achava que nunca mais olharia para outra mulher. Até que sua mãe apareceu.

Precisei de todas as minhas forças para esconder o escárnio e sufocar o sarcasmo. Mantive esses sentimentos sob controle e me obriguei a ficar bem quieta, para que ele continuasse falando.

— Sua mãe e seu avô se hospedaram aqui por um mês. Durante esse período, passei a amá-la. Quando foi embora com seu avô para voltar a Valenia, eu não fazia ideia de que ela estava grávida de você. Começamos a nos corresponder, e quando soube de você, pedi que voltasse para Damhan para se casar comigo. Seu avô não quis permitir aquilo, achando que eu tinha arruinado a filha dele.

Meu coração estava começando a bater forte no peito. Tudo o que contou *podia* ser visto como verdade, pois ele mencionou meu avô. Ainda assim, permaneci quieta, escutando-o.

— Sua mãe escreveu para mim no dia em que você nasceu — continuou. — A filha por quem sempre esperei. A filha que sempre quis. Três anos depois disso, todas as cartas da sua mãe cessaram. Seu avô teve a delicadeza de me informar que ela tinha morrido e que você não era minha, que eu não tinha direito sobre você. Esperei pacientemente até que você tivesse dez anos. E então, escrevi uma carta para você. Achei que seu avô a esconderia, mas mesmo assim escrevi, pedindo para que viesse me visitar.

Quando eu tinha dez anos... quando eu tinha dez anos... foi quando meu avô fugiu para Magnalia comigo, para me esconder. Eu mal conseguia respirar...

— Como não tive notícias suas, decidi que devia prestar uma visitinha ao seu avô — afirmou. — Você não estava lá, e ele não quis me contar onde a tinha escondido. Mas sou um homem paciente. Esperaria até que alcançasse a maioridade, até que fizesse 18 anos, quando poderia tomar suas próprias decisões. Então, imagine minha surpresa quando você adentrou o salão real. Achei que tinha finalmente vindo me encontrar. Estava prestes a dar um passo à frente e reivindicá-la para mim, quando um nome específico saiu da sua língua. — A mão dele apertou o cálice. Ah, o ciúme e a inveja começaram a contrair o rosto dele como uma máscara. — Você disse que *MacQuinn* era seu pai. Achei que talvez tivesse confundido. Talvez meus olhos estivessem me enganando. Mas você disse que era paixão, e tudo fez sentido: seu avô a escondera na paixão, e MacQuinn a adotara. E quanto mais você ficava lá, mais certeza eu tinha. Você era minha, e MacQuinn a estava usando. Então, ofereci-me para hospedá-la aqui, para poder saber mais de você, e para protegê-la do rei. E, então, aquela cadela irrequieta confirmou minhas desconfianças.

— Cadela?

— Nessie — falou Allenach. — Ela sempre odiou estranhos. Contudo, sentiu-se atraída por você, e isso me fez lembrar... quando sua mãe estava aqui, tantos anos atrás, um dos meus *wolfhounds* se recusou a sair de perto dela. Era a mãe de Nessie.

Engoli em seco, e disse para mim mesma que um cachorro não tinha como saber daquilo.

— Por que me deixar voltar até MacQuinn, então? — indaguei, com palavras cáusticas demais para continuarem presas no meu peito. — Deixou que me reencontrasse com ele, só para me arrancar dele novamente.

Allenach tentou não sorrir, mas os cantos da boca revelaram o prazer distorcido que aquela ideia causava-lhe.

— Sim. Talvez tenha sido cruel da minha parte, mas ele estava tentando me ferir. Estava, e ainda está, tentando virá-la contra mim.

Como Allenach estava errado. Jourdain sequer sabia de quem eu era filha de verdade.

Naquele momento, olhei para a mão direita dele, e então me lembrei. Aquela mão havia apunhalado a esposa de Jourdain. Aquela mão traíra os lordes derrotados, levando as esposas e filhas deles à morte.

Levantei-me, e a raiva e a consternação faziam um horripilante casamento no meu sangue.

— Está enganado, milorde. Não sou sua filha.

Estava na metade do caminho até a porta, e o ar me escapava como se dedos de ferro estivessem esmagando meu peito. A Pedra do Anoitecer sentiu aquilo e irradiou um calor reconfortante pelo meu tronco, até o coração. *Coragem*, sussurrou ela, contudo, eu estava praticamente fugindo de Allenach.

Minha mão estava se estendendo para a maçaneta da porta, quando a voz dele perfurou a distância entre nós.

— Eu não terminei, *Brienna*.

O som do meu nome me fez parar, grudando meus pés no chão.

Pude ouvi-lo se levantar e andar até um dos quartos adjacentes. Quando voltou, ouvi o ruído de papéis.

— As cartas da sua mãe — falou.

Isso fez com que me virasse, e me arrastou até a cadeira sobre a qual ele tinha colocado uma volumosa pilha de cartas. Isso me fez pegar aquele pequeno resquício da mãe que sempre desejei ter.

Comecei a lê-las, com o coração totalmente partido. Eram dela. Eram de Rosalie Paquet. Minha mãe. Ela realmente o amava, embora não tivesse ideia do que ele tinha feito.

Em uma das cartas, havia uma pequena mecha de cabelo. Era o meu cabelo, de um castanho-dourado macio.

Batizei nossa filha de Brienna, em sua homenagem, Brendan.

Sentei-me no chão, sem forças. Meu próprio nome havia sido inspirado no dele, naquele homem cruel e assassino. Olhei para ele; estava perto de mim, assistindo enquanto absorvia a verdade.

— O que quer de mim? — sussurrei.

Allenach se ajoelhou no chão à minha frente e segurou meu rosto naquelas mãos traiçoeiras.

— Você é minha única filha. Vou criá-la para que seja a rainha desta terra.

Senti vontade de rir. Senti vontade de chorar. Senti vontade de voltar no tempo, de esquecer que aquele dia tinha acontecido. Mas as mãos dele me seguravam, e tive que considerar a afirmação absurda que ele estava fazendo.

— E como, milorde, faria de mim rainha?

Um brilho escuro cintilou nos olhos dele. Por um momento, meu coração parou, achando que tinha descoberto que eu estava carregando a pedra. Mas nós não éramos Kavanagh. A pedra era inútil para nós.

— Muito tempo atrás — murmurou —, nosso ancestral se apossou de algo. Ele tomou uma coisa que era vital para que Maevana continuasse sendo um reino governado por rainhas. — Seus polegares acariciaram delicadamente minhas bochechas enquanto sorria para mim. — Nossa Casa esconde o Cânone da Rainha há gerações. Este castelo o abriga, e vou ressuscitar o Cânone para colocá-la no trono, Brienna.

Fechei os olhos, tremendo.

Por todos aqueles anos, a Casa de Allenach guardara a Pedra do Anoitecer *e* o Cânone da Rainha. Minha Casa destruiu uma linhagem de rainhas, obrigou a magia a ficar adormecida e permitiu a ascensão de um rei cruel como Lannon. O peso do que meus ancestrais haviam feito me empurrou para baixo, e eu teria derretido pelo chão se Allenach não estivesse me segurando.

— Mas eu sou metade valeniana — argumentei, abrindo os olhos para encará-lo. — Sou ilegítima.

— Vou legitimá-la — afirmou. — E não importa se é maevana apenas em parte. O sangue nobre corre em suas veias, e, como minha filha, você tem direito legítimo ao trono.

Devia ter negado aquilo tudo naquele momento, antes que a tentação pudesse fincar suas raízes em mim. Porém, o Cânone da Rainha... nós precisávamos dele. Tínhamos a pedra, mas também precisávamos da lei.

— Mostre-me o Cânone — pedi.

As mãos dele se afastaram do meu rosto, mas ele continuou a me olhar.

— Não. Apenas quando jurar lealdade a mim. Não o farei enquanto não souber que renega completamente MacQuinn.

Ah, estava brincando comigo. Estava me manipulando. Isso me fez desprezá-lo ainda mais, por sentir a necessidade de competir com Jourdain. Por só querer me reivindicar para que pudesse exibir seu poder.

Não vou me precipitar, pensei.

Assim, respirei fundo e disse:

— Conceda-me a noite para que eu possa ponderar sobre isso, milorde. Darei uma resposta pela manhã.

Ele respeitaria aquilo. Era maevano, e a palavra de um maevano era seu juramento. Valenianos tinham sua graça na etiqueta e na educação, mas os maevanos tinham as palavras, simples e fortes.

Allenach me ajudou a me levantar. Pediu que um banho quente fosse preparado para mim no quarto do unicórnio e me deixou por aquela noite. Repousei na água até ficar enrugada, olhando para o fogo e odiando meu sangue. Em seguida, levantei-me e me vesti com a camisola que ele tinha fornecido, pois tinha deixado todos os meus pertences com Jourdain.

Sentei-me à frente do fogo, com a pedra e o medalhão escondidos sob a lã macia da camisola, e me senti prisioneira dos meus horríveis pensamentos.

Eu tinha chegado a Damhan naquela noite acreditando que Allenach estava tentando provocar Jourdain ao me reivindicar. Mas agora, sabia a verdade: eu era sangue do sangue dele. Era um cervo pulando pelos loureiros. Era a única filha de um homem cruel.

E ele queria fazer de mim uma rainha.

Fechei os olhos e comecei a passar os dedos pela teia emaranhada que tinha se tornado minha vida.

Para ressuscitar o Cânone, teria que jurar lealdade a Allenach.

Se me jurasse a Allenach, ou o seguiria e deixaria que me colocasse no trono, ou o trairia e levaria o Cânone comigo para Mistwood.

Se me recusasse a jurar lealdade a Allenach, jamais recuperaria o Cânone. Ainda iria até Mistwood com a pedra, como planejado. Isso se Allenach não me trancasse na fortaleza de Damhan.

— Brienna?

Olhei para a direita e vi Cartier no meu quarto. Nem o ouvi entrar pela porta secreta, de tão perdida que estava em minhas próprias contemplações sombrias. Ele foi até a minha cadeira, se ajoelhou à minha frente e pousou as mãos nos meus joelhos, como se soubesse que eu estava divagando. Como se soubesse que seu toque me traria de volta.

Vi a luz do fogo beijar as mechas douradas do cabelo dele, e deixei que meus dedos o percorressem. Os olhos dele se fecharam em reação à minha carícia.

— Ele é meu pai — sussurrei.

Cartier me olhou. Havia muita tristeza nos olhos dele, como se compartilhasse comigo cada pontada da dor que eu sentia.

— Sabia que era ele? — insisti.

— Não. Sabia que seu pai era maevano, mas nunca me disseram o nome dele.

Tirei os dedos do seu cabelo, recostei a nuca à cadeira e olhei para o teto.

— Ele está com o Cânone. E quer fazer de mim rainha.

Os dedos de Cartier apertaram meus joelhos. Isso levou meu olhar novamente ao dele, e seus olhos não revelavam nada, mesmo enquanto eu falava sobre traição. Não havia nem horror nem ganância nos olhos dele. Só um tom fiel de azul.

— Cartier... o que devo fazer?

Ele se levantou e puxou uma cadeira para perto da minha, sentando-se diretamente à minha frente, de forma que eu não tinha outro lugar para onde olhar além dele. Vi o fogo destilar luz por uma das laterais do rosto dele, e sombras pela outra.

— Quatro meses atrás — disse —, eu achava que sabia qual era o melhor caminho para você. Tinha passado a amá-la tão profundamente que queria ter certeza de que escolheria o caminho que a mantivesse mais próxima de mim. Queria que fosse com Babineaux, para tornar-se professora, como eu. E quando o fim do verão chegou, e descobri que tinha desaparecido sem deixar rastros... percebi que não podia segurá-la, e que não podia decidir por você. Só quando aceitei sua partida foi que a encontrei de novo, da forma mais maravilhosa possível.

Ele ficou em silêncio, mas o olhar não abandonou o meu.

— Não posso dizer a você o que deve decidir, ou o que é melhor — declarou. — Isso é seu coração quem deve fazer, Brienna. Contudo, vou dizer o seguinte: independentemente do caminho que escolher, eu a seguirei, mesmo na escuridão.

Ele se levantou, com os dedos passando delicadamente pelo meu cabelo e descendo pela linha do meu maxilar até a ponta do meu queixo. Era um toque de promessa e de consagração.

Eu a seguirei.

— Sabe onde me encontrar se precisar — sussurrou, e saiu, antes que eu pudesse sequer respirar.

Travei uma guerra naquela noite, pois meu coração estava dividido. Qual dos meus pais eu deveria trair? Aquele ao qual me unia pela paixão, ou aquele ao qual me unia pelo sangue? Será que Jourdain me odiava agora, por saber de quem eu era filha de verdade? Houve momentos em que pensei que meu pai patrono tinha passado a gostar de mim, a me amar. Mas talvez ele nunca mais me olhasse do mesmo jeito, agora que sabia de tudo.

Eu era a filha do homem que o tinha destruído.

Lutei a noite toda... andando de um lado para o outro, sentindo dúvida e agonizando. Mas, quando a aurora espalhou a luz lilás pelas janelas, e quando a manhã invadiu meu quarto, finalmente havia escolhido um caminho.

29

AS PALAVRAS DESPERTAM DO SONO

Encontrei Allenach em frente às portas do salão, logo antes do café da manhã. Estava me esperando, com luvas de couro nas mãos e uma capa forrada de pele amarrada no pescoço. Eu estava usando um vestido maevano que ele tinha fornecido, além de uma capa quente e botas de couro tão novas que ainda estalavam. O vestido era feito de lã vermelha com mangas bufantes, e caía confortavelmente próximo ao corpo: era um vestido para montaria e explorações.

Ergui as sobrancelhas quando o vi. Realmente desejava que eu desse minha resposta do lado de fora do salão?

— Quero levá-la a um lugar — falou, antes que eu pudesse dizer qualquer coisa. — Podemos fazer o desjejum depois.

Assenti e deixei que me levasse até o pátio, preocupada com o porquê de querer me afastar da segurança do castelo. Havia dois cavalos já selados nos esperando. Allenach montou em seu garanhão castanho, enquanto eu peguei a égua malhada e o segui, cavalgando por uma montanha que ficava a Leste das terras dele. A neblina esmaecia a cada minuto, e, conforme subíamos, o ar foi ficando doce e seco.

O frio já tinha penetrado até meus ossos quando ele parou. Meu cavalo parou ao lado do dele, e assisti enquanto a neblina sumia, sendo levada pelo vento e nos deixando para trás em um grande cume. Se tinha achado a vista da varanda do castelo deslumbrante, aquilo me fez mudar de ideia.

As terras de Allenach se espalhavam à nossa frente: outeiros e riachos e florestas, verde e azul e ocre. Áreas dóceis misturadas a pradarias selvagens. Meus olhos se banharam naquela terra encantadora. Aquele solo estava no meu sangue, e pude entender aquilo, sentindo seu magnetismo atrair meu coração.

Precisei fechar os olhos.

— Aqui é sua casa, Brienna — afirmou com a voz rouca, como se também não tivesse dormido durante a noite. — Qualquer coisa que queira, eu posso lhe dar.

Terras. Uma família. Uma coroa.

Meus olhos se abriram novamente. Pude ver Damhan abaixo de nós, como uma mancha de pedras escuras, e com fumaça subindo das chaminés.

— E quanto aos seus filhos? — perguntei, finalmente afastando o olhar daquela beleza para encará-lo.

— Meus filhos terão a parte deles da herança. — O cavalo se mexeu sob si, cavando a terra. Allenach me olhou, e o vento brincava com seu cabelo escuro e solto. — Estou esperando por você há muito tempo, Brienna.

Olhei novamente para o território amplo, como se minha resposta estivesse escondida nos riachos e sombras. Havia tomado a decisão e determinado meu rumo. Fui até Cartier ao amanhecer para contar a ele minha escolha, e para elaborarmos juntos um plano final. Mesmo assim, fiquei impressionada com como a dúvida tinha aberto uma cratera no meu coração.

Então, voltei o olhar para ele, para o lorde que era meu pai, e disse:

— Escolho você, pai. Escolho a Casa Allenach. Coloque-me no trono.

Allenach abriu um sorriso lento e caloroso que o fez parecer ter dez anos a menos. Estava emocionado, e os olhos me elogiavam como se eu não tivesse defeitos e como se já fosse a rainha dele, e não sua filha perdida.

— Estou contente, Brienna. Vamos retornar ao castelo. Quero lhe mostrar o Cânone.

Ele estava manobrando o cavalo quando eu o detive com a voz.

— Será, pai, que podemos deixar os planos de ir até o Cânone para a noite, depois do jantar?

Ele fez uma pausa e olhou para trás, em minha direção.

— Esta noite?

— Sim — afirmei, forçando um sorriso nos cantos da boca. — O senhor está com os valenianos, lembra? Posso esperar até a noite.

Ele refletiu sobre minhas palavras, e rezei para que mordesse a isca.

— Muito bem — concordou por fim, inclinando convidativamente a cabeça para o lado, para que eu o seguisse de volta.

Sentia-me desolada e dolorida quando chegamos ao pátio. Desmontei com toda a elegância que minhas pernas duras me permitiram, e segurei a mão de Allenach para que ele me guiasse até o salão.

O café da manhã ainda estava animado quando entramos, e o calor formigou minhas mãos congeladas como um bálsamo. Reparei que Rian não estava lá, e que sua cadeira estava vazia. Allenach me levou até ela e me deu o lugar ao seu lado direito.

— Bom dia, irmã — cumprimentou Sean, com os olhos repentinamente cautelosos comigo, como se não conseguisse acreditar que aquilo estava acontecendo.

— Bom dia, irmão — respondi, quando nosso pai se sentou na cadeira entre nós.

Obriguei-me a tomar três colheradas de mingau antes de encontrar Cartier em meio ao grupo cada vez menor de pessoas. Estava olhando na minha direção com os olhos pesados, como se estivesse entediado, mas esperava com atenção.

Discretamente, acariciei a gola.

Ele retribuiu o gesto, e o ar cintilava entre nós, como se uma corda feita de magia se esticasse entre nós, ressoando.

Não haveria mais volta.

* * *

Esperei até que o jantar estivesse quase acabando, e que o salão vibrasse com histórias, cerveja e música. Havia me obrigado a comer até que meu estômago se embrulhasse. Só então olhei para a esquerda, em direção a Allenach, ao meu lado, e pedi:

— Será que pode me mostrar agora, pai?

Ainda tinha comida no prato e um cálice cheio de cerveja. Mas, se tinha algo que eu estava aprendendo, era que pais gostavam de agradar suas filhas. Allenach se levantou na mesma hora, e, então, coloquei a mão na dele e olhei por cima do ombro logo antes de sairmos do salão.

Cartier nos viu sair. Esperaria por dez minutos depois da nossa partida, e também sairia sorrateiramente.

Contei meus passos enquanto Allenach me levava para seus aposentos particulares, e a contagem era estranhamente reconfortante enquanto minhas botas apertavam o tapete.

Essa parte do plano era completamente imprevisível: a localização do Cânone. Allenach dissera que estava escondido em algum lugar do castelo, então Cartier e eu apostamos nisso. Previ que devia estar na ala do lorde, nos aposentos que já tinham sido de Tristan Allenach.

Presumi corretamente.

Seguindo Allenach, passei pelo gabinete e pela sala de jantar particular, e fomos até seu quarto. Havia uma cama grande, coberta de colchas e peles, e uma grande lareira de pedra, que estava fria e coberta de cinzas. Um trio de janelas de vitral escuro ocupava a parede, e a luz de velas iluminava o vidro colorido.

— Conte-me, pai — falei, esperando pacientemente quando ele entrou em uma sala ao lado. — Como soube sobre o Cânone?

Ele voltou segurando um pedaço de ferro comprido e fino, com uma das pontas curvada. Por um momento, meu coração saltou de medo, achando que o usaria como arma. Porém, ele sorriu e explicou:

— É um segredo passado de pai para filho herdeiro desde que o Cânone foi escondido aqui.

— Então Rian sabe disso?

— Ele sabe, mas Sean não.

Assisti quando começou a usar o pé de cabra para soltar uma das pedras da lareira. Era uma placa grande, manchada pelos anos de fuligem e de lenha, e, enquanto ele trabalhava para soltá-la, pensei em Tristan. Quase consegui ver meu ancestral fazendo aqueles mesmos movimentos, os mesmos gestos que Allenach, com a diferença de que Tristan esforçava-se para esconder, e não para recuperar o Cânone.

— Brienna.

Avancei quando disse meu nome, pois o som da voz dele rompeu grilhões invisíveis nos meus tornozelos. Ele estava segurando a pedra, esperando até que eu fosse olhar e reivindicar o que estava embaixo dela.

Caminhei silenciosamente até Allenach e olhei para o buraco no chão.

Certa vez, Cartier o havia descrito para mim. Dissera que Liadan tinha usado sua magia para entalhar as palavras em pedra. Aquela visão roubou todo o meu ar, e fez com que a Pedra do Anoitecer ardesse com um calor insuportável dentro do medalhão, ainda escondido no corpete do meu vestido. O despertar da pedra me obrigou a me ajoelhar, e, com as mãos trêmulas, tomei a placa nas mãos.

As palavras de Liadan cintilavam, como se houvesse poeira estelar pelos entalhes. A placa era surpreendentemente leve: um retângulo de pedra branca do tamanho da capa de um livro grande. Limpei a sujeira e a poeira, e as palavras reagiram ao meu toque, acendendo-se por dentro. Sabia que a magia estava se agitando, e que o Cânone estava reagindo à proximidade da Pedra do Anoitecer. O suor começou a pinicar minha nuca quando percebi que Allenach via a luz celestial vinda de dentro do Cânone, como se as veias da tabuleta estivessem sendo nutridas.

Levantei-me e recuei alguns passos, virando as costas para ele, aninhando a placa de pedra nos braços como se fosse uma criança e ordenando silenciosamente que o Cânone engolisse seu brilho fascinante, pois estava prestes a me denunciar.

E, como se o Cânone tivesse me ouvido, a luz de dentro dele morreu como uma brasa, e a Pedra do Anoitecer também esfriou. Só podia imaginar como essa experiência teria sido se eu tivesse uma gota sequer de sangue Kavanagh.

— Leia para mim, filha — ordenou Allenach enquanto colocava a pedra da lareira de volta no lugar.

Pigarreei, desejando que minha voz soasse firme.

As palavras de Liadan fluíram pela minha língua, etéreas como uma nuvem, doces como mel e afiadas como uma lâmina.

> "Eu, Liadan Kavanagh, a primeira rainha de Maevana, proclamo agora que este trono e esta coroa deverão ser herdados pelas filhas desta terra, sejam elas Kavanagh ou de qualquer outra das 13 Casas. Nenhum rei se sentará neste trono, a não ser por escolha da rainha e do povo. Todas as filhas nobres têm direito à coroa que deixo para trás, pois é por nossas filhas que vivemos, que florescemos e que perduramos.
> Entalhado neste primeiro dia de junho de 1268."

O quarto ficou silencioso quando minha voz sumiu em meio às sombras, e as palavras ficaram pairando no ar entre mim e Allenach como pedras preciosas. Antes, acreditava que apenas a filha de um Kavanagh teria direito ao trono. Agora, percebi que Liadan abrira a coroa para qualquer filha nobre das 14 casas.

Allenach estava certo: eu tinha o direito legítimo ao trono.

Ele deu um passo à frente, e suas mãos emolduraram meu rosto outra vez. O desejo pelo poder e pelo trono cintilava nos olhos dele enquanto me olhava e via a sombra da minha mãe dentro de mim.

— E, assim, a Casa de Allenach se ergue — sussurrou.

— Assim será, pai.

Ele beijou minha testa, selando-me a seu plano para o destino. Deixei que me levasse até o gabinete e me sentei na cadeira à frente da lareira acesa, enquanto ele servia um cálice de vinho para comemorarmos. Mantive o Cânone no meu colo, apoiado sobre as coxas, e os dedos ainda acariciavam aquelas palavras entalhadas.

Foi nessa hora que a batida urgente na porta finalmente soou.

Allenach franziu a testa e colocou a garrafa de vinho na mesa, com certa impaciência no rosto.

— O que foi? — gritou, evidentemente irritado.

— Milorde, os campos estão em chamas! — respondeu uma voz, abafada pela madeira da porta.

Vi a expressão perturbada de Allenach se transformar em choque quando atravessou a sala e abriu a porta. Era um dos nobres dele, com o rosto sujo de fumaça e suor.

— O que quer dizer com "os campos estão em chamas"? — repetiu o lorde.

— Toda a plantação de cevada está sendo tomada pelo fogo — ofegou o nobre. — Não estamos conseguindo controlá-lo.

— Convoque todos os homens — ordenou Allenach. — Logo estarei lá.

Levantei-me rapidamente e deixei o Cânone na cadeira. Allenach atravessou a sala até uma porta lateral, mesclada na parede de tal forma que eu não a tinha reparado antes. Fui atrás dele, retorcendo as mãos.

— Pai, o que posso fazer? — perguntei, percebendo que tinha entrado em seu arsenal particular. Havia espadas, escudos, clavas, lanças, arcos, aljavas cheias de flechas e machados cintilando na parede sob a luz da lareira.

Allenach embainhou uma espada longa na cintura e voltou para a sala, praticamente esquecendo de mim até me ver parada ali.

— Quero que fique aqui — ordenou. — Não saia dos meus aposentos.

— Mas, pai, eu...

— Não saia dos meus aposentos, Brienna — repetiu, com a voz rouca. — Voltarei assim que for seguro.

Eu o vi sair e o ouvi fechar a porta. Tudo estava acontecendo exatamente como eu esperava. Até que o ouvi girar uma chave: o som da porta me trancando na ala de Allenach.

Não. Meu coração disparou quando corri para testar a porta, que era a única saída. A maçaneta de ferro segurou firme, atada ao batente, deixando-me presa nos aposentos do meu pai. Mesmo assim, puxei e lutei contra a porta, que mal se mexeu.

Precisava sair dali. E tinha apenas alguns poucos momentos para me dedicar a isso.

Minha mente se tomou de pânico, até que me lembrei dos passos que tinha planejado. Afastei-me da maldita porta e corri até o quarto de Allenach, direto ao armário. Remexi nas coisas dele, entre roupas organizadas por cor e aromatizadas com cravos e pinhos, e encontrei uma bolsa de couro com fivela e cordas. Voltei correndo para a sala, coloquei o Cânone na bolsa, e prendi as tiras nos ombros e nas minhas costas.

Em seguida, fui até o arsenal. Escolhi uma espada fina com um cabo extraordinário: havia uma esfera de âmbar no pomo, e ali dentro estava uma viúva negra, congelada no tempo. A Picada da Viúva. Essa espada seria adequada para mim, pensei, e a prendi na cintura. Também peguei o machado mais próximo, então voltei até a porta trancada e bati com a lâmina na madeira, junto à maçaneta de metal. Em poucos momentos, soube que aquilo era inútil. Estava esgotando minhas forças, e a porta sequer lascava com meus golpes.

Teria que ser pela janela.

Voltei até o quarto de Allenach, até as janelas de vitral. Através dos vidros coloridos, o fogo que ardia nos campos distantes traduzia-se em uma luz verde e sinistra. Levantei o machado, respirei fundo e golpeei.

A janela explodiu ao meu redor, chovendo sobre meus ombros e sobre o chão como dentes coloridos. O ar frio da noite uivou para dentro do quarto, carregando a fumaça do fogo que Cartier havia ateado, bem como os gritos dos nobres e vassalos de Allenach, que se apressavam para apagar o incêndio. Trabalhei furiosamente para limpar os estilhaços de vidro do parapeito, e depois me inclinei para fora, a fim de medir a distância até o chão.

Eu estava no segundo andar do castelo, e uma queda daquelas quebraria minhas pernas.

Tive que voltar ao arsenal para pegar um pedaço de corda. Fiz questão de fingir que sabia o que estava fazendo quando amarrei uma ponta da corda na cama de Allenach, felizmente presa ao chão. Fiz questão de fingir que estava calma quando fiquei de pé no parapeito da janela, e o mundo abaixo de mim era um poço de escuridão, de decisões agridoces, de juramentos quebrados e de filhas traiçoeiras.

Não podia hesitar. Tinha apenas alguns momentos.

Então, comecei a descer pela parede do castelo, sentindo a corda queimar minhas mãos e a Pedra do Anoitecer murmurar no meu vestido. Vestia o Cânone da Rainha como um escudo nas costas, e meu cabelo solto e desgrenhado flutuava no vento enfumaçado. O nó malfeito deve ter se soltado da cama de Allenach, porque, de repente, eu estava caindo e me debatendo na escuridão. Bati no chão com uma explosão de dor nos tornozelos, mas caí de pé.

Saí correndo.

Enquanto o fogo ardia pelo campo, abençoando minha fuga e sinalizando aos aliados de Jourdain para que se *levantem! levantem e lutem!*, corri pelas sombras até a cervejaria, que estava silenciosa naquelas primeiras horas da noite. Estava quase lá, sentindo a grama chicotear meu vestido, quando ouvi o galope de um cavalo.

Achei que fosse Cartier. Parei para me virar na direção do som, sentindo o coração palpitar na garganta, e, então, vi Rian correndo furiosamente na minha direção, com o rosto ardendo em uma chama de raiva sob a luz das estrelas. E na mão dele havia uma estrela d'alva: uma clava grossa de madeira cravejada de espetos de ferro.

Mal tive tempo de recuperar o fôlego, e menos ainda de desviar do golpe mortal. O único escudo que tinha era a tabuleta mágica de pedra nas minhas costas, então a virei para ele e senti a estrela d'alva atingir o Cânone.

O impacto sacudiu meus ossos, e caí de rosto na grama, acreditando que ele tinha destruído a tabuleta. Entorpecida, estendi a mão para trás e senti um pedaço sólido de pedra dentro da bolsa. Ainda estava inteira, e tinha acabado de salvar minha vida. Levantei-me e senti o gosto de sangue na língua.

O choque da estrela d'alva com o Cânone tinha partido a arma dele no meio, como um relâmpago a uma árvore. O impacto também o arrancou da sela, e aquilo me fez pensar que, mesmo depois de todo aquele tempo, as palavras de Liadan ainda protegiam suas filhas maevanas.

Estava tentando decidir se devia fugir, com a respiração ainda chiando por causa da queda, ou se devia enfrentá-lo. Meu meio-irmão estava caído sobre a grama alta, levantando-se com dificuldade. Ele me viu, percebeu minha hesitação e pegou um pedaço da arma quebrada.

Só tive uma questão de instantes para sacar a espada embainhada no cinto, mas pude sentir as faíscas aviso no ar, porque Rian estava prestes a me dar um golpe mortal antes que eu pudesse me defender.

Ele surgiu à minha frente, bloqueando a luz da lua, e ergueu metade da arma partida.

Porém, seu golpe não aconteceu. Assisti com olhos arregalados enquanto ele era derrubado por um animal, em um salto: um cachorro que parecia um lobo. Cambaleei para trás, em choque, enquanto Nessie rasgava o braço dele com uma mordida. Ele soltou um grito estrangulado, e ela atacou seu pescoço. A cadela agiu rápido. Vi Rian ficar imóvel, com os olhos abertos para a noite, enquanto o sangue se derramava na grama. Em seguida, Nessie veio se encostar em mim, choramingando contra as dobras da minha saia.

— Calma, garota — sussurrei, tremendo. Meus dedos acariciaram a cabeça dela, agradecendo por ter me salvado.

Ele era meu meio-irmão, contudo, eu não sentia remorso algum por ele ter sido morto pelo cachorro do seu pai.

Dei as costas para ele e corri o resto do caminho até a cervejaria, com Nessie trotando ao meu lado.

Cartier esperava por mim junto à porta de trás do prédio, e as sombras das calhas pesadas quase o escondiam de vista. Porém, ele avançou quando me viu chegando, e tinha dois cavalos selados e prontos nos aguardando ao luar, que caía como leite à nossa volta.

Caminhei direto para o abraço dele, sentindo os braços se fechando em volta de mim e as mãos tocando minhas costas, tateando o Cânone que eu carregava. Eu teria beijado o sorriso que agraciava sua boca quando ele olhou para mim, mas a noite exigia que nos apressássemos. E, então, vi que não estávamos sozinhos.

Das sombras, Merei surgiu puxando um cavalo, e a luz das estrelas iluminava seu rosto quando sorriu para mim.

— Mer? — sussurrei, saindo dos braços de Cartier para abraçá-la. — O que está fazendo?

— O que parece que estou fazendo? — provocou. — Estou me juntando a vocês.

Olhei para Cartier e depois para Merei, e só então percebi que ela estava envolvida naquilo tudo desde o começo, e que era parte dos nossos planos.

— Como...?

— Quando me ofereci para ser quem viria para Damhan — explicou Cartier baixinho —, fiz contato com Merei. Perguntei se conseguiria convencer Patrice a vir para o Norte, para tocar no salão de Damhan. Não achava que fosse conseguir convencer o patrono, e, por isso, não falei nada para Jourdain, caso minha ideia não desse certo.

— Mas por quê? — insisti.

— Porque sabia que Amadine Jourdain precisaria de ajuda em sua missão — respondeu Cartier, com um sorriso. — Nem imaginávamos que Amadine seria você, Brienna.

E como estava certo. Sem Merei, jamais teria conseguido recuperar a pedra.

Peguei as mãos dos dois.

— Para Mistwood?

— Para Mistwood — sussurraram ao mesmo tempo.

Tínhamos uma cavalgada de seis horas à frente, pelas horas mais profundas da noite. Mas, antes de chegarmos a Mistwood, havia mais um lugar que precisávamos visitar.

— De quem é esse cachorro? — perguntou Cartier, reparando finalmente na enorme cadela de pelo áspero que aguardava atrás de mim.

— Ela é minha — afirmei, montando no cavalo. — E vai conosco.

Cinco horas depois, encontrei o esconderijo em uma esquina escura, embaixo de um dos carvalhos que floresciam em Lyonesse. Cartier e Merei me seguiram, e as botas quase não faziam barulho contra as pedras conforme íamos de sombra em sombra, de rua em rua, até a porta da frente do tipógrafo.

Tínhamos deixado nossos cavalos escondidos do lado de fora da cidade, protegidos por Nessie, que acompanhou nosso ritmo, para que pudéssemos caminhar silenciosamente a pé e evitar sermos descobertos pela patrulha noturna de Lannon, a qual impunha um toque de recolher rigoroso. Mesmo assim, ainda senti um tremor na coluna quando levantei a mão para bater suavemente à porta.

Esperamos ali, com o ar saindo dos lábios como plumas de fumaça contra a noite fria.

Pela posição da lua e pelo frio profundo no ar, julgava que fosse por volta das três horas da madrugada. Mais uma vez, ousei bater os dedos de leve na porta do tipógrafo, rezando para que ele ouvisse e atendesse.

— Brienna — sussurrou Cartier.

Eu sabia o que ele estava me dizendo: tínhamos de nos apressar. Tínhamos de chegar a Mistwood antes do amanhecer.

Suspirei, prestes a me virar, quando a porta da frente foi destrancada, e uma pequena fresta se abriu. Com os olhos arregalados de esperança, olhei para o homem que nos atendeu. A testa franzida dele estava iluminada por uma vela solitária.

— Evan Berne? — murmurei.

A testa ficou ainda mais franzida.

— Sim. Quem é você?

— Sou a filha de Davin MacQuinn. Pode nos deixar entrar?

Agora, fora a vez dele de arregalar os olhos, e seu olhar me avaliou, abrangendo Cartier e Merei. Todavia, cautelosamente, ele abriu a porta e nos deixou entrar em sua casa.

A esposa estava alguns passos atrás, segurando um xale de lã em volta dos ombros, com o pavor evidente no rosto. Ao lado dela estavam dois filhos, e um deles tentava esconder um punhal nas costas.

— Lamento vir numa hora dessas — desculpei-me apressadamente. — Mas Liam O'Brian o indicou como porto-seguro para nossa missão, e preciso lhe pedir uma coisa.

Evan Berne ficou cara a cara comigo, com o olhar ainda assustado e temeroso.

— Você disse que é... filha de *MacQuinn*?

— Sim. Meu pai voltou a Maevana. Ao alvorecer, as três Casas derrotadas irão se erguer e tomar o trono de volta.

— Como? — gaguejou um dos filhos.

Olhei para ele, então retornei o olhar novamente para Evan, tirando a bolsa das costas.

— Você é tipógrafo?

Evan assentiu rigidamente, com a vela tremendo nas mãos quando me viu sacar o Cânone da Rainha de dentro da bolsa.

Ele mal conseguia respirar quando se aproximou para levar a luz até as palavras entalhadas. A esposa dele ofegou, e os filhos deram passos à frente, com olhares hipnotizados. Eles se reuniram em torno de mim, lendo as palavras que Liadan entalhara tanto tempo atrás. A cada momento, senti a esperança, o deslumbre e a coragem penetrar em seus corações.

— Onde encontrou isso? — sussurrou a esposa de Evan, com olhos se enchendo de lágrimas quando os apontou para mim.

— É uma longa história — respondi, com um leve sorriso. Um dia, pensei, vou escrever sobre isso, sobre como tudo aconteceu. — Pode gravar esse Cânone em papel? Quero essas palavras presas em todas as portas e esquinas desta cidade, até o amanhecer.

Evan ficou imóvel, mas me encarou. Mais uma vez, vi anos de medo, anos de opressão e alienação esvaindo-se dele. Era um dos homens mais amados de Jourdain, um homem que viu seu lorde ser derrotado décadas antes, achando que nunca mais se ergueria.

— Posso — sussurrou, mas havia certa dureza em sua voz.

Imediatamente, ele começou a dar ordens para que os filhos colocassem cobertores nas janelas fechadas, a fim de evitar que a luz das velas escapasse, e para que a esposa preparasse a prensa.

Cartier, Merei e eu o seguimos até a oficina, onde a prensa repousava como um animal adormecido. Coloquei o Cânone em uma mesa comprida, e vi Evan e a esposa começarem a enfileirar as placas de letras, replicando cada palavra de Liadan. O ar ficou denso com o aroma de papel e de tinta quando ele molhou as palavras de metal e preparou um quadrado de pergaminho.

Ele começou a bombear a prensa, e vi o Cânone da Rainha ser transferido para o papel repetidamente, com toda a rapidez com que Evan Berne conseguia se mover. Em pouco tempo, havia uma pilha gloriosa, e um dos filhos a pegou com as mãos reverentes.

— Vamos pregar isso em toda parte — murmurou para mim. — Mas, conte-me... onde acontecerá o levante?

De canto de olho, vi a mãe dele erguer o olhar do rolo de tinta, apertando os lábios. Sabia o que estava pensando, que tinha medo de que os filhos fossem lutar.

Cartier respondeu antes que eu pudesse fazê-lo, vindo parar atrás de mim.

— Partiremos de Mistwood ao alvorecer.

Ele pousou a mão no meu ombro, e senti a urgência do toque: tínhamos de partir. Imediatamente.

Evan se virou para nós e me entregou o Cânone, delicadamente. A placa voltou para a bolsa presa aos meus ombros. Ele nos guiou até a porta da frente, mas, antes de sairmos, segurou minhas mãos.

— Diga ao seu pai que Evan Berne está ao lado dele. Seja na escuridão ou na luz, estarei com ele.

Sorri, e apertei as mãos do impressor.

— Obrigada.

Ele abriu apenas uma fresta da porta.

Saí para a rua, com Cartier e Merei ao meu lado, e nosso coração disparou quando corremos novamente de sombra em sombra, desviando de vigias de armadura escura e capa verde que patrulhavam a cidade. Orei para que os filhos de Berne tomassem cuidado, e para que a noite os protegesse enquanto corriam pelas ruas com as mãos repletas de Cânones.

Sentia-me maltrapilha e exausta quando voltamos para nossos cavalos. O alvorecer estava próximo. Senti seu suspiro no ar e no estalar da geada sobre o chão quando meu cavalo seguiu o de Cartier, com Nessie logo atrás de nós, pela estrada que nos levaria em segurança pelo contorno das muralhas de Lyonesse até o coração de Mistwood.

A floresta nos esperava, delineada de luar e protegida por uma camada densa de neblina. Cartier desacelerou o cavalo quando nos aproximamos, e nossas montarias adentraram a névoa como se fosse água espumosa. Seguimos para as profundezas da mata, até que finalmente vimos a luz das tochas e fomos cumprimentados por um homem que nunca tinha visto.

— É lorde Morgane — murmurou uma voz, e tive a desconfiança incômoda de que flechas apontadas para nós tinham acabado de ser abaixadas. — Bem-vindo, milorde.

Desmontei no mesmo instante de Cartier, com as costas doloridas e as pernas duras como cordas de harpa. Um homem pegou meu cavalo quando Merei e eu começamos a adentrar mais a floresta, com Nessie grudada ao meu lado. Contornamos barracas e amontoados de pessoas que se juntaram a nós para o levante; estranhos que usavam armaduras e as cores das Casas derrotadas.

O azul de Morgane. O vermelho de Kavanagh. O roxo de MacQuinn.

Ainda assim, mal conseguia absorver aquilo tudo direito ao passo em que continuava procurando pela rainha e pelo meu pai patrono, cortando pelas árvores como uma agulha percorre tecido, e contornando pilhas de espadas, escudos e aljavas carregadas de flechas.

Jourdain estava certo: estávamos preparados para travar uma guerra. Se Lannon não se rendesse, se não abdicasse do trono por Yseult, haveria uma batalha com espadas e escudos.

Estávamos ali, e lutaríamos até que o último homem caísse. E, embora tivessem me dito isso anteriormente, descobri que não estava preparada para a ideia de uma guerra.

Tudo parecia um sonho, pensei, enquanto a exaustão travava meus músculos e embaçava minha visão. Mas, então, ouvi a voz dele, e todos os bocejos e desejos de dormir desapareceram.

— Ela ainda não chegou — afirmou Jourdain. — Ela viria com Morgane de Damhan.

A voz dele me chamou, atraindo-me conforme eu avançava pela névoa.

— Ela virá? — perguntou Yseult, e consegui ouvir as palavras que não disse, presas nos vales de sua voz. *Ela ainda irá nos escolher, ou vai se juntar a Allenach?*

Finalmente os vi, parados em uma clareira: Jourdain, Luc, Yseult e Hector Laurent, em um círculo irregular. As armaduras cintilavam como escamas de um peixe sob a luz das tochas. Tinham as cabeças baixas e as espadas embainhadas na lateral do corpo. As sombras pareciam alimentar aquela dúvida, e a escuridão crescia enquanto eles avaliavam o que fazer.

— Dissemos para nossa gente que a Pedra do Anoitecer estaria aqui — informou-lhes Hector, baixinho. — Todos acreditam que, quando formos desafiar Lannon, a pedra estará conosco. Devemos sustentar essa crença, mesmo se ela não vier?

— Pai — falou Yseult, estendendo a mão para tocar no braço dele. — Sim, a pedra é vida para nós. A pedra é o que nos faz Kavanagh. Mas não é o que nos faz maevanos. — Ela fez uma pausa, e vi todos os homens, um a um, erguerem os olhos para observar sua rainha. — Não cavalgarei vestindo a pedra ao alvorecer.

— Isolde... — avisou o pai dela, com o desprazer evidente em sua voz.

— Se Lannon não abdicar pacificamente — continuou —, iremos lutar, travar uma guerra e tomar o trono de volta com aço e escudo. Não vou despertar a magia só para que se corrompa na batalha. A magia está adormecida há mais de cem anos. Preciso aprender a usá-la pacificamente.

— Mas todas essas pessoas que se reuniram em nosso apoio... — argumentou Hector suavemente. — Elas o fizeram por causa da pedra.

— Não — retorquiu Luc. — Elas vieram por causa de Isolde. Porque nós retornamos.

Prendi o ar, e esperei para ver o que Jourdain diria. Para ver o que Jourdain achava.

Mas ele não falou nada.

Assim, dei um passo à frente e rompi a neblina quando falei:

— Estou aqui.

── 30 ──

OS TRÊS ESTANDARTES

Os quatro se viraram para me olhar, e o alívio fez com que estremecessem por baixo da armadura. Foi Yseult quem veio até mim primeiro, com as mãos estendidas para segurar as minhas em um gesto de boas-vindas, e com um sorriso se abrindo no rosto.

— Amadine — cumprimentou-me, e me puxou para o lado oposto antes que eu pudesse fazer contato visual com Jourdain. — Venha, tenho algo para você.

Luc se destacou do grupo em seguida, após ter reparado no manto da paixão de Merei, e imediatamente a envolveu em uma conversa. Enquanto isso, Yseult me guiava por entre o chiado das tochas penduradas nas árvores. Ela me levou até uma barraca e abriu as abas de cambraia para que entrássemos. Nessie se deitou do lado de fora, exausta da longa corrida, e eu segui a rainha, inspirando o aroma de pinheiro, fumaça e aço polido.

Em um dos cantos da barraca havia um colchão coberto de peles e colchas. No outro canto repousava uma armadura. Foi para lá que a rainha me guiou, entregando-me o peitoral, que parecia ser feito de escamas de dragão.

— Isto é para você — afirmou Yseult. — E tenho também uma camisa e um par de calças.

Soltei a bolsa dos ombros e disse:

— E eu tenho algo para você, milady. — Minhas mãos estavam tremendo quando peguei o Cânone da Rainha, e a pedra branca se encharcou da luz das velas, como se as palavras estivessem com sede.

Yseult ficou imóvel quando a viu. Delicadamente, apoiou meu peitoral no chão e aceitou a placa de pedra, e vi que também estava tremendo.

— Amadine... — sussurrou, com os olhos percorrendo a declaração entalhada que libertaria aquele país. — Onde... onde encontrou isto?

Comecei a desamarrar as botas, a soltar a espada de Allenach da cintura e a tirar o vestido.

— Infelizmente, sou descendente de uma Casa de traidores. Os Allenach não só enterraram a pedra, como também roubaram o Cânone.

O frio provocou arrepios na minha pele quando vesti a calça e a camisa de linho. O medalhão de madeira estalou no meu peito, e senti o olhar de Yseult pousar nele, e o despertar da pedra.

Estava a um instante de tirar a pedra do pescoço para entregá-la a Yseult, quando ela recuou.

— Não — sussurrou Yseult, segurando a tabuleta contra o peito. — Quero que você carregue a pedra, Amadine. Não a entregue para mim ainda.

Vi as sombras e a luz dançarem em seu rosto, com o cabelo ruivo caindo sobre os ombros.

— Se aceitar a pedra agora — disse ela —, a magia voltará no calor da batalha. Sabemos que isso é perigoso.

Sim, eu sabia. Foi o motivo pelo qual a pedra havia sido enterrada.

— Carregue-a para mim, só por mais um dia — murmurou Yseult.

— Sim, lady — prometi.

Nós duas ficamos em silêncio, e Yseult colocou o Cânone na cama e pegou novamente meu peitoral. Ela o prendeu com firmeza no meu corpo, e então vesti avambraços de couro, cobertos de pequenos espinhos que me fizeram pensar em dentes de dragão. Sabia que ela tinha escolhido aquela armadura para mim, e que estava me vestindo para a batalha. Ela fez um rio de tranças em volta do meu rosto e as prendeu para trás, a fim de manter meus olhos livres para a luta. Contudo, o resto do meu cabelo caía sobre os ombros, e era selvagem, castanho e livre.

Eu era uma filha de Maevana.

Podia sentir o alvorecer chegando mais perto, tentando espiar para dentro da barraca. Sentia a incerteza na rainha e em mim, enquanto nos questionávamos sobre o que a luz traria. Teríamos de lutar? Seríamos derrotados? Lannon se renderia a nós?

Mas as perguntas sumiram, uma a uma, quando Yseult trouxe uma concha cheia de azul. Meu coração vibrou de emoção quando a vi mergulhar os dedos no corante.

É assim que nos preparamos para a guerra, pensei, enquanto a rainha e eu compartilhávamos uma paz sombria. É assim que enfrentamos o inesperado: não é através das nossas espadas, escudos ou armaduras. Nem mesmo pela tinta azul com que pintamos a pele. Estamos prontas para aquilo por causa da sororidade, e porque nossos laços são mais profundos do que o sangue. Erguemo-nos pelas rainhas do nosso passado, e por aquelas que virão.

— Neste dia, você lutará ao meu lado, Amadine — sussurrou, e começou a decorar minha testa com uma linha regular de pontos azuis. — Neste dia, você se erguerá comigo. — Ela desenhou uma linha firme, resoluta e celestial nas minhas bochechas. — Este dia jamais teria chegado sem você, minha irmã e amiga.

Então, ela colocou a concha nas minhas mãos, pedindo silenciosamente para que eu a marcasse da mesma forma como tinha me marcado.

Mergulhei os dedos na tinta e os tracei da testa até as bochechas de Yseult, da mesma forma como Liadan havia se pintado no passado. Da mesma forma como Oriana tinha me pintado àquele dia no estúdio de arte, bem antes que eu soubesse quem eu era.

O alvorecer penetrava a névoa quando finalmente saímos da barraca, armadas e prontas para a batalha. Segui Yseult pela floresta, até onde as árvores começavam a se espaçar, e o grupo de homens e mulheres baixavam a cabeça quando ela passava.

Pouco antes da floresta abrir caminho para o campo, havia três cavalos, selados e aguardando por seus cavaleiros. E, então, vi os três estandartes.

O estandarte vermelho dos Kavanagh, decorado com o dragão preto.

O estandarte azul dos Morgane, decorado com o cavalo de prata.

O estandarte roxo dos MacQuinn, decorado com o falcão dourado.

Yseult foi diretamente para o cavalo que estava no meio, e sua armadura cintilou quando ela o montou. Em seguida, um homem lhe entregou o estandarte vermelho.

É agora, pensei. As Casas derrotadas irão se erguer das cinzas, corajosas, inflexíveis e prontas para sangrar novamente.

Eu me virei, emocionada, e dei de cara com Cartier, que caminhava até mim. A armadura dele brilhava como uma estrela caída enquanto ele andava, com uma espada longa embainhada na lateral do corpo, o cabelo louro preso em tranças e o lado direito do rosto tomado por tinta azul. Não se parecia em nada com o mestre de conhecimento com quem convivi durante anos: era um lorde se erguendo.

Ele nunca parecera tão impetuoso e selvagem, e eu nunca o desejara tanto.

Cartier envolveu meu rosto com as mãos, e achei que meu coração tinha derretido sobre a grama quando sussurrou:

— Quando essa batalha acabar e colocarmos a rainha no trono, lembre-me de lhe dar seu manto.

Sorri, e as gargalhadas pairaram entre meus pulmões. Apoiei as mãos nos braços dele quando encostou a testa na minha. Era o momento anterior à batalha: silencioso, tranquilo e sofrido. Um pássaro cantou acima de nós por entre os galhos. A névoa fluía como uma maré nos nossos tornozelos, e respiramos juntos, guardando todas as possibilidades no fundo do coração.

Ele beijou minhas bochechas, em uma despedida casta que deixava promessas para quando a noite caísse e as estrelas se alinhassem.

Fiquei entre o povo dele, e o vi andar até o cavalo da esquerda, montar com elegância valeniana e pegar seu estandarte azul. Merei surgiu do meio da multidão e parou ao meu lado, e a presença dela era um bálsamo para o meu medo. Alguém a tinha vestido com uma armadura, e ela portava o aço entrelaçado como se o tivesse feito a vida toda, com uma aljava de flechas no ombro.

O terceiro cavalo ainda estava esperando, balançando a cauda preta. Era o cavalo de MacQuinn, e me perguntei quem montaria com a rainha e Cartier. Quem desafiaria Lannon levando aquele falcão sobre o roxo proibido ondulando no ombro?

Assim que pensei isso, vi Luc carregando o estandarte de MacQuinn, com o cabelo escuro espetado em ângulos estranhos, com linhas de tinta nas bochechas. Ele procurava por algo. Procurava por *alguém*.

O olhar parou em mim, e aqui ficaram. Lentamente, sentindo os joelhos estalarem, eu me adiantei para encontrá-lo.

— Amadine. Quero que carregue nosso estandarte, em memória da minha mãe — falou.

— Luc, não, eu não poderia fazer isso — sussurrei, com a voz rouca.

— Deve ser você.

— Minha mãe iria querer que fosse você — insistiu. — Por favor, Amadine.

Hesitei, sentindo o calor de incontáveis olhares sobre nós. Sabia que Jourdain estava entre eles, no meio da multidão, vendo Luc fazer esse pedido, e meu peito apertou. Jourdain poderia não querer que eu levasse seu estandarte. Poderia não querer que eu reivindicasse sua Casa.

— Seu pai... ele talvez não...

— É um desejo do nosso pai — murmurou Luc. — Por favor.

Luc poderia estar dizendo isso apenas para me fazer aquiescer, mas não podia deixar a manhã continuar a nos escapar. Estendi a mão e peguei a haste fina, sentindo o peso suave do estandarte roxo se tornar meu.

Andei até o cavalo como a terceira e última amazona, e montei com um tremor nas pernas. Senti a sela fria sob mim quando apoiei os pés nos estribos, e minha mão esquerda pegou as rédeas enquanto a direita segurava a haste. O estandarte de veludo resvalava nas minhas costas, e o falcão áureo bordado nele pendia sobre meu ombro.

Olhei para Yseult e para Cartier, e ambos estavam me olhando, com a luz da manhã tremeluzindo em seus rostos. O vento soprou ao nosso redor, puxando minhas tranças e acariciando nossos estandartes. A paz que tomou conta de mim parecia uma capa quente que me protegia contra o medo que uivava ao longe.

Sinalizei com a cabeça para a rainha e para o lorde, declarando com o olhar que eu estava pronta. Que cavalgaria e que cairia ao lado deles.

Yseult saiu da floresta, representando o fogo. *Kavanagh, a Brilhante.*

Cartier a seguiu, como a água. *Morgane, o Veloz.*

E, finalmente, eu saí, representando as asas. *MacQuinn, a Determinada.*

Cavalgamos próximos uns dos outros. A rainha era como a ponta de uma flecha, e Cartier e eu seguíamos nos flancos dela, com os três cavalos galopando em sincronia perfeita. A névoa continuou a se dissipar enquanto ocupávamos o campo aos poucos. A grama cintilava com a geada, e a terra latejava com a música da nossa redenção.

Aquele era o mesmo campo que havia testemunhado o massacre e a derrota 25 anos antes. Contudo, o tomamos como se fosse nosso, e como se sempre tivesse sido, mesmo quando o castelo real surgiu ao longe com os estandartes verdes e amarelos de Lannon. Mesmo quando vi que o rei nos esperava com uma horda de soldados alinhados atrás de si, como uma muralha impenetrável de aço e armaduras pretas.

Ele saberia que estávamos indo atrás dele. Saberia porque tinha sido acordado antes do amanhecer para ser informado que o Cânone da Rainha tinha se espalhado como neve por toda Lyonesse. Saberia porque lorde Allenach, imaginava eu, havia entrado às pressas no salão real depois de descobrir que eu tinha fugido de suas terras junto dos seguidores de Jourdain.

Não haveria dúvida na mente estreita de Lannon quando visse os três estandartes proibidos ondulando sobre nossos ombros.

Tínhamos vindo até aqui para travar uma guerra.

Yseult diminuiu a velocidade do cavalo até um leve trote. Cartier e eu a espelhamos, e diminuímos mais e mais a velocidade dos cavalos ao passo que a distância entre nós e Lannon ficava menor. Meu coração estava latejando quando nossos cavalos pararam elegantemente, a uma distância em que seria possível atirar uma pedra no rei, em seu corcel, ladeado pelo capitão da guarda e por lorde Allenach.

Ah, o olhar dele caiu sobre mim como veneno, como uma lâmina no meu coração. Enfrentei o olhar do meu pai, com o estandarte de MacQuinn decorando meu ombro, e vi o ódio se espalhar em seu rosto bonito.

Tive que afastar o olhar antes que fosse tomada pelo rancor.

— Gilroy Lannon — gritou Yseult, lançando a voz firme e densa pelo ar. — Você é um impostor no trono. Viemos reivindicá-lo das suas mãos desonradas. Pode abdicar agora, pacificamente, neste campo, ou o tomaremos à força, com sangue e aço.

Lannon soltou uma risada diabólica.

— Ah, pequena Isolde Kavanagh. Como escapara da minha espada 25 anos atrás? Você sabe que enfiei a lâmina no coração da sua irmã neste mesmo campo, e que posso facilmente fazer o mesmo com você. Ajoelhe-se perante a mim, renegue essa loucura, e aceitarei você e sua Casa desgraçada de volta sob minha tutela.

Yseult sequer reagiu, como ele esperava que fizesse. Não deixou que as emoções se manifestassem visivelmente, embora eu conseguisse senti-las, como se uma tempestade estivesse se armando no céu.

— Não me ajoelho perante um rei — declarou. — Não me ajoelho perante a tirania e a crueldade. Você é uma desgraça para este país, e uma mancha terrível que estou prestes a expurgar. Eu lhe darei uma última chance de se render antes que eu o parta em dois.

Ele riu, e o som se espalhou pelo ar como corvos escuros a grasnar. Senti que Allenach me encarava. Não tirara os olhos de mim, nem mesmo para olhar para Yseult.

— Então temo que tenhamos chegado a um impasse, pequena Isolde — afirmou Lannon, com a coroa na cabeça reluzindo sob o sol. — Contarei até 15 para que recuem pelo campo e se prepararem para a batalha. Um... dois... três...

Yseult virou o cavalo. Cartier e eu permanecemos dos dois lados dela, como sua proteção e seu apoio, enquanto nossos cavalos galopavam de volta pelo caminho por onde viemos. Vi a linha da nossa gente avançando pela grama, com os escudos erguidos e preparados, indo ao nosso encontro para travarmos a batalha que previmos que aconteceria.

Eu devia ter contado. Devia ter prestado atenção nos 15 segundos. Porém, o tempo naquele momento ficou raso, tênue e frágil. Estávamos quase alcançando nosso grupo quando ouvi o zumbido, como se o vento estivesse tentando nos alcançar.

Eu não me virei, nem mesmo quando as flechas começaram a afundar no chão ao nosso redor. Houve um grito de um dos nossos, que pareceu ter vindo de Jourdain. Vociferava ordens, e vi a parede de escudos se abrir no centro, pronta para engolir a nós três enquanto avançávamos pelo campo.

Sequer havia percebido que tinha sido atingida, até que vi o sangue começar a escorrer, vermelho e ansioso, pelo meu braço. Olhei para mim como se estivesse vendo o braço de um estranho. Vi a ponta de uma flecha saindo do meu bíceps, e a dor estremeceu profundamente nos meus ossos, até os dentes, roubando meu ar.

Você consegue chegar lá, disse para mim mesma, embora houvesse estrelas começando a pontilhar os cantos da minha visão, e embora Yseult e Cartier tivessem disparado à minha frente.

Você consegue.

Todavia, meu corpo estava derretendo como manteiga em uma frigideira quente. E não era só por causa da dor intensa da flechada. Percebi, tarde demais, o que estava acontecendo... A pressão me sufocou, fez meus ouvidos estalarem e arranhou meus pulmões.

Não, não, não...

Minhas mãos ficaram dormentes. O estandarte de MacQuinn escorregou dos meus dedos enquanto o céu acima de mim escurecia com a tempestade, e meu corpo começou a cair da sela.

Atingi o chão como Tristan Allenach.

31

O CHOQUE DO AÇO

Tristan se levantou do chão, com a flecha presa na coxa esquerda. Enquanto a chuva caía, formando poças sangrentas na terra ao seu redor, ele quebrou a haste e empurrou a cabeça da flecha até o outro lado da perna, trincando os dentes para conter o grito. O céu estava negro, e as nuvens giravam como o olho de uma tempestade terrível, contornadas por uma sinistra luz verde.

Havia se separado da linha dos seus guerreiros, desrespeitando a ordem de aguardar a pouco mais de um quilômetro da batalha. Por causa disso, tinha sido alvejado, e agora estava vulnerável, exposto e sozinho.

Contudo, ele precisava chegar à rainha antes que ela fizesse o país em pedaços.

O cavalo havia fugido, puxando as orelhas para trás de pavor, quando um estrondo viajou do céu até a terra. Os ouvidos ecoavam enquanto ele mancava colina acima, tentando encontrar Norah, com a aljava sacudindo em suas costas, e o arco empenado por causa da queda. Ele gritou por ela enquanto andava pelos corpos dos hildos. Os membros deles estavam quebrados em partes nada naturais, roídos até o osso por algum ser mágico da criação da rainha, e os rostos partidos no meio, com a pele arrancada.

Ele chegou ao cume e avistou o terreno que se alongava à frente, e que, antes, era tão lindo e verdejante. Agora estava queimado, e as cinzas voavam como fogo fátuo. E ali estava Norah, com o cabelo preto e comprido esvoaçando como uma bandeira da meia-noite enquanto corria, empunhando espada e escudo, e com o rosto pintado de azul.

— Norah! — gritou, e a perna ferida o impedia de correr atrás dela.

Ela o ouviu de alguma forma, apesar do trovão e da chuva. A princesa se virou em meio às cinzas e cadáveres, e viu Tristan. Ele cambaleou pela distância que os separava, e, antes que pudesse se controlar, segurou os braços dela e a sacudiu.

— Você precisa tomar a pedra, Norah. Agora. Antes que a magia da sua mãe consuma a todos nós.

Ela arregalou os olhos. Estava com medo: ele a sentiu estremecer. E, então, ela olhou para o próximo cume, onde viam o contorno de sua mãe, a rainha, parada ali, enquanto sua magia travava uma batalha que girava sem parar, sem conhecer profundidade e nem fim.

Norah começou a se mover a caminho da colina, com Tristan em seu encalço. Uma chuva de flechas começou a cair sobre eles, disparadas pelos hildos desesperados que estavam no vale, e Tristan esperou pelo impacto. Mas as flechas se partiram em duas, deram meia-volta e retornaram para seus arqueiros. Gritos perfuraram o ar, seguidos de outro estrondo ressonante que fez com que Tristan caísse de joelhos.

Mas Norah avançava, subindo até o cume. O vento soprava em volta dela enquanto se preparava para enfrentar a mãe com apenas uma espada e um escudo. Tristan subiu em uma rocha, a abraçou e esperou, assistindo enquanto Norah chegava ao topo da colina.

Ele não conseguia ouvir as vozes delas, mas podia ver seus rostos.

A rainha sempre fora bonita e elegante. Em guerra, essas características se reforçavam assustadoramente. Ela sorriu para Norah, embora sua filha abrisse os braços e gritasse com ela.

Tristan havia lido que a magia, na guerra, se descontrolava facilmente, que enevoava a mente da pessoa que a executava e que se alimentava da sede de sangue e do ódio que encontrava quando dois líderes se chocavam para matar e conquistar. Liadan escrevera documentos sobre isso, dizendo que a magia nunca deveria ser usada para fazer o mal, para matar e para aniquilar. E Tristan estava testemunhando tudo aquilo de perto.

Assistiu quando a rainha golpeou o rosto da filha, algo que nunca teria feito se a magia da batalha não tivesse corrompido sua mente. O golpe fez com que Norah cambaleasse para trás e largasse a espada. Tristan sentiu o sangue ferver quando a rainha pegou um punhal e foi para cima de Norah. Reagiu sem pensar, puxando uma flecha, prendendo-a no arco e mirando na rainha. Então, ele a disparou, e viu a flecha girar graciosamente pela tempestade e pela chuva e pelo vento, e se alojar no olho direito da rainha.

O punhal caiu da mão dela, que desabou no chão, com o sangue jorrando pelo rosto e pelo vestido. Norah rastejou até ela, chorando e aninhando a mãe enquanto Tristan corria até o cume.

Ele tinha matado a rainha.

Os joelhos dele pareceram se transformar em água quando Norah o encarou, e a magia se concentrou ao redor dela como fagulhas de fogo enquanto o sangue de sua mãe lhe sujava as mãos. E, no pescoço da rainha, a Pedra do Anoitecer havia ficado roxa e preta, tomada pela dor e pela fúria.

— Vou partir você no meio — gritou Norah, erguendo-se e correndo na direção dele enquanto levantava as mãos para conjurar sua magia.

Tristan segurou seus pulsos, e os dois caíram no chão, rolaram por cima um do outro pela encosta, por sobre ossos e pedras e sangue. Ela era forte, e quase o dominou, com a magia que ansiava por desmembrá-lo, mas Tristan se viu por cima quando finalmente pararam. Ele pegou o punhal e o encostou na coluna pálida do pescoço dela, com a outra mão forçando seus dedos à submissão.

— Ponha fim a esta batalha, Norah — ordenou com a voz rouca, dizendo para si mesmo que não hesitaria em matá-la se o ameaçasse de novo. — Acabe com a tempestade. Dome a magia que a rainha liberou.

Norah ofegava sob ele, com o rosto contorcido de dor e agonia. Porém, lentamente, ela voltou a si. Foi como ver a chuva enchendo uma cisterna, e Tristan tremeu de alívio quando ela finalmente assentiu, com lágrimas escorrendo dos olhos.

Ele soltou suas mãos e observou cautelosamente enquanto ela murmurava as palavras antigas, balançando os dedos para o céu. Gradualmente, a magia diminuiu e enfraqueceu, quebrando-se como pratos no chão e deixando para trás o resíduo que era como poeira e teias de aranha em uma casa abandonada.

As nuvens de tempestade começaram a se dissipar, revelando tiras azuis, e o vento diminuiu, mas os cadáveres continuaram no mesmo lugar. A destruição e os mortos e as consequências persistiram.

Delicadamente, ele saiu de cima dela, puxando-a para que ficasse de pé. O punhal na mão dele estava escorregadio de suor e de sangue.

Mate-a, sibilou uma voz. Ela vai trair você. É como a mãe...

— *Você quer me matar* — *sussurrou ela, lendo sua mente.*

Ele a segurou pelo pulso, e os olhos dela não exibiam medo algum quando os pousou sobre ele. Sentiu a magia dela resvalar em seus ossos, como a primeira geada do outono, como o fogo que arde lentamente, ou como a textura sedutora da seda.

Ele fechou a mão com mais força e levou o rosto ao dela, até que seus hálitos se misturassem.

— *Quero que desapareça. Quero que suma e que renegue o direito ao trono. Se voltar, a matarei.*

Ele a empurrou para longe, embora o movimento tivesse arrancado o que restava de seu coração. Tinha passado a admirá-la, respeitá-la e amá-la.

Teria sido uma rainha extraordinária.

Esperava que ela lutasse, que conjurasse a magia e que o esmagasse contra a terra.

Mas Norah Kavanagh não fez nenhuma dessas coisas.

Ela se virou e saiu andando. Deu cinco passos antes de se virar para olhar para ele por uma última vez, e o cabelo escuro e sujo de sangue era a coroa mais grandiosa que jamais usaria.

— *Ouça isto, Tristan Allenach, lorde dos sagazes: você transformou minha Casa em cinzas. Você tirou a vida da rainha. E vai roubar a Pedra do Anoitecer. Mas saiba que, um dia, surgirá uma filha em sua linhagem que será duas em uma, paixão e pedra. E ela irá derrubar sua Casa por dentro e desfazer todos os seus crimes. Mas, talvez, a maior maravilha de todas será que roubará as suas lembranças para fazê-lo.*

Ela deu as costas para ele e saiu andando, até que a névoa a engolisse.

Ele tentou ignorar aquelas palavras. Estava tentando abalá-lo e fazer com que duvidasse de si mesmo...

Brienna.

De algum lugar, uma voz que o lembrava das estrelas do verão falou dentro da mente dele. Um eco reverberou pela terra quando Tristan começou a subir até o cume novamente.

Brienna.

Ele se ajoelhou ao lado da rainha, cujo sangue começava a esfriar e escurecer, com a flecha dele enfiada no olho.

Brienna.

A Pedra do Anoitecer era dele.

Ao mesmo tempo que Tristan alcançou a pedra, eu abri os olhos, trocando a batalha dele pela minha.

A terra estava dura e fria sob mim, e o céu estava incrivelmente azul e limpo quando apertei os olhos para enxergar Cartier, com o sol parecendo uma coroa atrás dele. Inspirei fundo, então senti a dor profunda no braço esquerdo e me lembrei dos estandartes, das flechas e da queda.

— Estou bem — afirmei, com a voz rouca, estendendo a mão direita acima do peito para segurar a dele. — Ajude-me a me levantar.

Podia ouvir o som do aço e os gritos e berros que precediam o sangue e a morte. As forças de Lannon e Allenach tinham rompido nossa parede de escudos, e Cartier me carregara o mais longe possível que conseguiu para tentar me despertar. Olhei para o braço: a flecha tinha sumido, e havia uma tira de linho amarrada sobre o ferimento. Meu sangue ainda encharcava o tecido quando ele me levantou e me colocou de pé.

— Estou bem — repeti, e saquei minha espada, na qual a viúva-negra repousava no âmbar. — Vá, Cartier.

Os homens dele avançavam, lutando sem ele, e era evidente que estávamos em número menor. Empurrei delicadamente o peito dele, sujando a armadura com meu sangue.

— *Vá.*

Ele deu um passo para trás, com o olhar grudado no meu. Nos viramos ao mesmo tempo, pegamos escudos de madeira e erguemos nossas espadas. Enquanto ele seguia na direção dos guerreiros de azul, fui ao encontro daqueles que vestiam roxo. Da Casa que era minha, à qual desejava pertencer.

Tropecei em um corpo, e era um dos nossos homens: um jovem cujos olhos vidrados encaravam o céu, com a garganta rasgada. Depois, tropecei em outro, um dos homens deles, com a capa verde pendurada no pescoço. Comecei a pular por cima da morte, perguntando-me se ela também estava prestes a me derrubar. Assim que senti o farfalhar das asas da morte, percebi que um olhar frio me tocava.

Olhei para a frente e vi Allenach a alguns metros, em meio à luta.

Havia sangue espirrado no rosto dele, e a brisa soprava o cabelo escuro sob o aro de ouro. Calmamente, ele começou a andar, e a batalha pareceu se afastar de nós dois, abrindo um corredor abismal entre mim e o lorde.

Estava vindo para cima de mim.

Havia um lado meu que implorava para que eu fugisse, para que me escondesse dele. Porque podia ver aquilo no brilho escuro dos olhos dele, e na sede de sangue que o dominava.

Meu pai estava vindo me matar.

Dei um passo para trás, tropeçando, e então recuperei o equilíbrio antes de instruir a mim mesma que permanecesse firme e determinada. Quando o abismo entre nós diminuiu, minha espada era a única coisa que o impedia de me alcançar, e eu soube que apenas um de nós sairia vivo desse encontro.

— Ah, minha filha traidora — falou, e os olhos foram até a lâmina comprida na minha mão. — E ladra também. A Picada da Viúva lhe cai bem, Brienna.

Segurei a língua enquanto a batalha se desenrolava descontroladamente ao nosso redor, mas sem nos tocar.

— Diga-me, Brienna: você atravessou o canal para me trair?

— Vim até aqui para colocar uma rainha no trono — afirmei, sentindo-me agradecida por minha voz estar firme. — Não fazia ideia de quem era quando o vi. Nunca me contaram o nome do meu pai.

Allenach abriu um sorrisinho malicioso. Parecia que estava pesando minha alma naquele momento, medindo o quanto eu era valiosa para ele.

Os olhos passearam das minhas botas manchadas de sangue até a tinta no meu rosto, pelas tranças no cabelo, o ferimento no braço esquerdo e a espada na mão direita.

— Você é corajosa, e preciso admitir isso — disse o lorde. — Se a tivesse criado, você me amaria. Serviria a mim e lutaria *comigo*, não contra mim.

E como minha vida seria diferente se Allenach tivesse me criado desde o início. Pude me ver ao lado dele, como uma guerreira fria, tirando vidas e tomando o trono sem remorso. Não teria havido Magnalia, nem Merei, nem Cartier. Apenas eu e meu pai, afiando um ao outro como armas perigosas.

— Vou lhe dar uma última chance, Brienna — ofereceu. — Venha a mim, e a perdoarei. Sei que MacQuinn anuviou seu senso crítico e que roubou você de mim. Junte-se a mim, e tomaremos o que é nosso por direito. — Ele ousou estender a mão esquerda, com a palma para cima, da forma como um valeniano ofereceria sua lealdade e seu coração.

Encarei as linhas de sua mão, das quais minha própria vida tinha se derivado. Então, lembrei-me da lembrança de Tristan, a mesma que acabara de vivenciar. *Mas saiba que, um dia, surgirá uma filha em sua linhagem que será duas em uma, paixão e pedra.* Norah Kavanagh me vira nas feições do rosto de Tristan, e previra minha vida e meu propósito.

Eu descendia de sangue egoísta e ambicioso.

E era a vingança de Norah Kavanagh. Eu me redimiria.

— Não — falei, com uma palavra simples e deliciosa.

A fachada agradável das feições de Allenach se estilhaçou. O ódio voltou, ardendo intensamente, e o rosto era como uma pedra que tinha rachado e virado pó. Antes que eu pudesse respirar, ele rosnou, libertando o animal que havia dentro dele, e baixou a espada sobre mim.

Tudo o que pude fazer foi bloquear o golpe para me proteger de ser rachada ao meio por sua fúria. Cambaleei de novo, e minha exaustão se tornava meu lento algoz quando o impacto do aço fez com que meus dedos tremessem, subiu pelos meus braços e moldou meus dentes em uma careta.

Entrei em uma dança perigosa com ele, que falava de sangue e morte. O treinamento de Yseult despertou em mim, mantendo-me viva enquanto desviava e bloqueava e me contorcia para longe do fio da lâmina de Allenach.

Precisava perfurá-lo com meu aço. Precisava cortar um dos fluxos sanguíneos vitais. Contudo, não conseguia fazer aquilo. Nunca tinha tirado uma vida, nunca havia matado. Queria chorar por saber que tinha chegado àquele momento, no qual teria que matar o homem que me gerou, ou permitir que ele extinguisse minha vida.

Aqueles pensamentos me assombravam quando uma flecha zumbiu pelo ar, tão inesperadamente que Allenach levou todo um instante até perceber que havia sido atingido na coxa, no mesmo lugar em que Tristan havia sido perfurado. O cabo da flecha tremeu quando ele deu um passo para trás, e o lorde olhou para baixo, atordoado. Então, olhamos para a frente, seguindo o caminho que a flecha tinha percorrido, e vimos uma garota de cabelo escuro e dedos elegantes a poucos metros, baixando o arco, com os olhos cintilando e desafiando Allenach.

— Corra, Brienna — ordenou Merei, prendendo outra flecha no arco com calma e elegância, como se estivesse prestes a tocar uma música no violino para mim.

Fiquei abalada quando nossos olhares se cruzaram. Estava me mandando correr enquanto ficava ali. Estava oferecendo matá-lo para que eu não tivesse que fazê-lo.

Contudo, meu pai estava correndo até ela agora, com a espada reluzindo sob o sol. E ela só tinha o arco e as flechas.

— Não! — gritei, e corri atrás dele, tentando pegá-lo antes que ele a alcançasse.

Merei deu um passo para trás, e o braço tremeu quando ela disparou contra Allenach outra flecha corajosa, apontada para o rosto. Ele se abaixou, escapando por pouco do disparo letal, e, então, brandiu a espada. Mordi o lábio, tentando interceptá-lo. Porém, houve um brilho repentino de armadura e um vulto vermelho-escuro e prateado quando alguém entrou entre Allenach e Merei.

Sean.

O rosto dele estava preso em uma careta quando sua espada chocou-se contra a de Allenach, e ele moveu a lâmina na tentativa de empurrar o lorde para longe de Merei. Não sabia se podia confiar totalmente nele, pois meu meio-irmão estava usando as cores e o brasão de Allenach. Contudo, Sean continuou a lutar com nosso pai, até que Allenach ficou encurralado entre nós: o filho e a filha.

— Chega, pai — grunhiu Sean. — Esta batalha está perdida. Renda-se, antes que mais vidas tenham que ser sacrificadas.

Allenach deu uma gargalhada amarga.

— Então meu filho também é traidor. — O olhar dele disparava entre mim e Sean. — Você escolhe sua irmã ilegítima em vez de *mim*, Sean?

— Escolho a rainha, pai — afirmou Sean firmemente. — Renda-se. Agora. — Ele esticou a ponta da espada até apoiá-la no pescoço de Allenach.

Estava com dificuldade para respirar e para ficar de pé, sentindo as pernas dormentes. Não conseguia imaginar uma pessoa tão gentil e educada quanto Sean matando o próprio pai.

O lorde riu, sem qualquer nota de medo, apenas repulsa e fúria. Com um movimento ousado, desarmou meu irmão, e, em um instante, enfiou a espada na lateral de Sean, através do ponto fraco das costuras da armadura.

Um grito subiu pela minha garganta, mas só conseguia ouvir o rugido da minha pulsação quando vi Sean dobrar o corpo e cair sobre a grama. Meus olhos estavam grudados no sangue dele, que começou a cobrir as mãos de Merei enquanto ela tentava ajudá-lo desesperadamente.

E, então, Allenach virou a espada manchada de sangue para mim.

Ele me desarmou rapidamente, e senti o ardor vibrante percorrer o braço. Vi a Picada da Viúva voar pelo ar e cair a uma grande distância de mim. Em seguida, senti o nó dos dedos dele quando me atingiu no rosto, e minha bochecha ardeu sob a raiva dele. Ele me bateu de novo, e outra vez, e minha visão embaçou quando senti o sangue jorrando do nariz e da boca.

Tentei colocar o escudo entre nós, mas ele o arrancou do meu braço ferido, e eu finalmente me deixei cair na grama, sentindo a pressão sólida da terra contra minha coluna.

Allenach pairava sobre mim, com a sombra cascateando pelo meu rosto dolorido. Ouvi Merei gritando meu nome sem parar, tentando me fazer despertar. Mas ela parecia muito distante, e só pude ver meu pai erguer a espada, preparando-se para perfurar meu pescoço. Inspirei fundo, calmamente, abraçando a crença de que Yseult teria sucesso. Ela retomaria o trono, e aquilo era tudo o que importava...

Logo antes do aço de Allenach beber minha vida, uma sombra pousou sobre nós dois, furiosa e veloz. Assisti, incrédula, enquanto Allenach era empurrado para trás, e toda a sua graça sumiu quando ele tropeçou, e quando Jourdain surgiu acima de mim.

— Davin MacQuinn — sussurrou Allenach, cuspindo sangue. — Saia da frente.

— Essa é minha filha — afirmou Jourdain. — Você não tocará nela novamente.

— Ela é *minha* — rosnou Allenach. — É minha filha, e vou tomar de volta a vida que dei a ela.

Jourdain teve a ousadia de rir, como se Allenach tivesse dito a coisa mais idiota do mundo.

— Ela nunca foi sua, desde o início, Brendan.

Allenach partiu para cima de Jourdain, com as espadas se encontrando em guarda alta. Meu coração pareceu estar sendo arrancado do peito quando vi os dois lordes lutando e as espadas brilhando sob o sol, sentindo o gosto de sangue enquanto eles apunhalavam e cortavam os braços e pernas um do outro.

— Bri? Bri, ajude-me!

Rastejei até onde Sean repousava, com Merei ajoelhada ao seu lado, tentando freneticamente estancar o sangue. Eu me aproximei e juntei as mãos às dela, a fim de conter o sangramento.

Não tive forças para encará-lo, mas quando ele sussurrou meu nome — *Brienna* —, não tive escolha. Olhei para ele, e minhas esperanças se esvaíram quando vi a rigidez em seu rosto.

— Por que irmãos são tão burros? — gritei, desejando bater nele e, ao mesmo tempo, abraçá-lo pela coragem que tivera.

Ele sorriu, e eu queria chorar por ele estar prestes a morrer quando eu estava começando a conhecê-lo. Merei passou o braço em volta de mim, como se sentisse a mesma coisa.

— Estão ouvindo? — sussurrou Sean.

Achei que estava prestes a dar o último suspiro, e que estava ouvindo a canção dos santos. Teria implorado para que o deixassem ficar comigo, mas percebi que também estava ouvindo algo.

Era um grito vindo do Sul, de pessoas saindo de Lyonesse, carregando espadas e machados e forquilhas, todo tipo de armas que tinham conseguido encontrar. Sabia que tinham achado o Cânone em suas portas e nas esquinas. Tinham vindo se unir a nós e lutar ao nosso lado. E, do Leste, veio outro grito: uma canção de triunfo e luz. Outro estandarte, laranja e vermelho. Lorde Burke, trazendo seus guerreiros, veio nos dar apoio e ajuda.

Estava prestes a contar para Sean o que estava vendo ao perceber a maré da batalha mudar. Estava prestes a abrir a boca, quando houve um som de dor atrás de mim, um gargarejo de surpresa. Sabia que era um deles; ou Jourdain ou Allenach. Quase não consegui me virar para olhar e descobrir quem havia sido golpeado.

Mas olhei.

Allenach me encarava, com os olhos arregalados e o sangue jorrando do pescoço, esguichando como chuva, quando caiu de joelhos. Eu fui a última coisa viva que viu antes de desabar com o rosto contra a grama aos meus pés, soltando o último suspiro.

Fiquei sentada no chão ao lado de Sean e Merei, apertando a mão dela com a minha, e com o olhar hipnotizado pela impassibilidade da morte, pela forma como o vento continuava a soprar o cabelo escuro de Allenach. E, então, o calor surgiu ao meu lado, braços me envolveram e dedos limparam o sangue do meu rosto.

— Brienna — disse Jourdain, com a voz falhando enquanto chorava ao meu lado. — Brienna, eu matei seu pai.

Agarrei-me a ele como ele se agarrou a mim, e nosso coração doía. Porque a vingança não tem o gosto que imaginamos que terá, mesmo depois de 25 anos.

— Não — afirmei, enquanto os homens de Lannon começavam a se render e a recuar, deixando-nos para trás em um campo de sangue e vitória. Coloquei a mão sobre as lágrimas que corriam pela bochecha de Jourdain. — Você é meu pai.

PARTE QUATRO
MACQUINN

32

QUE A RAINHA ASCENDA

Os estandartes vermelhos flamulavam quando Yseult caminhou pelo trecho restante do campo, e nós a seguimos até o portão do castelo, que estava aberto como uma boca preguiçosa. Lannon tinha fugido para o salão real e se escondido atrás da porta com uma barricada. Mas entramos como um rio poderoso, crescendo em números a cada passo que dávamos e retomando o pátio do castelo. Quando as portas do salão resistiram, dois homens chegaram com machados e começaram a derrubá-las. Pedaço a pedaço, talhamos e cortamos e partimos, até que as portas caíssem.

Na primeira vez que adentrei aquele salão amplo, o fiz como uma solitária garota valeniana, usando um vestido exótico.

Agora, entrava ali como uma mulher maevana, coberta de sangue e tinta, com Merei à minha esquerda, Luc à minha direita e Jourdain e Cartier na retaguarda.

Lannon estava sentado no trono com os olhos arregalados, e o medo preenchia o ar como um cheiro ruim enquanto as mãos dele apertavam os apoios de braços feitos de chifre. Tinha apenas alguns poucos homens parados em volta de si, nos vendo chegar mais e mais perto...

Yseult finalmente parou à frente da plataforma. O salão ficou em silêncio quando ela abriu os braços vitoriosamente, e a luz cintilou na armadura inspirada em dragões.

— Gilroy Lannon. — A voz dela ecoou até as vigas. — Maevana o avaliou e concluiu que você falhou. Venha se ajoelhar à nossa frente.

Ele não iria se mexer. O rosto estava pálido, e as pontas do cabelo tremiam enquanto tentava engolir o medo. Poderia ter ficado teimosamente sentado ali, mas os homens em volta dele se ajoelharam perante ela, deixando Lannon exposto e sozinho.

Lentamente, como se seus ossos pudessem se quebrar, ele se levantou e desceu da plataforma. Então, ajoelhou-se perante Yseult e todos nós.

— Pai — murmurou ela, olhando para onde Hector estava, perto do seu cotovelo. — Tire a coroa dele.

Hector Laurent avançou e retirou a coroa da cabeça de Lannon.

Houve um momento de silêncio, como se ela estivesse ponderando sobre como puni-lo. E, então, Yseult deu um tapa no rosto de Lannon, veloz como um relâmpago. Vi a cabeça do antigo rei se virar de lado e a bochecha começar a inchar enquanto ele voltava gradualmente o olhar para ela.

— Isso é pela minha irmã — disse Yseult, e bateu nele de novo, do outro lado, tirando sangue. — Isso é pela minha mãe.

Ela o golpeou novamente.

— Isso é por Lady Morgane. — A mãe de Cartier.

E de novo.

— Isso é por Ashling Morgane. — A irmã de Cartier.

Mais uma vez, o estalar dos ossos, com 25 anos de atraso.

— E isso é por Lady MacQuinn. — A esposa de Jourdain e mãe de Luc.

Pelas mulheres que caíram e que pagaram com sangue.

— Agora, prostre-se diante de nós — exigiu, e Lannon obedeceu. Ele rastejou para a frente, deitando-se de bruços no piso. — Você será preso e mantido na masmorra, e o povo de Maevana decidirá seu destino em julgamento, daqui a 14 dias. Não espere misericórdia, Ó Covarde.

Os pulsos de Lannon foram amarrados às costas pelos homens de Yseult. Ele foi arrastado para fora do salão, e um grito de vitória soou no recinto como trovão, ribombando fundo no meu peito, onde o coração continuava batendo impressionado.

Foi nessa hora que Yseult se virou e me encontrou na multidão, entre meu pai e meu irmão. Seus olhos estavam cheios de lágrimas, e o cabelo ondulava como fogo quando dei um passo à frente.

O salão ficou em silêncio, como quando cai a primeira neve do ano, quando tirei o medalhão de madeira de dentro da armadura. Reverentemente, abri o medalhão e deixei a madeira cair aos nossos pés.

A Pedra do Anoitecer pendia graciosamente do cordão, pendurada nos meus dedos. Ondulava em cores, rubro e azul e lilás, como se uma pedrinha tivesse abalado a superfície de um lago tranquilo. Sorri para ela, minha amiga e minha rainha, e ergui a pedra com cuidado.

— Milady — falei. — Eu lhe entrego a Pedra do Anoitecer.

Ela se ajoelhou à minha frente e fechou os olhos quando pendurei a pedra em seu pescoço, até que a Pedra do Anoitecer pousasse sobre seu coração.

Havia muito tempo que eu imaginava como a magia despertaria. Voltaria de forma delicada e silenciosa, como o inverno que derrete gradualmente e dá lugar à primavera? Ou viria violentamente, como uma tempestade ou uma enchente?

A pedra cintilou como ouro líquido ao tocar nela, e ao absorver a glória que lhe oferecia. Esperei, mal conseguindo respirar, até que Isolde Kavanagh se levantou e abriu os olhos. Nossos olhares se cruzaram. Ela sorriu para mim, e foi nessa hora que o vento soprou no salão, trazendo o aroma de florestas e de campinas verdejantes, de cumes e vales e dos rios que corriam entre as sombras e a luz.

Senti o calor irradiar do meu braço, como se o mel estivesse escorrendo na minha pele, e como se a luz do sol tivesse beijado meu ferimento. Senti-a me curar, fechar minhas veias partidas e selar o furo da flecha com fios mágicos.

Ela nem sabia que estava fazendo aquilo, e que fui a primeira a sentir sua magia.

Então soube que ela voltaria de forma delicada e natural, como o sol e o calor regozijante, como cura e reparação.

Eu a vi andar por entre seu povo, estendendo as mãos para segurar as das pessoas e para aprender seus nomes. Isolde Kavanagh ficou cercada de homens e mulheres que se reuniram em volta dela como se fosse uma xícara de água eterna para saciar sua sede. Riram e choraram quando ela os abençoou, e quando nos uniu como se fôssemos um.

Todos os olhos estavam nela, menos um.

Senti a atração dele, e permiti que meus olhos vagassem até onde estava o lorde da Casa Morgane, entre as sombras e a luz.

O mundo ficou silencioso entre mim e Cartier enquanto ele me olhava, e enquanto eu o olhava.

Só quando ele sorriu foi que percebi que havia lágrimas escorrendo por seu rosto.

Horas depois da queda de Lannon, voltei ao campo de batalha com uma garrafa de água e comecei a procurar por sobreviventes feridos. Alguns curandeiros já tinham montado barracas para que pudessem trabalhar na sombra. Ouvia suas vozes enquanto trabalhavam para costurar ferimentos e colocar ossos quebrados no lugar. Sabia que Isolde estava entre eles, canalizando a magia para as mãos e usando seu toque para curar, pois conseguia sentir aquilo de novo. A magia dela despertava uma brisa suave e aromática que encobria o sangue e a carnificina do campo.

Não sabia se devia chamar seu nome ou continuar procurando sozinha, torcendo desesperadamente para que tivesse sobrevivido. Acabei indo falar com uma das curandeiras, que tinha o vestido sujo de sangue, e perguntei:

— Sean Allenach?

A curandeira apontou para uma barraca distante.

— Os traidores estão lá.

Minha garganta se apertou quando ouvi aquilo. *Traidores*. Porém, engoli em seco e segui com cuidado até a barraca, sem saber o que encontraria.

Havia homens e mulheres deitados na grama, um ao lado do outro, ombro a ombro. Alguns pareciam já ter morrido antes que um curandeiro pudesse atendê-los. Outros estavam gemendo, quebrados e fracos. Todos usavam o verde de Lannon ou o marrom de Allenach.

Encontrei Sean na fileira mais externa. Ajoelhei-me com cuidado ao seu lado, acreditando que estivesse morto, até que vi o peito subindo e descendo. A armadura tinha sido afrouxada, e conseguia ver a severidade do ferimento na lateral do corpo dele.

— Sean? — sussurrei, pegando sua mão.

Os olhos se abriram lentamente. Inclinei sua cabeça para cima para poder colocar um pouco de água na boca dele. Estava fraco demais para falar, então apenas fiquei ao seu lado, com nossos dedos entrelaçados, para que ele não precisasse morrer sozinho.

Não sei por quanto tempo fiquei ali com ele até ela chegar. Mas aquela brisa soprou pela barraca, levantando o cabelo sujo da minha nuca, então me virei e vi que Isolde estava entre nós, com os olhos grudados em mim e no meu irmão.

Ela andou até nós e se ajoelhou ao meu lado para poder olhar para Sean.

— Lady? — murmurou respeitosamente uma das curandeiras para a rainha. — Lady, esses são traidores.

Sabia o que a curandeira estava insinuando. Eles são traidores e merecem morrer aí mesmo, sem a magia de cura da rainha. E eu desejava dizer para Isolde que Sean não era traidor, que tinha decidido lutar por ela.

— Eu sei disso — respondeu Isolde, e tirou gentilmente a mão de Sean da minha.

Os olhos do meu irmão se abriram e se grudaram na rainha. Vi o ar cintilar ao nosso redor enquanto Isolde tocava no ferimento de Sean. A luz do sol se partiu como se a rainha fosse um prisma, e a respiração de Sean pausou quando ela o costurou com fios invisíveis, de forma lenta e dolorosa.

Meus pés estavam formigando quando ela terminou e ofereceu um copo de água a ele.

— Você vai ficar fraco por alguns dias — afirmou. — Descanse, Sean Allenach. Quando estiver mais forte, podemos conversar sobre o futuro da sua Casa.

— Sim, Lady — ofegou.

Isolde se levantou e apoiou a mão tranquilizadora no meu ombro. Em seguida, foi até os outros, curando os traidores um a um, sem ver os defeitos deles, e, sim, suas possibilidades.

E, embora não pudesse curar, eu podia fazer outros tipos de serviço. Comecei a distribuir tigelas de sopa e pedaços de pão, e a ouvir as histórias que começaram a ser contadas ao meu redor. Histórias de coragem e de medo, histórias de desespero e de redenção, histórias de perda e de reencontros.

Alimentei, enterrei e escutei até estar tão exausta que nem conseguia pensar, e até que a noite tivesse puxado seu manto sobre o céu, pontilhado de estrelas.

Levantei-me em meio ao campo e absorvi a escuridão. A grama ainda estava amassada e suja de sangue quando olhei para as constelações. Semanas antes, teria pensado imediatamente em qual daquelas seria a minha. Mas, agora, só conseguia pensar sobre que rumo seguir e onde ficaria. Tinha feito quase tudo o que me propus a fazer, e, agora... não sabia onde era o meu lugar.

Ouvi os passos suaves de um homem andando pela escuridão, procurando por mim. Virei-me e reconheci Jourdain na mesma hora, com a luz das estrelas cintilando no grisalho do cabelo. Devia ter lido meus pensamentos, ou interpretado meu rosto com facilidade.

Ele me puxou para perto, para que pudéssemos admirar as estrelas juntos, e, então, falou tão baixo que quase não o ouvi:

— Vamos para casa, Brienna.

—⊰ 33 ⊱—

CAMPOS DE COROGAN

Território de lorde MacQuinn, Castelo Fionn

Três dias depois, eu descansava na sombra irregular de um carvalho solitário, com a poeira da viagem ainda grudada na minha calça e camisa, e com Nessie ofegando ao meu lado. Os campos ao redor tinham acabado de passar pela colheita, o ar cheirava a terra adocicada e a grama fora dourada pelas canções que os homens entoavam enquanto as foices agiam.

O castelo de Jourdain, de *MacQuinn*, ficava no coração da campina, e as sombras das montanhas apenas tocavam o telhado de manhã cedo e no final da tarde. Feito de pedra branca, era uma propriedade modesta, não tão grandioso nem tão grande quanto alguns dos outros, como Damhan. Mas as paredes eram temperadas com fogo e histórias, com amizade e lealdade.

Com determinação.

E seu lorde legítimo tinha finalmente voltado para casa.

Eu tinha visto seu povo o cumprimentar, reunido ao seu redor no pátio, que estava coberto de flores selvagens e ervas e fitas. A saudade de Valenia me pegou de surpresa naquele momento. Talvez tenha sido por causa das fitas, espalhando as cores da paixão sobre as pedras. Ou talvez tenha sido o vinho que levaram, que eu sabia ter vindo de uma garrafa que atravessara o canal.

Decidi passear pelos campos pouco depois das apresentações terem sido feitas, e eu ter ficado conhecida como filha de MacQuinn, quando encontrei aquela árvore. Estava satisfeita por ver o sol continuar seu arco pelo céu e entrelaçar longas tiras de grama umas nas outras enquanto refletia sobre tudo o que tinha se passado, com um cão fiel ao meu lado.

— Acho que devia ficar com o quarto da ala leste — declarou Luc. Olhei para cima e o vi se aproximando. — É espaçoso e tem várias estantes. Além de uma vista linda do amanhecer.

Sorri quando se sentou ao meu lado e ignorou o rosnado protetor de Nessie. Era difícil pensar em qual quarto eu devia escolher quando ainda tinha tanto pela frente: a coroação de Isolde, o julgamento de Lannon e a tentativa de consertar um mundo que continuou girando sob a tirania. Eu me perguntei como seriam os dias seguintes, e qual seria a sensação de tentar me acomodar na minha nova vida.

— Embora — declarou Luc, expulsando um besouro da manga da camisa — eu tenha a sensação de que você não vai ficar neste castelo por muito tempo.

Lancei um olhar curioso para ele, para o qual já estava preparado, inclinando a sobrancelha com aquela confiança arrogante de irmão.

— E o que isso quer dizer? — rebati.

— Sabe o que quero dizer, irmã. Devo pegar no pé dele?

— Não tenho a menor ideia do que está dizendo. — Puxei outra lâmina de grama e a retorci, sentindo o olhar de Luc em mim.

— Isso não me surpreende — provocou. — A velha lenda diz que quase todos os lordes maevanos se apaixonam intensamente.

— Hum?

Luc suspirou e pegou um trevo.

— Acho que vou ter de desafiá-lo para uma luta. Sim, é a melhor forma de lidar com isso.

Dei um empurrão no braço dele e declarei:

— Parece que está colocando o carro na frente dos bois, querido irmão.

Mas o sorriso que abriu me dizia outra coisa.

— Ouvi dizer que Aodhan Morgane é um excelente mestre espadachim. É melhor que eu treine bastante.

— Está bem, *chega*. — Eu ri e o cutuquei novamente.

Não via Cartier desde o salão real. Havia apenas três dias, que já pareciam um ano. Mas ele era um lorde agora, e tinha seu povo e sua terra para restaurar. Disse para mim mesma que não o veria até o julgamento de Lannon, que aconteceria no final da semana seguinte. Mesmo assim, estaríamos ocupados com a tarefa.

Antes que Luc pudesse me provocar mais, um grupo de crianças veio correndo pelo campo, procurando por ele.

— Lorde Lucas! — gritou uma garotinha com empolgação, quando o viu na sombra do carvalho. — Encontramos um alaúde! Está no salão.

— Ah, excelente! — Meu irmão se levantou e tirou algumas folhas de trevo de cima das roupas. — Quer se juntar a nós para ouvir um pouco de música, Brienna?

Música me fazia pensar em Merei, o que fazia com que meu peito parecesse pequeno demais para o coração. Contudo, abri um sorriso e disse:

— Vá sem mim, irmão. Estarei lá em breve.

Ele hesitou. Acho que estava prestes a insistir quando a garotinha agarrou a manga dele com firmeza e o puxou, rindo.

— O último a chegar no pátio terá que comer um ovo podre — desafiou Luc, e as crianças gritaram de alegria enquanto corriam pelo campo, com Luc as perseguindo até o pátio.

Esperei até ver que ele seria mesmo o último a chegar (adoraria ver Luc comendo um ovo podre), mas meu coração ainda estava inquieto. Levantei-me e comecei a andar na direção de um bosque que crescia junto ao rio, com Nessie caminhando ao meu lado. Segui o fluxo prateado de água até chegar a uma margem coberta de musgo.

Sentei-me em uma área ensolarada e mergulhei os dedos na correnteza, tentando identificar o motivo pelo qual eu sentia uma pontada de tristeza, quando ouvi os passos suaves dele atrás de mim.

— Foi aqui que me casei com minha esposa.

Olhei para trás e vi Jourdain recostado a uma bétula, observando-me em silêncio.

— Não houve uma grande festa? — perguntei, e ele se aproximou, sentando-se ao meu lado sobre o musgo com um leve grunhido, como se suas juntas estivessem doloridas.

— Não houve uma grande festa — afirmou, apoiando o cotovelo no joelho. — Eu me casei com Sive em segredo, em uma cerimônia pagã, nesta margem do rio sob o luar. O pai dela não gostava de mim, e ela era sua única filha. Foi por isso que nos casamos em segredo. — Ele sorriu enquanto se lembrava, olhando ao longe como se sua Sive estivesse parada do outro lado do rio.

— Como era sua esposa? — perguntei delicadamente.

Jourdain olhou para a água e depois para mim.

— Ela era graciosa. Apaixonada. Justa. Fiel. Você me lembra dela.

Minha garganta se apertou, e olhei para a grama. Durante todo esse tempo, tive medo de que olhasse para mim e visse uma Allenach. Porém, olhava para mim como se eu fosse mesmo sua filha, como se tivesse herdado os atributos e personalidades da esposa.

— Ela teria amado você, Brienna — sussurrou.

O vento sacudiu os galhos acima de nós. Folhas douradas se soltaram e voaram, e acabaram sendo capturadas pelo rio e levadas pela correnteza. Limpei algumas lágrimas dos olhos, e pensei que ele não repararia. Mas não há muita coisa que um pai deixaria passar.

— Também sinto falta de Valenia — afirmou Jourdain, pigarreando. — Não achei que sentiria. Porém, encontro-me desejando aqueles vinhedos, aquela educação e um gibão de seda de caimento perfeito. Até sinto falta daquela enguia ensopada.

Eu ri, e mais algumas lágrimas fugiram dos meus olhos. Enguia ensopada *realmente* era um prato nojento.

— Sei que ainda tem família por lá — continuou, ficando sério novamente. — Sei que pode preferir voltar para Valenia. Mas sempre saiba que você tem um lar aqui, com Luc e comigo.

Encarei Jourdain enquanto suas palavras caíam como uma chuva suave sobre mim. Eu tinha uma casa, uma família e amigos dos *dois* lados do canal. Pensei na minha corajosa Merei, que partiu de Maevana para voltar a Valenia, apesar das minhas súplicas para que ficasse. Ela ainda tinha obrigações a cumprir, um contrato de quatro anos com Patrice Linville para honrar. Mas, quando esses quatro anos acabassem...

Eu tinha compartilhado minha ideia com ela, torcendo para que acabasse atraindo-a de volta. Era um objetivo que tinha começado a florescer nas profundezas da minha mente, e que receava falar em voz alta. Todavia, Merei sorriu quando contei a ela, e até disse que talvez voltasse a Maevana por causa disso.

— Bem — disse Jourdain, levantando-se e oferecendo a mão para me puxar. — Há um cavalo selado e preparado para você.

— Para quê? — perguntei, e deixei que me guiasse do bosque para casa.

— A propriedade de lorde Morgane fica perto daqui — explicou Jourdain, e juro que vi um brilho de malícia nos olhos dele. — Por que não vai até lá e o convida para um banquete comemorativo em nosso salão esta noite?

Tive que conter outra risada, mas ele viu meu nariz inevitavelmente se franzindo. Fiquei surpresa por também saber sobre essa atração irresistível entre mim e Cartier. Como se aquilo fosse visivelmente óbvio para o mundo quando eu estava perto do meu antigo mestre, e como se o desejo fosse uma chama entre nosso corpo. Porém, talvez não devesse estar chocada, pois aquilo era evidente mesmo antes do solstício, e antes que eu mesma pudesse perceber.

Jourdain me levou até onde o cavalo me esperava, no frescor das sombras do estábulo. Montei na cela e senti o suspiro dourado do vento, carregado de feno e couro, soprando meu cabelo quando olhei para o meu pai.

— Pegue a estrada oeste — instruiu, acariciando a crina da égua. — Siga as flores-de-corogan. Elas guiarão você até Morgane.

Estava quase cutucando o cavalo para a frente, sentindo o coração tamborilar ansiosamente, quando Jourdain pegou as rédeas e me obrigou a olhar para ele.

— E volte antes de escurecer — advertiu. — Senão, vou ficar preocupado.

— Não se preocupe, pai — respondi, mas estava sorrindo, e ele me lançou um olhar que dizia que era melhor que eu não me casasse em segredo, sem que ele soubesse.

Nessie se sentou obedientemente ao seu lado, como se soubesse que eu precisava fazer aquela viagem sozinha.

A égua e eu percorremos os campos, perseguindo o sol no Oeste e seguindo a promessa das flores azuis e selvagens.

34

AVIANA

Território de lorde Morgane, Castelo Brigh

O castelo Brigh ficava em um bosque de carvalhos, e era uma propriedade linda e decadente construída aos pés das montanhas Killough. Minha égua desacelerou quando me aproximei das árvores, e quando percebi que a volta para casa de Cartier não fora nem um pouco parecida com a de Jourdain e Luc.

Estava silencioso e dilapidado. Por 25 anos, a propriedade Morgane foi deixada sem cuidados, abandonada e devolvida à terra.

Desci da égua e a deixei presa sob a sombra de um dos carvalhos, ao lado do cavalo de Cartier. E comecei a andar pelo pátio, com os dedos tocando as pontas da grama alta, onde a flor-de-corogan brotava fielmente em uma glória de pétalas amantes do frio. Segui a trilha estreita que Cartier tinha aberto na vegetação e parei para colher várias flores, tomando o cuidado de evitar os espinhos que havia nos caules.

Lembrei-me de que gostava do meu cabelo solto, e de que, certa vez, fizera uma coroa de flores para mim. Assim, desfiz as tranças e deixei que as madeixas caíssem soltas e livres, prendendo algumas das flores-de-corogan no meu cabelo desgrenhado pelo vento.

Olhei para minha calça, para as botas, os fios soltos da camisa de linho e o pingente prateado que brilhava sobre meu coração. Essa é quem eu sou, e tudo o que tenho para dar a ele.

Subi os degraus quebrados do pátio.

Estava silencioso. A natureza tinha ocupado gradualmente boa parte do terraço. Trepadeiras subiam pelas paredes e pelas vidraças quebradas. Uma variedade de ervas daninhas penetrava nos vãos entre as pedras, o que me fez espirrar quando passei por elas. Todavia, consegui ver o caminho que Cartier havia tomado. Ele abrira caminho pelo verde emaranhado até a porta dupla de entrada, pendurada pelas dobradiças em ângulos tristes.

As sombras do interior refrescaram meu rosto, que, sem dúvida, estaria queimado do sol até a noite. Caminhei cautelosamente pelo saguão, atenta às trepadeiras e plantas que tinham ocupado pedaços destruídos do piso. De alguma forma, o desastre era bonito para mim. A mobília estava imóvel, coberta de poeira e tomada de teias de aranha. Parei junto a uma cadeira no saguão, e, quando meus dedos tocaram o estofado coberto de poeira, imaginei que Cartier teria se sentado nela quando criança.

— Fiquei imaginando quando veria você de novo.

Sua voz me sobressaltou. Dei um pulo, levando a mão ao coração quando me virei e o vi parado na metade da grande escadaria, observando-me com um leve sorriso.

— Sabe que não devia me assustar assim! — repreendi.

Ele continuou descendo a escada em meio a raios de sol que iluminavam a janela em arco.

— Bem-vinda — saudou. — Quer a visita completa?

— Sim, lorde Morgane.

Ele esticou a mão sem dizer nada, e meus dedos se entrelaçaram nos dele.

— Vou lhe mostrar o segundo andar — ofereceu Cartier, guiando-me até a escada e apontando para as pedras quebradas que eu devia evitar.

— Lembra-se de ter morado aqui? — perguntei, e minha voz ocupou o corredor enquanto eu o deixava me guiar por teias e poeira, pelos lugares onde ele tinha vivido.

— Às vezes, acho que sim — respondeu, e fez uma pausa. — Mas, sinceramente, não. Eu era pequeno quando fugi com meu pai. Aqui, este é meu aposento favorito.

Adentramos uma câmara ampla, aberta e cheia de luz. Soltei a mão dele e andei pela sala, observando as estantes de mármore embutidas nas paredes, que ainda guardavam uma coleção impressionante de livros. Vi também o espelho rachado pendurado acima da lareira de pedra rosada, e a mobília que estava na mesma posição em que tinha sido deixada duas décadas antes. Fui diretamente até a parede de grandes janelas maineladas, com pedaços de vidro quebrado irregulares que pareciam pequenos dentes, e admirei a vista dos pastos.

— Onde está o seu povo, Cartier? — questionei, incapaz de segurar a curiosidade.

— Chegarão amanhã. Queria ver o castelo sozinho.

Podia compreender. Gostava de momentos solenes e particulares, em que podia refletir e pensar. Mas, talvez mais do que isso, percebi que ele queria ver os quartos do pai e da irmã sem a presença de uma plateia.

Antes que a melancolia pudesse tomar conta de nós, declarei:

— Acho que poderia olhar essa vista todos os dias da minha vida, e ficaria satisfeita.

— Você não percebeu a melhor parte da sala — comentou Cartier, ao que franzi a testa e me virei.

— O quê? Os livros?

— Não, o piso.

Olhei para baixo, e, através das marcas que nossas botas deixaram na poeira, vi o padrão incrível dos ladrilhos. Ajoelhei-me ao lado dele, e usamos as mãos para afastar os anos de poeira. As cores ainda vibravam, e cada ladrilho era intricado e único, com a beleza se espalhando de um quadradinho para o outro.

— Meu pai me contara que teve muitas discussões com a minha mãe por causa desse piso — explicou Cartier, sentando-se sobre os calcanhares.

— Por quê?

— Bem, ele o instalou para ela, porque amava arte. E ela sempre dissera que os pisos nunca eram admirados. Porém, o conflito acontecia porque ela queria poder admirar os ladrilhos, mas ele queria tapetes. Pisos de pedra e cerâmica ficam muito frios no outono e inverno de Maevana.

— Sim, posso imaginar — simpatizei.

— Então, brigaram por causa do piso. Cobri-lo com tapetes, ou sofrer com pés gelados por metade do ano?

— Imagino que sua mãe tenha vencido.

— Imaginou certo. — Cartier sorriu, e, em seguida, limpou a sujeira das mãos e se levantou. — E então, minha pequena paixão. Imagino que tenha vindo à minha linda casa porque ainda tenho algo que é seu.

Eu me levantei, sentindo meus músculos se repuxarem, um tanto doloridos após a cavalgada. Andei até as estantes, pois precisava, de repente, de algo sólido em que me apoiar. Minha pulsação saltitava, ansiosa e faminta, quando me recostei à parede, e quando me virei para olhar para ele através de um feixe de luz do sol e partículas de poeira.

— Sim, mestre Cartier — falei, sabendo que aquela seria a última vez que o chamaria assim.

Observei enquanto ele ia até o outro lado da sala, onde sua bolsa repousava sobre uma escrivaninha. Meus dedos se abriram atrás de mim, sobre o mármore frio das estantes, enquanto eu o esperava. Quando vi a cor azul nas mãos dele, fechei os olhos e ouvi meu coração dançando firme e lentamente.

— Abra os olhos, Brienna.

Quando o fiz, o manto se desenrolou em suas mãos, ondulando até tocar no chão como a maré do oceano.

— Aviana — sussurrei, esticando os dedos para sentir o peso do manto que era meu.

Ele escolhera Aviana para mim, a constelação que acompanhava a dele. Eram estrelas que, assim como as dele, de Verene, falavam da bravura em meio às trevas e de triunfo. De determinação.

— Sim — afirmou. — E nós dois sabemos que Verene não teria qualquer esperança de ter luz sem Aviana.

Dei um passo à frente, e ele colocou o manto sobre meus ombros, amarrando-o em volta do pescoço. As mãos seguraram delicadamente meu cabelo, o ergueram e o soltaram nas costas, e as flores-de-corogan soltaram uma fragrância doce entre nós.

Um mestre e sua paixão. Uma paixão e seu mestre.

Eu o encarei e sussurrei:

— Isso é tudo o que eu sou, e tudo o que posso oferecer a você... Sou despedaçada e traidora. Sou dividida...

Mas as palavras sumiram quando ele tocou em mim; quando as pontas dos dedos acariciaram minha bochecha, desceram pelo pescoço e pararam nas cordas do meu manto, no nó que ele mesmo tinha feito.

Pela primeira vez, esse mestre do conhecimento, e senhor dos Velozes, não me ofereceu palavras. Mas me respondeu. Beijou o canto esquerdo da minha boca: a garota que eu já tinha sido, e que ele amou primeiro, com a graça e paixão valeniana. E beijou o canto direito dos meus lábios: a mulher que tinha me tornado, e que ascendeu das cinzas e do aço, da coragem e do fogo.

— Vou aceitá-la e amá-la por inteiro, Brienna MacQuinn, com suas sombras e sua luz, pois você me desafiou e me cativou. Não desejo mais ninguém além de você — sussurrou, com os dedos se entrelaçando no meu cabelo e nas flores quando me puxou para si.

Ele me beijou nas sombras silenciosas da casa dele, na hora mais doce da tarde, quando a luz deseja se render à noite. Os dedos desceram pelas minhas costas e tocaram todas as estrelas que tinha me dado. Deixei aquela sensação maravilhosa cascatear em volta de nós enquanto sentia o gosto de cada uma de suas promessas, e enquanto despertava o fogo que há muito tempo ele nutria esperando por mim.

O tempo ficou luminoso, como se a lua tivesse se casado com o sol, e, em determinado momento, os minutos cutucaram meu coração para que eu visse como estava tarde, e que a noite já estava quase caindo. E lembrei-me de que tinha um lugar para ir, e que tinha um pai e um irmão que estariam vigiando à porta esperando pelo meu retorno. Só então interrompi nosso beijo, embora as mãos de Cartier ainda apertassem minhas costas, mantendo-me junto a ele.

Coloquei o dedo sobre seus lábios e disse:

— Meu pai o convidou para jantar em nosso salão. É melhor irmos logo, senão ele vai pensar que algo aconteceu.

Cartier ousou roubar mais um beijo, e então me soltou, e pegou seu manto e sua bolsa. Saímos juntos para o crepúsculo e caminhamos pelo mato. Os rouxinóis cantavam ao seu redor, e os grilos cricrilavam uma melodia final antes que a geada pudesse oficialmente silenciá-los.

Montei minha égua e esperei enquanto Cartier selava seu cavalo. Olhei para cima e vi quando a primeira estrela piscou ao final do crepúsculo. E foi então que declarei:

— Vou construir uma Casa de conhecimento aqui.

Foi isso que contei a Merei antes que ela partisse de Maevana, torcendo para que aquilo a trouxesse de volta, e para que ela unisse sua paixão à minha.

Senti o olhar de Cartier se desviar para mim, e me virei sobre a sela para encará-lo.

— Quero apenas os melhores arials para ensinar aos meus ardens — continuei. — Sabe onde posso encontrar alguém assim?

O vento desgrenhou seu cabelo, e ele sorriu para mim, com um brilho de meia-noite nos olhos quando aceitou meu desafio.

— Sei de uma pessoa.

— Diga para que se candidate logo.

— Não se preocupe. Ele o fará.

Sorri e toquei meu cavalo à frente, deixando Cartier para trás, para que me alcançasse na estrada.

Fiquei me perguntando se poderia realmente fazer aquilo, se conseguiria construir a primeira Casa de conhecimento de Maevana e se poderia inspirar paixões em uma terra de guerreiros. Quando aquilo parecia assustador, e quando parecia que eu estava empurrando uma pedra imóvel, eu imaginava um grupo de garotas maevanas de olhos brilhantes se tornando paixões de conhecimento. Garotas que portavam espadas no cinto por baixo dos mantos azuis. Imaginei-me escolhendo as constelações delas no céu, e percebi que Cartier estava certo sobre o que dissera no solstício: eu era historiadora e era professora, e estava prestes a desenhar meu caminho.

Vou erguer essa Casa. Sussurrei minha promessa ao vento na mesma hora em que ouvi o cavalo de Cartier se aproximando atrás de mim, diminuindo a distância entre nós.

Desacelerei um pouquinho, para deixar que me alcançasse.

Acima de nós, as estrelas surgiram, lenta e firmemente. A luz delas me guiou para casa.

Este livro foi composto na tipografia Adobe Garamond Pro, em corpo 12/16, e impresso em papel off-white no Sistema Cameron da Divisão Gráfica da Distribuidora Record.